Rebelde

Um mundo novo

NORA ROBERTS

Rebelde

Um mundo novo

TRADUÇÃO DE

Daniela Rigon

HARLEQUIN

Rio de Janeiro, 2018

A Harlequin é um selo da HarperCollins Brasil.

Contatos:
Rua da Quitanda, 86, sala 218 — Centro — 20091-005
Rio de Janeiro — RJ
Tel.: (21) 3175-1030

CIP-BRASIL. CATALOGAÇÃO NA PUBLICAÇÃO
SINDICATO NACIONAL DOS EDITORES DE LIVROS, RJ

R549r
Roberts, Nora
Rebelde + um mundo novo / Nora Roberts ; tradução Daniela Rigon. - 1. ed. - Rio de Janeiro : Harlequin, 2018.
320 p. : il. ; 23 cm.
Tradução de: Rebellion + in from the cold
ISBN 978-85-398-2598-1

1. Romance americano. I. Rigon, Daniela. II. Título.

18-48159 CDD:
CDU:

Os MacGregor

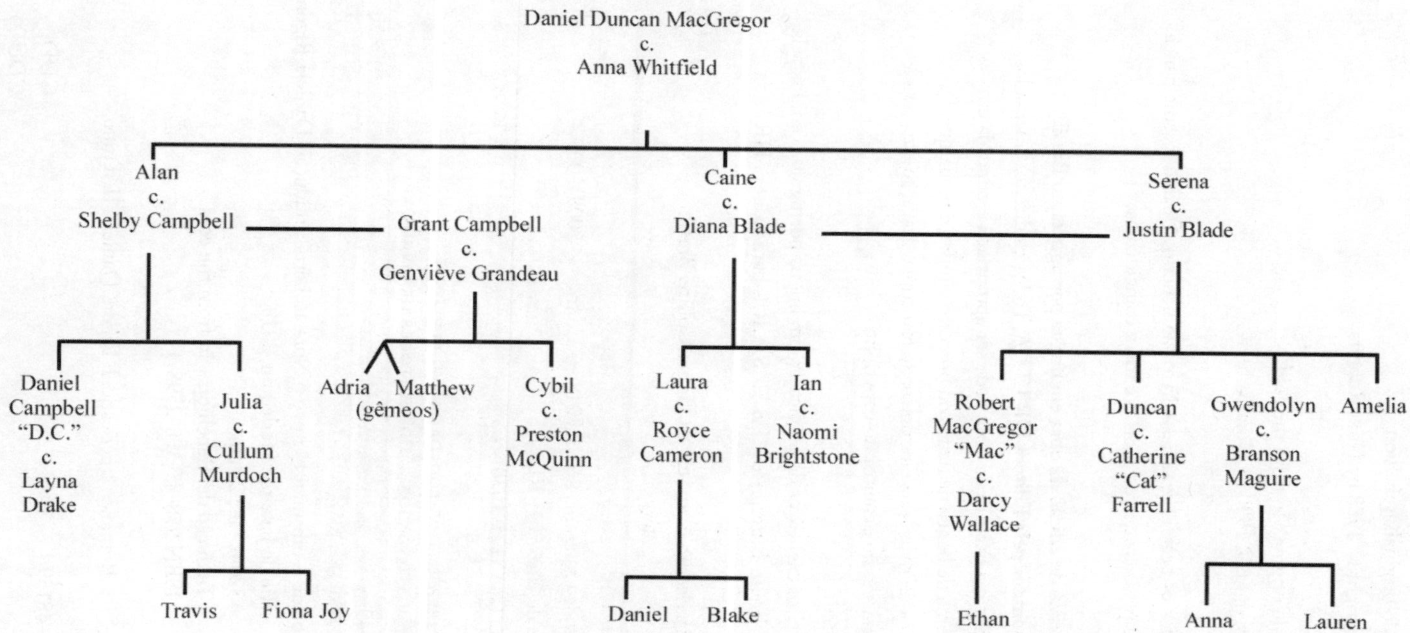

Sumário

Rebelde

Prólogo

Floresta de Glenroe, Escócia, 1735

ELES CHEGARAM AO ANOITECER, QUANDO os aldeões estavam jantando e as fogueiras lançavam uma fumaça serpenteante das chaminés para o ar frio de novembro. Nevara na semana anterior, e o sol tinha aparecido e recuado até transformar a geada em uma pedra debaixo das árvores descobertas. O som dos cavalos que se aproximavam retumbava como trovões através da floresta, assustando animais pequenos que corriam para se esconder.

Serena MacGregor acomodou o irmãozinho de colo do outro lado do quadril e foi até a janela. Seu pai e os homens da aldeia estavam retornando cedo da caçada, pensou, mas não havia gritos de saudação das casas que ficavam mais perto da estrada, nem risadas estrondosas.

Ela esperou, o nariz quase pressionado contra o vidro da janela, esforçando-se para ver os primeiros sinais do retorno deles e lutando contra o ressentimento de que ela, uma garota, não tinha permissão para caçar.

Coll tinha ido, embora tivesse apenas 14 anos e não fosse tão hábil com o arco e flecha quanto ela. E Coll tinha permissão para caçar desde os 7 anos. Serena fez uma careta enquanto observava as luzes pela janela. Seu irmão mais velho não falaria de nada além da caçada por dias, enquanto ela teria que se contentar em sentar e costurar.

Em seus braços, o pequeno Malcolm começou a se mexer, e ela o sacudiu automaticamente enquanto olhava pelo caminho acidentado entre as casas de campo.

— Fique quietinho. Papai não quer ouvir você chorando no momento que entrar pela porta.

Subitamente, um sentimento a fez aconchegá-lo mais forte e olhar nervosamente por cima do ombro, em busca de sua mãe.

As lâmpadas estavam acesas e o cheiro do guisado que cozinhava sobre o fogo da cozinha preenchia o ambiente. A casa estava impecável. Ela, a mãe e a irmãzinha Gwen haviam trabalhado o dia inteiro para arrumá-la. Os pisos foram esfregados, as mesas foram polidas. Não havia uma teia de aranha sequer. Os braços de Serena doíam só de pensar no trabalho que tiveram. Haviam lavado as roupas e as colocado em baús com os pequenos sachês de lavanda que a mãe amava tanto.

Por seu pai ser um *laird*, a sua casa era a melhor da vizinhança, construída com uma fina ardósia azul que sua mãe fazia questão de manter sempre limpa.

Tudo parecia normal, mas algo tinha feito o coração de Serena acelerar. Agarrando um xale, ela o envolveu em torno de Malcolm e abriu a porta para procurar o pai.

Não havia vento, e o único som era o dos cascos dos cavalos batendo contra a dura geada no chão. Os homens apareceriam no caminho a qualquer momento, pensou, e, por uma razão que não conseguiu identificar, estremeceu. Quando ouviu o primeiro grito, tropeçou para trás. Já estava em pé e avançando quando a mãe a chamou.

— Serena, volte! Depressa!

O rosto normalmente adorável de Fiona MacGregor estava pálido e aflito enquanto corria pela escada. O cabelo, do mesmo tom vermelho-dourado que o de Serena, estava preso em uma touca. Ela não o havia arrumado, como era seu hábito antes de receber o marido.

— Mas, mamãe...

— Depressa, garota, pelo amor de Deus! — Fiona agarrou o braço da filha e a arrastou para dentro de casa. — Leve o bebê para junto de sua irmã e fique lá!

— Mas o papai...

— Não é seu pai.

Serena viu, então, que os cavalos que subiam a colina não carregavam homens com as cores do clã MacGregor, mas com os casacos vermelhos dos soldados ingleses. Ela tinha apenas 8 anos, mas ouvira as histórias de depredação e opressão. Oito anos era idade suficiente para ficar indignada.

— O que eles querem? Nós não fizemos nada.

— Não é necessário fazer, apenas existir. — Fiona fechou e trancou a porta, mais por desafio do que por qualquer esperança de que isso impediria os intrusos. — Serena...

A pequena e esbelta mulher agarrou os ombros de Serena. Fora a filha favorita de um pai indulgente, e então se tornara a adorada esposa de um marido amoroso, mas Fiona não era fraca. Talvez fosse por isso que os homens de sua vida lhe haviam dado respeito, assim como carinho.

— Vá para cima. Mantenha Malcolm e Gwen com você. Não saia até eu mandar.

O vale ecoou com outro grito, desta vez acompanhado de um pranto selvagem. Através da janela, viram o telhado de palha de uma casa desaparecer em chamas. Fiona só poderia agradecer a Deus que seu marido e filho não tinham retornado.

— Quero ficar com você. — Os enormes olhos verdes de Serena iluminaram seu rosto, úmidos com o início das lágrimas. Mas a boca dela, a que o pai chamava de teimosa, manteve-se firme. — Papai não gostaria que eu deixasse você sozinha.

— Ele gostaria que você fizesse o que lhe digo. — Fiona ouviu os cavalos pararem do outro lado da porta. Houve barulho de esporas e o som de homens gritando. — Vá agora! — Ela virou a filha e a empurrou na direção da escada. — Mantenha os bebês seguros!

Quando Malcolm começou a choramingar, Serena subiu os degraus. No topo da escada, ouviu a porta abrir e se virou para ver a mãe encarar meia dúzia de soldados. Fiona deu um passo à frente e se curvou. Mesmo à distância, Serena podia ver que o gesto era um insulto.

— Serena? — A pequena Gwen chamou do andar de cima.

— Pegue o bebê. — Serena empurrou Malcolm para os pequenos braços de Gwen. — Vá para o berçário e feche a porta. — Ela baixou a voz e sussurrou: — Depressa. E mantenha-o quieto se puder. — Colocando a mão no bolso do avental, encontrou um doce que estava guardando. — Pegue isso e vá antes que eles nos vejam. — Agachada no topo da escada, ela observou.

— Fiona MacGregor? — Disse o soldado com o uniforme listrado.

— Sou lady MacGregor. — Fiona manteve a postura ereta e o olhar firme. Seu único pensamento naquele instante era proteger os filhos e sua casa. Como lutar era impossível, usaria a única arma às mãos: sua dignidade. — Com qual direito o senhor invade minha casa?

— Com o direito de um oficial do rei!

— E qual é seu nome?

— Capitão Standish, ao seu serviço. — Ele tirou as luvas, esperando ver o medo. — Onde está seu marido... Lady MacGregor?

— O *laird* e os homens estão caçando.

Standish sinalizou, enviando três dos homens em uma busca pela casa. Um deles derrubou uma mesa ao passar. Embora sua boca estivesse seca, Fiona se manteve firme. Sabia que o soldado poderia ordenar que a casa fosse incendiada tão facilmente quanto tinha feito com as casas de seus inquilinos. Havia poucas esperanças de que sua posição, ou a do marido, os protegessem. A única escolha era rebater insulto com insulto, mantendo a calma.

— Como você viu, somos principalmente mulheres e crianças aqui. Sua... visita veio em hora errada se deseja conversar com MacGregor ou seus homens. Ou talvez seja por isso que você e seus soldados tenham entrado tão bravamente em Glenroe.

O capitão inglês deu um tapa que enviou Fiona cambaleando para trás com a força do golpe.

— Meu pai vai matá-lo por isso! — Serena voou escada abaixo como uma bala e se atirou ao soldado. Ele xingou quando sentiu os dentes dela em sua mão antes de empurrá-la.

— Maldita! Você me machucou! — Ele ergueu o punho, mas Fiona colocou-se entre o soldado e sua filha.

— Os homens do rei George batem em crianças pequenas? É assim que os ingleses regem?

Standish respirava rapidamente. Era uma questão de orgulho. Não podia deixar seus homens vê-lo superado por uma mulher e uma criança, especialmente quando ambas eram escocesas. Suas ordens eram apenas procurar e questionar. Era uma pena que o covarde do Argyll tivesse convencido a rainha, em seu papel de regente, de não seguir a Lei das Dores e Penalidades, que o permitiria aplicar a punição que mais lhe aprouvesse. A Escócia realmente teria se tornado um campo de caça se a rainha tivesse dado essa liberdade aos soldados. Ainda assim, a rainha Caroline estava furiosa com seus assuntos escoceses e, em todo caso, dificilmente se importaria com um incidente isolado nas Terras Altas.

Ele sinalizou para um dos soldados.

— Leve a pirralha para cima e a tranque em um quarto.

Sem dizer uma palavra, o soldado pegou Serena, fazendo o melhor para evitar suas tentativas de chutes, socos e mordidas. Enquanto lutava, ela gritou pela mãe e amaldiçoou os soldados.

— Você cria gatos selvagens nas Terra Altas, *milady*. — O oficial enrolou um novo lenço na mão ensanguentada.

— Ela não é acostumada a ver a mãe, ou qualquer mulher, ser agredida por um homem.

A mão do capitão latejava. Ele não recuperaria a estima de seus homens batendo em uma criança insignificante. Mas a mãe... Ele sorriu enquanto deixava o olhar vagar sobre a mulher. Lady MacGregor era uma questão diferente.

— Seu marido é suspeito de envolvimento no assassinato do capitão Porteous.

— O capitão Porteous, que foi condenado à morte pelos tribunais por abrir fogo em uma multidão?

— Ele foi indultado, madame. — Standish colocou uma mão levemente no punho de sua espada. Mesmo entre os próprios companheiros, ele era considerado cruel. O medo e a intimidação mantiveram seus homens em linha; o mesmo funcionaria com uma meretriz escocesa. — O capitão Porteous disparou contra um grupo de rebeldes em uma execução pública. Depois, foi tirado da prisão e enforcado por pessoas desconhecidas.

— Acho difícil simpatizar com o destino dele, mas nem eu nem ninguém na minha família sabemos sobre isso.

— Se descobrirmos algo diferente, seu marido será considerado um assassino e um traidor. E você, lady MacGregor, não terá proteção.

— Não tenho nada a dizer.

— É uma pena. — Standish sorriu e aproximou-se um pouco mais. — Devo lhe mostrar o que acontece com mulheres desprotegidas?

No andar de cima, Serena bateu na porta até as mãos sangrarem. Atrás dela, Gwen chorava abraçada a Malcolm. Não havia luz no quarto além do luar e das chamas das casas vizinhas. Lá fora, podia ouvir pessoas gritando e mulheres chorando, mas os pensamentos estavam todos em sua mãe — sozinha e desprotegida no andar debaixo, com os ingleses.

Quando a porta se abriu, Serena tropeçou. Ela viu o casaco vermelho, ouviu o barulho de esporas. Então viu sua mãe, nua e ferida, o lindo cabelo embaraçado em uma massa selvagem ao redor de seu rosto e ombros. Fiona caiu de joelhos aos pés de Serena.

— Mamãe! — Serena se ajoelhou ao lado dela e lhe tocou levemente o ombro. Havia visto a mãe chorar antes, mas não assim. Não com lágrimas silenciosas e sem esperança. A pele de Fiona estava fria, então Serena pegou um cobertor do baú e o enrolou nela.

Enquanto ouvia os soldados irem embora, Serena segurou a mãe com um braço e aconchegou Gwen e Malcolm com o outro. Tinha apenas uma vaga compreensão do que acontecera, mas era o suficiente para fazê-la odiar os ingleses e jurar vingança.

Capítulo 1

Londres, 1745

Brigham Langston, o quarto conde de Ashburn, sentou-se em frente à mesa do café da manhã em sua elegante casa na cidade e franziu a testa para a carta que segurava. A mensagem era algo que ele ansiava por receber, e estava aguardando-a havia um tempo. Agora que a segurava em suas mãos, lia cada palavra com cuidado, os olhos cinzentos sérios e a boca firme. Não era sempre que um homem recebia uma carta que podia ser capaz de mudar sua vida.

— Droga, Brig, quanto tempo você vai me fazer esperar?

Coll MacGregor, o escocês ruivo e de temperamento curto que o acompanhara em determinadas viagens pela Itália e França, parecia incapaz de sentar-se calmamente enquanto Brigham lia a correspondência.

Em resposta, Ashburn levantou uma mão fina, de pele branca e com uma renda no pulso. Ele estava acostumado às explosões de Coll e, na maioria das vezes, gostava delas. Porém, neste momento importante, ele faria o amigo esperar até que relesse a carta.

— É dele, não é? Maldição! É dele! Do príncipe! — Coll afastou-se da mesa. Somente a educação que a mãe lhe dera o impediu de arrancar a carta da mão de Brigham. Além de saber que o amigo podia aguentar o embate, apesar da diferença de tamanho entre eles, também tenha pesado em sua decisão. — Tenho o mesmo direito que você.

Brigham olhou para cima e observou o homem que caminhava pelo pequeno salão com força suficiente para fazer as porcelanas tremerem. Embora seus músculos estivessem tensos e sua mente, caótica, a voz de Brigham saiu calma.

— É claro que você tem, mas a carta foi dirigida a mim.

— Só porque é mais fácil contrabandear uma carta ao conde inglês todo-poderoso de Ashburn do que a um MacGregor. Todos estamos sob suspeita de sermos rebeldes na Escócia. — Os olhos verdes e afiados de Coll estavam iluminados e desafiadores. Quando Brigham retornou à leitura da carta, Coll praguejou novamente e caiu na cadeira. — Você testa a paciência das pessoas.

— Obrigado. — Colocando a carta ao lado do prato, Brigham serviu mais café. Sua mão estava firme, exatamente igual a quando segurava o punhal de uma espada ou a coronha de uma pistola. E, de fato, essa carta era uma arma de guerra. — Você está certo em tudo que disse, meu querido. A carta é do príncipe Charles. — Brigham tomou um gole de café.

— Bem, e o que ele diz?

Quando Brigham indicou a carta com um aceno de mão, Coll pulou sobre ela. A missiva estava escrita em francês e, embora seu conhecimento do idioma não fosse tão bom quanto o de Brigham, Coll conseguiu ler.

Enquanto o fazia, Brigham estudou a sala à sua volta. O papel de parede tinha sido escolhido por sua avó, uma mulher que ele lembrava tanto por seu suave sotaque escocês quanto por sua teimosia. Era um azul profundo e vítreo que ela dizia lembrá-la dos lagos de sua terra natal. O mobiliário era elegante, quase delicado, com curvas e bordas douradas. As graciosas figuras de porcelana Meissen que sua avó tanto apreciara ainda estavam na pequena mesa redonda junto à janela.

Como um menino, ele tinha permissão para olhar, mas não para tocar, e seus dedos sempre haviam coçado para segurar a estátua da pastora com o longo cabelo de porcelana e o rosto frágil.

Havia um retrato de Mary MacDonald, a mulher forte que se tornara a lady Ashburn. Posicionado acima da lareira, mostrava a avó em uma idade muito próxima da qual o neto tinha agora. Ela fora muito alta e magra para uma mulher, com um glorioso cabelo cor de ébano ao redor de um rosto esguio. Algo na forma com que ela inclinava a cabeça mostrava que poderia ser persuadida, mas não forçada. Solicitada, mas não comandada.

As mesmas características e a mesma coloração foram transmitidas ao neto. Não eram menos elegantes em sua forma masculina: a testa alta, as bochechas finas e a boca vultosa. Mas Brigham herdara mais que a altura e os olhos cinzentos de Mary. Ele também herdara suas paixões e seu senso de justiça.

Pensou na carta, nas decisões a serem tomadas e brindou ao retrato.

Você gostaria que eu fosse, pensou ele. *Todas as histórias que me contou, a crença na justiça e na causa Stuart que você plantou na minha cabeça durante os anos em que me criou e cuidou de mim. Se ainda estivesse viva, você iria. Então, como posso não ir?*

— Então é hora. — Coll fechou a carta. Era possível sentir a excitação e a tensão em sua voz e em seu olhar. Tinha 24 anos, apenas seis meses mais novo do que Brigham, mas esse era o momento pelo qual havia esperado pela maior parte de sua vida.

— Você precisa aprender a ler as entrelinhas, Coll. — Desta vez, Brigham levantou-se. — Charles ainda tem esperanças de conseguir o apoio dos franceses, embora comece a perceber que o rei Louis prefere falar do que agir. — Franzindo o cenho, afastou a cortina e olhou para o jardim dormente. Ele explodiria com cores e perfumes na primavera, mas era improvável que Brigham estivesse lá para apreciar o cenário.

— Quando estávamos na corte, Louis estava bastante interessado em nossa causa. Ele gosta tanto quanto nós do fantoche hanoveriano que está no trono — afirmou Coll.

— Sim, mas isso não significa que ele abrirá os cofres para Charles, o Bonnie Prince e a causa Stuart. A ideia de Charles de arrumar uma fragata e navegar para a Escócia parece mais realista, mas essas coisas levam tempo.

— Que é onde entramos.

Brigham colocou a cortina no lugar.

— Você conhece a situação na Escócia melhor do que eu. Quanto apoio ele receberá?

— O suficiente. — Com a confiança do orgulho e da juventude, Coll sorriu. — Os clãs se levantarão para o verdadeiro rei e lutarão ao lado de seus apoiadores. — E se levantou também, entendendo o que o amigo estava perguntando. Brigham arriscaria mais que sua vida na Escócia. O título dele, a casa e a reputação poderiam ser perdidos. — Brig, eu posso pegar a carta, voltar para minha família e, a partir daí, espalhar a palavra pelos clãs das Terras Altas. Não é necessário que você vá.

Levantando uma sobrancelha escura, Brigham quase sorriu.

— Sou tão inútil assim?

— Para o inferno com isso! — A voz de Coll era franca enquanto gesticulava os braços com exagero. Ambas as características faziam parte dele tanto quanto o sotaque e o orgulho feroz. — Um homem como você, alguém que sabe falar e lutar, um aristocrata inglês disposto a se juntar à rebelião? Ninguém sabe melhor do que eu do que você é capaz. Afinal, salvou minha vida mais de uma vez na Itália e, *aye*, na França, também.

— Não seja chato, Coll. — Brigham mexeu no laço em seu pulso. — Não combina com você.

O rosto largo de Coll abriu em um sorriso.

— *Aye*, e há algo a ser dito sobre a maneira como você consegue se transformar no conde de Ashburn em um piscar de olhos.

— Meu querido, eu *sou* o conde de Ashburn.

O humor iluminou os olhos de Coll. Quando ficavam juntos daquela maneira, o contraste entre os dois era atenuado. Brigham com a sua aparência esguia, Coll com seu corpo musculoso. Brigham com seus modos elegantes e até lânguidos; Coll, bruto e pronto para a luta. Mas ninguém sabia melhor do que o escocês exatamente o que se encontrava por baixo dos modos e da elegância do conde.

— Não foi o conde de Ashburn que lutou ao meu lado quando nossa carruagem foi atacada em Calais. Não foi o conde de Ashburn que praticamente me superou na bebida, um MacGregor, pelo amor de Deus!, naquele inferninho sujo em Roma.

— Asseguro que foi, pois lembro de ambos os incidentes muito bem.

Coll sabia que não adiantava brincar com Brigham.

— Brigham, seja sério. Como o conde de Ashburn, você merece ficar na Inglaterra. Vá aos bailes e aos jogos de cartas. Você ainda pode fazer algo aqui, prestando atenção nas movimentações.

— Mas?

— Se vou lutar, gostaria de tê-lo ao meu lado. Você virá?

Brigham estudou o amigo, depois olhou para cima. Para o retrato da avó.

— Claro.

O clima em Londres era frio e úmido, e continuou assim por três dias, quando os dois homens começaram a jornada para o norte. Viajariam até a fronteira no relativo conforto da carruagem de Brigham, e então seguiriam o restante do trajeto a cavalo.

Para quem permaneceu em Londres durante o miserável clima de janeiro e optou por perguntar, lorde Ashburn estava fazendo uma viagem casual à Escócia para visitar a família do amigo.

Havia alguns que sabiam a verdade, um pequeno número de membros durões dos partidos Tory e alguns jacobitas ingleses a quem Brigham confiava. Para eles, deixou a responsabilidade de cuidar da casa de sua família, a Mansão Ashburn, bem como de sua residência em Londres, além da disposição de seus criados. O que poderia ser levado sem aviso prévio, ele o fez. O que não poderia, deixou para trás com o pleno conhecimento de que provavelmente se passariam meses, talvez até anos, antes que pudesse retornar para reivindicá-lo. O retrato de sua avó ainda estava acima da lareira, mas, por um capricho sentimental, levava a estátua da pastora embrulhada para a viagem.

Havia ouro, muito mais do que era necessário para uma visita à família de um amigo, num baú trancado embaixo do chão da carruagem.

Foram obrigados a se locomover lentamente, mais do que Brigham desejava, mas as estradas escorregadias e as ocasionais tempestades de neve pediam a cautela do cocheiro. Brigham preferiria um bom cavalo debaixo dele e a liberdade do galope.

Um olhar pela janela mostrou que o clima para o norte só poderia ser pior. Com a paciência que aprendera a cultivar, Brigham recostou-se, descansou os pés no assento oposto, onde Coll dormia, e deixou os pensamentos voltarem para Paris e os meses radiantes que passara na cidade durante o ano anterior. Aquela era a França de Louis XV: opulenta, glamorosa, cheia de luz e música. Havia mulheres adoráveis, com cabelos arrumados e vestidos escandalosos. Tinha sido fácil flertar, e mais. Um jovem lorde inglês com uma carteira cheia e talento para gracejos não teve dificuldades para despertar interesse na sociedade.

Tinha usufruído da luxúria e da preguiça, mas também era verdade que começara a sentir-se inquieto, desejando ação e propósito. Os Langston sempre gostaram da intriga política tanto quanto do brilho dos bailes e das festas. Assim como, durante três gerações, juraram silenciosamente sua lealdade aos Stuart — os reis legítimos da Inglaterra.

Então, quando o príncipe Charles Edward chegou à França, um homem magnético de coragem e energia, Brigham ofereceu sua ajuda e seu juramento. Muitos o chamariam de traidor. Sem dúvida, os ultrapassados membros do partido Whigs que apoiaram o alemão que estava sentado no trono inglês teriam desejado o enforcamento de Brigham caso soubessem. Mas a lealdade de Brigham era à causa Stuart, a qual sua família sempre tinha acreditado, não à do usurpador alemão gordo, George. Não esquecera as histórias que sua avó havia lhe contado sobre a rebelião desastrosa de 1715, e sobre as proscrições e execuções de antes e depois.

Enquanto a paisagem se tornava mais selvagem e a cidade de Londres ficava cada vez mais distante, pensou novamente que a Casa de Hanover tinha feito pouco — ou sequer tentado — para simpatizar com a Escócia. Sempre houve a ameaça de guerra, do Norte ou do outro lado do Canal. A Inglaterra precisava ser fortalecida, e para isso necessitaria de seu rei legítimo.

Tinham sido mais que os olhos claros e boa aparência do príncipe que haviam feito Brigham decidir apoiá-lo. Fora o seu impulso e sua ambição, e talvez a confiança juvenil de que poderia, e iria, reivindicar o que era dele.

Eles pararam para dormir em uma pequena hospedaria, onde as planícies das Terras Baixas começavam a se tornar as verdadeiras Terras Altas. O ouro de Brigham e seu título lhes renderam lençóis secos e um salão privado. Alimentados e aquecidos pelo fogo, jogaram e beberam muita cerveja enquanto o vento varria as montanhas e martelava nas paredes. Por algumas horas, eram apenas dois jovens bem-aventurados que compartilhavam uma amizade e uma aventura.

— Maldito seja, Brig! Você está com sorte esta noite, seu bastardo.

— Parece que sim. — Brigham pegou os dados e as moedas. Os olhos, brilhantes de contentamento, encontraram os de Coll. — Vamos encontrar um novo jogo?

— Role os dados. — Coll sorriu e empurrou mais moedas para o centro da mesa. — Sua sorte vai virar. — Quando os dados caíram, ele riu. — Se eu não conseguir vencer isso... — Quando os dados caíram, ele balançou a cabeça. — Parece que não é possível ganhar de você. Como naquela noite em Paris, quando você disputou com o duque pelas afeições daquela doce *mademoiselle*.

Brigham serviu mais cerveja.

— Com ou sem os dados, eu já havia conquistado as afeições da *mademoiselle*.

Gargalhando alto, Coll depositou mais moedas na mesa.

— Sua sorte não pode durar para sempre. Embora eu espere que ela dure pelos próximos meses.

Brigham ergueu o olhar para cima e assegurou-se de que a porta do salão estava fechada.

— É mais uma questão sobre a sorte de Charles do que da minha.

— *Aye*, ele é o que precisávamos. O pai dele nunca teve muita ambição e sempre estava certo da própria derrota. — Coll levantou a caneca de cerveja. — Ao Bonnie Prince!

— Ele vai precisar de mais que sua boa aparência e língua esperta.

As sobrancelhas ruivas de Coll se levantaram.

— Você duvida dos MacGregor?

— Você é o único MacGregor que conheço. — Antes que Coll pudesse começar uma oração sobre seu clã, Brigham perguntou: — E a sua família, Coll? Deve estar feliz em vê-los novamente.

— Foi um longo ano. Não que eu não tenha apreciado as vistas de Roma e Paris, mas, quando um homem nasce nas Terras Altas, ele prefere morrer lá. — Coll bebeu sua cerveja pensando nos charcos arroxeados e nos lagos de azul profundo. — Sei que minha família está bem por conta da última carta que minha mãe me enviou, mas vou me sentir melhor ao vê-la com meus próprios olhos. Malcolm deve estar perto de completar 10 anos agora, e é um encapetado, me disseram. — Ele sorriu, cheio de orgulho. — Mas então, todos fomos.

— Você me disse que sua irmã era um anjo.

— Gwen. — A ternura invadiu a voz de Coll. — A pequena Gwen é mesmo um anjo. Doce, paciente e bonita como uma flor.

— Estou ansioso para conhecê-la.

— E ainda em idade escolar — alertou Coll. — Estarei por perto para me certificar de que você não esquecerá isso.

Um pouco embriagado com a cerveja, Brigham inclinou-se na cadeira.

— Você tem mais uma irmã.

— Serena. — Coll sacudiu a caixa de dados na palma da mão. — Deus sabe que a moça recebeu o nome errado. Ela é uma gata selvagem, e tenho as cicatrizes para provar. Serena MacGregor tem o temperamento do demônio e punhos rápidos.

— Mas ela é bonita?

— Não é feia de se olhar — afirmou o irmão. — Minha mãe contou que garotos começaram a cortejá-la no ano passado e que Serena os manda de volta para casa com marcas de tapas e o rabo entre as pernas.

— Talvez eles ainda não tenham encontrado a... maneira adequada de cortejá-la.

— Ah! Eu a contestei uma vez. Serena agarrou a espada do meu avô da parede e me perseguiu pela floresta. — Foi possível sentir o orgulho no sotaque escocês, se não a ternura. — Tenho piedade do homem que desejar conquistá-la.

— Uma amazona. — Brigham imaginou uma garota robusta e rosada com as características largas de Coll e um cabelo ruivo selvagem. Saudável como uma leiteira, pensou, e tão atrevida quanto. — Prefiro alguém mais amena.

— Não há um pingo de amenidade em Serena, mas ela é fiel. — A cerveja estava inundando a cabeça de Coll, mas isso não o impediu de levantar o caneco novamente. — Já contei sobre a noite em que os soldados ingleses apareceram em Glenroe.

— Sim.

Os olhos de Coll escureceram com a lembrança.

— Depois que eles terminaram de envergonhar minha mãe e incendiar telhados, Serena cuidou dela. Minha irmã não era mais que uma criança, mas colocou minha mãe na cama e cuidou dela e dos irmãos até retornarmos. Havia um hematoma em seu rosto onde aquele capitão bastardo a atingiu, mas Serena não chorou. Ela sentou, com os olhos secos, e nos contou tudo.

Brigham colocou uma mão sobre a do amigo.

— O tempo para a vingança já passou, Coll, mas não para a justiça.

— Farei os dois — murmurou Coll e jogou os dados de novo.

Voltaram para a estrada cedo na manhã seguinte. A cabeça de Brigham doía, mas o ar frio e ardente logo a fez melhorar. Foram a cavalo, permitindo que a carruagem os seguissem a um ritmo tranquilo.

Estavam realmente na terra sobre a qual ouvira quando criança. Era selvagem e bruta, com altos penhascos e charcos espalhados e desolados. Picos proeminentes perfuraram o cinza leitoso do céu, às vezes atravessavam cachoeiras e rios gelados cheios de peixes. Em outros lugares, haviam rochas caídas como se tivessem sido derrubadas por uma mão descuidada. Parecia um lugar antigo, com deuses e fadas, mas Brigham viu uma casa de campo ocasional, com fumaça saindo de uma abertura central na palha.

O chão estava coberto de neve, e o vento a soprava como um lençol através da estrada. Por vezes, quase ficaram cegos pelo efeito enquanto Coll liderava o caminho até as colinas. Rochas se abriam em cavernas. Aqui e ali havia sinais de que elas tinham sido utilizadas para abrigo. Os lagos, com as águas de um azul escuro e perigoso, estavam congelados nas bordas. Os efeitos da cerveja foram anulados pelo frio úmido que doía e penetrava até os casacos mais grossos.

Eles viajaram com rapidez quando a terra permitiu, e então passaram por montes de neve tão altas quanto a cintura de um homem. Cautelosos, desviaram dos fortes construídos por ingleses e evitaram a hospitalidade que lhes teria sido dada sem hesitação em qualquer casa de campo. Hospitalidade, Coll advertiu Brigham, incluiria questões sobre cada aspecto da viagem, de suas famílias e de seu destino. Poucos estranhos apareciam nas Terras Altas, e sempre eram apreciados por suas novidades tanto quanto por sua companhia.

Em vez de arriscar os detalhes de sua jornada sendo passada de aldeia para aldeia, utilizaram as estradas e colinas mais difíceis antes de se deparar com uma taverna para descansar os cavalos e almoçar. Os pisos eram sujos, a chaminé não mais que um buraco no telhado que mantinha tanta fumaça dentro quanto deixava sair. A única sala apertada cheirava a seus ocupantes e ao peixe de ontem. Não era um local que o quarto conde de Ashburn provavelmente frequentaria, mas o fogo estava quente e a carne quase fresca.

Abaixo do casaco, que estava secando em frente ao fogo, Brigham usava uma calça de montaria pardas e uma camisa de linho fino com seu casaco mais simples. Mas, embora simples, ele se encaixava sem rugas sobre os ombros largos, e tinha botões de prata. As botas mostravam sinal de desgaste pelo clima, mas eram inconfundivelmente de bom couro. O grosso cabelo estava amarrado com uma fita, e nas mãos finas usava o selo de sua família e uma esmeralda. Estava longe de estar vestido com sua melhor roupa, mas, mesmo assim, atraía olhares e sussurros curiosos.

— Eles não veem muitos como você nesse buraco — apontou Coll. Confortável de kilt e boina, com o ramo de pinho de seu clã encaixado em uma faixa, ele atacou com fome a torta de carne.

— Aparentemente. — Brigham comeu preguiçosamente, mas seus olhos por trás de pálpebras meio fechadas continuaram alertas. — Essa admiração deleitaria meu alfaiate.

— Ah, a roupa é apenas uma parte. — Coll ergueu a caneca de cerveja para esvaziá-la e pensou agradavelmente no uísque que compartilharia com o pai naquela noite. — Você pareceria um conde mesmo com trapos. — Ansioso para retornar à estrada, ele jogou moedas na mesa. — Os cavalos devem estar descansados; vamos. Estamos perto das terras dos Campbell. — Os modos de Coll eram muito polidos para permitir que ele cuspisse, mas teria gostado daquilo. — Prefiro não me estender muito.

Três homens saíram da taverna antes deles deixando entrar uma explosão de ar frio magnificamente fresco.

Para Coll, tinha ficado difícil conter a impaciência. Agora que estava de volta às Terras Altas, queria muito ver a própria casa, sua família. A estrada fez uma curva e subiu, ocasionalmente contornando um monte de casas e gado pastando no terreno áspero e irregular. Os homens que viviam ali precisavam ficar de olho em gatos selvagens e texugos.

Embora tivessem horas de viagem pela frente, ele podia quase sentir o cheiro de casa — a floresta, com seus cervos vermelhos e suas corujas-do-mato. Haveria uma festa naquela noite, e copos levantados em brindes. Londres, com suas ruas lotadas e seus modos rigorosos, ficou para trás.

As árvores eram escassas, e apenas pequenos arbustos apareciam ao lado das rochas. Na Escócia, até mesmo os arbustos tinham dificuldade para sobreviver. De vez em quando, passavam por um rio ou um riacho ruidoso apenas para serem desafiados pelo silêncio misterioso que se seguia. O céu estava limpo e de um azul brilhante. Acima, majestosa e gloriosa, uma águia dourada circulava.

— Brig...

Ao lado de Coll, Brigham subitamente ficou rígido. O cavalo de Coll empinou quando Brigham tirou a espada.

— Proteja seu flanco! — gritou ele, então virou-se para enfrentar dois cavaleiros que haviam aparecido por trás de uma rocha.

Eles cavalgavam pôneis escoceses desgrenhados e resistentes, e, embora seus tartãs estivessem desbotados com a idade e a sujeira, as lâminas de suas espadas brilhavam no sol da tarde. Brigham só teve tempo de notar que eram os mesmos homens que estavam na taverna antes do contato de aço contra aço.

Ao lado dele, Coll empunhou a espada contra mais dois. As colinas elevadas ecoaram com os sons da batalha e o bater de cascos contra a terra dura. Circulando no céu, a águia esperou.

Os agressores haviam julgado mal o confronto com Brigham. Suas mãos eram finas, o corpo esbelto como o de um dançarino, mas os pulsos eram rígidos e flexíveis. Usando os joelhos para guiar a montaria, ele lutou com uma espada em uma mão e um punhal na outra. As armas podiam ser decoradas com joias, mas as lâminas eram feitas para matar.

Ele ouviu Coll gritar e praguejar. De sua parte, lutou em silêncio mortal. O aço de sua espada raspava e ressoava conforme se defendia ou assumia a ofensiva, mirando um inimigo e driblando o outro. Os olhos, normalmente de um cinza claro e calmo, estavam escuros e estreitos como os de um lobo que fareja sangue. Ele fez um ataque final e violento a um de seus oponentes e retirou sua espada.

O escocês gritou, mas o som não durou mais que um piscar de olhos. Sangue se espalhou pela neve quando o homem caiu. O pônei, assustado com o cheiro da morte, correu para as rochas fazendo barulho. O outro homem, de olhos arregalados, retomou a luta com mais ferocidade e medo do que elegância. A violência do ataque quase penetrou a guarda de Brigham, e ele sentiu a picada da espada em seu ombro e o fluxo de sangue quente onde o contato tinha rasgado camadas de roupa e encontrado carne. Brigham respondeu com movimentos firmes e rápidos, empurrando o adversário para trás, em direção às rochas. Os olhos focaram o rosto do agressor, sem piscar ou vacilar. Com uma precisão fria, Brigham se defendeu, tomou impulso e perfurou o coração do inimigo. Antes do homem chegar ao chão, ele já estava cavalgando em direção a Coll.

Era um contra um agora, pois mais um dos agressores estava morto atrás de Coll, e Brigham teve tempo para respirar fundo. Então, viu o cavalo do amigo deslizar, quase tropeçar. Notou o brilho da lâmina e correu para o amigo. O último homem do bando olhou para cima para ver o cavalo e o cavaleiro vindo em sua direção. Com três companheiros mortos, ele decidiu virar o cavalo e subir as rochas para escapar.

— Coll! Você está machucado?

— *Aye*, por Deus. Maldito Campbell! — Ele lutou para não cair da sela. Sua lateral, onde a espada tinha perfurado, estava ardendo.

Brigham embainhou suas armas.

— Deixe-me ver.

— Não há tempo. Aquele chacal pode voltar com mais. — Coll tirou um lenço e apertou-o na ferida; em seguida, observou sua mão. Estava pegajosa, mas firme. — Não estou pronto ainda. — Os olhos, ainda brilhantes da batalha, encontraram os de Brigham. — Estaremos em casa ao anoitecer. — Com isso, começou a galopar.

Viajaram rápido, com Brigham mantendo um olho aberto para mais uma emboscada e outro em Coll. O grande escocês estava pálido, mas seu ritmo não vacilou. Apenas uma vez, por insistência de Brigham, eles pararam para que a ferida pudesse ser enfaixada de forma mais satisfatória.

Brigham não gostou do que viu. O ferimento era profundo, e Coll tinha perdido muito sangue. Ainda assim, o amigo estava ansioso para chegar em Glenroe e ver sua família, e Brigham também não sabia onde procurar ajuda. Coll aceitou o frasco que o amigo colocou em seus lábios e bebeu. Quando a cor voltou ao seu rosto, Brigham o ajudou a montar novamente.

Saíram das colinas para a floresta ao anoitecer, quando as sombras eram longas e trêmulas. Havia o cheiro de pinho e neve, com um leve toque de fumaça de uma casa de campo mais adiante. Uma lebre atravessou o caminho antes de entrar em um arbusto. Atrás dele, como um relâmpago, passou um falcão. Bagas do inverno, tão grandes quanto polegares, agarravam-se a arbustos espinhosos.

Brigham sabia que a força de Coll estava acabando, e ele fez uma pausa longa o suficiente para fazê-lo beber outra vez.

— Eu corri por essa floresta quando criança — lembrou Coll. Estava ofegante, mas o conhaque aliviou a dor. Não se permitiria morrer antes de a verdadeira luta começar. — Cacei nela, roubei o meu primeiro beijo aqui. Por minha vida, não consigo pensar por que a deixei.

— Para voltar um herói — disse Brigham enquanto fechava o frasco.

Coll deu uma risada que se transformou em uma tosse.

— *Aye*. Sempre houve um MacGregor nas Terras Altas desde que Deus nos colocou aqui, e aqui nós ficaremos. — Virou-se para Brigham com uma pitada de sua velha arrogância. — Você pode ser um conde, mas minha raça é real.

— E você está derramando o seu sangue real por toda a floresta. Vamos para casa, Coll.

Fizeram o restante do caminho em um galope fácil. Quando passaram as primeiras casas de campo, gritos ecoaram. De fora das moradias, algumas de madeira e pedra, outras construídas com não mais que lama e grama, as pessoas apareceram. Embora a dor fosse muita, Coll as saudou. Subiram uma colina, e os dois homens viram a Casa MacGregor.

Havia fumaça saindo espiralada das chaminés. Por trás das janelas envidraçadas, lâmpadas recém-acendidas brilhavam. O céu a oeste estava em chamas com as últimas luzes do sol, e a ardósia azul da casa reluzia e parecia se transformar em prata. Com quatro andares e algumas torres, a casa parecia ter sido construída tanto para a guerra quanto para o conforto. Os telhados variavam de altura e estavam unidos em um estilo confuso, mas encantador.

Era possível ver um celeiro na clareira, juntamente com outras dependências e gado de pastagem. De algum lugar, veio o latido de um cão.

Atrás deles, mais pessoas saíram de suas casas. Entre elas, uma jovem com uma cesta vazia em mãos. Brigham ouviu seu grito e se virou para observá-la.

A jovem estava enrolada em um manto xadrez. Em uma das mãos, segurava uma cesta que balançava enquanto corria; na outra, a barra da saia, e Brigham pode ver o lampejo de anáguas e pernas longas. Estava rindo enquanto corria, e o lenço caiu ao redor de seus ombros, deixando o cabelo — da mesma cor dos raios do sol — esvoaçar livremente.

Sua pele, clara como alabastro, estava rosada pelo frio e pela alegria. Suas feições haviam sido esculpidas por uma mão delicada, mas a boca era volumosa e rica. Brigham conseguiu apenas pensar na pastora que tinha amado e admirado quando criança.

— Coll! — Sua voz era baixa, mas saiu harmoniosa com a felicidade e rica com o sotaque da Escócia. Ignorando a impaciência dos cavalos, ela agarrou as rédeas e mostrou um rosto que fez a boca de Brigham secar. — Fiquei inquieta durante todo o dia e devia ter sabido que você era a causa. Você não nos avisou que estava vindo. Desaprendeu a escrever ou estava com preguiça?

— Um ótimo jeito de cumprimentar seu irmão. — Coll teria se inclinado para beijá-la, mas o rosto da irmã estava embaçado em sua frente. — O mínimo que você pode fazer é mostrar algumas maneiras para meu amigo. Brigham Langston, conde de Ashburn, minha irmã, Serena.

Não é feia de se olhar? Pela primeira vez, pensou Brigham, Coll não tinha exagerado. Longe disso.

— Senhorita MacGregor.

Mas Serena não lhe deu atenção.

— Coll, o que aconteceu? Você está ferido! — Enquanto ela se aproximava, Coll deslizou da sela para o chão. — Ah, Deus, o que é isso? — Ela empurrou o casaco do irmão para o lado e encontrou a ferida enfaixada às pressas.

— Abriu novamente. — Brigham ajoelhou-se ao lado dela. — Devemos levá-lo para dentro.

Serena levantou a cabeça rapidamente ao analisar Brigham com olhos verdes e afiados, como os de uma águia. Não havia medo, mas fúria.

— Tire as mãos dele, seu porco inglês! — Ela o empurrou de lado e abraçou o irmão contra o peito. Com o próprio manto, pressionou a ferida para diminuir o sangramento. — Como é que é meu irmão chega em casa à beira da morte, enquanto você chega com sua bela espada embainhada e sem um único arranhão?

Coll não havia feito jus à beleza da irmã, decidiu Brigham, mas fora verdadeiro quanto ao temperamento dela.

— Acho que posso explicar melhor depois que Coll for tratado.

— Leve suas explicações de volta a Londres. — Quando ele se arrumou para levar Coll, ela praticamente o empurrou. — Deixe-o, maldito! Não o deixarei tocar no que é meu!

Brigham olhou Serena de cima a baixo, até as bochechas dela corarem.

— Acredite, senhorita — disse ele, rigidamente educado. — Não tenho nenhum desejo de fazê-lo. Se puder cuidar dos cavalos, srta. MacGregor, vou levar seu irmão para dentro.

Ela começou a falar de novo, mas um olhar para o rosto pálido de Coll a fez reprimir as palavras. Com seu longo casaco girando e Coll nos braços, Brigham se dirigiu para dentro da casa.

Serena se lembrava da última vez que um inglês tinha entrado em sua residência. Pegando as rédeas dos dois cavalos, apressou-se atrás de Brigham enquanto o amaldiçoava.

Capítulo 2

HOUVE POUCO TEMPO PARA APRESENTAÇÕES. Brigham foi recebido na porta por uma empregada desengonçada e de cabelo preto que fugiu torcendo as mãos e gritando por lady MacGregor. Fiona apareceu com o rosto corado pelo fogo da cozinha, mas logo empalideceu com a visão do filho inconsciente nos braços de um estranho.

— Coll. Ele está…

— Não, minha senhora, mas a ferida é grave.

Tocou o rosto do filho com uma das mãos finas.

— Por favor, se puder levá-lo para o andar de cima. — Ela andou na frente, ordenando por água e ataduras. — Aqui. — Depois de abrir a porta, ela olhou por cima do ombro de Brigham. — Gwen, graças a Deus! Coll está ferido.

Gwen, uma versão menor e mais delicada do que sua mãe e irmã, correu para o quarto.

— Acenda as lâmpadas, Molly — disse à criada. — Vou precisar de muita luz. — Ela já estava pressionando a mão à testa do irmão. — Ele está febril. — O sangue de Coll havia manchado o manto e a camisa de linho. — Você pode me ajudar a despi-lo?

Acenando com a cabeça, Brigham começou a ajudá-la. De forma calma, Gwen solicitou medicamentos e tigelas de água enquanto pilhas de tecido eram trazidos às pressas. A jovem não desmaiou ao ver a ferida como Brigham temia, mas começou a limpá-la e tratá-la de forma competente. Mesmo com o toque gentil da irmã, Coll começou a murmurar e se contorcer.

— Segure isso, por favor. — Gwen gesticulou para o curativo que tinha feito na ferida e colocou xarope de papoulas em um copo de madeira. Em seguida, Fiona escorou a cabeça de Coll enquanto Gwen o fez beber o líquido.

Ela murmurou algo para o irmão conforme se sentou novamente e começou a costurar a ferida sem hesitar.

— Ele perdeu muito sangue — afirmou à mãe enquanto trabalhava. — Teremos que prestar atenção na febre. — Fiona já estava banhando a cabeça do filho com um pano frio.

— Ele é forte. Não vamos perdê-lo agora. — A mulher arrumou o cabelo que tinha caído em torno de seu rosto. — Sou grata a você por trazê-lo — disse a Brigham. — Pode me dizer o que aconteceu?

— Fomos atacados há alguns quilômetros ao sul daqui. Coll acredita que foram os Campbell.

— Entendo. — Os lábios de Fiona se contraíram, mas sua voz permaneceu calma. — Peço desculpas por nem mesmo lhe oferecer uma cadeira ou uma bebida quente. Sou a mãe de Coll, Fiona MacGregor.

— Sou amigo do seu filho, Brigham Langston.

Fiona conseguiu dar um sorriso, mas manteve a mão inerte do filho na dela.

— O conde de Ashburn, é claro. Coll escreveu sobre você. Por favor, permita que Molly guarde seu casaco e lhe busque uma bebida.

— Ele é inglês. — Serena estava na porta. Ela havia tirado o manto xadrez e tudo o que usava era um vestido caseiro simples de lã azul-escuro.

— Estou ciente disso, Serena. — Fiona virou seu sorriso forçado de volta para Brigham. — Seu casaco, lorde Ashburn. Você fez uma longa jornada. Tenho certeza que deseja uma refeição quente e descansar um pouco. — Quando ele tirou o casaco, o olhar de Fiona parou em seu ombro. — Ah, você está ferido!

— Não é nada grave.

— Um arranhão — apontou Serena ao observar o machucado. Ela teria passado reto pelo homem em direção ao irmão, mas um olhar de sua mãe a impediu.

— Leve nosso convidado para a cozinha e cuide de seu ferimento, Serena.

— Prefiro cuidar de um rato.

— Você vai fazer o que eu digo e vai mostrar a cortesia apropriada a um convidado em nossa casa. — A voz de Fiona ganhou um tom severo. — Depois de cuidar do ferimento, garanta que ele faça uma refeição decente.

— Lady MacGregor, não é necessário.

— Perdoe-me, meu senhor, é muito necessário. Peço desculpas por não cuidar de você com minhas próprias mãos. — Ela colocou o pano na cabeça de Coll novamente. — Serena?

— Tudo bem, Mãe. Por você. — Serena virou-se e deu uma leve e debochada reverência. — Acompanhe-me, por obséquio, conde Ashburn.

Brigham a seguiu através de uma casa muito menor do que a Mansão Ashburn, mas perfeitamente limpa. Andaram por um corredor e desceram dois lances estreitos de escada porque Serena escolheu levá-lo pela parte de trás da casa. Ainda assim, ele prestou pouca atenção enquanto observava as costas rígidas de Serena. A cozinha era uma mistura rica do aroma de especiarias, de carnes, da chaleira pendurada por uma corrente sobre o fogo e de tortas recém-assadas. Serena indicou uma pequena cadeira.

— Por favor, sente-se, milorde.

Brigham o fez, e somente um leve lampejo dos olhos verdes expressou seus sentimentos quando ela rasgou a manga de sua camisa.

— Espero que você não desmaie ao ver sangue, srta. MacGregor.

— É mais provável que você desmaie ao ver sua camisa destruída, lorde Ashburn. — Serena jogou a manga arruinada para o lado e pegou uma bacia de água quente e alguns panos limpos.

Era mais que um arranhão. Embora ele fosse um inglês, Serena sentiu-se um pouco envergonhada. A ferida havia claramente reaberto quando ele levara Coll para dentro. Enquanto estancava o sangue que tinha começado a correr livremente, viu que o corte tinha quinze centímetros ou mais ao longo de um antebraço musculoso.

A pele dele estava quente e suave sob suas mãos. Aquele inglês não cheirava a perfumes ou a pó de arroz, como ela imaginou, mas a cavalos, suor e sangue. Curiosamente, isso a tocou de alguma forma e fez seus dedos ficarem mais gentis do que pretendia.

Serena tinha o rosto de um anjo, pensou Brigham. E a alma de uma bruxa. Uma combinação interessante, decidiu ao sentir o aroma de lavanda. O tipo de boca feita para beijar, mas olhos hostis prontos para perfurar um homem. Como seria lhe tocar o cabelo ruivo? Desejou acariciá-lo só para ver a reação dela. Mas uma ferida, disse a si mesmo, era o suficiente para um dia.

Serena trabalhou com competência e em silêncio, limpando a ferida e passando uma das misturas de ervas de Gwen. O cheiro era agradável, e a fez pensar na floresta e nas flores. Mal percebeu que o sangue inglês do homem sujava suas mãos.

Quando ela se moveu para alcançar as ataduras, ele se virou. Repentinamente, estavam cara a cara — o mais perto que um homem e uma mulher podiam ficar sem estar abraçados. Serena sentiu a leve respiração dele em seus lábios e ficou surpresa com a rápida vibração de seu coração. Notou que os olhos do inglês eram cinza e estavam mais escuros do que quando ele a estudara friamente na estrada. A boca era bonita, e estava curvada com o início de um sorriso que mudou o rosto aristocrático para algo mais simpático.

Pensou ter sentido os dedos dele em seu cabelo, mas teve certeza de que estava enganada. Por um momento, talvez dois, sua mente ficou em branco e Serena só conseguiu observá-lo e admirá-lo.

— Será que vou viver? — murmurou Brigham.

Lá estava o sotaque inglês, zombeteiro e presunçoso. Serena não precisava de mais nada para tirá-la do feitiço que os olhos cinzentos a haviam lançado. Sorriu e apertou o curativo o suficiente para fazê-lo reclamar.

— Ah, perdão, milorde — disse ela com um bater de cílios. — Eu o machuquei?

Brigham lhe deu um olhar ameno e pensou que seria satisfatório estrangulá-la.

— Por favor, não se importe.

— Não irei. — Serena se levantou para remover a bacia de água suja de sangue. — Não é estranho que o sangue inglês seja tão fino?

— Eu não tinha notado. O sangue escocês que derramei hoje pareceu pálido para mim.

Ela virou-se para trás.

— Se você tiver derramado sangue de um Campbell, livrou o mundo de mais um texugo, mas não serei grata por isso, ou qualquer outra coisa.

— Assim você me fere, milady, pois vivo por sua gratidão.

Serena pegou uma tigela de madeira — embora sua mãe tivesse indicado que a porcelana deveria ser utilizada — e preencheu-a com ensopado de forma brusca. Serviu-lhe cerveja e jogou alguns pães de aveia em uma bandeja. Uma pena que não estavam duros.

— Sua ceia, milorde. Tenha cuidado para não engasgar.

Ele se levantou e, pela primeira vez, Serena percebeu que o homem era quase tão alto quanto seu irmão, embora fosse menos musculoso e robusto.

— Coll me avisou que você era mal-humorada.

Serena colocou as mãos no quadril, olhando-o por debaixo dos cílios alguns tons mais escuros do que o cabelo rebelde.

— É bom que saiba disso, milorde, para que evite cruzar meu caminho.

Brigham deu um passo em direção a ela. Não conseguiu evitar, dado o seu temperamento e sua propensão ao combate cara a cara. Serena inclinou o queixo como se estivesse se preparando, até mesmo ansiando, para o ataque.

— Se você acha que vai me perseguir pela floresta com a espada de seu avô, pense novamente.

Os lábios de Serena tremeram quando lutou contra o sorriso. O humor deixava os olhos verdes quase tão atraente quanto a raiva.

— Por quê? Você é rápido com os pés, *sassenach*? — perguntou ela, usando o termo gaélico reservado para odiados invasores ingleses.

— Rápido o suficiente para derrubá-la no chão, se você tiver a sorte de me alcançar. — Ele lhe tomou a mão, tirando com eficácia o sorriso de seus olhos. Embora a mão de Serena estivesse fechada em um punho, ele levou-a aos lábios. — Meus agradecimentos, srta. MacGregor, por seu toque tão gentil e sua hospitalidade.

Brigham ficou onde estava, mas ela saiu, furiosamente esfregando os nós dos dedos contra a saia.

Estava completamente escuro quando Ian MacGregor retornou com o filho mais novo. Após a refeição rápida, Brigham ficou no quarto que lhe havia sido dado, deixando a família sozinha e tirando um tempo para pensar. Coll havia descrito os MacGregor bem o suficiente. Fiona era adorável, e possuía uma força que adicionava toques de rigidez à sua beleza. A jovem Gwen era doce e tranquila, com olhos tímidos — e uma mão firme quando costurava feridas.

Quanto a Serena... Coll não tinha mencionado que a irmã era uma loba com um rosto para rivalizar com o de Helena de Troia, mas Brigham estava disposto a fazer os próprios julgamentos. Podia ser verdade que ela não tinha nenhum motivo para amar os ingleses, mas, de sua parte, Brigham preferia julgar um homem como um homem, e não por sua nacionalidade.

Faria bem em julgar uma mulher como uma mulher, e não por sua aparência, pensou. Quando ela aparecera correndo pela estrada em direção ao irmão, o rosto vivo com alegria, o cabelo esvoaçando, Brigham sentiu como se tivesse sido atingido por um raio. Felizmente, ele não era um homem que se detinha sob o feitiço de um belo par de olhos e pernas. Tinha viajado para a Escócia para lutar por uma causa em que acreditava, não para se preocupar com uma jovem que o detestava.

Por causa de sua nacionalidade, refletiu ele enquanto andava em círculos. Nunca tivera qualquer motivo para não se sentir orgulhoso de sua linhagem. Seu avô tinha sido um homem respeitado e temido, assim como seu pai, antes da morte levá-lo tão cedo. A partir do momento que tivera idade suficiente para entender, Brigham fora ensinado que ser um Langston era tanto um privilégio quanto uma responsabilidade. Não encarava nenhuma das duas coisas de forma leviana. Se o fizesse, teria ficado em Paris aproveitando os caprichos e as extravagâncias da alta sociedade ao invés de viajar para as montanhas da Escócia e arriscar tudo por um jovem príncipe.

Maldita era a mulher que o olhava como se ele fosse uma sujeira a ser limpa do fundo de uma panela.

Ao ouvir uma batida na porta, virou-se da janela com uma careta.

— Sim?

A criada abriu a porta com o coração já em sua garganta. Uma espiada na aparência mal-humorada de Brigham a fez abaixar os olhos e curvar-se com nervosismo.

— Com sua licença, lorde Ashburn. — E isso foi tudo o que ela conseguiu dizer.

Ele esperou e, então, suspirou:

— Posso saber para o que precisa de minha licença?

Ela lhe lançou um olhar rápido, então olhou para o chão novamente.

— Milorde, o lorde MacGregor deseja vê-lo no andar de baixo, se lhe for conveniente.

— Certamente. Irei de imediato.

Brigham ajustou a renda dos pulsos de sua camisa. Havia viajado com apenas uma muda de roupa, e esperava que a carruagem com o resto de seus pertences chegasse a Glenroe no dia seguinte.

Desceu a escada, esbelto e elegante, com roupas em preto e prata. Um pedaço de renda aparecia sutilmente em seu colarinho, e os anéis brilhavam à luz do lampião. Em Paris e Londres, tinha seguido a moda e colocado pó de arroz no cabelo. Ali, estava contente de dispensar o incômodo e apenas havia escovado o cabelo preto para longe do rosto.

Lorde MacGregor o esperava na sala de jantar, bebendo vinho do porto com uma lareira às suas costas. Seu cabelo era ruivo escuro e caía sobre os ombros. A barba, da mesma cor e brilho, lhe cobria o rosto. Estava vestido como era apropriado ao receber a visita de alguém importante. Na verdade, o grande kilt lhe convinha, pois ele era tão alto e largo quanto o filho. A vestimenta acompanhava um gibão de couro de bezerro e um fecho de joias no ombro sobre o qual fora esculpida a cabeça de um leão.

— Lorde Ashburn. Seja bem-vindo a Glenroe e a casa de Ian MacGregor.

— Obrigado. — Brigham aceitou o vinho e cadeira oferecidos. — Gostaria de perguntar sobre Coll.

— Ele está descansando, embora minha filha Gwen tenha me dito que será uma longa noite. — Ian fez uma pausa, olhando para a taça de estanho em sua grande mão. — Coll escreveu sobre você como um amigo. Se não o tivesse feito, você seria um amigo agora por trazê-lo de volta para nós.

— Ele é meu amigo, e tem sido há um tempo.

A afirmação foi aceita com um aceno de cabeça.

— Então eu bebo à sua saúde, milorde. — Ele o fez, com entusiasmo. — Disseram-me que sua avó era uma MacDonald.

— Ela era. Da Ilha de Skye.

O rosto de Ian, marcado e avermelhado pelo vento e o tempo, relaxou em um sorriso.

— Então seja bem-vindo duas vezes. — Ian ergueu a taça e manteve o olhar afiado em seu convidado. — Ao verdadeiro rei?

Brigham ergueu sua taça.

— Ao rei do outro lado da água — disse ele, encontrando o olhar azul feroz de Ian com o seu. — E à rebelião por vir.

— *Aye*, beberei a isso. — E Ian o fez, esvaziando o vinho em um único gole. — Agora, conte-me o que aconteceu com meu garoto.

Brigham descreveu a emboscada, detalhando os homens que os atacaram e suas vestimentas. Enquanto falava, Ian ouvia inclinado sobre a mesa grande como se tivesse medo de perder uma palavra.

— Esses Campbell miseráveis e assassinos! — explodiu ele, batendo o punho na mesa e fazendo copos e pratos balançarem.

— Coll pensou a mesma coisa — afirmou Brigham. — Sei um pouco sobre os clãs e sobre a disputa entre vocês e os Campbell, lorde MacGregor. Pode ter sido uma simples tentativa de roubo, ou pode ser que estejam sabendo da movimentação dos jacobitas.

— É uma possibilidade. — Ian pensou por um momento, tamborilando os dedos. — Bem, quatro contra dois, não foi? A probabilidade seria pior se não fossem Campbell. Você também se feriu, não é mesmo?

— Uma bagatela. — Brigham deu de ombros, em um costume que adquirira na França. — Se a montaria de Coll não tivesse derrapado, ele nunca teria baixado a guarda. Seu filho é um demônio com a espada.

— Ele diz o mesmo de você. — Ian mostrou os dentes em um grande sorriso. Não havia nada que admirava tanto quanto um bom lutador. — Algo sobre uma escaramuça na estrada para Calais?

Brigham sorriu para a referência.

— Um pequeno desvio.

— Gostaria de ouvir mais sobre isso, mas, primeiro, diga-me o que puder sobre o Bonnie Prince e seus planos.

Eles conversaram por horas, esvaziando a garrafa de vinho e abrindo outra enquanto as velas derretiam. As formalidades desapareceram até serem apenas dois homens, um mais experiente; o outro em aprendizado. Ambos eram guerreiros por nascimento e por temperamento. Podiam lutar por razões diferentes, um em uma tentativa desesperada de preservar um modo de vida e sua terra; o outro, apenas por justiça. Mas lutariam. Quando se despediram, Ian para olhar o filho e Brigham para sentir o ar livre e verificar os cavalos, se conheciam tão bem quanto necessário.

Já era tarde quando Brigham retornou. A casa estava em silêncio, os fogos apagados. Do lado de fora, o vento assobiava, trazendo com ele o isolamento e a distância entre Londres e tudo o que considerava familiar.

Perto da porta, uma vela estava acesa para lhe iluminar o caminho. Ele a pegou e começou a subir as escadas, embora soubesse que ainda estava muito inquieto para dormir. Os MacGregor lhe interessavam — o tinham feito desde a primeira vez que ele e Coll haviam compartilhado uma garrafa e suas histórias de vida. Sabia que eram unidos, não apenas pela obrigação familiar, mas pelo carinho e pelo amor mútuo para com sua terra. Naquela noite, havia visto a família unir esforços com fé inquestionável e lealdade. Não houvera nenhuma histeria quando entrara com Coll, nem choro ou mulheres desmaiadas. Em vez disso, cada um tinha feito o que precisava ser feito.

Era desse tipo de força e compromisso que Charles precisaria nos próximos meses.

Com a luz da vela emitindo sombras saltitantes nas paredes, Brigham passou por seu quarto para visitar Coll. Quando abriu a porta, viu que as cortinas estavam presas e o amigo ainda dormia embaixo de cobertores. E viu Serena sentada em uma cadeira ao lado da cama, lendo um livro à luz de outra vela.

Era a primeira vez que a encontrava no estado condizente a seu nome. O rosto estava calmo e extraordinariamente lindo na luz suave. O cabelo brilhava e caía por suas costas. Tinha trocado o vestido por um manto de um verde profundo que lhe cobria até o pescoço para enquadrar seu rosto. Enquanto Brigham observava, ela respondeu ao murmúrio do irmão e colocou uma mão em seu pulso.

— Como ele está?

Serena se assustou com o som da voz de Brigham, mas se recompôs rapidamente. Sem demonstrar emoção, fechou o livro que tinha no colo.

— A febre ainda está alta. Gwen acha que ela deve acabar amanhã de manhã.

Brigham foi até o pé da cama. Atrás dele, o fogo queimava alto. O cheiro de remédio de papoulas unia-se à fumaça.

— Coll me disse que ela podia fazer magia com ervas. Já vi médicos com mãos menos firmes que Gwen.

Dividida entre aborrecimento e orgulho pela irmã, Serena alisou a saia do robe.

— Ela tem um dom, e um bom coração. Teria ficado com ele durante toda a noite se eu não a tivesse intimidado a ir para a cama.

— Então você maltrata a todos, não apenas estranhos? — Brigham sorriu e levantou uma mão antes que ela pudesse responder. — Você dificilmente pode gritar comigo agora, minha querida, ou vai acordar seu irmão e o resto de sua família.

— Não sou sua querida.

— Pelo qual irei grato para a minha sepultura. É apenas um modo de falar.

Coll agitou-se, e Brigham moveu-se para o lado da cama para colocar uma mão fria em sua testa.

— Ele acordou alguma vez?

— Uma vez ou duas, mas confuso. — Cedeu à demanda de sua consciência e completou: — E perguntou por você.

Serena se levantou e torceu um pano para banhar o rosto do irmão.

— Você deveria dormir e vê-lo na parte da manhã.

— E quanto a você?

As mãos dela eram gentis sobre o irmão, acalmando-o e refrescando-o. Mesmo sem querer, Brigham imaginou como seria a sensação aquelas mesmas mãos acariciando sua testa.

— O que tem eu?

— Ninguém consegue intimidá-la a ir para a cama?

Ela olhou para cima, totalmente consciente do que ele quisera dizer.

— Vou quando e onde eu quiser. — Sentando-se novamente, Serena cruzou as mãos. — Você está desperdiçando sua vela, lorde Ashburn.

Sem uma palavra, ele a apagou. A luz da única vela ao lado da cama criou um ambiente de intimidade.

— Muito bem — murmurou ele. — Uma vela é suficiente.

— Espero que você consiga encontrar o caminho para o seu quarto no escuro.

— Tenho uma excelente visão noturna, por acaso. Mas não irei deitar ainda. — Calmamente, pegou o livro do colo de Serena. — *Macbeth*?

— As belas damas que conhece não leem?

Os lábios de Brigham se contorceram.

— Algumas. — Ele abriu o livro e folheou as páginas. — Um pequeno conto macabro.

— Assassinato e poder? — Ela fez um pequeno gesto com as mãos. — A vida, milorde, pode ser terrível, como os ingleses costumam provar.

— Macbeth era escocês — lembrou Brigham. — "É uma história contada por um idiota, cheia de som e fúria, significando nada". É assim que você vê a vida?

— Eu a vejo da maneira que ela é.

Brigham encostou-se em uma mesa, segurando o livro frouxamente. Acreditava que Serena queria dizer exatamente o que dissera, e isso despertou seu interesse. A maioria das mulheres que conhecia era capaz de filosofar apenas sobre moda.

— Você não vê Macbeth como um vilão?

— Por quê? — Ela não tinha a intenção de respondê-lo, muito menos de manter uma conversa, mas foi incapaz de resistir. — Ele tomou o que sentiu que era dele.

— E seus métodos?

— Cruéis. Talvez reis precisem o ser. O príncipe Charles não vai tomar o trono pedindo por favor.

— Não. — Com uma careta, Brigham fechou o livro. — Mas traição é diferente da guerra.

— Uma espada é uma espada, esteja ela enfiada nas costas ou no coração. — Serena encarou-o, os olhos verdes brilhando na luz. — Se eu fosse um homem, lutaria para ganhar, e para o inferno com o método.

— E a honra?

— Há muita honra na vitória. — Serena embebeu o pano e apertou-o novamente. Apesar do jeito ríspido, ela tinha o dom para lidar com doenças, de forma gentil, paciente e minuciosa. — Houve um tempo em que os MacGregor foram caçados como vermes, com os Campbell recebendo uma boa quantia de ouro britânico para cada morte. Se você está sendo caçado como um animal selvagem, você aprende a lutar com selvageria. Mulheres foram estupradas e assassinadas, bebês foram executados. Não nos esquecemos, lorde Ashburn, nem perdoamos.

— Este é um novo tempo, Serena.

— Ainda assim, o sangue do meu irmão foi derramado hoje.

Em um impulso, Brigham colocou a mão sobre a dela.

— Em poucos meses, mais sangue será derramado. Mas por justiça, não vingança.

— Você pode se contentar com a justiça, milorde, não eu.

Coll gemeu e começou a se debater. Serena retornou sua atenção para o irmão. Automaticamente, Brigham o segurou.

— Ele vai abrir a ferida novamente.

— Mantenha-o parado. — Serena serviu mais remédio em um copo de madeira e segurou-o nos lábios de Coll. — Beba agora, querido. — Ela derramou o que conseguiu pela garganta do irmão, murmurando, ameaçando e o persuadindo o tempo todo. Ele estava tremendo, embora a pele estivesse como fogo ao toque.

Serena não questionou mais a presença de Brigham, e não disse nada quando ele tirou o casaco e dobrou as mangas da camisa. Juntos, banharam Coll com água fria, forçaram mais da mistura de Gwen pelos lábios secos dele e o observaram.

Durante o delírio de Coll, Serena falou com o irmão, principalmente em gaélico, tão calma e firme quanto um soldado experiente. Brigham achou estranho vê-la tão tranquila, quando ela estivera tão energética por excitação ou fúria desde o primeiro momento em que a vira. Agora, na calada da noite, suas mãos eram gentis, a voz calma e seus movimentos competentes. Trabalharam juntos como se tivessem passado a vida fazendo isso.

Ela já não se ressentia pela ajuda de Brigham. Inglês ou não, ele obviamente gostava de seu irmão. Sem o auxílio, ela teria sido forçada a chamar a irmã ou a mãe. Por algumas horas, Serena forçou-se a esquecer que o lorde Ashburn representava tudo o que desprezava.

De vez em quando, sobre o pano ou o copo, suas mãos se encostavam. Ambos se esforçavam para ignorar até mesmo essa pequena intimidade. Ele podia estar preocupado com Coll, mas ainda era um nobre inglês. Serena poderia ter mais coragem do que qualquer outra mulher que ele tinha conhecido, mas ainda era um pesadelo escocês.

A trégua durou enquanto a febre de Coll continuava. No momento em que a luz se tornou cinza com a chegada do amanhecer, a febre tinha passado.

— Ele está frio. — Serena piscou para conter as lágrimas enquanto acariciava a testa do irmão. Era tolo chorar naquele momento, pensou, quando o pior já tinha passado. — Acho que Coll vai ficar bem, mas Gwen terá que examiná-lo.

— Ele deve dormir bem agora. — Brigham apertou a mão sobre suas costas, onde uma dor surgia. O fogo que os havia aquecido durante a noite ainda estava aceso, emitindo luz e calor. Tinha afrouxado a camisa para ter mais conforto, e o peitoral musculoso estava visível entre a gola. Serena limpou a própria testa e tentou não notar.

— É quase de manhã. — Sentia-se fraca, chorosa e cansada até os ossos.

— Sim. — A mente de Brigham tinha mudado repentina e completamente do homem na cama para a mulher na janela. Os primeiros sinais da madrugada estavam a suas costas, e Serena ficou entre a sombra e a luz. O robe a cobria como se ela fosse da realeza. O rosto, pálido de fadiga, era dominado por olhos que pareciam maiores, mais escuros e misteriosos pelas leves olheiras.

O sangue de Serena começou a formigar abaixo de sua pele enquanto Ashburn continuava a observá-la. Desejou que ele parasse. Isso a fazia sentir-se... impotente, de alguma forma. Com um medo súbito, desviou o olhar do dele e virou-se para o irmão.

— Não há nenhuma necessidade de você continuar aqui.

— Não.

Serena virou as costas, e Brigham tomou o ato como uma dispensa. Fez uma reverência irônica que ela não pode ver ao se aproximar da porta, mas parou quando ouviu um soluço. Em seguida, passando a mão pelo cabelo e praguejando, aproximou-se dela.

— Não há necessidade de lágrimas agora, Serena.

Apressadamente, ela enxugou o rosto com as mãos.

— Achei que meu irmão iria morrer. Não percebi o medo que sentia até agora. — Ela passou a mão sobre o rosto novamente. — Perdi meu lenço — disse sentindo-se miserável.

Brigham pressionou o próprio lenço na mão delicada.

— Obrigada.

— De nada — conseguiu responder quando Serena entregou o lenço de volta, amassado e úmido. — Melhor agora?

— *Aye*. — Ela deixou escapar um longo e firme suspiro. — Gostaria que você fosse...

— Para onde? — Embora soubesse que era imprudente de sua parte, ele a virou para encará-lo. Só queria ver os olhos verdes de novo. — Para minha cama ou para o inferno?

Os lábios de Serena se curvaram em um sorriso, surpreendendo a ambos.

— Para o que achar melhor, milorde.

Brigham queria aqueles lábios. O conhecimento o surpreendeu tanto quanto o sorriso dela. Queria-os quentes, abertos e completamente rendidos sob os seus. A luz rompeu o céu e caiu como pó de ouro através da janela. Antes que qualquer um deles estivesse preparado, Brigham entrelaçou os dedos no cabelo ruivo e segurou o pescoço esguio.

— Não — disse Serena, espantada que a negação tivesse saído tão instável. Quando levantou uma mão em sinal de protesto, ele a segurou, palma contra palma. Então, ficaram parados enquanto um novo dia começava.

— Você está tremendo — murmurou Brigham. Levemente, passou os dedos pelo pescoço de Serena, como se acendendo pequenas fogueiras. — Eu me perguntava se você era capaz disso.

— Eu não lhe dei permissão para me tocar.

— Eu não pedi permissão. — Puxou-a para mais perto. — Nem irei. — Ele levou as mãos unidas aos lábios, lhe beijando os dedos suavemente. — Nem precisarei.

Serena sentiu a sala girar e seu autocontrole se esvair quando Ashburn abaixou a cabeça em sua direção. Viu apenas o rosto dele e, em seguida, apenas os olhos cinzas. Como em um sonho, permitiu que os próprios olhos se fechassem e os lábios se abrissem.

— Serena?

Ela se afastou, o rosto vermelho ao ouvir a voz da irmã. Abalada, apertou as próprias mãos enquanto Gwen entrava no quarto.

— Você ainda deveria estar descansando. Só dormiu algumas horas.

— Foi o suficiente. Coll? — perguntou Gwen, olhando em direção à cama.

— A febre passou.

— Ah, graças a Deus! — O cabelo, mais dourado do que vermelho, cobriu o rosto delicado quando se inclinou sobre o irmão. Em seu robe azul pálido, ela se parecia muito com o anjo que Coll havia descrito. — Ele dorme bem, e deve fazê-lo por mais algumas horas. — Gwen olhou para cima e sorriu para a irmã, então viu Brigham perto da janela. — Lorde Ashburn! Você não dormiu?

— Ele estava prestes a ir deitar-se. — Serena se moveu rapidamente para o lado da irmã.

— Você precisa descansar. — O rosto de Gwen enrugou-se em uma careta quando se lembrou do ombro machucado dele. — Não fará bem ao seu ferimento se não descansar.

— Ele ficará bom o suficiente... — disse Serena com impaciência.

— Agradeço a preocupação. — Brigham fez uma reverência para Gwen. — Como parece que não serei mais útil, vou para minha cama. — Seu olhar passou por Serena de cima a baixo novamente. Ao lado da irmã, ela também parecia um anjo. Um anjo vingador. — A seu dispor, senhorita.

Gwen sorriu quando ele saiu pela porta, seu jovem coração vibrando um pouco com a visão do peito nu e braços musculosos.

— Tão bonito — suspirou.

Bufando, Serena alisou o corpete de seu robe.

— Para um inglês.

— Foi gentil da parte dele ficar com Coll.

Serena ainda podia sentir o aperto determinado dos dedos finos em sua nuca.

— Ele não é gentil — afirmou. — Eu não acredito que seja nem um pouco gentil.

Capítulo 3

Brigham dormiu até o sol estar alto no céu. Seu ombro estava tenso, mas não sentia dor. Supunha que devia agradecer a Serena por isso, e seus lábios se curvaram em um sorriso sinistro ao pensar em como o faria.

Depois de amarrar a calça, olhou para o casaco de equitação rasgado. Teria que ser o suficiente, visto que não poderia usar os trajes noturnos. Até sua bagagem chegar, teria que improvisar. Passou a mão no queixo depois de colocar o casaco. A barba estava áspera e a renda, longe de estar limpa. Seu criado teria ficado horrorizado.

O querido e sisudo Parkins ficara furioso por ter sido deixado em Londres, enquanto seu senhor viajava para as bárbaras Terras Altas escocesas. Parkins sabia, como poucos, o verdadeiro propósito da viagem, mas isso só o fez insistir mais sobre acompanhar seu mestre.

Brigham inclinou o espelho de barbear. Parkins era leal, pensou, mas não seria competente em uma batalha. Não havia cavalheiro mais fino e adequado em Londres, mas Brigham mal precisaria de um criado, ou desejaria um, durante sua estadia em Glenroe.

Com um suspiro, começou a se barbear com a navalha. Podia não saber o que fazer com o casaco rasgado ou a renda caída, mas conseguia fazer a própria barba.

Uma vez que estava apresentável, direcionou-se para o andar inferior. Fiona estava lá para cumprimentá-lo, um avental sobre o vestido simples de lã.

— Lorde Ashburn, espero que tenha descansado bem.

— Muito bem, lady MacGregor.

— Se você é um homem como os que conheço, deve estar com fome. — Com um sorriso, ela colocou a mão em seu braço e começou a andar. — Gostaria de sentar-se na sala de estar? É mais quente do que o salão de jantar, e, quando faço uma refeição sozinha, acho que é menos solitário.

— Obrigado.

— Molly, diga a cozinheira que o lorde Ashburn está acordado e com fome. — Ela levou-o para uma sala de estar onde uma mesa já havia sido posta para ele. — Devo deixá-lo agora, ou prefere companhia?

— Eu sempre prefiro a companhia de uma bela mulher, milady.

Sorrindo, ela aceitou a cadeira que lhe foi estendida.

— Coll disse que você era um sedutor. — Avental ou não, ela sentou-se tão graciosamente quanto qualquer dama que Brigham tinha conhecido. — Não fui capaz de lhe agradecer adequadamente na noite passada. Gostaria de compensá-lo e lhe mostrar toda a minha gratidão por trazer Coll para casa.

— Gostaria de tê-lo trazido em melhores circunstâncias.

— Você o trouxe. — Ela ofereceu a mão. — Devo muito ao senhor.

— Ele é meu amigo.

— *Aye*. — Fiona lhe apertou a mão rapidamente. — Coll me disse. Isso não diminui a dívida, mas não vou envergonhá-lo. — Molly trouxe café e Fiona serviu, satisfeita com a oportunidade de fazer uso de sua porcelana. — Meu filho perguntou por você esta manhã. Talvez, depois de ter comido, você possa subir e falar com ele.

— Claro. Como ele está?

— Bem o suficiente para reclamar. — O sorriso de Fiona era maternal. — Coll é como o pai. Impaciente, impulsivo e muito, muito querido.

Conversaram casualmente enquanto o café da manhã era servido. Havia mingau de aveia e pedaços grossos de presunto, porções de peixe fresco com ovos, bolos de aveia e diversas compotas e geleias. Embora tivesse escolhido café ao uísque na refeição matinal, percebeu que, embora remota, esta mesa da Terra Alta poderia rivalizar com uma de Londres. Fiona tomou um gole de café e incentivou Brigham a comer.

O sotaque da mulher era encantador e sua conversa direta. Enquanto comia, esperou que lady MacGregor perguntasse o que ele e o marido dela haviam discutido na noite anterior. Mas as perguntas não vieram.

— Se me der seu casaco esta noite, milorde, posso consertá-lo.

Ele olhou para a manga em ruínas.

— Temo que nunca mais será o mesmo.

Os olhos dela estavam sóbrios quando encontraram os seus.

— Nós fazemos o que podemos com o que temos. — Ela se levantou, e Brigham fez o mesmo. Sua saia farfalhou. — Se me der licença, lorde Ashburn, tenho muito para fazer antes de meu marido voltar.

— O lorde MacGregor saiu?

— Ele deve estar em casa à noite. Todos nós temos muito a fazer antes do príncipe Charles executar seu movimento.

Brigham arqueou uma sobrancelha quando Fiona saiu. Nunca conhecera uma mulher que encarava a ameaça de guerra de uma forma tão complacente.

Quando voltou ao andar de cima, encontrou Coll um pouco pálido e com olheiras, mas sentado e reclamando.

— Não vou comer essa gororoba.

— Você vai comer cada colherada — retrucou Serena, ameaçadoramente. — Gwen a fez especialmente para você.

— Eu não me importo se a Santíssima Virgem mergulhou o dedo nela, não vou comer!

— Blasfeme de novo e você vai ver só!

— Bom dia, crianças. — Brigham entrou no quarto.

— Brig, graças a Deus — falou Coll. — Mande essa garota embora e me traga um pouco de carne. Carne — repetiu. — E uísque.

Depois de andar até a cama, Brigham analisou a papa que Serena tinha em mãos, em uma tigela de madeira.

— É, certamente parece nojenta.

— *Aye*, foi o que eu disse. — Coll caiu para trás contra os travesseiros, aliviado por ter um homem ao seu lado. — Ninguém, a não ser uma mulher cabeça-dura, espera que uma pessoa coma isso.

— Eu mesmo acabei de comer um delicioso pedaço de presunto.

— Presunto?

— Feito de maneira magnífica. Meus cumprimentos a sua cozinheira, srta. MacGregor.

— Ele precisa de papa — disse ela entre os dentes — e papa é o que ele vai ter.

Dando de ombros, Brigham sentou-se na borda da cama.

— Eu fiz a minha parte, Coll. Você decide.

— Leve-a para fora.

Brigham mexeu em sua renda.

— Odeio não o atender, meu querido, mas a mulher me aterroriza.

— Ah! — Coll levantou o queixo e olhou para a irmã. — Vá para o inferno, Serena, e leve essa gororoba com você.

— Tudo bem, então, se você quer ferir os sentimentos da pequena Gwen depois que ela cuidou de você e usou seu tempo e esforço para fazer algo que pudesse comer. Levarei a comida para baixo e direi que você a chamou de gororoba e que prefere ficar sem nada a tocá-la.

Serena se virou, tigela na mão. Antes que tivesse dado dois passos, Coll cedeu.

— Inferno e danação! Dê isso para mim!

Brigham notou o sorriso de Serena quando ela colocou a saia de lado e sentou-se.

— Muito bem — murmurou ele.

Ignorando-o, ela mergulhou a colher na tigela.

— Abra a boca, Coll.

— Não serei alimentado! — reclamou ele pouco antes de ela empurrar em sua boca uma colher da papa. — Maldição, Serena, eu disse que vou comer sozinho!

— E deixá-lo derramar comida no pijama limpo? Não vou trocar sua roupa de novo, rapaz, por isso, abra a boca e fique quieto.

Coll teria praguejado novamente, mas estava muito ocupado engolindo a comida.

— Vou deixá-lo terminar seu café da manhã, Coll.

— Pelo amor de Deus. — Ele agarrou o pulso de Brigham. — Não me abandone agora. Ela vai rosnar para mim, resmungar, brigar e me deixar louco. Eu... — Ele olhou enquanto Serena empurrava mais comida em sua boca. — Minha irmã é o diabo, Brig. Um homem não está seguro com ela.

— É mesmo? — Sorrindo, Brigham estudou o rosto de Serena e foi recompensado com a visão de vê-la corando levemente.

— Não lhe agradeci por me trazer para casa. Disseram-me que você foi ferido — disse Coll.

— Um arranhão. Sua irmã cuidou dele.

— Gwen é um anjo.

— A pequena Gwen estava ocupada com você. Serena cuidou do machucado.

Coll olhou para a irmã e sorriu.

— Desajeitada.

— Cuidado para não engolir a colher, Coll MacGregor.

— É preciso mais que um buraco em meu corpo para me impedir, *lassie*. Ainda posso lhe ensinar uma lição.

Ela limpou a boca do irmão com um guardanapo delicadamente.

— A última vez que tentou você ficou mancando por uma semana.

Ele sorriu com a lembrança.

— *Aye*, você está certa. Brig, a moça é um Trojan. Me chutou bem... — ele viu o olhar furioso de Serena — no meu orgulho, por assim dizer.

— Lembrarei disso se um dia eu precisar lutar com a srta. MacGregor.

— Me bateu na cabeça com uma panela uma vez, também — recordou Coll. — Vi estrelas. — Ele estava sonolento novamente, e suas pálpebras caíram. — Dragão — murmurou. — Você nunca vai conseguir um marido assim.

— Se eu quisesse um marido, já estaria casada.

— A garota mais bonita de Glenroe — A voz de Coll tremulou, e seus olhos se fecharam. — Mas o temperamento é ruim, Brig. Bem diferente daquela francesa bonitinha de cabelo dourado.

Que francesa bonitinha?, perguntou-se Serena ao olhar Brigham de soslaio. Mas ele estava apenas sorrindo e brincando com o botão do casaco.

— Tive o prazer de descobrir isso sozinho — afirmou Brigham. — Descanse agora. Voltarei mais tarde.

— Ela me forçou a comer essa papa. Coisa horrível.

— *Aye*, e há mais de onde isso veio. Tolo ingrato — retrucou Serena.

— Eu te amo, Rena.

Ela afastou o cabelo da testa de Coll.

— Eu sei. Agora, fique quietinho e durma. — Ela ajeitou o cobertor em volta do irmão enquanto Brigham observava. — Coll dormirá por algumas horas. Mamãe vai alimentá-lo da próxima vez, e não haverá discussões com ela.

— Eu diria que a discussão lhe fez tão bem quanto a papa.

— Essa era a ideia. — Serena levantou a bandeja com o prato vazio e começou a passar por ele. Brigham só precisou virar-se para bloquear seu caminho.

— Você descansou?

— Bem o suficiente. Perdoe-me, lorde Ashburn, tenho coisas para fazer.

Em vez de mover-se, ele sorriu.

— Quando eu passo a noite com uma mulher, ela me chama pelo meu primeiro nome.

O conflito mental iluminou os olhos de Serena, exatamente como Brigham esperava.

— Eu não sou uma francesa de cabelo dourado ou uma de suas mulheres de Londres, então guarde seu primeiro nome para si mesmo, *lorde* Ashburn. Não tenho nenhum uso para ele.

— Acredito que tenho uso para o seu... Serena. — Ela o encantou ao quase rosnar. — Você tem os olhos mais bonitos que já vi.

A afirmação a perturbou. Ela sabia como lidar com elogios, como aceitá-los, fugir deles e descontá-los. De alguma forma, não era tão fácil com aquele inglês.

— Deixe-me passar — ordenou Serena.

— Você teria me beijado? — Brigham colocou dois dedos sob o queixo dela ao fazer a pergunta. Serena segurou a bandeja como um escudo. — Você o teria feito, esta manhã, quando a necessidade de dormir estava visível em seu rosto e o dia era apenas uma luz fraca e dourada?

— Saia da minha frente. — Sentindo a voz fraquejar, ela empurrou a bandeja para cima dele. Brigham a pegou instintivamente para impedi-la de cair. Livre, Serena dirigiu-se para a porta com ele dois passos atrás. O som de pés correndo parou ambos.

— Malcolm, você precisa ser tão barulhento quanto um elefante? Coll está dormindo!

— Ah. — Um menino de cerca de 10 anos parou de correr, quase derrapando. Seu cabelo era de um vermelho escuro que provavelmente escureceria para mogno com a idade. Ao contrário dos outros homens de sua família, ele tinha traços finos, quase delicados. Possuía, Brigham notou imediatamente, os olhos verdes e profundos da irmã. — Eu queria vê-lo.

— Você pode vê-lo, mas deve fazer silêncio. — Com um suspiro, Serena lhe sacudiu o ombro. — Limpe-se primeiro. Você parece um cavalariço.

Malcolm sorriu, mostrando a falta de um dente.

— Estava com a égua. Ela dará à luz em um ou dois dias.

— Você cheira como ela, também. — Reparando na lama no corredor, Serena percebeu que o irmão não tinha limpado completamente as botas. Varreria o chão antes que sua mãe visse a sujeira. Começou a falar sobre isso, mas notou que ele não estava mais prestando atenção.

Brigham encontrou-se sendo estudado e avaliado, de homem a homem. O menino era magro como um graveto, estava sujo, e a curiosidade era evidente em seus olhos.

— Você é o porco inglês?

— Malcolm!

Ambos ignoraram Serena, e Brigham deu um passo adiante. Calmamente, entregou a bandeja de volta a ela.

— Sou inglês, em todo caso, embora a minha avó tenha sido uma MacDonald.

Mortificada, Serena olhou para a frente.

— Peço desculpas pelo meu irmão, milorde.

Brigham lhe lançou um olhar repleto de ironia. Ambos sabiam de quem Malcolm tinha ouvido a descrição.

— Não há necessidade. Mas talvez possa nos apresentar.

Os dedos de Serena apertaram a bandeja.

— Lorde Ashburn, meu irmão Malcolm.

— A seu dispor, mestre MacGregor.

Malcolm sorriu para a afirmação e a reverência formal de Brigham.

— Meu pai gosta de você — confidenciou. — O mesmo com minha mãe e Gwen, eu acho, mas ela é muito tímida para dizer.

Os lábios de Brigham se contraíram.

— Estou honrado.

— Coll escreveu que você possui os melhores estábulos de Londres, então vou gostar de você também.

Sem conseguir se conter, Brigham bagunçou o cabelo do menino e sorriu maliciosamente para Serena.

— Mais uma conquista.

Ela ergueu o queixo.

— Vá se limpar, Malcolm — ordenou ela antes de se retirar.

— Elas sempre querem que você se limpe — suspirou Malcolm. — Estou contente por ter mais homens na casa.

Quase duas horas depois, a carruagem de Brigham chegou causando uma comoção na aldeia. O lorde Ashburn acreditava em ter sempre o melhor, e seu equipamento de viagem não era exceção. A carruagem era de um preto régio com prata, assim como a roupa do cocheiro. O cavalariço, que acompanhava seu mestre, estava gostando do fato de que as pessoas espiavam, pelas portas e janelas, a sua chegada. Embora nos últimos dois dias tivesse reclamado sobre o clima miserável, as estradas miseráveis e o ritmo miserável, sentia-se melhor sabendo que a viagem estava no fim e que seria deixado em paz para cuidar de seus cavalos.

— Ei, garoto. — O cocheiro parou os cavalos e apontou para um garoto que estava ao lado da estrada, cobiçando a carruagem e chupando o dedo. — Onde posso encontrar a casa dos MacGregor?

— Continue reto e suba a colina. Estão procurando pelo lorde inglês? Essa é a carruagem dele?

— Você acertou.

Satisfeito consigo mesmo, o garoto apontou para o caminho.

— Ele está lá.

O cocheiro apressou os cavalos.

Brigham estava lá para recebê-los. Protegendo-se do frio, ele saiu da casa quando a carruagem parou.

— Vocês demoraram.

— Perdão, meu senhor. O clima nos atrasou.

Brigham gesticulou na direção de sua bagagem.

— Leve-as para dentro. Os estábulos ficam na parte de trás da casa, Jem. Cuide dos cavalos. Vocês comeram?

Jem, cuja família trabalhava para os Langston havia três gerações, moveu-se agilmente.

— Quase nada, milorde. O Wiggins veio rápido como um louco.

Apreciando a verdade disso, Brigham sorriu para o cocheiro.

— Tenho certeza de que haverá algo quente na cozinha. Se vocês... — Ele parou quando a porta da carruagem se abriu e uma pessoa mais digna do que qualquer duque saiu.

— Parkins.

O homem fez uma reverência.

— Milorde. — Em seguida, estudou o traje de Brigham, e o rosto sisudo se contorceu em mortificação. Quando falou, sua voz saiu trêmula: — Ah, milorde!

Brigham lançou um olhar triste para as mangas rasgadas. Sem dúvida, Parkins estaria mais preocupado com o material do que com a ferida em seu corpo.

— Como pode ver, preciso de minha bagagem. Agora, o que você está fazendo aqui?

— O senhor precisa de mim também, milorde. — Parkins empertigou-se. — Eu sabia que estava certo em vir, e não pode haver dúvida disso. Certifique-se de que os baús sejam colocados no quarto do lorde Ashburn imediatamente.

Embora o frio estivesse entrando por seu casaco de equitação, Brigham continuou parado.

— Como você veio parar aqui?

— Encontrei o cocheiro ontem, senhor, depois que você e o sr. MacGregor partiram a cavalo. — Mais baixo do que Brigham e terrivelmente magro, Parkins encheu o peito. — Não serei enviado de volta para Londres, milorde, quando o meu dever está aqui.

— Eu não preciso de um criado, homem. Não irei a nenhum baile.

— Servi o pai de milorde por quinze anos, e sirvo milorde há cinco. Não serei enviado de volta.

Brigham abriu a boca, mas fechou-a em seguida. Era impossível discutir sobre lealdade.

— Ah, entre, maldito! Está congelando!

Envolto em dignidade, Parkins subiu a escada.

— Desfarei suas malas imediatamente. — Ele estremeceu quando olhou o traje de seu mestre mais uma vez. — *Imediatamente.* Se eu puder convencer milorde a me acompanhar, posso tê-lo adequadamente vestido em um instante.

— Mais tarde. — Brigham mexeu em seu casaco. — Quero verificar os cavalos. — Ele desceu os degraus, verificou os animais e, então, virou-se. — Parkins, bem-vindo a Escócia.

Um tênue sorriso tocou os lábios finos de Parkins.

— Obrigado, milorde.

Jem, o cavalariço, parecia estar no caminho certo para fazer a si mesmo e os cavalos sentirem-se em casa. Brigham ouviu sua risada ao empurrar a porta de madeira.

— Você tem razão, mestre MacGregor! Claro que o lorde Ashburn tem os melhores estábulos de Londres, de toda Inglaterra, aliás, e sou eu quem cuido deles.

— Então pedirei para que olhe minha égua, Jem, pois ela dará à luz em breve.

— Terei prazer em fazê-lo, mas depois de verificar meus amores.

— Jem.

— Eh… — ele se virou e viu Brigham parado em um raio fino de luz de inverno. — Sim, senhor, lorde Ashburn. Arrumarei tudo em um instante.

Brigham sabia que Jem não poderia ser criticado por seu trabalho com os cavalos, mas ele tinha uma tendência a beber e um palavreado que os MacGregor podiam não considerar adequados para o filho mais novo. Assim, Brigham permaneceu no estábulo, supervisionando o arranjo dos cavalos.

— São belos animais, lorde Ashburn. — Malcolm estava ajudando na escovação. — Sou muito bom guiando cavalos, sabe?

— Não duvido. — Brigham tinha tirado o sobretudo e, já que seu casaco estava arruinado de qualquer forma, começara a ajudar no trabalho. — Talvez possamos encontrar uma tarde para que você me mostre suas habilidades.

— De verdade? — Não havia caminho mais rápido ao coração do menino. — Creio que não conseguiria com sua carruagem, mas temos um cabriolé. — Ele deu um sorriso viril. — Embora minha mãe não me deixe guiar sozinho qualquer coisa além do carrinho de pônei.

— Mas você estará comigo, não é? — Brigham deu um tapinha no flanco de um dos animais. — Eles parecem estar em boa forma, Jem. Vá dar uma olhada na égua do mestre MacGregor.

— Por favor, senhor, você poderia vir junto, também? Ela é linda.

Brigham pôs a mão no ombro de Malcolm.

— Ficarei encantado em conhecê-la.

Satisfeito por ter encontrado um amigo, Malcolm pegou a mão de Brigham e levou-o através dos estábulos.

— Ela se chama Betsy. — Ao som de seu nome, a égua enfiou a cabeça sobre a porta do box e esperou para ser acariciada.

— Uma lady adorável. — Sua pelagem era branca com manchas escuras, não formosamente distinta, mas digna e aparada o suficiente. Quando Brigham ergueu a mão para lhe afagar a cabeça, ela mexeu as orelhas e o encarou com olhos calmos e curiosos.

— Ela gosta de você. — O fato agradou a Malcolm, como se ele frequentemente confiasse na opinião dos animais sobre as pessoas.

Impressionando o jovem Malcolm, Jem analisou a égua com calma e competência. Betsy continuou parada, suspirando de vez em quando e sacudindo a barriga pesada, ou mexendo o rabo.

— O potro deve sair em breve — anunciou Jem. — Mais um dia ou dois por meu palpite.

— Quero dormir nos estábulos, mas Serena sempre vem e me arrasta para casa.

— Não se preocupe com isso, Jem está aqui agora.

— Mas você vai me chamar quando for a hora?

Jem olhou para Brigham buscando permissão, a recebeu e sorriu.

— Gritarei por você, não tema.

— Posso incomodá-lo e pedir que leve Jem para a cozinha? — perguntou Brigham. — Ele não comeu.

— Peço perdão. — Repentinamente educado, Malcolm endireitou os ombros. — Solicitarei que a cozinheira prepare algo imediatamente. Boa tarde, milorde.

— Pode me chamar de Brig.

Malcolm sorriu para o homem e para a mão que lhe foi oferecida. Apertou-a formalmente e, em seguida, saiu correndo, dizendo para Jem segui-lo.

— Um garotinho encabritado, se assim posso dizer, milorde.

— Você pode. Jem, tente lembrar que ele é jovem e impressionável. — Ao ver a expressão vazia de Jem, Brigham suspirou. — Se ele começar a praguejar como meu cavalariço inglês, o machado vai cair sobre meu pescoço. E ele tem uma irmã que gostaria muito de empunhá-lo.

— Sim, milorde. Serei o decoro em pessoa, serei sim. — Sorrindo, Jem seguiu Malcolm.

Brigham não entendeu porque continuou nos estábulos. Talvez fosse porque o local era tranquilo, e os cavalos, boa companhia. Era verdade que tinha passado uma boa parte da juventude da mesma forma que Malcolm, nas estrebarias. Tinha aprendido mais que algumas frases interessantes. Se necessário, era capaz de preparar os cavalos tão rapidamente quanto o cavalariço. Também sabia guiar os animais e cuidar de machucados, e tinha acompanhado sua cota de nascimentos.

Uma vez, sonhara em criar cavalos. Isso mudou quando as responsabilidades de seu título foram passadas a ele em uma idade precoce.

Mas não eram cavalos ou sonhos perdidos que ocupavam sua mente, naquele momento. Era Serena. Talvez por estar pensando nela, não ficou surpreso ao vê-la entrar nos estábulos.

Serena estivera pensando nele, também, embora não inteiramente de forma gentil. Durante todo o dia, fora incapaz de se concentrar em tarefas simples. Em vez disso, recordara-se repetidamente do momento em que ficaram tão próximos no quarto do irmão.

Tinha estado cansada, Serena assegurou a si mesma enquanto enrolava-se em sua manta. Quase dormindo em pé, na verdade. Por qual outro motivo teria ficado paralisada enquanto o lorde inglês a tocara daquela maneira... a olhava daquele jeito?

E como ele havia olhado. Mesmo agora, ficava agitada com a lembrança. Os olhos cinzas tinham ficado escuros; e estavam tão perto. Ela sabia o que era ter um homem olhando-a com interesse, até mesmo ter um tentando levá-la para as sombras para roubar um beijo. Havia permitido isso uma ou duas vezes, apenas por curiosidade. Tinha achado a experiência agradável o suficiente, mas não excitante. Porém, nada chegara aos pés do que sentira com Brigham.

Suas pernas tinham ficado fracas, como se alguém tivesse substituído seu sangue por água. Sentiu uma tontura como a vez em que tomara o vinho de seu pai quando tinha 12 anos. E fora como se sua pele estivesse em chamas, onde os dedos dele a tocaram. Como uma doença, pensou.

O que mais poderia ser? Serena afastou a sensação e endireitou os ombros. Tinha sido pura e simples fadiga. Isso, mais a preocupação com seu irmão e falta de comida. Ela estava se sentindo muito melhor naquele momento e, se encontrasse com o conde metido de Ashburn, lidaria bem o suficiente com a situação.

Sacudindo a cabeça, olhou ao redor do estábulo.

— Malcolm, seu diabrete — chamou Serena — vim tirá-lo daqui e levá-lo para casa. É o seu trabalho encher a caixa de lenha. Não farei a tarefa de novo.

— Lamento, mas você perdeu a viagem. — Brigham saiu das sombras e ficou satisfeito ao assustá-la. — Ele não está aqui. Acabei de enviá-lo à cozinha com meu cavalariço.

Serena levantou o queixo.

— Enviou-o? Ele não é seu servo.

— Minha querida srta. MacGregor. — Brigham se aproximou, decidindo que as cores neutras do xadrez eram o contraponto perfeito para a riqueza do cabelo ruivo. — Malcolm se apegou a Jem, que é, como seu irmão, um grande adorador de cavalos.

Seu coração sempre amolecia quando se tratava de Malcolm, e ela abaixou a crista.

— Ele está sempre aqui. Duas vezes esta semana eu tive de agarrá-lo e arrastá-lo para dentro de casa depois da hora de dormir. — Serena se conteve e franziu a testa. — Apreciaria se me avisasse caso ele o importune. Me certificarei de que ele não se intrometa.

— Não há necessidade. Nós nos demos bem. — Aproximou-se mais um pouco e sentiu o aroma de lavanda que parecia flutuar em torno dela. — Você precisa descansar mais, Serena. Está com olheiras.

Tinha quase dado um passo para trás antes de resistir ao impulso incomum de recuar.

— Eu sou tão forte quanto um de seus cavalos, obrigada. E você é muito leviano com o meu nome.

— Gosto dele. Como foi que Coll lhe chamou antes de adormecer? Rena? Soa bem.

Soava diferente quando Ashburn pronunciava. Serena se virou para estudar os cavalos.

— Você impressionou Malcolm com estes, tenho certeza.

— Ele é mais facilmente impressionável do que a irmã.

Serena olhou por cima do ombro.

— Você não tem nada que poderia me impressionar, milorde.

— Você não acha cansativo odiar todas as coisas inglesas?

— Não, acho gratificante. — Estava sentindo-se fraca novamente, e necessitada, então voltou-se para ele e deixou a raiva substituir anseios que ainda não compreendia. — O que você é para mim além de mais um nobre inglês que quer as coisas à sua maneira? Você se importa com a terra? Com as pessoas? Com o nome? Você não sabe nada do que somos — disparou Serena. — Não sabe nada sobre as perseguições, as misérias, as degradações.

— Sei mais do que você pensa — disse ele em voz baixa, controlando o próprio temperamento.

— Você senta ao lado do fogo em sua bela casa em Londres ou em sua mansão no interior e sonha sobre valores e uma grande mudança social. Nós vivemos a luta todos os dias, apenas para mantermos nossa terra. O que você sabe do terror de esperar no escuro o retorno dos homens da família, ou da frustração de não ser capaz de fazer mais do que esperar?

— Você me culpa, também, por ter nascido uma mulher? — Brigham a agarrou pelo braço antes que Serena pudesse se afastar. O xale na cabeça dela escorregou, e o cabelo lhe caiu sobre os ombros, iluminado pela fraca luz da noite. — Eu me amaldiçoo por preferi-la como mulher. — Ressentia amargamente sua resposta automática a ela. — Diga-me a verdade, Serena, você me despreza?

— *Aye*! — exclamou ela com paixão, desejando que fosse verdade.

— Porque sou inglês?

— É razão suficiente para odiá-lo.

— Não é, mas acho que vou lhe dar uma.

Para agradar a si mesmo, pensou Brigham ao puxá-la para si. Para desfazer os nós em sua barriga e acalmar a tempestade em seu âmago. Serena se afastou e poderia ter lhe estapeado, mas ele estava preparado e foi rápido.

No momento em que a boca de Ashburn caiu sobre a sua, Serena congelou. Ele ouviu a respiração dela ficar presa, e depois apenas o zumbido de sua própria cabeça. Os lábios de Serena eram como pétalas de rosa, macios e perfumados. Com um juramento, Brigham passou um braço ao redor da cintura dela e a prendeu. Sentiu a rendição e o tremor do corpo delicado. O corpo dele estava rígido com o choque da sensação que se espalhava pelos seus membros.

Atrás deles, os cavalos fizeram barulho e mexeram-se. Partículas de poeira dançavam em um raio de luz errante.

Serena estava paralizada. Pensou que nunca seria capaz de se mover novamente, porque todos os ossos do seu corpo tinham se dissolvido. Por baixo das pálpebras fechadas via um turbilhão de cores, tão vivas e brilhantes que certamente a deixariam cega. Se aquilo era um beijo, então nunca tinha experimentado um antes. Calor, luz e movimento estavam unidos em um único encontro de lábios.

Ela ouviu, surpreendida, um gemido suave e doce, e nunca poderia acreditar que tinha saído de si mesma. Sua mão estava sobre o braço de Ashburn, os dedos segurando firme na manga da camisa. Poderia ter se desequilibrado, mas ele a segurou com força.

Estava respirando?

Deveria estar, pois se sentia viva. Sentia o cheiro dele, o mesmo de quando o havia conhecido. Suor, cavalos, homem. E ele tinha um gosto de... Os lábios se separaram, Serena ansiava por mais. Ashburn tinha um gosto de mel aquecido no uísque. Já estava embriagada dele?

O coração de Serena começou a trovejar, em um ritmo que ela não sabia que existia. Se havia mais, queria descobrir. Se isso era tudo, já fora o suficiente para uma vida. Lentamente, Serena deslizou as mãos pelos braços masculinos, subindo pelos ombros e pelo cabelo. O tipo de beijo mudou, de choque e entrega para demanda.

Brigham sentiu uma mordiscada em seu lábio, fazendo o fogo se alastrar em seu interior. Com um desespero súbito, pressionou Serena contra um pilar e lhe atacou a boca quando ela se abriu em um convite. Naquele instante, ele era mais prisioneiro daquela mulher do que o contrário.

Brigham interrompeu o beijo como um homem afogado rompe a água, buscando ar e sacudindo a cabeça.

— Meu bom Deus, onde você aprendeu a beijar dessa maneira?

Aqui e agora, pensou Serena, mas vergonha e confusão coraram suas bochechas. Independentemente de como aquilo acontecera, tinha permitido que ele a beijasse e, Jesus, tinha gostado.

— Solte-me.

— Não sei se posso. — Ele ergueu a mão para a bochecha corada dela, mas Serena afastou a cabeça. Lutando por paciência, Brigham permaneceu imóvel e tentou recuperar o fôlego. Um momento atrás, ela o havia beijado de forma a rivalizar com as melhores cortesãs francesas. Mas então, naquele momento, era dolorosamente claro que ela era inocente.

Iria se matar, se Coll não o fizesse antes. Brigham estreitou os lábios. Seduzira a irmã do amigo, a filha de seu anfitrião, no estábulo, como se ela fosse uma garota de taverna. Pigarreou e deu um passo para trás. Quando falou, sua voz era dura.

— Ofereço minhas mais profundas desculpas, srta. MacGregor. Isso foi imperdoável.

Serena o encarou. Os olhos não estavam marejados com lágrimas, mas brilhantes de raiva.

— Se eu fosse um homem, o mataria.

— Se você fosse um homem — respondeu Brigham com rigidez —, dificilmente minhas desculpas seriam necessárias. — Ele curvou-se e saiu, esperando que o ar frio clareasse sua cabeça.

Capítulo 4

Teria sentido prazer em matá-lo, pensou Serena. Com uma espada! Não, isso seria muito limpo e civilizado para um verme inglês. A menos, claro, que ela o esquartejasse, em pedaços bem pequenos, um por vez, em vez de acabar com sua vida inútil com um único golpe no coração. Sorriu para si mesma enquanto imaginava o ato. Um corte rápido aqui, um lento e torturante ali.

Os pensamentos de Serena podiam ser terríveis, mas ninguém teria imaginado ao observá-la. Era a personificação da tranquilidade enquanto batia manteiga na cozinha quente. Quando seus pensamentos ficavam sombrios, mergulhava a haste de madeira que segurava no líquido com força injustificada, mas, independentemente de sua origem, a energia só agilizava o trabalho.

Ashburn não tinha o direito de beijá-la daquela forma, de forçar-se sobre ela. E menos direito ainda de fazê-la gostar do fato. Bateu a manteiga com mais intensidade. Vira-lata inglês miserável! E ela tinha cuidado de sua ferida com as próprias mãos, lhe servido uma refeição em sua casa. Não por sua vontade, e talvez não graciosamente, mas o tinha feito mesmo assim.

Se contasse ao pai o que Brigham tinha ousado fazer... Ela parou por um momento para imaginar a possibilidade. Ian MacGregor ficaria colérico e muito provavelmente chicotearia o vira-lata inglês até a vida miserável dele ficar por um fio. Isso a fez sorrir outra vez. A imagem do conde todo poderoso de Ashburn rastejando no chão, os arrogantes olhos cinzas nublados com terror.

Começou a bater mais rápido enquanto seu sorriso se transformava em praticamente um rosnado. A imagem parecia certa, mas Serena preferia chicoteá-lo com as próprias mãos. Ela o faria gemer a seus pés.

Seu amor por violência era verdadeiro, e talvez triste, pensou. Preocupava sua mãe. Sem dúvida, era uma pena que ela não tivesse herdado o temperamento da mãe, em vez do de seu pai, mas a realidade era essa. Era raro que um dia passasse sem Serena perder a paciência e, em seguida, sentisse culpa e remorso por causa disso.

Desejava ser mais parecida com a mãe. Calma, firme, paciente. O bom Deus sabia que tentara, mas não conseguira. Às vezes, pensava que Deus tinha cometido um pequeno erro em sua criação, esquecendo o açúcar e adicionando vinagre em demasia. Mas, se Ele pode errar, então ela também podia manter o seu temperamento, certo?

Com um suspiro, continuou a tarefa monótona de mexer o bastão para cima e para baixo.

Era verdade que sua mãe teria sabido a maneira correta de lidar com lorde Ashburn e seus avanços indesejados. Teria se tornado friamente educada quando ele a olhasse daquela forma, de um jeito, pensou Serena, que dizia instintivamente a uma mulher que ele planejava algo malicioso. Quando Fiona MacGregor tivesse terminado com ele, o lorde Ashburn estaria mansinho.

De sua parte, não sabia lidar com homens. Quando a incomodavam, Serena era bem clara, fosse por meio de um tapa ou de uma rejeição mordaz com sua língua afiada. *E por que não?*, perguntou-se com uma careta. *Por que diabos não?* Só porque era mulher, também tinha de parecer tímida e fingir estar lisonjeada quando um homem tentava babar em cima dela?

— Você vai deixar a manteiga rançosa com esse olhar, *lassie*.

Resmungando, Serena voltou ao ritmo certo de trabalho.

— Eu estava pensando em homens, sra. Drummond.

A cozinheira, uma mulher grande com cabelo preto já um pouco grisalho e olhos azuis cintilantes, gargalhou. Ela era viúva havia dez anos e tinha as mãos de um fazendeiro: dedos grossos, palmas grandes e ásperas como uma casca de árvore. Ainda assim, ninguém no distrito cozinhava um pedaço de carne ou uma torta de frutas melhor do que ela.

— Uma mulher deveria ter um sorriso no rosto quando pensa em homens. Caretas os afastam, mas um sorriso os atrai como abelhas para o mel.

— Não quero atraí-los. — Serena mostrou os dentes e ignorou os ombros doloridos. — Eu os odeio.

A sra. Drummond começou a bater uma massa para o bolo de maçã.

— O jovem Rob MacGregor veio farejá-la de novo?

— Ele não o fará se valorizar sua vida. — Serena sorriu ao lembrar-se de como havia despachado o amoroso Rob.

— Um rapaz bastante correto — refletiu a sra. Drummond. — Mas não é bom o suficiente para uma das minhas mocinhas. Quando eu a imagino cortejada, casada e amada, visualizo alguém de qualidade.

Serena começou a bater o pé no mesmo ritmo das mãos.

— Eu não acho que eu quero ser cortejada, casada ou amada.

— Por agora, é claro que você acha. Ainda tem tempo. — A cozinheira deu um sorriso rápido enquanto a colher batia de forma constante contra a tigela. Os músculos de seus braços eram tão sólidos quanto as rochas de uma montanha. — Tais coisas têm seus méritos. Especialmente a última.

— Não quero me prender a um homem apenas por causa do que acontece em um leito conjugal.

A sra. Drummond lançou um rápido olhar para a porta para ter a certeza de que Fiona não estava por perto. A matriarca era a própria bondade, mas faria cara feia se ouvisse a cozinheira e a filha discutirem assuntos delicados enquanto trabalhavam.

— É difícil encontrar uma razão melhor… com o homem certo. Meu Duncan era um homem que sabia cumprir o seu dever, e houve noites em que fui dormir grata por isso. Que descanse em paz.

— Ele já a fez sentir-se... — Serena fez uma pausa, procurando as palavras certas — …bem, como se estivesse cavalgando rapidamente sobre rochas e não conseguisse respirar?

A sra. Drummond estreitou os olhos.

— Você tem certeza de que Rob não apareceu recentemente?

Serena negou com a cabeça.

— Estar com Rob é como subir uma colina com um pônei manco. Você sente que o caminho será interminável. — Seus próprios olhos estavam brilhantes pelo riso quando ela olhou para a cozinheira.

Foi dessa maneira que Brigham a viu quando entrou na cozinha. Os dedos longos de Serena seguravam um bastão, as saias estavam ligeiramente levantadas e o rosto estava cheio de diversão.

Maldita mulher! Não conseguiu conter o ímpeto de fitá-la. Maldita era por fazê-lo desejá-la apenas com um olhar!

Brigham fez pouco barulho, mas Serena virou a cabeça em sua direção. Os olhos se encontraram, de forma breve e quase com violência, antes que ela erguesse o queixo e voltasse para sua tarefa.

A troca de olhares durou apenas um instante, mas foi tempo o suficiente para mostrar à sra. Drummond o que tinha deixado Serena de mau humor. Ou melhor, quem.

Então era isso, pensou a cozinheira, e não conseguiu evitar um pequeno sorriso. Estavam medindo forças, sem dúvida. Era uma boa maneira de começar um cortejo, segundo sua experiência. Teria que pensar sobre isso, decidiu. Mas o conde de Ashburn era certamente alguém de qualidade, assim como tinha um rosto e um corpo que faziam até o coração de uma viúva palpitar.

— Posso servi-lo, milorde?

— O quê? — Brigham virou-se, olhando através da sra. Drummond antes de seus olhos lentamente focarem a cozinheira. — Peço desculpas. Acabo de vir do quarto de Coll. Ele está pedindo comida. A srta. Gwen disse que um pouco de caldo seria bom.

A sra. Drummond gargalhou e dirigiu-se a panela que estava no fogo.

— Tenho minhas dúvidas de que Coll pensa o mesmo, mas vou preparar uma tigela para que levem a ele. Você se importaria se eu perguntasse como meu menino está, milorde?

Ele cometera o erro de olhar para Serena novamente enquanto ela preguiçosamente mexia o bastão. Se alguém lhe dissesse que assistir a uma mulher bater manteiga seria capaz de secar a boca de um homem, Brigham teria rido. Agora, não podia ver o humor no fato. Desviou os olhos, amaldiçoando-se. Seria bom lembrar a si mesmo que já havia passado uma noite em claro por causa dela, duas se contasse a que haviam passado juntos cuidando de Coll.

— Ele parece estar melhor hoje. A srta. Gwen afirmou que a cor dele é boa o suficiente, embora tenha decidido mantê-lo na cama por mais um tempo.

— Gwen conseguirá fazê-lo. O bom Deus sabe que ninguém mais consegue lidar tão bem com o garoto. — A sra. Drummond reclamou sobre o homem que considerava a mais antiga de suas responsabilidades. Lançou um olhar para Serena e viu que ela estava olhando Brigham por debaixo de suas pestanas. — Gostaria de um pouco de caldo também, milorde? Ou um pouco de torta de carne?

— Não, obrigado. Estava a caminho dos estábulos.

A menção do local fez as bochechas de Serena corarem enquanto continuava batendo a manteiga. Brigham ergueu uma sobrancelha. Embora ela tivesse novamente levantado o queixo e feito um beicinho que causou um nó na barriga dele, Serena não falou. Nem ele quando deu um breve aceno de cabeça e saiu.

— Este que é um homem! — exclamou a sra. Drummond.

— Ele é inglês — respondeu Serena, como se isso explicasse tudo.

— Bem, isso é verdade, mas um homem é um homem, esteja vestindo kilt ou calça. E a dele o serve muito bem.

Serena não conseguiu conter uma risada.

— Uma mulher não deveria prestar atenção nisso.

— Só uma mulher cega não o faria. — A sra. Drummond colocou a tigela de caldo em uma bandeja e, em seguida, por ter um coração mole, acrescentou uma torta de groselha. — Molly! Molly, sua garota preguiçosa, venha levar essa bandeja para o jovem mestre. — Ela colocou a bandeja de lado e voltou a bater a massa do bolo. — Sabe do homem que o lorde Ashburn trouxe com ele de Londres, *lassie*, o cavalheiro de boa aparência?

— Parkins. — Serena fez uma careta e flexionou as mãos doloridas. Estranhou que sua frequência cardíaca tinha voltado quase ao normal assim que Brigham saíra da cozinha. — Seu criado inglês. Imagine, trazer um criado aqui para costurar seu casaco e limpar suas botas.

— Pessoas da sociedade são acostumadas a ter as coisas de uma certa maneira — afirmou a sra. Drummond sabiamente. — Ouvi dizer que o sr. Parkins é um cavalheiro solteiro.

Serena deu de ombros.

— Provavelmente fica muito ocupado arrumando as rendas do lorde Ashburn para ter vida própria.

Ou ele não encontrou uma mulher com quem quisesse ter uma vida diferente, refletiu a cozinheira.

— A mim, parece que o sr. Parkins poderia engordar um pouco. — A sra. Drummond sorriu e colocou a tigela de lado para gritar por Molly novamente.

Pessoas da sociedade, pensou Serena com desdém algumas horas mais tarde. Só porque um homem tinha um rastro de sangue azul nas veias não significava que ele era diferente. Isso não fazia dele um cavalheiro, tampouco. Tudo o que o fazia era um aristocrata.

Em qualquer caso, ela não perderia tempo pensando no conde de Ashburn. Por quase dois dias, ficara presa em casa, ocupada com as tarefas do dia a dia que aumentaram por conta das necessidades de Coll. Naquele momento, tinha algum tempo livre. Talvez estivesse procrastinando, mas poderia terminar seus afazeres mais tarde. A verdade é que explodiria se não saísse e ficasse sozinha por alguns momentos.

A mãe provavelmente não aprovaria seu passeio na floresta tão perto do horário da refeição. Serena deu de ombros enquanto selava a égua. Sua mãe aprovaria ainda menos a velha calça que ela usava. *Até parece que teria paciência para cavalgar de lado na sela,* pensou ao tirar a égua dos estábulos. Tomaria cuidado para que a mãe não a visse de modo a não se decepcionar. Com sorte, ninguém a veria.

Já em cima do animal, levou a montaria para a parte traseira dos estábulos e, em seguida, sobre uma colina baixa pontilhada com sarças finas e líquen. Com segurança, a égua escolheu seu caminho sobre o terreno irregular até que estavam quase fora da vista da casa. Serena virou-se para o sul, rezando para que ninguém de sua família estivesse olhando para fora da janela. Ao ser engolida pela floresta, aumentou o ritmo para um galope.

Ah, Deus, precisava disso mais do que de comida, mais do que de bebida. Um passeio selvagem através das árvores nuas com o vento no rosto e um cavalo se esforçando para ser veloz debaixo dela. Podia não ser uma coisa adequada, mas sabia tão bem quanto conhecia seu próprio nome que era a coisa certa para ela. Não precisava ser uma dama ali, nem uma filha ou uma irmã. Precisava ser apenas Serena. Rindo, apressou o cavalo.

Ela assustou pequenos animais e fez pássaros voarem para as árvores. Sua respiração saía branca e desaparecia logo em seguida. O manto xadrez que havia enrolado em volta dos ombros a protegia do vento, e o exercício, a liberdade, eram suficientes para aquecê-la. Na verdade, ela acolhia o formigamento em sua pele causado pelo ar frio do inverno, e seu sabor limpo e afiado.

Teve um desejo fugaz, quase imediatamente apagado pela culpa, de continuar a cavalgar e cavalgar para nunca mais precisar ordenhar uma vaca, lavar uma camisa ou limpar outra panela.

Era provavelmente um pensamento maldoso, decidiu. Havia aqueles na aldeia que trabalhavam de sol a sol, que nunca tinham uma hora reservada para sonhar. Ela, como a filha de um MacGregor, tinha uma bela casa para morar, uma boa mesa para comer, uma cama de penas para dormir. Era ingrata, e sem dúvida deveria confessar isso ao sacerdote — como o tinha feito quando, secretamente, e então não tão secretamente, odiara a escola do convento em Inverness.

Seis meses de sua vida, recordou Serena. Seis meses desperdiçados antes de seu pai ter visto que a filha estava decidida e não aceitaria continuar no local. Seis meses longe da casa na qual adorava morar trocados pela convivência com garotas que sorriam de forma afetada, davam risinhos e cujas famílias desejavam que aprendessem a serem damas.

Ah!

Ela poderia aprender tudo sobre o funcionamento de uma casa com sua própria mãe. Quanto a ser uma dama, não havia uma mais distinta do que

Fiona MacGregor. Sua mãe era filha de um *laird*, afinal de contas, e passara algum tempo em Paris e até mesmo na Inglaterra quando jovem.

Ainda havia vezes, quando as tarefas estavam terminadas e as fogueiras queimavam baixo, que Fiona tocava a espineta. Fora ela que ensinara Gwen, cujos dedos eram mais inteligentes e cuja mente era mais paciente que a de sua irmã, como costurar. Fiona falava francês e envolvia qualquer visitante em uma conversa educada.

Para a mente de Serena, se ela precisava ser polida, seria polida em sua própria casa, onde a conversa abrangia mais que vestidos e penteados da moda.

Aquelas garotas cheias de risinho e com cara de leite estragado eram o tipo de damas que o lorde Ashburn preferiria, imaginou. O tipo que cobriam os rostos com leques e piscavam as pestanas sobre eles. Bebiam ponche de frutas e levavam frascos de sais aromáticos e lenços de renda em pequenas bolsas. Cretinas de cabeça vazia. Eram o tipo de mulheres cujas mãos Brigham beijaria nos bailes extravagantes de Londres.

Ao se aproximar do rio, diminuiu a velocidade do cavalo. Seria agradável sentar na beira da água por alguns minutos. Se tivesse tido tempo, teria cavalgado até o lago. Ali era o seu lugar especial, para onde ia quando estava perturbada ou precisava passar um tempo sozinha.

Nessa manhã, não estava perturbada, lembrou a si mesma enquanto desmontava. Apenas precisava respirar livremente. Ela colocou as rédeas vagamente sobre um ramo, então descansou a bochecha contra a égua.

Bailes extravagantes em Londres, pensou novamente, e suspirou sem notar o tom melancólico. Sua mãe tinha contado a ela e a Gwen sobre eles. Os espelhos, os pisos polidos, as centenas e centenas de velas. Vestidos brilhantes. Homens em perucas brancas e encaracoladas. E música.

Ela fechou os olhos e tentou imaginar. Sempre tivera uma fraqueza por música. Fantasiou os acordes de um minueto por sobre os sons do rio correndo ao lado. Haveria música típica escocesa depois, planejou Serena. Mas, para começar, haveria um lindo e lento minueto.

Começou a dançar para a música em sua cabeça, os olhos ainda fechados, a mão estendida para um parceiro invisível.

O lorde Ashburn daria bailes, refletiu. Todas as mulheres bonitas compareceriam, esperando conseguir apenas uma dança com ele. Sorrindo um pouco, Serena girou e imaginou ouvir o som de saias farfalhando. Se estivesse lá, usaria um vestido de cetim de um verde intenso, com o cabelo preso em um penteado e com pó branco para que os diamantes nele brilhassem como gelo na neve. Todos os homens com rendas e sapatos de fivela ficariam deslumbrados.

Dançaria com eles, um por um. Dançaria enquanto tivesse música, girando, pisando e abaixando em pequenas reverências graciosas.

Então, Ashburn estaria lá, vestido de preto, pois combinava com ele. Preto e prata, como tinha usado na noite que passara no quarto de Coll, iluminado apenas por uma vela e a luz do fogo. O tom o fizera parecer tão alto e elegante. No baile, a luz seria cegante, refletindo nos espelhos, brilhando nos botões de prata e nos trançados da roupa. Enquanto a música aumentava, olhariam um para o outro. Ele sorriria, da maneira que suavizava seus olhos e fazia o coração dela derreter um pouco.

Brigham lhe ofereceria a mão. Ela colocaria a sua sobre a dele, palma com palma. Uma reverência dele, uma reverência dela. Então... inebriada, Serena abriu os olhos.

Sua mão estava presa em um leve aperto. Com os olhos ainda nublados pela fantasia, Serena olhou atordoada para Brigham. A luz estava atrás dele, formando uma auréola em torno de seu rosto. Ele estava vestindo preto, como ela havia imaginado, mas era um casaco de equitação simples, sem os enfeites de prata extravagantes ou brilho de joias.

Lentamente, ele a puxou para perto. Serena jurava que ainda ouvia a música.

— Madame. — Sorrindo, Brigham levou a mão delicada a seus lábios antes que Serena pudesse se recuperar. — Você parece estar sem um parceiro.

— Eu estava... — Silenciosamente, olhou para suas mãos unidas. A luz brilhou no anel de sinete de Brigham e a lembrou do tempo, do lugar e das diferenças. Retirando sua mão com rapidez, apertou-a contra sua outra às costas. — O que você está fazendo aqui?

— Eu estava pescando. — Ele se virou e apontou para a vara apoiada contra uma árvore. Próximo, um cavalo pastava preguiçosamente na relva na beira do rio. — Com Malcolm, até pouco tempo atrás. Ele queria voltar para ver Betsy.

Ela já podia sentir as bochechas corarem ao pensar o quão ridículo deveria ter parecido em sua dança sem parceiro.

— Ele deveria estar fazendo suas tarefas.

— Estou certo de que ele cumpriu todos os deveres nesta manhã. — Incapaz de resistir, Brigham recuou para estudar Serena por completo. — Posso perguntar se você sempre dança sozinha na floresta, e usando calça?

Os olhos de Serena brilharam quando escolheu sentir raiva ao invés de vergonha.

— Você não tinha o direito de me espionar.

— Você me pegou de surpresa, juro. — Ele se sentou sobre uma rocha, cruzou os tornozelos e sorriu. — Aqui estava eu, contemplando quantas trutas eu poderia pegar, quando alguém vem cavalgando através da floresta com barulho suficiente para assustar todos os peixes por quilômetros. — Brigham não acrescentou que a chegada selvagem de Serena o fizera desembainhar sua espada. Em vez disso, limpou as unhas em seu casaco.

— Se eu soubesse que você estaria aqui, teria cavalgado para o outro lado — disse ela secamente.

— Sem dúvida. Mas então eu teria perdido a visão encantadora de você em uma calça.

Com um som de desgosto, ela girou em direção a seu cavalo.

— Uma retirada tão rápida, Serena. Alguém poderia pensar que você está... com medo.

Ela virou-se para Brigham novamente, os olhos cintilando, e firmou os pés no chão.

— Eu não tenho medo de você.

Magnífica. Não havia outra maneira de descrevê-la enquanto Serena estava ali de pé, com o corpo posicionado como se segurasse uma espada na mão, os olhos flamejando e o cabelo caindo como fogo por suas costas. Ela cavalgara pela floresta com uma velocidade muito alta para ser considerada segura e com uma habilidade que poucos homens tinham. Por mais que o irritasse, Brigham não podia negar sua coragem ou seu estilo.

Nem podia negar que ficava desconfortável com a maneira como a calça se moldava ao corpo feminino. Apesar de mal ajustada, mostrava o comprimento atraente de suas pernas esguias e a curva delgada da cintura. A camisa presa e dobrada mostrava o contorno suave de seios que, mesmo agora, subiam e desciam em agitação.

— Talvez você devesse ter medo — murmurou Brigham, mais para si mesmo do que para ela. — Pois encontro-me atormentado por todos os tipos de intenções desonrosas.

A barriga de Serena apertou-se com a afirmação, mas ela se manteve firme.

— Você não me preocupa, lorde Ashburn. Já rejeitei homens melhores do que você.

— Imagino. — Ele se levantou e viu o que desejava. O breve lampejo, rapidamente controlado, de desconforto nos olhos verdes. — No entanto, você ainda tem que lidar comigo, Serena. Duvido que vá conseguir me dar um tapa.

Ela teria recuado um passo se o orgulho não a tivesse enraizado no chão.

— Farei pior se me tocar novamente.

— Será? — Por que quanto mais a mulher o desdenhava, mais a desejava? — Eu já pedi desculpas pelo que aconteceu nos estábulos.

— Nos estábulos? — Ela ergueu uma sobrancelha, determinada a não ceder nem uma polegada. — Temo que, seja lá o que possa ter acontecido, milorde, foi tão sem importância que já esqueci.

— Felina — disse Brigham suavemente, embora não sem admiração. — Se continuar a mostrar as garras para mim, serei obrigado a quebrá-las.

— Vou arriscar.

— Então deixe-me refrescar sua memória. — Ele se aproximou. — Você estava tão quente quanto eu, gostando tanto quanto eu. Não foi uma garota delicada que segurei em meus braços, mas uma mulher madura para amar, e muito ansiosa por isso.

— Como você ousa?! — disparou Serena. — Nenhum cavalheiro falaria dessa forma comigo!

— Talvez não. Mas nenhuma dama vestiria uma calça.

Aquilo doeu. Era verdade, Serena não era uma dama, nunca seria uma, embora desejasse encontrar a vocação dentro de si para agradar a mãe.

— Independentemente do que eu escolher vestir, não aceitarei ser insultada.

— Não vai? Por Deus, quanta hipocrisia! Você não fez nada além de me insultar desde que me viu pela primeira vez. — Ignorando a cautela, segurou-a pelo braço. — Você acha que por ser mulher eu devo tolerar seus comentários desdenhosos sobre mim, minha linhagem, minha nacionalidade? Você não pode ter as duas coisas, Serena. Você se veste como um homem, conversa como um homem, mas escolhe se esconder atrás de suas saias quando lhe convém.

— Eu não me escondo atrás de nada. — Ela jogou a cabeça para trás e o encarou. A luz do sol derramava-se por entre os ramos nus, transformando o cabelo de Serena em ouro fundido. — Se o insultei, não foi mais do que você merece. Você pode ter encantado a minha família, mas não a mim.

— Encantá-la é a menor das minhas preocupações — afirmou Brigham entredentes.

— *Aye*, a sua preocupação reside em suas rendas e no brilho de suas botas. Você vem à minha casa com sua conversa de guerra e justiça, mas não faz nada.

— O que faço ou o que pretendo fazer não são da sua conta.

— Você dorme debaixo do meu teto, come em minha mesa. Onde você estava quando os ingleses vieram para construir fortes, para aprisionar nossos homens e enforcá-los?

— Eu não posso mudar o passado, Serena.

— Você não pode mudar nada. Nada do que se passou, nada do que ainda está por vir.

Seus dedos apertarem-se no braço dela.

— Não discutirei meus planos com você, mas digo isso: quando chegar a hora, uma mudança será feita.

— Para beneficiar quem?

Ele puxou-a para si.

— O que quer dizer?

— O que o destino da Escócia significa para você ou qualquer nobre inglês? Você veio da Inglaterra por um capricho e pode retornar facilmente, dependendo da maneira como o vento sopra.

O rosto de Brigham empalideceu de raiva.

— Desta vez, minha querida, você foi longe demais.

— Eu falo o que quiser. — Ela tentou desvencilhar-se, mas encontrou o braço preso em dedos finos. — Você não me dá explicações para ter se alinhado com a nossa causa, ou do porquê escolheu levantar sua espada. Portanto, sou livre para pensar o que desejar.

— Você pode pensar o que quiser, mas palavras exigem pagamento.

Serena nunca o tinha visto verdadeiramente zangado antes. Ela não sabia que os olhos cinzas poderiam flamejar, ou que sua boca pudesse endurecer, até parecia que o rosto aristocrático estava esculpido em granito. Quase gritou quando os dedos finos apertaram ainda mais a pele macia de seu braço.

— O que você vai fazer? Me perfurar com sua espada? — Serena conseguiu dizer com frieza o suficiente.

— Como você está desarmada, este prazer me será negado. Mas estou pensando em estrangulá-la. — Se o gesto foi feito para valer ou apenas para assustar, Serena não podia ter certeza. Ele ergueu a mão livre e circulou seu pescoço. Os dedos pressionaram, não suavemente, mas não o suficiente para lhe cortar o ar, e os olhos ficaram nos dela, escuros e duros. — Você tem um pescoço muito fino, Serena — apontou Brigham suavemente. — Muito branco, muito fácil de ser quebrado.

Por um momento, ela congelou como uma lebre quando um falcão dá seu mergulho mortal. Serena tinha os braços pendentes e impotentes ao lado do corpo, e os olhos se arregalaram. A respiração, quando conseguia completá-la, era superficial.

Brigham sorriu ao ver que a reação dela era exatamente a que tinha esperado. A moça precisava aprender a ter modos, e lhe agradava muito ser o seu instrutor. Então, foi a vez de ele prender a respiração ao sentir um forte chute em sua canela.

Seu aperto relaxou quando Brigham deu um passo para trás, praguejando. Decidindo não avaliar o dano causado, Serena girou sobre os calcanhares e correu para seu cavalo. Ainda praguejando, ele a alcançou em três passos.

Levantando-a do chão, prendeu seus braços com firmeza ao redor da fina cintura enquanto Serena chutava e amaldiçoava. Ela não lutava como uma mulher, com gritos e arranhões, mas com socos e xingamentos. Brigham descobriu que Serena não pesava quase nada e era capaz de se contorcer como uma cobra.

— Fique quieta, droga! Você vai pagar pelo chute.

— Solte-me! — Ela se debateu e jogou seu peso para trás, esperando desequilibrá-lo. — Vou matá-lo se tiver a oportunidade!

— Acredito nisso — disse Brigham amargamente. A força de Serena quebrou o aperto, e a mão dele moveu-se para cima e tocou um seio. O contato chocou os dois, e o embate assumiu um novo tom de desespero. — Fique quieta, maldita! — Sem fôlego e paciência, Brigham tentou encontrar uma luta que fosse menos excitante. Vendo sua chance, Serena cravou os dentes na parte de trás da mão dele. — Víbora perversa! — ele conseguiu dizer antes do calcanhar de Serena acertar sua canela ainda dolorida e derrubar ambos no chão.

Brigham disse a si mesmo que era instinto, e certamente não a preocupação pelo bem-estar de Serena, que o fez amortecer a queda dela. O impacto fez os dois perderem o fôlego e os deixou entrelaçados como amantes. Ao se recuperar, Serena ergueu o joelho, errando o alvo por um triz.

Eles rolaram por uma cama de agulhas de pinheiro e folhas secas enquanto ela lutava como uma gata selvagem, batendo nele com os punhos e praguejando em gaélico. Cegado pelo cabelo ruivo, Brigham tentou agarrá-la e viu-se agarrando a pele descoberta pela camisa que havia afrouxado.

— Por Deus! — murmurou ele enquanto o sangue desceu por seu corpo. Serena virou-se, e seu seio lhe preencheu a mão. Era suave como água, e quente como fogo. — Inferno! — Embora isso fosse custoso, retirou a mão do seio e tentou agarrar freneticamente um dos braços de Serena.

Ela estava ofegante. Sentia uma pulsação em sua garganta que começara quando Brigham havia lhe tocado. Seu seio ainda formigava com a sensação dos dedos dele. Mais que as ameaças, mais que a ira, a reação estranha de seu próprio corpo a assustava. Estava furiosa e sentia puro ódio. Mas, ah, Deus, se ele a tocasse daquela forma novamente, ela derreteria como manteiga no calor do verão.

Brigham prendeu as pernas de Serena com as suas. Intimamente, sem a proteção de saias, pressionaram centro a centro, de modo que ela sentiu pela primeira vez o choque do desejo de um homem contra sua vulnerável feminilidade. Calor lampejou em sua barriga e espalhou-se por seu corpo. Os músculos das coxas amoleceram. Por um instante, sua visão ficou turva, dando vantagem a ele.

Capturou os punhos de Serena com uma única mão e segurou-os sobre sua cabeça em um movimento que serviu tanto para lhe dar um momento para pensar claramente quanto para permitir que se protegesse. A pele feminina brilhava conforme o sangue pulsava quente abaixo dela. Cheio de folhas, o cabelo ruivo espalhava-se como fogo e ouro derretido ao redor de sua cabeça.

Com boca seca, Brigham engoliu em seco e tentou falar, mas Serena arqueou o corpo por debaixo dele. O embate contínuo dela por liberdade acendeu um fogo em ambos que ameaçava sair de controle.

— Rena, pelo amor de Deus, sou só de carne e osso. Pare de se mexer.

Os próprios movimentos estavam fazendo seus ouvidos zumbirem e seu corpo enfraquecer. Havia uma excitação que, de alguma forma, havia se misturado com pânico, deixando-a ainda mais desesperada para escapar. Em defesa, Serena contorceu-se de lado a lado e arrancou um gemido de Brigham.

— Você não sabe o que está fazendo — conseguiu dizer. — Mas se continuar, descobrirá em breve.

— Solte-me! — A voz era firme e provocantemente rouca. Enquanto ela o observava, os seios subiam e desciam com cada movimento agitado.

— Ainda não, creio eu. Você ainda vai me perfurar.

— Se eu tivesse um punhal…

— Poupe-me dos detalhes. Eu posso imaginar. — Tinha prendido a respiração, e expirou devagar, com cautela. — Meu Deus, você é linda. É tentador deixá-la no limite da fúria. — Com a mão livre, ele traçou um dedo sobre os lábios de Serena. — É simplesmente tentador.

Quando ele começou a abaixar a cabeça, os lábios de Serena se aqueceram e entreabriram. Atordoada por sua própria reação, ela virou a cabeça rapidamente para evitar o beijo. Brigham contentou-se com a pele macia logo abaixo da orelha, e a linha esbelta do pescoço.

Este era um beijo diferente, pensou Serena vagamente e um gemido lhe escapou. Menos e mais. Era como se sua pele estivesse viva e ansiando por Brigham, enquanto ele acariciava, umedecia e mordiscava sua pele. Instintivamente, ela levantou os quadris e enviou ondas de choque de prazer e frustração por ele. Brigham sentiu as mãos dela endurecerem sob seu aperto e, em seguida, ficarem moles com um tremor.

O cabelo ruivo cheirava a floresta, descobriu Brigham quando enterrou o rosto nele. Terra, sedutora. O corpo feminino estava tenso como a corda de um arco e flecha em um momento, e flexível como sebo quente no outro. Faminto, Brigham mordeu de leve a orelha dela, ao longo de seu queixo e, lentamente e de forma quase triunfante, os lábios que o aguardavam.

Brigham provou a respiração que passou por entre eles e provocou a ponta da língua de Serena com a sua própria. Havia tantas coisas que poderia ensiná-la. Sabia que ela seria uma estudante ansiosa por conhecimento, e hábil em aplicá-lo uma vez que tivesse aprendido. Os lábios femininos derreteram-se nos seus, então se separaram com a mais suave das pressões. Em um ritmo clássico, o corpo de Serena moveu-se descaradamente por baixo dele.

Ela não sabia que havia tanta coisa para sentir, não apenas vento e frio e calor, e não simplesmente fome de comida e fadiga. Havia centenas, milhares de sensações a serem descobertas pela fusão de lábios, pelo entrelaçar de corpos.

Havia o cheiro da pele de um homem. E o gosto dele, que ela descobriu quando traçou a língua ao longo do pescoço masculino. Havia o som do seu nome sendo murmurado densamente contra sua própria boca. Havia a sensação de fortes dedos em seu rosto, apertando e acariciando, a batida frenética de coração contra coração. E a sensação desses mesmos dedos acariciando seus seios, cobrindo-lhe o coração e transformando seus músculos em geleia.

— Brigham. — Serena pensou que poderia flutuar, sem peso e sem dor, se ele continuasse a tocá-la.

Os seios macios avolumaram-se na mão de Brigham. Incapaz de resistir, ele roçou o polegar sobre um dos mamilos e sentiu-o endurecer. Ansiava tocá-lo com a boca para experimentar o calor e o sabor. Ao invés disso, esmagou a boca contra a dela, desesperadamente, de forma quase brutal, e, por um momento, apenas por um momento, deixou-se levar pela selvageria.

Pontadas de paixão substituíram a languidez, e Serena doeu-se com isso, praticamente chorou. Suas mãos ainda estavam presas. Embora ela continuasse tentando libertá-las, não tinha certeza se, caso conseguisse, as usaria para puxá-lo para mais perto ou para empurrá-lo longe.

Tortura. O roçar, a esmagadora necessidade cortando seu corpo violentamente, pulsando em seu centro e correndo desenfreada por sua cabeça até que ela temesse ser queimada viva.

Prazer. As sensações que ele causava, as promessas que os vislumbres lhe davam. Se houvesse uma fronteira entre o céu e o inferno, Brigham a levara até ela, e agora a tinha oscilando à beira.

Quando o tremor começou, Serena lutou contra ele, contra Brigham, contra si mesma.

Ao ouvir um gemido abafado, ele ergueu a cabeça. Estava lá nos olhos verdes: o medo, a confusão e o desejo. A combinação quase o desfez. Viu que sua mão ainda segurava os pulsos finos e delicados, onde, sem dúvida, apareceriam hematomas. Amaldiçoando a si mesmo, saiu de cima de Serena e virou-se até que pudesse encontrar algum controle.

— Eu não tenho desculpas — afirmou depois de um momento. — Exceto que a desejo. — Voltou-se para vê-la levantando com dificuldade. — Deus sabe por quê.

Serena queria chorar. Queria chorar desesperadamente, queria que ele a abraçasse de novo, que a beijasse como fizera na primeira vez daquela maneira gentil e paciente. Tirou uma folha do cabelo e, depois de esmagá-la com os dedos, jogou-a para o lado. Podia não ter qualquer dignidade sobrando, mas tinha orgulho.

— Vacas e cabras se acasalam, milorde. — Sua voz era fria, assim como os olhos, e assim como ela estava determinada a fazer seu coração ficar. — Eles não têm que gostar um do outro.

— Muito bem dito — murmurou Brigham, sabendo exatamente o que ela sentia por ele. Desejava apenas ter certeza, naquele momento, de como se sentia sobre ela. — Vamos esperar que estejamos um pouco acima do gado. Há algo sobre você, Serena, que acorda as minhas emoções mais primitivas, mas lhe garanto que sou capaz de contê-las na maioria das circunstâncias.

A maneira rígida de Brigham só a fez querer voar até ele novamente. Com o que considerou um controle admirável, ela inclinou a cabeça.

— Ainda preciso vê-lo fazer isso. — Virando-se, Serena se dirigiu para seu cavalo. Ao tomar as rédeas, endureceu com o toque de mão de Brigham em seu cabelo.

— Você tem folhas no cabelo — apontou ele, e lutou contra um desejo de puxá-la para perto de novo, apenas para mantê-la em seus braços.

— Vou tirá-las depois. — Quando Ashburn colocou a mão em seu braço, ela preparou-se para encará-lo.

— Eu machuquei você?

A pergunta foi quase a ruína de Serena, assim como o arrependimento nos olhos cinza e a bondade em sua voz. Ela foi forçada a engolir para que sua resposta saísse firme e simples.

— Não sou facilmente quebrável, milorde. — Serena negou a oferta de ajuda e montou no cavalo. Ele deu um passo para trás enquanto ela virava sua montaria e partia a galope.

Capítulo 5

— SE ACHA QUE FICAREI deitado na cama como um velho enquanto você e meu pai saem para fazer o trabalho do príncipe, você está louco.

Enquanto Brigham observava, Coll levantou-se da cama e instavelmente ficou de pé. A cabeça girava um pouco, mas ele apoiou-se contra uma das colunas da cama e arrumou o pijama.

— Onde, raios, estão as minhas roupas?

— Meu querido Coll — disse Brigham secamente —, como eu deveria saber?

— Você deve ter visto o que foi feito com elas.

— Lamento não poder ajudá-lo nisso. — Brigham tirou um fiapo de sua manga e continuou no mais suave dos tons: — Nem o trarei de volta para sua cama depois que você desmaiar e cair do cavalo.

— O dia em que um MacGregor cair do cavalo…

— Devo lembrá-lo que você já fez isso uma vez. — Quando Coll apenas praguejou e cambaleou até um baú para procurar por roupas, Brigham cruzou as mãos às costas. — Coll... — recomeçou ele, escolhendo a melhor forma de falar ao amigo — eu simpatizo com você, acredite. Tenho certeza que é horrível ficar preso a uma cama dia e noite, mas o fato é que você não está bem o suficiente para a viagem.

— Eu digo que estou!

— Gwen diz que não.

Frustrado ao encontrar apenas roupas de cama e cobertores, Coll fechou o baú.

— E desde quando ela decide as coisas em minha vida?

— Desde que Gwen a salvou.

A afirmação silenciou Coll, que ficou parado e nu como um recém-nascido na luz do sol matinal. Sua barba crescera desde que tinha deixado Londres, e o ar selvagem que o visual dava a seu rosto lhe convinha.

— Não tenho nenhuma dúvida de que ela o fez — acrescentou Brigham. — E eu não gostaria de ver todo o trabalho árduo da sua irmã ser em vão porque você é orgulhoso demais para descansar até estar recuperado.

— É um dia sombrio quando um Campbell me impede de viajar com meu pai para reunir o apoio dos clãs para os Stuart.

— Haverá tempo ainda. Estamos apenas começando. — Brigham sorriu, sabendo que o temperamento de Coll estava melhorando, permitindo-lhe compreender a situação. Ele era muito parecido com a irmã na maneira em que ficavam irritados tão rápido quanto fogo se espalhando por madeira seca. A pena era que Serena não arrefecia tão rapidamente. — E devo lembrá-lo de que estamos saindo hoje para nada mais que uma caçada inocente. Não seria bom que houvesse rumores sobre outras razões.

— Confio que posso dizer o que penso em minha própria casa — murmurou Coll, mas abaixou o tom. Era um remédio amargo, mas sabia que estava longe de estar pronto para viajar. Pior, se insistisse em ir, atrasaria o resto do grupo. — Você vai se reunir com os MacDonald e os Cameron?

— Foi o que me disseram. Os Drummond e Ferguson devem estar representados.

— Você precisa falar com o Cameron de Lochiel. Ele sempre foi um forte apoiador dos Stuart, e sua voz é ouvida. — Coll passou uma mão por sua juba vermelha. — Inferno e danação! Eu deveria estar lá, de pé, com meu pai, mostrando que defendo o príncipe.

— Ninguém vai duvidar — afirmou Brigham, então parou de falar quando Gwen entrou com uma bandeja de café. Ela deu uma olhada no irmão, nu e furioso, e estalou a língua.

— Espero que não tenha aberto nenhum ponto.

— Droga, Gwen! — Coll pegou um cobertor e cobriu-se. — Tenha um pouco de respeito!

Com um sorriso gentil, ela pousou a bandeja e fez uma reverência para Brigham.

— Bom dia, Brig.

Ele cobriu os lábios com um lenço em um esforço inútil de esconder um sorriso.

— Bom dia.

— É Brig, então? — disparou Coll. Sabia que se envergonharia caso tentasse ficar de pé por mais cinco minutos. — Você ficou familiar de mais com minha irmã, Ashburn.

Brigham quase estremeceu, pensando o quão familiarizado ele tinha se tornado com a outra irmã de Coll.

— Nós dispensamos a formalidade logo depois de limparmos seu sangue. — Ele pegou o casaco. — Temo que você terá problemas com seu paciente hoje, Gwen. Ele está de mau humor.

Gwen sorriu novamente e moveu-se para arrumar a cama do irmão.

— Coll nunca me dá nenhum problema. — Ela afofou os travesseiros. — Você pode se sentir melhor depois do café da manhã, Coll. Se estiver com vontade de dar uma pequena caminhada, posso acompanhá-lo. Mas acho que deve se vestir primeiro.

Sufocando uma risada, Brigham fez uma reverência. Ela podia não ter a mordida da irmã mais velha, mas o pequeno anjo de Coll sabia como conseguir o que queria.

— Agora que vejo que está em boas mãos, vou me despedir.

— Brig...

Brigham apenas colocou a mão no ombro do amigo.

— Estaremos de volta em uma semana.

Fraco demais para discutir, Coll se deixou ser conduzido de volta para a cama.

— Vá com Deus.

Brigham deixou-os com Gwen colocando um novo pijama no irmão. Andou na direção da escada, mas parou quando viu Parkins esperando por ele, ereto e com lábios estreitados, carregando uma valise.

— Decidiu voltar para a Inglaterra, Parkins?

— Pelo contrário, milorde, pretendo acompanhá-lo em sua viagem de caça.

Brigham lhe deu um breve olhar incrédulo.

— Nem pensar!

O queixo pontudo de Parkins subiu, o único sinal de sua agitação.

— Vou acompanhar o senhor.

— Não seja tolo, homem! Se eu quisesse levar alguém junto, escolheria Jem. Pelo menos ele seria de alguma utilidade com os cavalos.

Embora tenha estremecido internamente ao ser comparado com um simples cocheiro, Parkins permaneceu firme.

— Estou convencido de que o lorde Ashburn precisará de mim.

— Estou convencido de que não irei — respondeu Brigham, continuando seu caminho.

— Mesmo assim, vou acompanhá-lo, milorde.

Lentamente, quase certo que tinha entendido mal, Brigham virou-se para ver Parkins, a personificação da justiça, no topo da escada.

— Eu lhe ordeno a permanecer nesta casa — disse Brigham, em uma voz muito calma e muito perigosa. Parkins sentiu-se congelar por dentro, mas permaneceu firme.

— Lamento que suas ordens não consigam convencer-me de que os meus deveres serão melhor realizados longe de sua presença. Vou acompanhá-lo.

Estreitando os olhos, Brigham subiu um degrau.

— Estou cogitando seriamente demiti-lo, Parkins.

O queixo pontudo tremeu.

— Essa é prerrogativa do senhor. Sendo esse o caso, ainda vou acompanhá-lo.

— Maldito seja, Parkins! — Exasperado, Brigham desceu a escada. — Faça como quiser, mas não reclame do ritmo ou das acomodações.

— Sim, milorde. — Totalmente satisfeito, Parkins sorriu para as costas do conde.

Mal-humorado, Brigham saiu da casa e foi em direção aos estábulos para ter uma palavra com o cocheiro. Ainda estava amanhecendo, pensou, e já se envolvera em duas discussões. Ajustou o casaco com força enquanto andava, seus passos largos e decididos marcando a terra congelada. Deus, seria bom montar em um cavalo e dar uma volta. Longe dali, refletiu ao olhar para trás, demorando-se infalivelmente na janela de Serena. Longe dela, corrigiu quase selvagemente.

Aquela mulher conseguira evitá-lo durante toda a noite. Ou, quando não podia fazê-lo, Brigham se lembrou com fúria, tinha falado com ele com uma voz tão fria quanto o chão que estava pisando.

Depois de como a havia tratado, dificilmente poderia culpá-la, mas ele a culpava por completo.

Fora Serena quem tinha se enfurecido e gritado até que o temperamento dele explodisse. Fora ela quem tinha lutado como uma espécie de gato do inferno até que ele perdesse o controle de seu desejo. Nunca em sua vida havia tratado uma mulher com qualquer forma de violência física. Na vida amorosa, Brigham era conhecido por ser passional, mas nunca bruto; minucioso, mas nunca agressivo.

Com Serena, tivera de se conter para não lhe rasgar as roupas e penetrá-la como um homem enlouquecido.

Serena era a causa. Se ele tinha conseguido chegar à metade de sua terceira década sem maltratar qualquer mulher, exceto uma, com certeza era culpa da mulher. Ela o incitara, pensou violentamente. Zombara dele.

Deixava-o fascinado.

Maldita! Chutou uma pedra para fora do caminho — a marca em sua bota brilhante deixaria Parkins severamente angustiado — e desejou que Serena pudesse ser despachada tão facilmente como a pedra.

Ficaria praticamente uma semana inteira longe daquela mulher dos infernos. Quando voltasse, a loucura que tinha tomado conta dele teria passado. Então, a trataria com respeito cordial e desinteresse, como convinha com a irmã de seu melhor amigo.

Não pensaria, sob quaisquer circunstâncias, na sensação daquele corpo feminino derretendo sobre o seu.

Certamente não faria uma pausa para refletir sobre o gosto dos lábios delicados, aquecidos e inchados com seus beijos.

E não se permitiria lembrar da forma como o seu nome havia soado quando Serena o pronunciara, apenas uma vez, em um momento de paixão.

Não faria nenhuma dessas coisas, mas seria capaz de matá-la se ela entrasse em seu caminho novamente.

Mal-humorado e irritadiço, Brigham chegou aos estábulos. Antes que pudesse abrir a porta, ela foi empurrada em sua direção. Serena saiu e parecia prestes a desabar. Seu rosto estava pálido, os olhos refletiam exaustão, e o corpete de seu vestido estava manchado de sangue.

— Rena, meu Deus! — Ele agarrou-a pelos ombros com força suficiente para fazê-la gritar. Então abraçou-a. — O que aconteceu? Onde você está ferida? Quem fez isso com você?

— O quê? — Ela acabou com o rosto pressionado nas dobras do casaco dele, e a mão que acariciava seu cabelo estava tremendo. — Brig... lorde Ashburn... — Mas era difícil pensar ao ser abraçada daquela maneira, como se ele nunca mais fosse soltá-la. Como se ela fosse alguém a ser protegida ou cuidada. Lutou contra o impulso de se aninhar naquele abraço. — Milorde...

— Onde está ele? — perguntou Brigham, afastando-a novamente, uma mão em sua cintura enquanto a outra desembainhava a espada. — Por Deus, o patife não vai viver mais tempo do que levarei para matá-lo. O quão ferida você está, meu amor?

Serena ficou boquiaberta. Brigham estava segurando-a delicadamente, como se ela pudesse quebrar, mesmo estando com um olhar assassino.

— Você está louco? — Ela conseguiu dizer. — Quem você quer matar? Por quê?

— Por quê? Oras, você está coberta de sangue e me pergunta por quê?

Confusa, Serena olhou para seu vestido.

— Claro que há sangue. Há sempre sangue em um parto. Jem e eu passamos metade da noite trabalhando com Betsy. Ela teve gêmeos, e o segundo não saiu tão facilmente quanto o primeiro. Malcolm está quase fora de si de alegria.

— Parto... — disse ele vagamente enquanto era observado pelos olhos verdes.

Serena umedeceu os lábios e se perguntou se ele precisava de uma das poções de Gwen.

— Você está com febre?

— Eu estou muito bem. — Sua voz era dura quando Brigham recuou e embainhou a espada. — Imploro seu perdão. Achei que o sangue era seu.

— Ah. — Serena olhou estupidamente para o vestido de novo, feliz e confusa com a explicação. Até onde sabia, nunca ninguém tinha levantado uma espada em seu nome antes. Não conseguia pensar em nada para dizer. Ashburn tinha pulado em sua defesa como se fosse enfrentar um exército por ela. E a tinha chamado de amor. Serena apertou os lábios para umedecê-los. Talvez ele estivesse febril. — Eu deveria me lavar.

Brigham pigarreou e sentiu-se dez vezes tolo.

— A égua e os potros passam bem?

— Muito bem, apesar de todos, com exceção de Malcolm, estarem exaustos. — Ela colocou as mãos nas dobras das saias, sem saber o que fazer em seguida. Curiosamente, Serena queria rir. Fora uma situação ridícula, afinal de contas: Brigham puxando a espada como um anjo vingador. Ou um demônio. E ela manchada com sujeira, suor e sangue de parto. — Peço desculpas, milorde — conseguiu dizer quando uma risadinha escapou. Serena podia gostar de lutar com ele, mas não iria constrangê-lo deliberadamente.

— Isso a diverte, senhorita? — Sua voz era fria, cortante como o gelo em uma lagoa.

— Não. Sim. — Com um suspiro, ela enxugou os olhos. — Sinto muito por rir. Estou cansada.

— Então vou deixá-la ir para o quarto.

Serena não podia permitir que a situação terminasse daquele jeito, pensou quando ele colocou a mão na porta. Se as palavras de despedida de Brigham tivessem sido gritos de raiva, ela teria se contentado. Mas deixá-lo envergonhado por tentar protegê-la a manteria acordada à noite inteira.

— Milorde.

Ele virou-se para trás. Os olhos cinzas estavam calmos novamente, e muito frios.

— Sim?

A língua de Serena pareceu ficar presa em sua garganta. Este não era o tipo de homem que aceitaria um sorriso e um agradecimento breve. O outro homem teria entendido, o que a tinha abraçado com tanta delicadeza. Mas não este.

— Você, ah, viajará com o meu pai e os seus homens hoje.

— Sim. — A resposta foi sucinta, e Brigham tamborilou com os dedos sobre o punho da espada.

— Desejo-lhe boa sorte com a sua... caçada.

Brigham arqueou uma sobrancelha. Então ela sabia, pensou. Obviamente Serena saberia, e, sendo uma MacGregor, iria para a sepultura com a informação, se necessário.

— Obrigado, senhora. Não devo prendê-la por mais tempo.

Ela começou a sair, então virou-se, a paixão em seus olhos novamente.

— Eu daria qualquer coisa para ir com vocês hoje. — Juntando as saias, correu na direção da casa.

Brigham ficou onde estava, no ar frio da manhã, a leve brisa despenteando seu cabelo. Tinha que ser loucura. Tinha que ser o mais grave erro de julgamento, a mais acentuada das ironias.

Estava apaixonado por Serena.

Deixando escapar um longo suspiro, observou-a até que ela tivesse sumido ao subir para a casa principal. Estava apaixonado, pensou novamente, e Serena o atacaria com um punhal em seu coração antes de entregar o próprio a ele.

A viagem era mais longa e complicada sobre uma terra mais selvagem do que a feita por ele e Coll em seu caminho para o norte. Havia colinas ecoantes e rochas pontiagudas como presas saindo da terra descoberta. Picos cinzentos e rochedos brilhavam com neve e gelo. Não viam pequenos animais por quilômetros. Então, se deparavam com uma aldeia onde a fumaça subia grossa e as pessoas saíam de suas casas clamando por cumprimentos e notícias.

Tudo era muito parecido com a Escócia que sua avó tinha lhe contado: dura, muitas vezes estéril, mas sempre fanaticamente hospitaleira. Pararam ao meio-dia e foram pressionados, por um pastor e sua família, a comer uma refeição. Houve sopa, os ingredientes dos quais Brigham não se preocupou em saber, pão e morcela. Teria preferido alimentar-se com os suprimentos que tinham trazido, mas aceitou o que lhe foi oferecido, sabendo que este banquete era o melhor que se poderia ter nas colinas solitárias. Para acompanhar, beberam a cerveja feita por Ian.

Havia meia dúzia de crianças, todas vestindo trapos, mas felizes, e a esposa do pastor, que costurava perto do fogo. A casa de turfa cheirava a pilha de compostagem, que estava bem do lado de fora da porta, e ao gado que estava alojado na sala vizinha.

Se a família considerava seu destino amargo, não o demonstrava. O pastor bebeu com gosto e jurou lealdade ao rei Stuart.

Todos os homens foram recebidos, e comida foi oferecida a cada um, embora em porções pequenas. Brigham não conseguiu conter um sorriso ao ver Parkins lutando para engolir a sopa misteriosa enquanto removia um par de mãos pequenas e sujas de sua manga impecável.

Dezenas de desculpas tiveram que ser ditas antes que os viajantes pudessem convencer os seus anfitriões que negócios os impediam de permanecer durante a noite. Quando partiram novamente, o vento estava aumentando, trazendo com ele o gosto e o cheiro de neve.

— Sinto que eles passarão fome na próxima semana por nossa causa — comentou Brigham enquanto continuavam em direção ao oeste.

— Eles ficarão bem. Seu *laird* lhes dará comida. É assim que os clãs funcionam. — Ian cavalgava como um homem com metade de sua idade, reto na sela, com pulsos leves e incansável. — É de homens como ele que o querido Charlie vai precisar para fazer a Escócia prosperar.

— E os Cameron?

— Bons lutadores e verdadeiros homens. — O cavalo de Ian galopava de forma segura e firme. — Quando nos encontrarmos em Glenfinnan, você poderá julgar por si mesmo.

— Os jacobitas precisarão de bons lutadores, e bons generais também. A rebelião só será bem-sucedida se os conselheiros do príncipe também o forem.

Ian lhe lançou um olhar cintilante.

— Então você já pensou nisso.

— Sim. — Brigham olhou em volta enquanto cavalgavam. O chão rochoso e irregular era um campo perfeito de guerra para os escoceses. Os homens que cavalgavam atrás deles, os que viviam ali, saberiam muito bem sobre suas vantagens e desvantagens.

— Se trouxermos a batalha para cá, vamos ganhar. A Grã-Bretanha estará unida.

— É o meu desejo ver um Stuart no trono — refletiu Ian. — Entretanto, já vi guerras antes. Em 1715 e em 1719. Vi esperanças crescerem e serem pisoteadas. Não sou tão velho para não ficar abrasado ao pensar em uma batalha, na esperança de fazer justiça. Mas esta será a última.

— Você viverá para ver outras, Ian.

— Esta será a última — repetiu ele. — Não só para mim, rapaz, para todos nós.

Brigham pensou em suas palavras enquanto se aproximavam de Glenfinnan. As águas do lago Nan Uamh eram de um escuro azul e violento. Quando chegaram à grande fortaleza de pedra, a neve estava apenas começando. Acima, o céu se transformara em um cinza grosso, como de um aço, e o vento açoitava as águas do lago em fúria.

A chegada do grupo foi anunciada por uma gaita de fole, e o som quase assustador subiu ao ar. O instrumento e sua música eram usados para comemorar, para lamentar e para liderar soldados à batalha. Enquanto a neve espiralava sobre seus pés, Brigham entendeu como um homem podia chorar, ou lutar, ao som de tais notas.

No interior da fortaleza, os servos foram despachados com a bagagem que trouxeram, fogos ardiam alto em lareiras e uísque foi servido em cada mão ansiosa.

— Bem-vindo a Glenfinnan. — Donald MacDonald ergueu a taça de uísque. — À sua saúde, Ian MacGregor.

Ian bebeu, e seus olhos aprovaram a qualidade do uísque de MacDonald.

— E à sua.

— Lorde Ashburn. — MacDonald sinalizou para que mais uísque fosse servido. — Espero que meu velho amigo tenha lhe hospedado bem?

— Muito bem, obrigado.

— À sua estadia bem-sucedida em Glenfinnan. — MacDonald brindou e bebeu novamente. Não pela primeira vez, Brigham estava grato por aguentar bem o uísque. Quando notou quão facilmente seus companheiros ficavam bêbados, decidiu que tinha herdado o atributo de sua avó. — Então você é parente de Mary MacDonald, de Sleat em Skye.

— Seu neto.

MacDonald foi então obrigado a oferecer um brinde a ela.

— Eu me lembro dela. Era uma garota bonita, embora eu não fosse mais que um pirralho quando visitei sua família. Ela criou você?

— Desde o momento em que meus pais morreram. Eu tinha por volta de 10 anos.

— Você está aqui, então não posso duvidar de que ela fez um bom trabalho. Vocês devem estar famintos. Preparamos uma ceia.

— E os outros? — questionou Ian.

— Devem chegar amanhã. — MacDonald olhou para a porta, e seu rosto se transformou ao sorrir. — Ah, minha filha. Ian, você se lembra de minha Margaret.

Brigham virou-se e viu uma mulher pequena, de cabelo escuro e cerca de 18 anos. Usava um vestido azul-escuro que combinava com seus olhos, e fez uma pequena reverência antes de se aproximar e estender as mãos para Ian. Seu sorriso mostrou covinhas em suas bochechas.

— Oras, aqui está uma moça bonita, uma verdadeira *lass*! — Com uma gargalhada, ele beijou ambas as faces da jovem. — Você cresceu, Maggie.

— Já se passaram dois anos. — A voz feminina era suave e melodiosa.

— Ela é a cara da mãe, Donald. Graças a Deus ela não se parece com você.

— Tenha cuidado ao me insultar em minha própria casa. — Mas havia um tom de orgulho no aviso de MacDonald. — Lorde Ashburn, apresento-lhe a minha filha Margaret.

Maggie fez mais uma reverência e estendeu a ponta dos dedos para Brigham.

— Milorde.

— Senhorita MacDonald. É um prazer ver uma flor em uma noite tão amarga.

Ela riu, estragando a reverência elegante.

— Obrigada, milorde. Não é sempre que ouço elogios. Você é um grande amigo de Coll, não é?

— Sim.

— Pensei... — Ela olhou de Brigham para Ian. — Ele não os acompanhou, lorde MacGregor?

— Não por falta de vontade, Maggie. E, não muitos anos atrás, era "tio Ian".

As covinhas apareceram novamente, e ela beijou a bochecha barbada.

— Você ainda é o tio Ian.

Ele lhe afagou a mão e virou-se para MacDonald.

— Coll e Brigham tiveram problemas no caminho de Londres. Campbell.

— Coll? — perguntou Maggie depressa, revelando mais do que pretendia. — Ele foi ferido?

As sobrancelhas de Ian se ergueram quando os dedos da jovem se enrolaram nos dele.

— Coll está se recuperando agora, minha garota, mas Gwen bateu o pé e disse que ele não deveria viajar.

— Por favor, diga-me o que aconteceu. O quão grave foi o ferimento? Ele foi...

— Maggie. — Rindo, MacDonald cortou as perguntas rápidas da filha. — Tenho certeza de que Ian e o lorde Ashburn vão nos contar tudo sobre isso. Agora, imagino que eles desejam se limpar antes da ceia.

Embora claramente impaciente, ela acatou a ordem do pai.

— Claro. Peço perdão. Vou lhes mostrar seus quartos.

Graciosamente, ela virou as saias para o lado e levou os convidados do pai para fora do salão e até a escada.

— Se precisarem de algo, é só pedir. Jantaremos em uma hora, se lhes convier.

— Nada me serviria melhor — disse Ian a ela, e lhe beliscou a bochecha. — Você cresceu bem, Maggie. Sua mãe ficaria orgulhosa.

— Tio Ian... Coll foi gravemente ferido?

— Ele está se recuperando bem, minha querida, prometo a você.

Forçada a se contentar com isso, ela deixou os homens sozinhos.

Eles comeram sem pressa e com elegância na grande sala de jantar. Havia ostras maiores do que qualquer uma que Brigham pudesse se lembrar de ter visto em qualquer lugar antes, e salmão em um molho delicado ao lado de um pato assado. Havia aves selvagens, molho de groselha e carne de carneiro assada. O clarete era suave e abundante, assim como os doces oferecidos ao final do jantar. Tortas, peras cozidas e frutas cristalizadas.

Durante toda a refeição, Maggie realizou seus deveres como anfitriã com uma facilidade e vivacidade que lhe caíram bem. Quando saiu do salão para deixar os homens bebendo vinho, tinha encantado a mesa inteira, de Ian ao servo mais humilde.

A conversa voltou-se para a política. Enquanto criados trouxeram velas novas e alimentaram o fogo crepitante, as intenções de Louis em relação à Inglaterra e seu apoio a Charles e os jacobitas foram discutidas, debatidas e argumentadas.

Ali, na sala de jantar nas Terras Altas selvagens, havia um apoio unânime ao príncipe charmoso. Brigham viu que os homens não só lutariam por Charles, mas também já o amavam como o símbolo de esperança que era quase desde o seu nascimento.

Brigham foi tarde para a cama, mas teve dificuldade em dormir. O fogo da lareira queimava vermelho, e as cortinas xadrez impediam a passagem de qualquer corrente de ar, apesar de ainda ser possível ouvir o vento assobiando contra o vidro da janela. Seus pensamentos, não importa o quanto lutava para discipliná-los, voltavam novamente para Serena.

Estaria ela na cama dormindo? Sua mente em repouso, seu corpo relaxado? Ou será que, como ele, Serena estava acordada e inquieta, com sua mente em um turbilhão e seu corpo tenso com desejos que haviam sido alimentados como as chamas de uma fogueira?

Que tipo de loucura fazia um homem sentir-se atraído por uma mulher que o detestava e tudo o que ele era? Houvera mulheres mais bonitas em sua vida, e certamente mais doces. Houvera algumas que riam e brincavam, dentro ou fora do quarto, sem se importar se ele era um lorde inglês ou um camponês francês. Houvera mulheres, dignas e elegantes, que tiveram prazer em recebê-lo para o chá ou em acompanhá-lo em um passeio no parque.

Por que nenhuma delas o fizera deitar na cama e suar com visões de mãos finas e brancas e de um cabelo ruivo? Nenhuma jamais o fizera arder com apenas o pensamento de um nome, um rosto, um par de olhos. Eles não tinham nada em comum, além de lealdade a uma casa real deposta. Não conseguia encontrar uma lógica, uma razão para um homem perder o coração para uma mulher que teria prazer em esmagá-lo com sua bota.

Mas a amava. Ocorreu a Brigham que poderia pagar mais caro por esses sentimentos do que jamais faria por seguir sua consciência e a causa jacobita.

Quando conseguiu pegar no sono, dormiu mal, e foi acordado pouco depois do amanhecer pela chegada dos Cameron.

Ao meio-dia, a casa estava cheia de homens. MacDonald das ilhas ocidentais, Cameron, Drummond, mais alguns MacGregor das vilas periféricas. O encontro tornou-se uma celebração com gaitas de fole sendo tocadas e uísque para ser bebido. Modos rústicos foram ignorados e risos ecoaram nas pedras.

Os convidados trouxeram presentes. Veados, coelhos e qualquer animal que tivesse sido morto na viagem. Eles foram servidos no jantar, e desta vez o grande salão estava cheio de homens. A companhia na ceia era variada, incluindo *chiefs*, *lairds*, filhos mais velhos, homens de alta patente e criados. Todos foram servidos na mesma mesa, e servidos bem, mas com distinções sutis.

Na cabeceira da mesa estava carne de veado e um bom clarete. No meio, havia cerveja e vinho do porto com pratos substanciais de carne de carneiro e de coelho. Na parte inferior, havia sal, carne e repolho acompanhados de uma cerveja de menos qualidade. Porém, em todos os níveis, a comida era abundante. Nenhum homem parecia insultado pelos arranjos, e todos comeram ferozmente. Servos ficavam de pé atrás das cadeiras, a maioria sendo moradores locais chamados a trabalhar para o evento.

Brindes foram feitos ao verdadeiro rei, ao Bonnie Prince, a cada clã, às esposas e filhas dos *chiefs*, um após o outro, até garrafas serem esvaziadas e mais serem abertas. Levantaram taças ao rei que estava além das águas. Não havia dúvida que o coração dos homens estava com ele. Mas Brigham descobriu que a mesa não dividia a mesma opinião quando a conversa se virou para os Stuart e a possibilidade de guerra.

Havia alguns cujo sangue corria quente o suficiente para fazê-los querer marchar para Edimburgo imediatamente, espadas levantadas e gaitas tocando. Velhos ressentimentos apareceram, e espalharam seu veneno como feridas reabertas. Proscrições, execuções, casas queimadas, parentes escravizados e enviados para plantações, propriedades confiscadas.

Como Serena lhe dissera uma vez: não era algo para ser perdoado, nem para ser esquecido.

Mas outros estavam menos dispostos a colocar sua vida e sua terra nas mãos do príncipe inexperiente. Tinham lutado em guerras antes e visto homens e sonhos serem destruídos.

Cameron de Lochiel, o comandante do clã enquanto o pai permanecia em exílio, prometeu ao príncipe seu coração, mas com reservas.

— Se lutarmos sem o apoio das tropas francesas, os ingleses invadirão nossa terra e nos forçarão a irmos para as colinas e cavernas. O clã Cameron é leal ao verdadeiro rei, mas os clãs, sem ajuda, serão o suficiente contra o exército treinado da Inglaterra? E uma perda agora quebrará a Escócia.

— Então fazemos o quê? — James MacGregor, herdeiro de Rob Roy, bateu a mão sobre a mesa. — Ficamos sentados e mantemos as nossas espadas embainhadas? Ficamos sentados, ao lado de nossas lareiras, envelhecendo, esperando a retribuição? Eu, por exemplo, estou cansado do príncipe-eleitor e de sua rainha alemã.

— Não se pode quebrar uma espada embainhada — respondeu Lochiel calmamente.

— *Aye.* — Um comandante MacLeod assentiu debruçado sobre seu vinho. — Embora isso vá contra o que acreditamos, é loucura lutar se não haverá vitória. Perdemos antes e pagamos um preço amargo por isso.

— Os MacGregor apoiam o príncipe em sua luta — disse James com perigoso brilho de batalha nos olhos. — Assim como o apoiaremos quando ele assumir o trono.

— *Aye*, rapaz — interrompeu Ian, mantendo a voz suave. Ele sabia que James tinha herdado a lealdade do pai, e uma boa dose de sua astúcia e seu amor por intrigas, mas não o seu controle. — Também apoiamos o Bonnie Prince, mas precisamos pensar em mais do que tronos e injustiças. Lochiel está certo. Esta não é uma guerra a ser travada precipitadamente.

— Lutaremos como mulheres, então? — exigiu James. — Apenas com conversas?

Os homens haviam bebido uísque o suficiente para que temperamentos entrassem em ebulição. As palavras de James já suscitavam murmúrios irritados. Antes que mais pudesse ser dito, Ian falou de novo, chamando a atenção dos homens para si:

— Lutaremos como membros de clãs, como nossos pais e avós. Eu lutei ao lado de seu pai, James — disse ele calmamente. — E ao seu lado quando éramos jovens — acrescentou a Lochiel. — Estou orgulhoso de prometer a minha espada e a de meu filho aos Stuart. Quando lutarmos, devemos fazê-lo com a cabeça fria e com astúcia, assim como com espadas e machados.

— Mas sabemos se o príncipe deseja lutar? — questionou alguém da mesa. — Já nos reunimos antes, apoiando seu pai, e acabou em nada.

Ian sinalizou para que seu copo fosse preenchido novamente.

— Brigham, você passou um tempo com o príncipe na França. Conte-nos quais são seus planos.

A mesa ficou em silêncio, então Brigham manteve a voz moderada.

— Ele planeja lutar por seus direitos e os de sua família. Não se pode duvidar disso. — Pausou para fazer um balanço dos rostos ao seu redor. Todos ouviram, mas nem todos pareciam animados por suas palavras. — Ele busca por jacobitas aqui e na Inglaterra para lutarem com ele, e espera convencer o rei Louis a apoiar sua causa. Com os franceses ao seu lado, acho que não há dúvida de que ele poderá dividir os inimigos e passar por eles. — Brigham levantou a taça, levando seu tempo. — Sem eles, serão necessárias medidas ousadas e uma frente unida.

— Os homens das Terras Baixas lutarão com o exército do governo — refletiu Lochiel. Pensou com tristeza na morte e destruição que certamente seguiriam a decisão. — E o príncipe é jovem, inexperiente em batalha.

— Sim — concordou Brigham. — O príncipe precisará de homens experientes, consultores, bem como homens de combate. Não duvide de sua ambição, ou de sua determinação. Ele virá para a Escócia e levantará seu estandarte. Precisará do apoio dos clãs, de seu coração e sua espada.

— Ele tem ambos os meus — afirmou James, erguendo a taça como um desafio.

— Se a mente do príncipe não for influenciada — disse Lochiel lentamente —, os Cameron lutarão ao seu lado.

A conversa continuou durante a noite e durante os dias seguintes. Alguns estavam convencidos, suas espadas e seus homens prontos para a batalha. Outros estavam longe de serem encorajados.

Quando se despediram dos MacDonald, o céu estava tão sombrio quanto os pensamentos de Brigham. A brilhante ambição de Charles poderia facilmente ser apagada.

Capítulo 6

Serena sentou-se diante do fogo crepitante do quarto, envolta em um manto, enquanto a mãe escovava e lhe secava o cabelo. Para Fiona, o ato lhe trazia lembranças, tanto doces quanto tristes, da infância da filha mais velha. Estivera naquela posição por muitas vezes, com a filha empacotada diante do fogo, a pele brilhante do banho. Tinha sido simples, então, aliviar uma dor ou resolver um problema.

Agora, a criança era uma mulher, pensou Fiona, com as necessidades e os medos de uma mulher. Chegaria um momento em que sua menina se sentaria em frente a um fogo com a própria filha.

Geralmente, quando passavam esse tempo juntas, Serena falava muito, sempre cheia de perguntas, histórias e risos. Naquele momento, ela estava extremamente quieta, os olhos fixos na lareira, as mãos repousadas no colo. Através da porta aberta, era possível ouvir Gwen e Malcolm divertindo Coll com algum jogo. O riso e os gritos de triunfo abafados entravam na sala.

De todos os filhos, Serena era a que mais preocupava Fiona. Coll era obstinado, certamente, mas parecido o suficiente com o pai, o que convencia Fiona de que o filho saberia se cuidar. Gwen era suave e doce. Fiona não tinha dúvidas de que o coração bondoso e a aparência frágil lhe trariam um homem gentil. E Malcolm... Ela sorriu enquanto passava a escova pelo cabelo longo e úmido de Serena. Ele era cheio de charme e travessuras, e poderia até ter vontade própria, de acordo com o bom Pai.

Mas fora Serena que herdara o temperamento incerto dos MacGregor, juntamente com um coração facilmente ferido. A filha odiava tão apaixonadamente quanto amava, fazia perguntas que não podiam ser respondidas, e se lembrava muito bem do que deveria ser esquecido.

Era isso que preocupava Fiona acima de tudo. Aquele incidente horrível tinha traumatizado a filha tanto quanto tinha traumatizado a si mesma. Fiona ainda tinha as marcas feitas pelo oficial inglês. Não em seu corpo, mas em seu coração. E temia que elas nunca se apagariam do coração de Serena, da mesma forma que não desapareciam de seu próprio coração. Mas, enquanto Fiona carregava sua vergonha em segredo, o ódio de Serena muitas vezes queimava em seus olhos e escapava de sua língua.

Fiona nunca esqueceria o modo como Serena a tinha limpado, confortado e aliviado seu corpo e seu coração naquela noite malfadada. Nem poderia esquecer que uma selvageria havia nascido em Serena como resultado disso, uma imprudência que a fazia cavalgar sozinha pela floresta, a exaltar-se com qualquer desfeita — real ou imaginária — direcionada a sua família. Como mãe, se preocupava com o óbvio desprezo de Serena com os homens que vinham cortejá-la.

Naquele instante, era o silêncio pouco característico de Serena que a incomodava. Fiona se perguntou, não pela primeira vez, como ser mãe de um filho adulto.

— Você está tão quieta, meu amor. Você vê sonhos no fogo?

Serena sorriu um pouco.

— Você sempre disse que poderíamos, se olhássemos com afinco. — Mas ela observara a lareira naquela noite e vira apenas madeira flamejante.

— Você está assim há alguns dias. Sente-se mal?

— Não, eu só estou... — Serena deixou as palavras morrerem, incerta se conseguiria explicar o que sentia para si mesma, muito menos para a mãe. — Estou impaciente, suponho. Desejando a primavera. — Ficou em silêncio novamente, olhando para o fogo. — Quando você acha que papai voltará?

— Amanhã. Talvez no dia seguinte. — Fiona passou a escova incansavelmente pelo cabelo de Serena. O humor pensativo da filha havia começado no dia da partida do grupo. — Está preocupada com ele?

— Não — suspirou Serena, e as mãos se mexeram nervosamente no colo. — Às vezes, me preocupo como tudo isso vai terminar, mas não com papai. — Abruptamente, ela juntou os dedos para manter as mãos paradas. — Eu queria ser um homem.

A declaração trouxe um pouco de alívio a Fiona, pois era típica da filha. Rindo levemente, beijou o topo da cabeça de Serena.

— Que loucura é essa?

— Eu queria. Se eu fosse um homem, não seria forçada a sentar e esperar.

Nem estaria desejando algo tão nebuloso que nunca poderia ser capaz de descrever, pensou ela.

— Se você fosse um homem, me roubaria um dos maiores prazeres da minha vida.

Com outro suspiro, Serena se acalmou.

— Eu queria ser mais como você. Mais como Gwen.

— Você é o que nasceu para ser, querida, e nada me agrada mais.

— Gostaria de ser capaz de agradá-la. De verdade.

— O quê? Mais bobagem?

— Há vezes que sei que você está desapontada comigo.

— Não, não desapontada. Nunca! — Por um momento, Fiona envolveu Serena em um abraço e tocou a bochecha dela com a sua. — Quando você nasceu, agradeci a Deus por ter me dado uma filha saudável e em segurança. Meu coração estava quase quebrado por ter perdido dois bebês entre Coll e você. Eu temia não ser capaz de ter mais filhos, então você veio, pequena como um coelho, mas forte como um cavalo. Que trabalho você me deu no parto! A parteira disse que você lutou para abrir seu caminho para o mundo. As mulheres não vão à guerra, Serena, mas lhe digo isso: não haveria filhos no mundo se os homens precisassem pari-los.

A afirmação fez Serena rir. Ela dobrou as pernas e se acomodou confortavelmente.

— Lembro-me do nascimento de Malcom. Papai foi ao estábulo e ficou bêbado.

— Foi assim com todos vocês — disse Fiona, sorrindo. — Ele é um homem que preferiria enfrentar uma centena de soldados ingleses com apenas um punhal do que colocar um pé em uma sala de parto.

— Como você soube... quando você o conheceu, como soube que o amava?

— Não tenho certeza de tê-lo feito. — Fiona estudou o fogo com uma expressão sonhadora. — A primeira vez foi em um baile. Alice MacDonald, Mary MacLeod e eu éramos melhores amigas. Os pais de Alice estavam dando um baile para seu aniversário. Os MacDonald de Glenfinnan. O bom amigo de seu pai, Donald, como sabe, é irmão de Alice. Ela estava de verde, Mary de azul, e eu usava branco com as pérolas da minha avó. Tínhamos colocado pó em nosso cabelo e acreditávamos estar muito lindas e na moda.

— Sei que vocês estavam.

Com um pequeno suspiro, Fiona parou de escovar o cabelo da filha para descansar as mãos em seus ombros.

— A música era muito alegre, e os homens estavam tão bonitos. Seu pai fez Donald apresentá-lo a mim e perguntou se eu queria dançar. Eu queria, claro, mas fiquei pensando: o que eu queria com aquele homem que parecia uma fera? Ele provavelmente pisaria em meus pés e arruinaria meus sapatos novos.

— Ah, mamãe, não diga que você pensou que papai era incapaz de dançar?

— Pensei, e fui provada do contrário, como você testemunhou vez ou outra. Ninguém dança com mais graça e leveza nos pés do que Ian MacGregor.

Serena gostou de imaginar seus pais jovens, compartilhando sua primeira dança.

— Então você se apaixonou por papai por ele ser um bom dançarino?

— Não. Eu flertei, confesso. Alice, Mary e eu havíamos feito um pacto para flertar com todos os homens no baile até que tivéssemos uma série de pretendentes. Decidimos que escolheríamos apenas os mais bonitos, os mais elegantes e os mais ricos para serem nossos maridos.

Com um pouco de espanto, Serena olhou por cima do ombro.

— Você, mãe?

— *Aye*, eu era bastante vaidosa e convencida. — Fiona riu e deu um tapinha no cabelo que estava começando a mostrar os primeiros sinais de cinza. — Meu pai havia me mimado muito, sabe? No dia seguinte, seu pai foi até a casa dos MacDonald, onde eu estava hospedada. *Para sair com Donald,* ele disse, mas se certificou de que eu o visse caminhando pela casa como se fosse dono dela. Durante as próximas semanas, seu pai se colocou no meu caminho mais vezes do que eu podia contar. Ele não era o mais bonito, o mais elegante ou o mais rico dos homens que me cortejaram, mas, no final, era o que eu desejava.

— Mas como você soube? — insistiu Serena. — Como teve tanta certeza?

— Quando meu coração falou mais alto que minha cabeça — afirmou Fiona, estudando a filha. Então este era o problema... Como havia perdido os sinais, perguntou-se. Sua pequena estava apaixonada. Rapidamente, Fiona listou os nomes e rostos dos jovens que tinham vindo cortejá-la. Não conseguia se lembrar de Serena ter dado um segundo olhar a nenhum deles. Na verdade, para seu desgosto, a filha havia despachado a maioria com o rabo entre as pernas.

— Deve haver algo mais do que isso. — Tão confusa quanto insatisfeita, Serena cutucou as dobras das saias. — Deve haver uma sensação de certeza, um sentido... Se papai fosse diferente, se vocês não tivessem as mesmas crenças, a mesma origem, seu coração nunca teria falado.

— O amor não se importa com diferenças, Rena — disse Fiona lentamente. Um pensamento súbito apareceu em sua cabeça, um que a deixou dividida entre rir ou chorar. Teria a filha, sua impetuosa e teimosa filha, se apaixonado pelo lorde inglês? — Minha querida... — Fiona tocou a bochecha de Serena. — Quando o amor acontece, na maioria das vezes, está certo, mas raramente faz sentido.

— Eu preferiria ficar sozinha — afirmou Serena com paixão. Os olhos brilhavam na luz do fogo, mostrando confusão e determinação. — Preferiria ser apenas a tia dos filhos de Coll, Gwen e Malcolm do que encontrar-me presa a um homem que sei que me faria infeliz.

— Essa é sua cabeça falando, e seu temperamento. — A mão de Fiona era tão gentil quanto a voz. — Apaixonar-se é assustador, especialmente para uma mulher que tenta lutar contra isso.

— Eu não sei. — Ela virou a bochecha na mão da mãe. — Ah, mãe, por que não sei o que quero?

— Quando for a hora, você saberá. E você, a mais corajosa dos meus filhos, aceitará a verdade.

Subitamente, seus dedos ficaram tensos sobre a bochecha da filha. Ambas ouviram o barulho de cavalos se aproximando. Por um momento, à luz do fogo, lembraram-se de outro tempo, outra noite.

— Papai voltou cedo! — Serena levantou-se para pegar a mão de sua mãe.

— *Aye!* — Pouco a pouco, Fiona se forçou a relaxar. — Ele vai querer algo quente para comer.

Os homens haviam viajado com ímpeto, impulsionados pelo desejo de dormir em suas próprias camas. Haviam caçado, de fato, e voltaram para casa com cervos, coelhos e patos selvagens recém-abatidos. A casa, que estivera tão silenciosa, entrou em erupção com os gritos e comandos de Ian. Enrolada em um manto, Serena decidiu permanecer no andar de cima até ouvir o pai berrar seu nome.

Começou a alisar o cabelo e as saias, então se deteve com desgosto. Sua aparência não importava. Desceu para ver o pai, o rosto ainda avermelhado pelo vento, dando um beijo caloroso em Gwen. Coll estava sentado perto do fogo, um manto cobrindo os joelhos, e Malcolm ria empoleirado no braço da cadeira.

Com um copo cheio já em sua mão, a outra enfiada no bolso da calça, Brigham estava de pé na frente da lareira. O cabelo estava bagunçado pelo vento, as botas respingadas com lama. Apesar da decisão de não o fazer, Serena viu seus olhos sendo atraídos aos dele. Pelo espaço de três batimentos cardíacos, não havia nada, nem ninguém na sala.

Brigham sentiu o mesmo. Ele a observou entrar, sua túnica verde-escura flutuando sobre o corpo delicado, o cabelo brilhando como fogo. Os dedos de

Brigham apertaram o copo de estanho com tamanha rapidez e violência que pensou que poderiam deixar marcas. Forçando-se a relaxar os dedos, esboçou uma reverência a Serena. O queixo dela ergueu-se, fazendo-o desejar, mais que qualquer outra coisa, atravessar a sala e beijá-la com força.

— Aqui está ela, minha pequena gata selvagem! — Ian abriu os braços. — Você tem um beijo para o seu pai?

Serena lhe deu um sorriso atrevido.

— Talvez... — Andando até o pai, ela lhe deu um beijo rápido e recatado na bochecha. Então, com uma risada, jogou os braços ao redor do pescoço largo do pai e lhe deu outro beijo, desta vez caloroso e barulhento. Ele respondeu levantando-a do chão e girando-a duas vezes.

— Agora, aqui está uma *lass*! — exclamou Ian para a sala. — Se um homem conseguir sobreviver às garras, terá um prêmio que vale a pena manter.

— Não serei um prêmio para nenhum homem. — Serena deu um puxão na barba do pai, que respondeu com um tapinha no braço e um sorriso, voltando o olhar para o lorde inglês.

— Você verá que falo a verdade, Brig. É uma garota vivaz! Estou pensando em dar sua mão a Duncan MacKinnon, já que ele me pede isso toda semana.

— E deveria, pai — disse Serena suavemente. — Ele será menos incômodo depois que eu o cortá-lo em dois.

Ian riu novamente. Embora todos os filhos o encantassem, Serena era a que mais mexia com seu coração.

— Encha meu copo, pirralha, e o de todos. O jovem Duncan não é páreo para você.

Serena fez o que o pai pediu, passando o copo para ele antes de se aproximar para servir Brigham. Era impossível resistir a vontade de encará-lo, ou permitir que o desafio brilhasse em seus olhos.

— Nem, talvez, seja qualquer homem — retorquiu ela.

Ao ouvir a provocação, Brigham foi obrigado a aceitar o duelo.

— Pode ser, milady, que nenhum tenha lhe ensinado a guardar suas garras.

— Na verdade, milorde, nenhum que tentou sobreviveu.

— Parece que você precisa de um homem feito de coisas mais resistentes.

Serena ergueu uma sobrancelha como se estivesse avaliando-o.

— Acredite, não preciso de um homem.

Os olhos cinzas a alertaram que Brigham poderia provar que ela estava errada, mas ele apenas sorriu.

— Perdoe-me, madame, mas uma égua irritadiça raramente entende a necessidade de um cavaleiro.

— Ah, por favor. — Coll engasgou em sua própria risada e levantou uma mão. — Não o encoraje, Rena. O homem pode continuar com isso durante horas, e você nunca ganhará. Tenha piedade e traga esse jarro aqui. Meu copo está vazio.

— Assim como sua cabeça — murmurou Serena, e serviu uísque para o irmão.

— Calma, *lass*, não me esfole assim. Ainda sou um homem doente.

— É mesmo? — Sorrindo, ela pegou o copo das mãos de Coll. — Então você precisa de uma das bebidas de Gwen, não de uísque. — Ela esvaziou o copo antes que ele pudesse pegá-lo de volta.

— Fedelha! — Rindo, Coll a puxou para seu colo. — Me sirva novamente e guardarei seus segredos.

— Ah! Que segredos?

Ele colocou a boca perto da orelha da irmã e sussurrou apenas uma palavra:

— Calça.

Serena praguejou e encheu o copo novamente.

— Então, você não estava tão doente se conseguiu espiar pela janela — murmurou para o irmão.

— Um homem usa todas as armas que pode.

— Quando vocês, crianças, pararem de se bicar... — Ian esperou até que todos os olhos estivessem sobre ele. — Direi que os MacDonald estão bem. Daniel, o irmão de Donald, é avô novamente. O terceiro, o que me envergonha. — Encarou os dois filhos mais velhos, que esqueceram a pequena rixa o suficiente para dar sorrisos idênticos ao pai. — Vejam só, vocês sorrindo como dois simplórios enquanto negligenciam seus deveres com o clã. Um pai melhor já teria casado os dois, vocês querendo ou não.

— Não existe um pai melhor do que o nosso — afirmou Serena, e viu-o suavizar.

— Continuando. Convidei Maggie MacDonald para uma visita.

— Ah, bom Deus — gemeu Coll. — Falando sobre incômodos...

O comentário lhe valeu uma bofetada da irmã.

— Ela é uma grande amiga minha, devo lembrá-lo. Quando ela vem?

— Na próxima semana. — Ian enviou a Coll um olhar severo. — E eu devo lembrá-lo, meu rapaz, que nenhum convidado na minha casa é um incômodo.

— Eles são quando ficam entrando em nosso caminho. — Após a afirmação, Coll cedeu, sabendo que hospitalidade era uma questão de honra e tradição. — Sem dúvida, ela já terá superado essa fase e ficará feliz na companhia de Rena e Gwen.

Os dias seguintes passaram em uma enxurrada de atividades em preparação para a visita aguardada. Como ditava o hábito de Fiona, madeira e prata foram polidas, alimentos preparados e pisos esfregados. Serena apreciou a distração, e estava muito acostumada a trabalhar para se incomodar com os afazeres extras. Ansiava a companhia de uma garota de sua idade, que era sua amiga desde a infância.

Agora que Coll estava recuperado, ele e Brigham saíam para cavalgar frequentemente, às vezes na companhia de Ian e outros homens, outras vezes, sozinhos. Havia discussões noturnas sobre a causa jacobita e a próxima ação do príncipe. Os rumores voaram de colinas para lagos, e de riachos para florestas. O príncipe estava a caminho. O príncipe estava em Paris. O príncipe nunca chegaria.

Uma vez, um mensageiro foi apressado para o salão com um despacho para Brigham. As portas haviam permanecido fechadas por horas, e o cavaleiro tinha voltado novamente depois do anoitecer. Quaisquer novidades que ele trouxera não foram transmitidas às mulheres, um fato que Serena amargamente ressentiu.

Na cozinha, com o fogo ardendo, Serena lavava roupas, sua parte e a de Gwen. Havia trocado a tarefa de polir a casa pela porção de roupas de responsabilidade da irmã. Gostara do acordo. Preferia lavar as roupas na banheira grande a ficar com as mãos doloridas e cheias de cera de abelha.

Com as saias amarradas, estava na banheira com a água até as panturrilhas. Apreciava a energia que a tarefa requeria, assim como gostava da solidão da cozinha naquele momento. A sra. Drummond estava visitando uma vizinha para uma troca de receitas e fofocas. Malcolm estava cumprindo seus deveres, e sua mãe estava supervisionando a preparação de um quarto de hóspedes.

Serena pisava como um pônei na água, cantarolando para tornar a tarefa menos monótona e manter o ritmo constante.

Teria Brigham achado Maggie MacDonald bonita? Teria lhe beijado a mão do jeito que beijara a de Serena uma vez?

Por que isso deveria importar?, perguntou-se Serena, e começou a pisar nas roupas com mais vigor. O homem mal havia lhe dado um olhar desde que voltou, e era exatamente assim que ela preferia. Ashburn não significava nada para ela, pelo menos, não mais que qualquer mosca morta.

Desejava que ele fosse embora. Serena começou a pisar mais forte, até que a água alcançou a borda da banheira. Desejava que o lorde inglês pegasse sua voz calma e os olhos quentes e fosse para Londres — ou para o inferno. Queria que ele caísse no rio e pegasse um resfriado, depois morresse de forma lenta e dolorosa. Melhor ainda, que ele entrasse, caísse de joelhos e implorasse por um sorriso dela.

Claro, Serena desdenharia dele.

Desejava...

Ela parou de desejar, parou de lavar, parou de pensar quando Brigham entrou no recinto. Ele foi pego de supetão, assim como Serena. Pensara que ela estava ocupada no andar de cima com a mãe, ou na sala de jantar com a irmã. Durante dias, esforçara-se para evitar Serena e o desconforto e o prazer que a companhia dela lhe causavam.

Agora, ela estava ali, sozinha na cozinha quente, o rosto corado pelo exercício, o cabelo escapando dos grampos, as saias... meu Deus!

As pernas de Serena estavam pálidas e molhadas e tão formosas como qualquer homem poderia sonhar. Antes de se controlar, observou uma gota de água deslizar para baixo do joelho, ao longo de uma panturrilha lisa, para dentro da banheira. Sua respiração sibilou suavemente entre os dentes.

— Bem, esta é uma cena doméstica inesperada e encantadora.

— Você não tem nada para fazer aqui, lorde Ashburn.

— Seu pai me persuadiu a me sentir em casa. Como todo mundo está ocupado, pensei que seria mais fácil vir e convencer a sra. Drummond a me dar um pouco de sopa.

— Está lá na panela — indicou o fogão. — Pegue um pouco e vá comer em outro lugar. Eu tenho muito a fazer para servi-lo.

— Estou vendo. — Brigham recuperou o suficiente de controle para aproximar-se. Serena cheirava a sabão, o que fez sua barriga estremecer. — Senhorita, asseguro-lhe que nunca mais dormirei como antes sabendo que minha roupa de cama foi lavada dessa forma por você.

Serena engoliu uma risada e começou a pisotear novamente.

— Essa forma funciona, *sassenach*, e funciona bem. Agora, se me der licença, peço que faça logo o que precisa fazer para que eu continue minha tarefa antes que a água esfrie muito. — Inspirada talvez pelo demônio, Serena pisou com força e molhou a calça de Brigham com os respingos de água. — Ah, peço perdão, milorde. — Sem conseguir evitar, caiu no riso.

Brigham olhou para a calça e meneou a cabeça.

— Talvez você ache que ela também precise ser lavada.

— Jogue-a aqui — sugeriu ela imprudentemente. — Já quis plantar meus pés em sua calça antes.

— É mesmo? — Ele estendeu a mão em direção ao cinto e teve a satisfação de ver Serena arregalar os olhos. Corando até as raízes do cabelo, ela deu um passo para trás e tropeçou.

— Brigham...

Ele a pegou antes que Serena pudesse cair e derrubasse toda a água da banheira pela cozinha.

— Sabia que conseguiria fazer você falar.

Uma mão de Brigham rodeava a cintura delicada, enquanto a outra estava no cabelo vermelho. Os grampos restantes caíram e afundaram na água. Serena ficou imóvel, nervosa, com os braços presos entre seus corpos.

— Falar o quê?

— Meu nome — murmurou. — Fale de novo.

— Não tenho necessidade. — Ela umedeceu os lábios, involuntariamente agitando ainda mais o sangue de Brigham. — E você não precisa me segurar. Já recuperei meu equilíbrio.

— Mas eu tenho uma necessidade, Rena. Eu disse a mim mesmo por três dias seguidos que não posso, que não deveria e que não vou tocar em você. — Enquanto falava, passou a mão pelas costas delicadas, pelo cabelo ruivo, como se tivesse a liberdade. — Mas eu tenho uma necessidade. A mesma que vejo em seus olhos, agora.

Serena se odiava por abaixar o olhar.

— Você não vê nada.

— Vejo tudo — corrigiu Brigham, pressionando um beijo em seu cabelo. — Ah, Deus, não consegui tirar seu cheiro de minha mente, seu gosto da minha boca.

— Pare. — Se pudesse livrar suas mãos, Serena teria coberto seus ouvidos com elas. — Não vou ouvir.

— Por quê? — A mão em seu cabelo apertou-se, e ela foi forçada a erguer a cabeça. — Porque eu sou inglês?

— Não. Sim. Eu não sei. — Sua voz elevou-se, áspera pela força da pulsação. — Eu só sei que não quero isso. Não quero sentir o que você me faz sentir.

Brigham experimentou um momento de triunfo enquanto a aproximava.

— Como faço você se sentir, Rena?

— Fraca, temorosa, enraivecida. Não... — sussurrou quando os lábios dele pairaram sobre os seus. — Não me beije.

— Então beije-me você. — Brigham roçou os lábios levemente sobre os dela.

— Não irei.

Os lábios dele curvaram-se quando encontrou os de Serena.

— Você já está.

Com um gemido trêmulo, ela agarrou-o, tomando o que seu coração desejava e bloqueando o alerta em sua mente. Ele não era certo para ela, nunca seria, e, ainda assim, quando Brigham a segurava, sempre parecia certo.

Os lábios dele provocaram e recuaram, seduziram e atormentaram, até que Serena se tornou possessiva. Dissera que se sentia fraca? Era mentira, pensou vagamente. Sentia-se forte, incrivelmente poderosa, com uma energia lhe percorrendo o corpo e bombeando seu sangue até ficar quente. Uma mulher podia temer a fraqueza, mas não o poder.

Serena envolveu os braços ao redor dele, deixando a cabeça pender para trás e os lábios se abrirem, e desafiando Brigham a sugar sua força.

Era como segurar um raio, pensou ele. Cheio de fogo, luz e um poder perigoso. Em um momento, estava persuadindo Serena; no outro, estava sendo bombardeado pelo calor que parecia irradiar dela. Murmurando seu nome, Brig a tirou da água. Segurou-a por um momento, então, lentamente, a deixou escorregar por seu corpo até que os pés encontrassem o chão.

Repentinamente, os lábios de Serena percorreram seu rosto. Ela colocou as mãos por dentro do casaco, deslizando-as com impaciência sobre sua camisa. O corpo macio estava arqueado contra o dele, implorando para ser tocado. Os seios se empinavam tentadoramente.

Sabendo que as únicas opções eram puxá-la para o chão e satisfazer aos dois ou parar, Brigham afastou-se com dificuldade.

— Serena. — Ele pegou-lhe as duas mãos e as levou aos lábios. — Precisamos conversar.

— Conversar? — Pensamentos não conseguiam surgir em uma mente tão densa.

— Sim, e logo, antes que eu abuse ainda mais da confiança de seu pai e de meu amigo.

Ela o encarou por um momento, e então sua mente começou a clarear. Afastando suas mãos, pressionou-as contra as próprias bochechas. Como pudera se atirar daquela maneira?

— Eu não quero conversar, quero que você vá embora.

— Querendo ou não, conversaremos. — Brigham agarrou-lhe as mãos novamente antes que ela pudesse se afastar. — Serena, não podemos fingir que nada acontece entre nós toda vez que estamos juntos. Posso não desejar isso mais que você, mas não sou tolo o suficiente para dizer que não existe.

— Vai passar — afirmou ela, desesperada para acreditar no que havia dito. — Os desejos vêm e vão.

Brigham ergueu uma sobrancelha.

— Palavras tão calmas e mundanas vindas de uma mulher de pés descalços.

— Oras, deixe-me em paz! — retrucou Serena. — Eu estava bem e feliz antes de você chegar aqui, e ficarei bem e feliz quando você for embora.

— Até parece! — Brigham puxou-a novamente contra si. — Se eu fosse embora agora, você choraria.

O orgulho lhe enrijeceu a postura.

— Nunca derramarei uma lágrima por você. Por que deveria? Você não é o primeiro homem que beijei, e não será o último.

Os olhos de Brigham se estreitaram, escurecidos como ônix.

— Você vive perigosamente, Serena.

— Eu vivo como desejo. Agora solte-me.

— Então eu não sou o primeiro que você beijou — murmurou ele. Sentiu uma necessidade desesperada e vívida de saber os nomes e os rostos de cada um dos homens, para que pudesse matá-los. — Diga-me, os outros a fizeram estremecer? — Ele a beijou de novo, o bastante para deixá-la ofegante. — Fizeram sua pele ficar quente e macia? — Sua boca voltou para a dela outra vez, e desta vez ela não fez nada além de suspirar contra seus lábios e deixá-lo obter o que queria. — Você olhou para eles do jeito que me olha agora? — Exigiu. — Com os olhos escuros e nublados?

Serena apertou-lhe os ombros, quase com medo de que fosse dissolver e deslizar pelas mãos esbeltas.

— Brigham...

— Você o fez? — indagou ele novamente, os olhos escuros e brilhantes.

Sentia-se tonta, e sacudiu a cabeça.

— Não.

— Serena, já terminei... — Gwen abriu a porta, então permaneceu imóvel, sua boca formando um 'O' de surpresa quando viu a irmã em um abraço íntimo com um de seus convidados. Serena estava descalça, na ponta dos dedos, agarrada ao lindo casaco de Brigham. E ele... O pensamento fez Gwen corar ainda mais.

— Peço perdão — conseguiu dizer, e continuou parada, olhando de um para o outro sem a menor ideia do que fazer.

— Gwen — Com mais força do que dignidade, Serena saiu dos braços de Brigham. — O lorde Ashburn estava apenas...

— Beijando sua irmã — terminou ele friamente.

— Ah... — Gwen viu Serena dar a Brigham um olhar furioso. — Peço perdão — repetiu ela, imaginando se seria melhor ir embora ou ficar.

Divertido com a situação, Brigham viu Gwen lutar com o senso de decência enquanto Serena se dirigia ao armário.

— Não há necessidade de pedir perdão — afirmou ela com ironia. — O lorde Ashburn queria sopa.

— Eu queria, mas, agora, tive tudo o que meu apetite pode aguentar no momento. Se me derem licença, ladies. — Ele saiu, estremecendo um pouco quando ouviu uma tigela atingir o chão.

Capítulo 7

— O REI LOUIS NÃO vai intervir. — Brigham ficou de pé em frente à lareira, as mãos cruzadas às costas. Embora seus olhos estivessem calmos e a posição relaxada, sua voz era séria. — É cada vez menos provável, com o passar do tempo, que ele apoiará o príncipe com ouro ou com homens.

Coll lançou a carta que tinha chegado mais cedo por um mensageiro em uma mesa e se levantou para andar. Ao contrário de Brigham, sua impaciência pedia por espaço e movimento.

— Há um ano, Louis estava mais do que pronto para dar apoio. Estava praticamente ansioso para fazê-lo!

— Há um ano, Louis pensava que Charles poderia ser útil para ele — apontou Brigham. — Uma vez que a invasão francesa foi abandonada em março passado, o príncipe tem sido amplamente ignorado pela corte francesa.

— Então, vamos nos virar sem os franceses. — Coll olhou primeiro para Brigham, então para o pai. — Os escoceses das Terras Altas lutarão pelos Stuart.

— Sim — concordou Ian. — Mas quantos? — Ele ergueu uma mão para evitar que o filho começasse um discurso apaixonado. — Minha mente e meu coração permanecem inalterados. Quando chegar a hora, os MacGregor lutarão pelo rei legítimo. Mas precisamos de unidade, bem como de números. Para ganhar, os clãs devem lutar como um.

— Como lutamos antes — disse Coll levantando o punho. — E lutaremos novamente.

— Se isso fosse verdade... — A voz de Ian era calma, com tons de razão e arrependimento. E de idade, ele pensou com um suspiro interno. Envelhecer era algo terrível. — Não podemos fingir que todo patriarca na Escócia apoia o verdadeiro rei ou reunirá seu clã pelo príncipe. Quantos, Brig, ficarão contra nós, ao lado do exército do governo?

Brigham pegou a carta da mesa e, depois de lê-la novamente, jogou-a no fogo.

— Espero notícias dos meus contatos em Londres a qualquer dia.

— Esperaremos por mais quanto tempo? — Coll voltou a sentar-se para encarar o fogo. — Por mais quantos meses, quantos anos, ficaremos apenas sentados, conversando, enquanto o príncipe-eleitor engorda no trono?

— Acho que o momento da rebelião chegará mais cedo do que você pensa — murmurou Brigham. — Mais cedo do que podemos estar preparados para ele. O príncipe é impaciente.

— Os *chiefs* dos clãs se encontrarão novamente. — Ian tamborilou os dedos no braço da cadeira. Como qualquer general sábio, ele preferia planejar sua guerra antes de erguer a espada. — Deve-se ter cuidado para evitar que tais reuniões levantem as suspeitas da Guarda Negra.

Coll praguejou rotundamente à menção dos escoceses recrutados pelos ingleses para manter a ordem no país.

— Mais uma caçada? — perguntou Brigham.

— Eu tinha em mente algo um pouco diferente. — Ao som das rodas de carruagem que se aproximavam, Ian sorriu e deu um tapinha em seu cachimbo. — Um baile, meus rapazes. É hora de um pouco de entretenimento. E a moça que chega para nos visitar, creio eu, é uma bela razão para limparmos as teias de aranha do salão.

Brigham afastou as cortinas a tempo de ver Serena correr em direção à carruagem. Uma menina de cabelo escuro desceu da carruagem e se lançou nos braços de Serena.

— Maggie MacDonald.

— *Aye*. Ela está na idade para casar, assim como minha primeira filha. — Ian fitou as costas de Brigham por um momento. Um homem teria que ser cego para não ver que havia algo acontecendo entre seu jovem convidado e sua filha. — Nada mais razoável do que dar um baile para apresentá-las a alguns jovens adequados.

Lutando contra a irritação, Brigham soltou as cortinas. Não queria olhar para Serena naquele momento, com o rosto iluminado pelo sol e os olhos brilhantes com um riso.

— Será bom o suficiente, suponho.

Coll apenas olhou feio para sua bota.

— Não me importo com isso. Trazer outra mulher risonha para a casa agora... até parece que serei forçado a levá-la para passeios chatos e ouvi-la falar sobre vestidos quando deveríamos estar polindo nossas espadas.

Ian simplesmente se levantou para abrir as portas do salão.

— Não tenho dúvidas de que Rena e Gwen vão entretê-la bem o suficiente sem você. — Quando as portas se abriram, as risadas das mulheres preencheram o ambiente. Coll resmungou e permaneceu teimosamente sentado. — Aqui está uma moça bonita! — A voz de Ian retumbou até o teto. — Venha aqui e dê um beijo no tio Ian.

Sorrindo, Maggie dançou pelo corredor. Ela riu quando foi levantada, mas Fiona repreendeu o marido.

— A menina já sacudiu o suficiente na viagem. Entre e aqueça-se ao lado do fogo, Maggie.

Com o braço ainda enganchado ao de Ian, Maggie entrou no salão.

A educação de Coll impediu-o de fazer uma careta, e ele começou a levantar-se relutantemente. Então, ficou boquiaberto. Maggie ainda parecia pouco maior que uma boneca ao lado do pai e seus ombros largos, mas a pirralha magrela da qual se lembrava tinha sido milagrosamente substituída por uma moça delgada com um vestido de veludo azul. O cabelo, escuro como a meia-noite, caía em cachos sob um chapéu que lhe emoldurava o rosto. Seus olhos sempre foram tão bonitos, como um lago no crepúsculo? Sua pele sempre parecera cremosa daquela maneira? Enquanto tentava responder as questões, Coll conseguiu fechar a boca.

Maggie sorriu para ele. Então, seguindo o planejamento cuidadoso que fizera durante a viagem, virou-se para Brigham.

— Lorde Ashburn.

— É um prazer vê-la novamente, srta. MacDonald. — Ele pegou a mão oferecida e roçou os lábios sobre os dedos. Atrás de Ian, a respiração de Serena saiu como um sibilo. — Espero que sua jornada não tenha sido muito cansativa.

— De modo algum.

A mão de Maggie ainda estava na de Brigham, e Serena não conseguiu impedir-se de dar um passo à frente.

— Você se lembra de Coll, não é, Maggie? — Com um pouco mais de força do que era necessário, ela puxou Maggie para longe de Brigham e a empurrou em direção ao irmão.

— Claro que lembro. — Maggie tinha praticado um sorriso amigável, quase impessoal, na frente do espelho, noite após noite, em preparação para esta primeira reunião. Embora seu coração estivesse palpitando, ela colocou o sorriso praticado em uso. Coll estava ainda mais bonito do que se lembrava, mais alto, mais largo, ainda mais excitante. Crescer tinha demorado tanto, mas, naquele momento, parecia ter valido a pena. — Estou feliz em vê-lo novamente, Coll. Espero que sua ferida esteja curada.

— Ferida? — Ele tomou sua mão, sentindo-se terrivelmente desajeitado.

— Seu pai me contou que você foi ferido no caminho de Londres. — A voz dela era suave como uma manhã de primavera. Maggie perguntou-se se Coll era capaz de ouvir o barulho furioso de seu coração. — Você já está recuperado?

— Não foi nada.

— Estou convencida de que era muito mais que nada, mas é bom vê-lo com saúde. — Temendo desmaiar com a sensação de suas mãos se tocando, Maggie se distanciou e girou ao redor. Sua face estava corada, e ela esperava que todos entendessem o rubor como euforia pela viagem. — É maravilhoso estar aqui novamente. Não posso agradecer o suficiente, tio Ian, tia Fiona, por me convidarem.

Bebidas foram trazidas, assentos foram tomados. Ao invés de dar as desculpas que tinha preparado, Coll encontrou-se disputando a cadeira mais próxima de Maggie. Brigham aproveitou-se da situação e inclinou-se para perto de Serena quando passava um prato de bolos.

— Quer experimentar um desses, srta. MacGregor? — ofereceu. Então, em uma voz calma que foi coberta pelo barulho da sala, afirmou: — Você tem me evitado, Rena.

— Isso é ridículo. — Ela aceitou um bolo e se perguntou como havia sido levada para o canto da sala com ele.

— Eu concordo completamente. Evitar-me é ridículo.

A xícara de Serena sacudiu no pires.

— Você se ilude demais, *sassenach.*

— É gratificante ver que a deixo nervosa — disse ele em voz baixa; em seguida, virou-se e continuou em um tom normal: — Gwen, devo dizer que você fica encantadora de rosa.

Ele nunca me diz que sou encantadora, pensou Serena enquanto mordia o bolo de forma quase violenta. *Ele nunca me faz reverências galantes ou elogios bonitos como fez com Maggie. Comigo, são farpas e rosnados. E beijos*, ela lembrou com um tremor interno. Beijos profundos e intensos.

Não pensaria sobre isso, ou sobre ele. Quando um homem tratava uma mulher de forma tão ousada, queria apenas uma coisa. Podia ter sido criada nas Terras Altas, mas não era tola quando o assunto eram as maneiras da aristocracia inglesa.

Não seria a amante de ninguém, e certamente não de um inglês. Não importava a magia que Ashburn a fazia sentir, não importava os sonhos que a fazia ter, ela nunca envergonharia a si mesma ou a sua família. Se o evitava, não era porque tinha medo, mas porque estava sendo sensata.

— Sonhando acordada, minha querida? — murmurou Brigham, fazendo-a saltar. — Espero que seja comigo.

— Estou sonhando com vacas a serem ordenhadas — respondeu Serena entre os dentes. Quando Ashburn riu, ela ergueu o queixo e se preparou para falar com Maggie. Sua amiga, naquele momento, estava irradiando felicidade e sorrindo lindamente para Coll. Seu irmão, observou Serena, estava corado e com os olhos vidrados.

— Aparentemente, Coll não considera mais a srta. MacDonald um incômodo — comentou Brigham.

— Parece que ele foi atingido na cabeça com uma pedra.

— Ou atingido com a flecha do Cupido.

Os olhos de Serena se arregalaram com a afirmação, então se estreitaram, considerando. Após um breve momento, teve que abafar uma risada.

— Quem teria imaginado? — Muito entretida para fazer o contrário, ela se inclinou para mais perto de Brigham. — Você acha que ele vai começar a compor poesia?

Ele sentiu o cheiro do cabelo ruivo e imaginou-se enterrando o rosto nele. A mulher fora feita para enlouquecê-lo, ficando brava em um momento, sorrindo no próximo.

— Homens são conhecidos por fazer até pior quando afligidos.

— Mas Coll? Coll e Maggie! Alguns anos atrás, ele mal podia esperar para tirar Maggie de suas botas.

— E agora ela é uma linda mulher.

Uma pontada de ciúme guerreou com a amizade.

— *Aye* — murmurou Serena, e se perguntou como sua vida seria se ela também fosse pequena e frágil. — Você certamente parece pensar assim.

A sobrancelha de Brigham ergueu-se e, em seguida, um sorriso começou a surgir em seus lábios.

— No meu caso, prefiro olhos verdes e uma língua afiada.

Incapaz de se conter, Serena corou.

— Não tenho jeito com flertes, milorde.

— Então esta é mais uma coisa que devo ensiná-la.

Escolhendo recuar em vez de lutar com uma espada sem corte, Serena levantou-se.

— Deixe-me levá-la para cima, Maggie, e lhe mostrar o seu quarto.

A companhia de Maggie era precisamente a distração da qual Serena precisava. Fazia quase dois anos desde que estiveram juntas, mas o tempo e a distância foram esquecidos. Conversaram até tarde da noite, cavalgaram juntas pela floresta, andaram por quilômetros nas colinas. Como sempre, Maggie falava tudo o que estava em seu coração, enquanto Serena mantinha guardados seus pensamentos mais íntimos. O fato de que a amiga ainda estava apaixonada por Coll não a surpreendeu. O fato de que Coll parecia igualmente apaixonado por Maggie, sim.

Ficou feliz com a situação. Embora Serena nunca tivesse acreditado, como Maggie sempre o fizera, que Coll se apaixonaria por sua amiga, ela não podia negar o que estava acontecendo diante de seus olhos. Seu irmão inventara dezenas de desculpas para acompanhar Maggie, quando apenas dois anos antes inventara duas vezes mais para escapar dela. Ele ouvia as divagações alegres de Maggie como se ela fosse a pessoa mais fascinante na terra. E com o olhar afiado e sempre crítico de uma irmã, Serena observou que Coll estava cuidando mais da aparência.

Até ouvira da sra. Drummond que Coll estava pedindo conselhos de como se vestir para Parkins.

Serena teria rido de tudo isso se não estivesse sentindo constantes fisgadas de ciúme. Mais de uma vez, pegou-se de mau humor pensando em como a amiga parecia mais rosada e sonhadora por estar apaixonada. E quão nervosa e infeliz ela mesma estava ficando por se apaixonar. A fraqueza a enfurecia, e a deixava ainda mais determinada a fazer com que Coll e Maggie tivessem o que seu coração desejava.

Coll as acompanhou em alguns de seus passeios, o que significava que frequentemente eram um quarteto, incluindo Brigham. A nova situação deu a Serena tanto prazer quanto desconforto.

Estava frio, mas a intensidade do inverno estava diminuindo. Em um mês, pensou Serena, as árvores estariam ficando verdes e as primeiras flores silvestres e resistentes abririam seu caminho para o sol. Por enquanto, havia o tapa de um vento de março em seu rosto enquanto cavalgava. Os degelos da primavera ainda não tinham começado, e o solo ainda era duro sob os cascos dos cavalos, mas havia cantos de pássaros e ocasionais lampejos brilhantes de asas enquanto os cavalos perturbavam a calma no meio da manhã. Gelo e geada haviam derretido das árvores, deixando-as molhadas e brilhantes.

O grupo manteve um galope lento que deixou Serena impaciente, assim como seu cavalo. Ela sabia que Maggie podia cavalgar bem como qualquer pessoa, mas a amiga parecia preferir andar delicadamente ao longo da estrada.

— Você preferiria uma corrida? — perguntou Brigham ao seu lado.

— Sim — respondeu com sinceridade.

Brigham lançou um olhar por cima do ombro enquanto sua própria montaria dançava debaixo dele.

— Deixe-os nos alcançar depois.

Embora estivesse tentada, balançou a cabeça. Sua mãe nunca aprovaria que andassem em pares, em vez de em grupo.

— Não seria certo.

— Medo de não conseguir me acompanhar? — Brigham foi recompensado por um brilho nos olhos verdes.

— Não há um inglês vivo que um MacGregor não consiga vencer a cavalo.

— Conversa fácil, Rena — disse ele suavemente. — O lago está a menos de um quilômetro daqui.

Ela hesitou, sabendo que sua educação ditava que permanecesse com sua convidada. Mas um desafio era um desafio. Antes que pudesse se conter, apertou seus calcanhares e acelerou o galope.

Serena conhecia o caminho como os corredores de sua própria casa. Com uma mão leve, guiou o cavalo através de curvas e desvios, abaixando-se sob galhos baixos, saltando por cima ou contornando galhos caídos. O caminho era largo o suficiente para dois, mas nenhum dos dois quis ceder, então cavalgaram ombro a ombro. Ela olhou rapidamente para o lado e viu o rosto de Brigham vivo com o riso enquanto ele impulsionava sua montaria para a frente. A floresta ecoava com a risada dela conforme se inclinava para apressar sua égua.

Sentiu um prazer que vinha tanto pela companhia quanto pela corrida. Sentiu uma liberdade que experimentara apenas com Brig, mas, por enquanto, não questionava o envolvimento dele. Desejava apenas que o lago estivesse a dez quilômetros de distância, ao invés de um, para que pudessem continuar a cavalgar rápido e imprudentemente, com o sol enviando raios por entre as árvores nuas.

Serena cavalgava como uma deusa, pensou ele. Brilhantemente, desconsiderando de forma negligente sua vida e integridade física. Com outra mulher, Brigham teria se segurado, diminuído o ritmo por se preocupar com sua segurança, e talvez o seu orgulho. Com Serena, ele forçava ainda mais seu cavalo pelo puro prazer de vê-la voando ao longo do caminho, sua túnica esvoaçando sobre o traje de montaria cinza-claro. Sorrindo, a observava galopar alguns metros à frente, lamentando apenas que ela tivesse escolhido o vestido em vez da calça.

Não tão fácil, murmurou para si quando viu o sol refletir na superfície do lago na distância. Com um movimento de calcanhar, alcançou-a novamente, e trovejaram lado a lado em direção à água.

Chegaram à beira juntos, e seu coração parou quando Serena esperou até o último instante possível para puxar as rédeas. Com um relincho alto, sua égua foi para trás. Ela estava rindo com a sensação de estar suspensa entre o céu e a terra, os olhos verdes escuros e imprudentes, o corpo quase líquido. Se Brigham já não estivesse apaixonado, teria o feito ali, tão rápido e perigosamente como um homem pulando de um penhasco.

— Eu ganhei, *sassenach*.

— O diabo que você ganhou! — Ofegante, Brigham deu um tapinha no pescoço do cavalo e sorriu para ela. — Venci você por uma cabeça.

— Até parece! — exclamou Serena, esquecendo-se de seus modos. — Eu ganhei, e você não é homem o suficiente para admitir isso. — Ela respirou fundo, ávida pelo ar que tinha sabor de pinho e água. — Se eu não tivesse sido prejudicada por cavalgar de lado na sela, você teria comido minha poeira. — Então, Serena estava rindo, os olhos mais verdes do que qualquer um dos gramados que ele conhecera na Inglaterra, seu pequeno e charmoso chapéu desajeitado pela corrida. — Você não tem nada para se envergonhar — afirmou. — É um cavaleiro tão bom quanto qualquer inglês pode ser, e quase tão bom quanto um escocês coxo e cego de um olho.

— Os seus elogios me enrubescem, milady. Independentemente disso, a vitória é minha, mas você é muito vaidosa, ou muito teimosa, para ceder.

Serena jogou a cabeça para trás, fazendo o chapéu tombar e ficar pendurado por fitas. O cabelo que Maggie tinha penteado durante aquela manhã caiu em uma massa de cachos vermelhos como o pôr do sol.

— Eu venci. Um cavalheiro teria a fineza de admitir isso.

— Eu ganhei. — Aproximando-se, Brigham soltou as fitas do chapéu e pegou-o. — Uma lady nunca teria corrido, em primeiro lugar.

— Ah. — Se fosse possível, ela teria pisado em seu pé. Em vez disso, virou o cavalo até que estivessem cara a cara. Ela não se importava de ser chamada de vaidosa e teimosa, mas ter sua falta de graciosidade feminina atirada em seu rosto era demais. — Como esperado de um homem! A corrida foi sua ideia. Se eu tivesse recusado, teria sido uma covarde. Mas aceitei e venci, então não sou uma dama.

— Aceitou e perdeu — corrigiu Brigham, apreciando a forma como a irritação corava as bochechas de Serena. — Você não precisa ser uma dama para mim, Rena. Prefiro você como é.

Os olhos verdes se iluminaram.

— Que é?

— Uma gata selvagem e encantadora que usa calça e luta como um homem.

Serena sibilou e, num impulso, deu um tapa no cavalo dele que o fez saltar para a frente. Se Brigham não tivesse reagido com rapidez suficiente, ou se não fosse tão habilidoso, teria caído de cabeça nas águas geladas do lago.

— Megera! — exclamou ele, metade com espanto, metade com admiração. — Você planeja me afogar agora?

— Dificilmente seria minha culpa se você afundasse. Você tem uma cabeça de pedra. — Mas Serena estava mordendo o lábio para não rir. Sacudindo a cabeça novamente, olhou para o céu. Era um dia glorioso, talvez o mais bonito que ela já vira. Sua irritação com Brigham desapareceu facilmente quando se lembrou que ele tinha lhe dado a chance de correr. — Vou pedir uma trégua — decidiu ela. — Coll e Maggie estarão aqui em breve. Se eu estiver brava com você, não terei ninguém para conversar enquanto eles ficam babando um pelo outro.

— Então, sou útil para alguma coisa. — Brigham desceu do cavalo. — Você aquece meu coração, senhorita.

— A corrida, e tê-la vencido, me deixou de bom humor. — Serena soltou o joelho da sela e pôs as mãos nos ombros dele para ser ajudada em sua descida.

— Fico muito feliz por ouvir isso. — Antes que ela percebesse sua intenção, Brigham a colocou por cima do ombro. — Mas devo lembrá-la de que ganhei a corrida.

— Você está louco? — Serena bateu os punhos contra suas costas, sem saber se queria rir ou xingar. — Coloque-me no chão agora, seu tolo!

— Pretendo fazer exatamente isso. — Ele deu alguns passos até a beira do lago. Os olhos de Serena se arregalaram. Ao invés de bater contra Brigham, enterrou os dedos em seu casaco.

— Você não ousaria!

— Minha querida, já lhe disse que um Langston nunca, absolutamente nunca, recusa um desafio? — Serena chutou e teve uma passageira vontade de mordê-lo quando a mão deslizou por sua panturrilha. — Você sabe nadar?

— Melhor do que você, *sassenach*. Eu juro que se você não me soltar... — Sua ameaça foi substituída por um grito quando ele fingiu jogá-la. —

Brigham, não! Está congelando! — Serena começou a rir, mesmo chutando e se contorcendo. — Juro que vou matá-lo quando eu estiver livre!

— Isso não é um incentivo para libertá-la. Agora, se você admitir que eu ganhei a corrida...

— Eu não admitirei.

— Bem, então... — Ele tinha dado mais um passo em direção à água quando Serena conseguiu acertar a ponta de sua bota perto o suficiente de uma área sensível para fazê-lo estremecer. Em sua defesa, Brigham recuou e tropeçou em uma raiz. Eles caíram em uma confusão de anáguas e maldições. Buscando manter o decoro e sua própria sanidade, ele tirou a mão da curva provocante das nádegas de Serena.

— Já passamos por isso antes, creio eu. — Brigham conseguiu dizer enquanto ambos lutavam para recuperar o fôlego.

Serena empurrou-se para longe dele e se lembrou, tardiamente, de cobrir as pernas.

— Maldito seja! Você manchou minhas saias.

— Minha senhorita, você chegou muito perto de me tirar a masculinidade.

Serena sorriu e tirou o cabelo dos olhos. Era um dia glorioso, e ela se sentia viva demais para lembrar-se de ser uma dama.

— É mesmo? Farei melhor na próxima oportunidade. — Notando a sujeira na calça de Brigham, ela riu. — Parkins com certeza vai repreendê-lo por arruinar sua roupa.

— Meu criado não me repreende. — Mas ele esfregou a mancha de sujeira. — Parkins só parece mortalmente ofendido, o que me faz sentir como se eu fosse um garoto de novo.

Serena brincou com o relvado.

— Como ele é? O seu Parkins?

— Firme como uma rocha, irritantemente adequado. Teimoso. Por quê?

— A sra. Drummond decidiu que ele será um bom marido.

— A sra. Drummond? — Brigham virou a cabeça para fitá-la. — A *sua* sra. Drummond e Parkins?

A honra por sua família iluminou os olhos verdes com a luz da batalha.

— E por que não? A sra. Drummond é uma mulher agradável.

— Não tenho argumentos contra isso. Mas Parkins? — Brigham recostou-se nos cotovelos e riu. Não podia fazer mais nada quando pensava no rosto de espantalho de Parkins e na encorpada cozinheira. — Ele sabe disso?

— Ela vai contá-lo um dia. — Serena também achara graça no casal, e deitou-se na grama sorrindo para o céu. — A sra. Drummond vai encantá-lo com suas tortas e molhos, assim como Maggie está encantando Coll com seus lindos olhos e sorrisos tímidos.

— Isso a incomoda?

— Maggie e Coll? — Serena amorteceu a cabeça com o braço e pensou sobre o assunto. — Não. Ela é apaixonada por ele desde que me lembro. Eu ficaria mais que feliz por eles, se formarem um casal. Por Maggie já ser minha amiga, não tenho que me preocupar em não gostar da mulher que Coll escolher para ser sua esposa. Mas...

— Mas?

— Vê-los juntos me fez pensar. As coisas estão mudando, e não há nada a ser feito para impedir que isso aconteça. — Serena fechou os olhos, contente por sentir a brisa fria sobre o rosto. — Quando a primavera chega, o amor vem. É o que dizem. — Se sua voz soou melancólica, ela culpou o ar. — Quando esta primavera chegar, a guerra virá. Não haverá nada para impedir isso, também.

— Não. — Brigham estendeu a mão para brincar com as pontas do cabelo ruivo. — Você impediria a guerra, Serena?

Ela suspirou, abrindo os olhos para ver as nuvens finas sendo perseguidas pelo vento.

— Parte de mim odeia não ser capaz de pegar uma espada e lutar com minhas próprias mãos. No entanto, outra parte, a que surgiu recentemente, deseja que não houvesse a necessidade de lutar. Essa parte de mim deseja que pudéssemos continuar vivendo como sempre fizemos, observando as flores surgirem na primavera.

Ele pegou a mão de Serena. Era muito frágil para segurar uma espada, pensou Brigham, por mais forte que fosse seu coração.

— Ainda haverá flores. E outras primaveras.

Serena virou a cabeça para encará-lo. Não tinha percebido que estava relaxada ao lado de Brigham, contente, até mesmo feliz por estar sozinha com ele nas margens do lago. Era o seu lugar favorito, o qual visitava quando estava profundamente perturbada ou muito feliz. Agora, estava ali com ele, e parecia tão certo, de alguma forma... O canto suave dos pássaros, o cheiro da água e da terra úmida, a luz quase dura do sol.

Seus dedos entrelaçaram-se aos dele em um movimento tão instintivo que Serena não reparou que o tinha feito até que fosse tarde demais, até que a mudança tivesse aparecido nos olhos cinzas — o escurecimento sutil, a dilatação da intensidade. Era como se, em um instante, o resto do mundo tivesse deslizado para fora de sua órbita e só eles permanecessem, mãos unidas, olhos somente um para o outro.

— Não! — Rapidamente, ela se levantou para ficar sentada ao invés de deitada sobre a grama. Pareceu um movimento de autopreservação, mas acabou não sendo muito útil, pois serviu apenas para deixá-los mais próximos. Brigham estendeu a mão para traçar a linha de seu queixo com os dedos.

— Eu poderia soltá-la, Rena. Mas isso não mudaria o que há entre nós.

— Não pode haver nada entre nós.

— Teimosa. — Ele lhe mordiscou o lábio inferior. — Obstinada. — Então, traçou o mesmo caminho com a língua. — Linda.

— Eu não sou nenhuma dessas coisas. — Serena ergueu uma mão, pensando em afastá-lo, mas, de alguma forma, pegou-se segurando o casaco de Brigham.

— Você é tudo isso e mais. — Ele mordeu suavemente o queixo delicado, fazendo os olhos verdes se arregalarem em um desejo confuso. Brigham sorriu com a reação dela. Serena seria uma alegria na cama. Lentamente, sem pressa, ele mordiscou o lóbulo de sua orelha.

— Pare.

— Esperei dias para ter cinco minutos a sós com você e fazer exatamente isso. — Brigham lambeu o lóbulo da orelha dela, enviando ondas de prazer e calor pelo corpo de Serena. — Tudo o que mais desejo é fazer amor com você, Rena. Amar cada centímetro de seu corpo.

— Eu não posso... você não pode...

— Você pode — murmurou Brigham. — E nós vamos. — Ele abriu os lábios de Serena com os seus de maneira provocante.

Por um momento, ela se deleitou na sensação daqueles lábios masculinos e firmes nos seus. O quão certo o beijo parecia. Mas não podia estar certo. Nunca seria certo.

— Por favor, pare. É errado você falar dessa maneira comigo. É errado... não consigo pensar.

— Não pense. — De repente, Brigham agarrou-a pelos ombros para que ficassem cara a cara novamente. — Sinta. Apenas sinta. E mostre-me.

A cabeça de Serena girava com anseios e alertas. Gemendo, ela puxou-o para um beijo. Era errado. Era loucura. Mas não podia resistir. Quando ele a tocava, desejava apenas que não parasse. Quando a beijava, sentia que poderia morrer de prazer. Ser desejada daquela maneira era um tipo próprio de tormento. Era possível sentir o desejo dele na forma como seus dedos a apertavam, na forma como sua boca a devorava. A cada segundo que passava, Serena sentia sua força de vontade drenar, sabendo que chegaria um momento em que daria tudo para aquele homem.

Brigham cobriu o coração dela com a mão, desesperadamente excitado pelos batimentos descompassados. Incapaz de resistir, contornou as curvas de Serena com os dedos, passando os lábios por seu pescoço e, novamente, encontrando os lábios quentes e à espera.

— Meu Deus, Serena, como eu a desejo. — Ofegante, a afastou para estudar o rosto corado. — Você consegue entender?

— *Aye.* — A mão de Serena tremia quando cobriu o pescoço dele. — Eu preciso de tempo para pensar.

— Precisamos de tempo para conversar. — Com muito cuidado, Brigham a soltou, só percebendo naquele momento o quão forte seus dedos tinham apertado os braços delicados. Ele ouviu o som de cavalos se aproximarem e praguejou. — Toda vez que ficamos sozinhos, acabo beijando você. Nós não conseguiremos conversar assim. Preciso que você entenda como me sinto, e o que desejo para nós.

Serena pensou que entendia. E, para sua vergonha e excitação, sabia que estava perto de concordar. Brigham a desejava, e ela seria sua amante. Seria o momento mais precioso da sua vida. Então, ele ofereceria um acordo. Como sua amante, Serena teria uma boa casa, boas roupas e bons criados. Mas iria sentir-se miserável. Se encontrasse forças para recusá-lo, manteria seu orgulho, e seria ainda mais miserável.

— Não há necessidade de conversarmos. Eu entendo. — Ela se levantou para afastar as saias. — Eu só preciso de tempo para pensar nisso.

Brigham lhe tomou a mão, sabendo que tinham apenas mais alguns segundos sozinhos.

— Você me ama?

Serena fechou os olhos, desejando que pudesse odiá-lo por perguntar o que ele já deveria saber.

— Essa não é a única questão a ser respondida, Brigham.

Ele deixou cair a mão e deu um passo para trás, os olhos frios novamente.

— Voltamos ao início, então? Eu sou inglês, e não importa o que você pode sentir por mim, não importa o que podemos trazer um para o outro, você não vai esquecer isso.

— Não consigo — corrigiu Serena, e quis chorar. — Não, eu não consigo esquecer quem você é, o que você é, mais do que eu consigo esquecer quem e o que sou. Preciso de tempo para ver se posso viver com o que você quer de mim.

— Muito bem. — Ele inclinou a cabeça. — Você terá seu tempo. Mas lembre-se, Serena, não vou implorar.

Capítulo 8

— Vai ser um lindo baile. — Maggie se equilibrou no degrau de uma escada e poliu o canto superior de um espelho. Os servos, sob o olhar de águia de Fiona, estavam revirando a casa de dentro para fora. A família deveria fazer o mesmo. — Tudo estará perfeito, Rena. Você verá. A música, as luzes...

— E Coll — acrescentou Serena, esfregando o pano sobre o braço de uma cadeira.

— Especialmente Coll. — Sorrindo, Maggie olhou por cima do ombro. — Ele já me pediu a primeira dança.

— Isso não é nenhuma surpresa.

— Ele foi tão doce ao fazer o pedido — afirmou Maggie, chegando mais perto do espelho para estudar cuidadosamente o próprio rosto. Temia que os longos passeios no sol causassem o aparecimento de sardas que Coll desprezaria. — Eu queria dizer a ele que não havia mais ninguém com quem eu desejasse dançar, mas eu sabia que isso o faria corar e gaguejar.

— Não lembro de ter ouvido Coll gaguejar até sua chegada.

— Eu sei. — Maggie mordeu o lábio inferior em deleite. — Não é maravilhoso?

A resposta sarcástica desapareceu da mente de Serena quando viu a expressão radiante de Maggie.

— Sim. Ele está apaixonado por você, e não tenho dúvidas de que essa é a melhor coisa que já aconteceu com ele.

— Não só porque você é minha amiga? — Maggie perguntou ansiosamente.

— Não. É porque meu irmão parece mais feliz sempre que você está no mesmo cômodo.

Maggie sentiu os olhos lacrimejarem, mas afastou as lágrimas com um piscar de olhos. Não queria que ficassem vermelhos e inchados, se Coll aparecesse por acaso. Ainda estava flutuando na fantasia de que seu amor deveria vê-la como nada menos que perfeita.

— Lembra-se de anos atrás, quando prometemos uma a outra que seríamos irmãs um dia?

— Claro. Você se casaria com Coll e eu me casaria com qualquer um de seus primos que... — com o pano pendurado nos dedos, Serena olhou para cima. — Ah, Maggie, não me diga que Coll propôs...

— Ainda não — Maggie enfiou um cacho solto de volta em sua touca. Por um momento, uma linha teimosa que seu pai teria reconhecido muito bem apareceu entre as sobrancelhas dela. — Mas ele vai. Rena, não pode ser apenas imaginação minha. Eu o amo tanto.

— Tem certeza? — Levantando-se, Serena cruzou a sala para colocar a mão na saia de Maggie. — Nós éramos apenas crianças quando fizemos essa promessa. Eu sei que mirou seu coração nele, mas você não é mais uma criança, e Coll é um homem.

— É diferente agora. — Com um suspiro, Maggie esfregou uma mancha no espelho. — Quando éramos crianças, eu pensava nele como um príncipe.

— Coll? — Serena não conseguiu evitar uma risadinha.

— Ele era tão alto e bonito. Eu o imaginava lutando duelos por mim, colocando-me em cima de seu cavalo e cavalgando comigo para longe. — Rindo um pouco, ela desceu um degrau. — Mas agora, nas últimas semanas, estar perto dele me fez vê-lo de uma forma totalmente nova. Coll é um homem estável, confiável, gentil, e até mesmo um pouco tímido. Ah, eu sei que ele tem um temperamento difícil e pode ser imprudente, mas essa é a parte que o torna excitante, assim como constante. Coll não é um príncipe, Rena, e eu o amo mais do que considerava possível.

— Ele já a beijou? — perguntou Serena, pensando que Brigham era mais parecido com a visão de Coll que Maggie tivera em sua infância. O conde de Ashburn era um homem de duelos e de levar donzelas em seu cavalo.

— Não. — Maggie fez um beicinho, sabendo que era errado desejar que Coll tivesse tomado a iniciativa. — Eu acho que ele estava prestes a fazê-lo uma vez, mas Malcolm apareceu. — Maggie bateu as mãos. — Você acha que é errado querer que ele me beije?

— Não. — A resposta de Serena foi simples e honesta, mas Maggie estava sonhando e não notou o tom.

— Sinto falta da minha mãe mais agora do que quando morreu — confessou Maggie. — Não ser capaz de falar com ela sobre tudo isso, de perguntar se estar com meu pai a fazia sentir como se seu coração tivesse virado de cabeça para baixo. Diga-me a verdade, Serena, você acha que seu irmão me ama?

— Eu nunca o vi agir de forma tão estúpida em torno de qualquer outra pessoa. Gaguejando, andando com um olhar sonhador e a boca aberta. Sempre que Coll olha para você, fica pálido ou completamente corado.

— De verdade? — A jovem bateu palmas de alegria. — Ah, mas o homem é lento. Enlouquecerei em breve se ele não parar de ficar só olhando e tomar alguma atitude.

— Maggie! — Apesar de sua risada escandalizada, Serena estudou com cuidado a amiga. — Você concordaria, digamos, com mais que um beijo?

— Eu não sei. — Estava vermelha quando desceu mais um degrau. — A única coisa que tenho certeza é que, se ele não se declarar em breve, tomarei as rédeas da situação.

Fascinada, Serena inclinou a cabeça.

— Como?

— Eu... — Maggie parou de falar ao ouvir o som de passos. Seu coração acelerou instantaneamente, fazendo-a ter certeza de que era Coll que se aproximava antes mesmo da porta ser aberta. Num impulso, ela deixou o pé deslizar do degrau e prendeu a respiração em alarme ao cair em direção ao chão polido.

Serena estendeu a mão, mas Coll foi mais rápido e, em um salto, segurou Maggie pela cintura. Ele teve apenas uma sensação fugaz do quão pequena ela era antes de ser inundado com preocupação.

— Você se machucou?

— Como sou atrapalhada — respondeu com um nó na garganta quando olhou para o rosto largo e robusto de Coll. Se Serena lhe perguntasse naquele momento se ela concordaria com mais que um beijo, sua resposta seria sim, uma centena de vezes sim.

— Bobagem. — Dominado por um sentimento de ternura, Coll a segurou delicadamente. — Uma garota pequena como você não deveria subir em escadas.

De repente, com medo de machucá-la com as mãos grandes e desajeitadas, começou a colocá-la no chão. Desejos drásticos pediam por medidas drásticas, pensou Maggie, e ela soltou um grito abafado quando o pé tocou o chão. Instantaneamente, foi segurada pelos braços de Coll novamente e quase desmaiou ao sentir a rápida batida do coração dele contra o seu.

— Você se machucou? Devo chamar Gwen?

— Ah, não! Se eu pudesse apenas me sentar por um momento... — Ela piscou delicadamente e foi recompensada quando Coll a levantou e a levou para uma cadeira. Dera apenas seis passos, mas nunca se sentira tão homem quanto naquele momento.

— Você está um pouco pálida, Maggie. Um pouco de água deve ajudar. — Ele já tinha saído pela porta antes que ela pudesse pensar em uma desculpa para fazê-lo ficar.

— Está doendo muito? — Serena tinha se ajoelhado ao lado de seus pés. — Ah, Maggie, será tão injusto se você não puder dançar amanhã.

— Eu vou dançar. E vai ser com Coll.

— Mas se você torceu o tornozelo…

— Não há nada de errado com o meu tornozelo. Não seja boba. — Para provar isso, ela se levantou e, rindo, fez um rápido passo de dança.

— Margaret MacDonald! Você mentiu para ele!

— Errado. — Ela sentou-se novamente, com cuidado para arrumar as saias em seu modo mais bonito. — Coll presumiu que me machuquei, eu nunca disse isso. Ah, Rena, como está o meu cabelo? Deve estar uma bagunça.

— Você caiu de propósito.

— *Aye.* — O rosto de Maggie brilhou com triunfo. — E funcionou.

Desgostosa, Serena se sentou sobre os calcanhares.

— Isso não é nada além de um truque, e um bem baixo.

— Não é um truque. Talvez seja um pequeno, mas não há nada de baixo nele. — Maggie tocou o rosto onde a barba de Coll havia lhe roçado. — Foi simplesmente uma maneira de fazê-lo pensar que eu preciso ser cuidada. Um homem não se apaixona por uma mulher que é um burro de carga, sabe? Se ele se sente bem em pensar em mim como uma moça desamparada e frágil, qual é o mal?

Serena refletiu sobre as palavras da amiga, lembrando da vez em que Brigham desembainhara a espada quando pensara que ela tinha sido atacada. Se tivesse parecido um pouco mais... frágil... Meneando a cabeça, disse a si mesma que isso funcionava para Maggie, não para ela.

— Nenhum, eu suponho.

— Quando um homem é tímido, ele precisa de um empurrãozinho. Olha, Coll está voltando. — Maggie agarrou as mãos de Serena e apertou. — Se você pudesse nos deixar sozinhos por um tempo.

— Eu vou, mas... quase parece como se ele não tivesse uma escolha.

O sorriso de Maggie ficou ainda maior.

— Espero que não.

— Aqui está. — Coll ajoelhou ao lado dela e ofereceu um copo. — Beba um pouco.

— Talvez eu deva buscar Gwen — disse Serena enquanto se levantava. Nenhum dos dois prestou atenção nela. — E talvez eu não deva — murmurou, e deixou-os sozinhos.

Coll pegou a mão de Maggie na sua. Parecia tão suave, tão pequena. Sentia-se como um urso enorme ao lado de um coelho.

— Você está sentindo muita dor, Maggie?

— Não, não é nada. — Ela o encarou por debaixo de suas pestanas, surpresa ao descobrir-se tão acometida de timidez quanto ele. — Você não precisa se preocupar, Coll.

Olhando-a, ele se lembrou de uma das belas bonecas de porcelana que tinha visto na Itália. Sua necessidade de tocá-la era tão grande quanto o medo de a machucar.

— Fiquei com medo de não ser rápido o suficiente para pegá-la.

— Eu também. — Ousadamente, ela colocou a mão sobre a dele. — Você se lembra, anos atrás, quando eu caí na floresta e rasguei meu vestido?

— *Aye*. — Coll engoliu em seco. — Eu ri de você. Maggie, você deve ter me odiado.

— Não, eu nunca poderia odiá-lo. — Seus dedos se entrelaçaram aos dele. — Eu devo ter sido um incômodo terrível. — Maggie reuniu sua coragem e olhou para cima. — Eu ainda sou?

— Não. — A garganta de Coll estava seca como poeira. — Você é a mulher mais bonita na Escócia, e eu... — Sua garganta não estava apenas seca, mas parecia ter inchado duas vezes de tamanho, e seu colarinho ameaçava estrangulá-lo.

— E você? — incentivou Maggie.

— Eu deveria encontrar Gwen.

Ela quase gritou de frustração.

— Eu não preciso de Gwen, Coll. Você não consegue ver?

Ele viu, no momento em que se preparou para olhar aqueles olhos azul-escuros. Ficou atordoado por um momento, depois, aterrorizado. Então, levantou-a da cadeira para seus braços.

— Quer se casar comigo, Maggie?

— Eu esperei minha vida toda para ouvir isso. — Ela inclinou o rosto para um beijo.

— Coll! — Fiona entrou na sala. Sua voz em tom de advertência e reprovação. — É assim que você trata uma convidada mulher em nossa casa?

— *Aye*. — Ele riu enquanto carregava Maggie. — Mas só quando ela concorda em ser minha esposa.

— Ah, entendo. — A matriarca olhou de um para o outro. — Não fingirei que estou surpresa, mas acho que seria melhor se abster de carregar Maggie pelos corredores até depois do casamento.

— Mãe...

— Coloque a moça no chão.

Irritado, Coll obedeceu. Maggie fechou as mãos, mas relaxou em seguida quando Fiona abriu os braços.

— Bem-vinda à família, Maggie. Só posso ser grata que meu filho tenha finalmente mostrado bom senso.

Ela ainda não podia acreditar. Enquanto terminava a ordenha da manhã, Serena pensou sobre o anúncio ofegante de Maggie. Coll iria se casar.

— O que você acha disso? — perguntou à vaca plácida que tinha seu leite esguichado no balde.

Ninguém deveria saber ainda, é claro. Fiona tinha insistido que Coll fizesse uma oferta a MacDonald antes, como era apropriado, mas Maggie não tinha sido capaz de manter o segredo da amiga. Na verdade, os olhos de Serena estavam com olheiras nesta manhã, porque Maggie não tinha deixado que ela dormisse até que fosse quase hora de levantar novamente.

Havia pouca dúvida de que MacDonald, esperado para chegar mais tarde naquele dia com muitos dos outros convidados, concordaria com o noivado. Maggie estava quase delirando com a ideia de anunciar o noivado no baile naquela noite.

Pronta para dançar até gastar os sapatos, pensou Serena enquanto apertava a vaca entediada uma última vez. E havia Coll, pavoneando pela casa como um galo com duas caudas. Sacudindo a cabeça, Serena deixou o banquinho de ordenha de lado e ergueu os dois baldes.

É claro que estava feliz por eles. Desde quando podia se lembrar, Maggie tinha sonhado em se casar com Coll. A amiga seria uma esposa boa e amorosa, acalmando os impulsos mais radicais do irmão e incentivando os mais inofensivos. Ela ficaria contente em costurar, cuidar da casa e criar uma ninhada de crianças barulhentas. E Coll, como o pai, seria dedicado à família.

No caso de Serena, aquilo reafirmava a decisão de nunca se casar. Seria uma péssima esposa. Não se importava com o trabalho e até gostaria de ser mãe, mas não tinha a paciência ou a natureza dócil para se sentar e esperar, para aceitar e obedecer.

De qualquer forma, qual era a probabilidade de alguém encontrar um companheiro para amar e respeitar? Serena supôs que tinha sido estragada por ser parte do casamento dos pais. Se conformar com menos a faria se sentir fracassada.

Como poderia se casar com alguém quando tinha se apaixonado por Brigham? Como poderia entregar-se a um homem quando sempre se perguntaria como teria sido com ele? Saber que nunca poderia ser parte da vida de Brigham, ou ele da sua, não mudava o que estava em seu coração. Até que pudesse se convencer de que o amor que sentia estivesse morto, permaneceria sozinha.

Seria mais difícil agora, vendo Coll e Maggie. Serena equilibrou-se com os baldes enquanto começava o caminho para casa. O sol estava se esforçando para iluminar o céu e derreter o restante da neve do inverno. O caminho estava escorregadio, mas viável para quem o conhecia por toda a vida. Andou sem pressa, não por causa da cautela, mas porque a mente estava em outro lugar.

Não, ela não invejaria a felicidade dos noivos só porque nunca poderia ter o mesmo. Isso seria mesquinho, e amava demais os dois para isso. Mas não conseguia parar de pensar em como Maggie tinha reivindicado o desejo de seu coração simplesmente caindo de uma escada.

E o jeito com o qual Coll olhara para ela! Como se Maggie fosse um pedaço de vidro precioso que poderia se quebrar com um simples toque, Serena lembrou-se com uma sacudida rápida de cabeça. Como seria ter um homem olhando dessa forma para você? Não que ela quisesse, disse a si mesma. Ainda assim, sentir isso apenas uma vez seria agradável.

Serena ouviu o som de botas batendo sobre rochas e olhou para cima para ver Brigham caminhando em direção aos estábulos. Sem se dar tempo para pensar, ela mudou de direção para que pudessem passar um pelo outro. Oferecendo um pedido de desculpas em silêncio e antecipação para o leite derramado, Serena deixou escapar o que esperava ser um gritinho convincente de alarme e deslizou para o chão.

Brigham estava ao seu lado instantaneamente, com as mãos em sua cintura, o rosto já escurecido pelo mau humor.

— Você se machucou?

Era mais uma acusação do que uma pergunta. Serena sentiu vontade de retrucar, mas forçou-se a continuar no papel. Não sabia exatamente o que fazer, mas se lembrou de que Maggie havia piscado delicadamente.

— Não tenho certeza. Posso ter torcido o tornozelo.

— Que diabos você está fazendo carregando leite? — Desgostoso, Brigham abaixou-se para examinar o tornozelo dela. A carta que lhe fora entregue na noite anterior pesava em sua mente. Se não estivesse distraído, teria notado o trovão lampejar nos olhos verdes. — Onde está Malcolm ou a desmiolada da Molly, ou qualquer outra pessoa?

— Ordenhar vacas não é o trabalho de Malcolm. Molly e todos os outros estão ocupados com os preparativos do baile e a chegada dos convidados. — Todos os pensamentos de parecer frágil e feminina foram esquecidos. — Não há vergonha nenhuma em carregar leite, *lorde* Ashburn. Talvez suas damas inglesas e delicadas não saibam distinguir uma vaca de um touro.

— Isso não tem nada a ver com minhas damas inglesas, como você as chama. Os caminhos estão escorregadios e os baldes são pesados. Por isso, tem a ver com você fazer mais do que é capaz.

— Mais do que eu sou capaz? — Afastou a mão dele de seu tornozelo. — Eu sou forte o suficiente para fazer tanto quanto você e muito mais. E eu nunca, na minha vida, caí neste caminho antes.

Brigham sentou-se nos calcanhares e deixou os olhos analisarem Serena.

— Teimosa como uma mula, não é, Rena?

Era isso. Uma mulher poderia aguentar ofensas até certo ponto. Levantando-se, Serena esvaziou o conteúdo do balde sobre a cabeça de Brigham. O ato foi rápido demais para ser impedido, e ela permaneceu de pé, balançando o balde vazio, enquanto ele engolia um bocado de leite fresco.

— Aqui está um banho de leite morno para a sua pele inglesa macia, *milorde.*

Ela pegou o outro balde, mas antes que pudesse derramá-lo, Brigham segurou-lhe as mãos com as suas. O aperto era firme e forte, mas havia fumaça de um incêndio volátil nos olhos cinzas.

— Eu deveria chicoteá-la por isso.

Serena jogou a cabeça para trás e observou com satisfação crescente a forma como o leite escorria pelo rosto aristocrático.

— Você pode tentar, *sassenach.*

— Serena!

O olhar desafiador dela tornou-se um de aflição quando ouviu o pai gritar seu nome. Serena se preparou enquanto esperava que ele desse os últimos passos em sua direção.

— Pai. — Não havia nada a fazer além de abaixar a cabeça diante dos olhos furiosos e esperar o pior.

— Você perdeu a cabeça?

Serena suspirou. Por estar olhando para o chão, não percebeu que Brigham moveu-se o suficiente para colocar-se entre ela e a ira do pai.

— Perdi meu temperamento, desculpe.

— Houve um pequeno acidente, Ian — começou Brigham. Tirando um lenço do bolso, limpou o leite do rosto. — Serena perdeu o equilíbrio enquanto estava carregando o leite.

— Não foi um acidente. — Não teria ocorrido a Serena reivindicar a situação como um e salvar a si mesma. — Eu derramei o balde de leite no lorde Ashburn deliberadamente.

— Vi com meus próprios olhos. — Ian plantou os pés no chão. Naquele momento, com o sol nascendo por trás de suas costas, o tartã sobre um ombro e o rosto duro como granito, ele parecia feroz e invencível. — Peço perdão pelo comportamento miserável desta pirralha, Brigham, e prometo a você que ela será castigada. Para a casa, menina.

— Sim, pai.

— Por favor. — Brigham colocou a mão em seu ombro antes que Serena pudesse ir embora humilhada. — Minha consciência não permite que ela leve toda a culpa. Eu a provoquei, também de forma deliberada. Chamei-a de mula, creio eu, não é Serena?

Os olhos verdes se iluminaram quando ela ergueu a cabeça, mas Serena teve o cuidado de abaixá-la de novo rapidamente para que o pai não reparasse que não estava arrependida.

— *Aye*.

— Pois é. — Brigham torceu o lenço encharcado. Não conseguia nem imaginar o que Parkins diria sobre o estado de suas roupas. — O incidente foi tão infeliz e lamentável quanto o insulto. Ian, agradeceria se você deixasse o assunto morrer.

MacGregor não disse nada por um momento, então fez um gesto impaciente para Serena.

— Pegue o que sobrou do leite e leve para casa. E seja rápida!

— Sim, pai. — Ela enviou um olhar breve para Brigham, uma mistura de gratidão e frustração, antes de correr, derramando leite pela borda do balde que tinha sobrado.

— Ela merecia uma chicotada por isso — comentou Ian, embora soubesse que riria da situação mais tarde, ao lembrar de sua menina derramando leite no jovem inglês.

— Esse foi o meu primeiro pensamento. — Brigham olhou distraidamente para a manga em ruínas de seu casaco. — Infelizmente, após uma análise mais aprofundada, sou forçado a admitir que mereci. Eu e sua filha parecemos incapazes de mantermos um comportamento educado um com o outro.

— Percebi.

— Ela é teimosa, tem a língua afiada e um temperamento que pega fogo mais rápido do que uma tocha.

Ian passou a mão sobre a barba para esconder um sorriso.

— Ela é uma maldição para mim, Brigham.

— Para qualquer homem — murmurou ele. — Serena me faz questionar se foi colocada aqui para complicar a minha vida, ou para animá-la.

— O que você pretende fazer a respeito?

Foi só então que Brigham percebeu que tinha falado o último pensamento em voz alta. Ele olhou para trás e viu Serena desaparecer pela porta da cozinha.

— Tenho a intenção de me casar com ela, com a sua permissão.

Ian deixou escapar um longo suspiro.

— E sem a dela?

Brigham lhe deu um olhar sério.

— Vou me casar com ela de qualquer maneira.

Era a resposta que Ian queria ouvir, mas ainda assim não deu sua permissão. Precisava saber o que a filha desejava antes.

— Pensarei sobre isso, Brigham. Quando retornará para Londres?

— Ao fim da semana. — Sua mente voltou a pensar na carta e em seu dever. — O lorde George Murray acredita que minha presença ajudará a conseguir mais apoio dos jacobitas ingleses.

— Você terá a minha resposta quando voltar. Não vou negar que é um homem ao qual eu ficaria contente de entregar minha filha, mas ela precisa estar disposta. E isso, rapaz, eu não posso prometer.

Uma sombra escureceu os olhos de Brigham quando enfiou as mãos nos bolsos.

— Porque eu sou inglês.

Ian viu que este argumento já havia sido debatido antes.

— Sim. Algumas feridas são profundas. — Por ter um coração generoso, colocou a mão no ombro úmido de Brigham. — Chamou-a de mula, não é?

— Sim. — Brigham balançou sua renda encharcada. — E deveria ter me afastado rapidamente.

Com uma risada estrondosa, Ian deu outro tapa no ombro de Brigham.

— Se pretende casar com Serena, precisará aprender rápido.

Ela desejou que estivesse morta. Desejou que Brigham estivesse morto. Desejou ardentemente que ele nunca tivesse nascido. Cerrando os dentes, Serena fez uma careta para seu reflexo enquanto Maggie se ocupava com o fazedor de cachos.

— Seu cabelo é tão grosso e macio. Você nunca precisará dormir com papéis nele durante toda a noite.

— Como se eu fosse fazê-lo — afirmou Serena. — Não entendo por que uma mulher passa por tanto trabalho apenas para chamar a atenção de um homem.

Maggie exibiu o sorriso sábio de uma mulher apaixonada e noiva.

— Que outra razão há?

— Eu gostaria de poder usar o meu preso para cima. — Gwen foi ao espelho para estudar o próprio cabelo. — Você o fez ficar tão bonito, Maggie — disse, com medo de parecer ingrata. — Mas minha mãe disse que eu não posso prendê-lo até o próximo ano.

— Seu cabelo parece um raio de sol — elogiou Serena, voltando a fazer cara feia logo em seguida.

— O seu parece mais com luz de velas. — Gwen suspirou e tentou alguns passos de dança. Este seria seu primeiro baile, e seu primeiro vestido de festa. Ela mal podia esperar para colocá-lo e sentir-se adulta.

— Você acha que alguém vai pedir-me uma dança?

— Todos vão. — Maggie testou o ferro para fazer cachos.

— Talvez alguém tente me beijar.

— Se tentarem, deve me contar — alertou Serena severamente. — Vou cuidar deles.

— Você parece minha mãe. — Com uma risada, Gwen girou em suas anáguas. — Não é como se eu fosse deixar me beijar, mas seria muito bom se alguém tentasse.

— Continue falando assim, mocinha, e o pai vai trancá-la por mais um ano.

— Ela está apenas animada. — Habilmente, Maggie amarrou uma fita verde com detalhes dourados no cabelo de Serena. — Eu também. Parece que é meu primeiro baile. Pronto. — Ela afagou o cabelo de Serena antes de recuar e estudar sua obra. — Você está linda. Ou estaria, se sorrisse.

Em resposta, Serena mostrou os dentes em uma careta.

— Isso deve mandar os homens correndo para as colinas — comentou Maggie.

— Deixe-os correr. — Serena quase sorriu com o pensamento. — Prefiro ver suas costas.

— Brigham não vai fugir — comentou Gwen sabiamente, ganhando um olhar feio da irmã.

— Não me interessa o que o lorde Ashburn faz ou deixa de fazer. — Serena se afastou para pegar seu vestido da cama. Atrás, Gwen e Maggie trocaram sorrisos satisfeitos.

— Bem, ele é um pouco engomado, não é? — afirmou Maggie ironicamente enquanto verificava se o próprio vestido estava amassado. — Bonito, certamente, se você gosta do tipo rabugento com olhos frios.

— Ele não é só isso. — Serena se virou para a amiga. — Ele é rude. E irritante, e inglês!

Obedientemente, Gwen começou a abotoar o vestido de Maggie.

— Ele estava beijando Rena na cozinha.

Os olhos de Maggie ficaram do tamanho de um pires.

— *O quê?*

— Gwen!

— Oras, é a Maggie — apontou Gwen com um movimento de seu ombro nu. — Nós sempre contamos tudo a ela. Brig estava beijando Rena bem no meio da cozinha — continuou com uma expressão sonhadora. — Foi tão romântico. Ele parecia capaz de engolir ela, como um bombom.

— Já basta! — Quente e corada, Serena lutou para entrar no vestido. — Não foi nada romântico, foi irritante e... — Ela queria dizer desagradável, mas não conseguiu mentir. — Eu gostaria que Ashburn fosse para o inferno.

Maggie ergueu uma sobrancelha.

— Se você quer que ele vá para o inferno, por que você não me contou sobre o beijo?

— Porque esqueci tudo relacionado a isso.

Gwen começou a falar, mas foi parada por um gesto rápido de Maggie.

— Bem, ouso dizer que não havia nada de especial sobre Brigham, então. — Calmamente, Maggie começou a abotoar o vestido de Serena. — Meu primo Jamie estará no baile hoje, Rena. Quem sabe ele faz mais o seu tipo.

Serena apenas resmungou.

Brigham estava exausto e impaciente quando finalmente conseguiu escapar das mãos perfeccionistas de Parkins. Com os rumores e a inquietação tanto na

Escócia quanto na Inglaterra, não tinha a mínima vontade de se reunir com garotas de sorrisos afetados e matronas gordinhas em um baile do interior. Ter sido chamado de volta a Londres o preocupava. O apoio que o príncipe esperava de seus seguidores ingleses não fora tão solícito como previra. Havia a possibilidade de que adicionar a própria voz ao assunto influenciaria aqueles que estavam em cima do muro político, mas seria uma missão perigosa.

Ele não tinha nenhuma maneira de saber quanto tempo ficaria na cidade, nem se seria bem-sucedido em sua missão. Ou, se fosse descoberto, qual seria o destino de suas terras e de seu título.

Haveria dezenas de chefes das Terras Altas sob o mesmo teto naquela noite. Lealdades seriam testadas e juramentos seriam feitos. Levaria para Londres o que aprendera ali, com a esperança de estimular a sede de batalha dos ingleses leais aos Stuart. Era uma guerra que ainda estava no nível das palavras, não das espadas. Da mesma forma que Coll, ele estava ficando cansado disso.

Quando desceu os degraus em direção ao salão de baile, Brigham era a imagem do aristocrata da moda. A renda era branca como a neve, saindo espumosa do pescoço e deslizando pelos pulsos. As fivelas brilhavam, assim como a esmeralda em seu dedo. Mais uma esmeralda piscava do laço em seu colarinho. Usava um colete preto com detalhes prateados e, por cima, um casaco com botões prateados que lhe caía perfeitamente sobre os ombros.

Quem olhasse de relance teria visto apenas um homem jovem e rico, acostumado a ter o bom e o melhor, e despreocupado com os problemas do mundo. Mas os pensamentos de Brigham naquele momento eram tão brilhantes e perigosos quanto sua espada embainhada.

— Lorde Ashburn. — Fiona fez uma reverência quando ele entrou. Passara o dia preocupada depois que o marido havia lhe contado, naquela manhã, os sentimentos de Brigham por sua filha mais velha. Mais do que Ian podia saber, ela entendia as emoções conflituosas que Serena deveria estar sentindo.

— Lady MacGregor. Você está deslumbrante.

Ela sorriu, reparando que os olhos cinzas já estavam varrendo o salão. *E o amor contido neles é inconfundível*, pensou ela relaxando.

— Obrigada, milorde. Espero que aproveite a noite.

— Irei, se me prometer uma dança.

— Seria um prazer. Mas todas as jovens moças ficarão zangadas se eu monopolizar o seu tempo. Por favor, deixe-me apresentá-lo.

Fiona colocou uma mão em seu braço e andou com Brigham pelo salão. O baile já estava cheio de pessoas vestidas com suas melhores roupas. Vestidos de cetim e seda reluziam à luz das centenas de velas que flutuavam nos lustres. Joias brilhavam e cintilavam. Homens ostentavam seus kilts, tartãs com fortes tons de vermelho, verde e azul contrastavam com casacos de pele animal. Fivelas de sapatos e botões de prata refletiam a luz, disputando a atenção com as joias das mulheres.

Por parte das damas, era evidente que a moda francesa era seguida de perto nas Terras Altas. Os estilos mais opulentos foram preferidos, com uma abundância de ouropel e rendas de prata em evidência. Argolas balançavam e tilintavam. Brocados pesados em tons vívidos eram usados por homens e mulheres, com grossos ornamentos de ouro trabalhados em casacos e golas enormes que chegavam aos cotovelos. Meias eram brancas ou estampadas e usadas com ligas.

Glenroe poderia ser um vilarejo afastado, com a loja mais próxima localizada a meio dia de viagem de distância, mas o amor escocês por moda não ficava atrás do francês ou do inglês.

Brigham foi apresentado aos elegantes e aos modestos por sua anfitriã. Quando a música começasse, ele faria o seu dever. Por enquanto, conteve sua impaciência enquanto continuava a buscar o rosto que desejava ver. Disposto ou não, estava determinado a dançar a primeira música com Serena, e todas as outras músicas que conseguisse.

— A pequena MacIntosh tem a graça de um touro — confidenciou Coll em seu ouvido. — Se você se encontrar preso a ela, melhor oferecer para lhe buscar uma bebida e pular a música.

— Agradeço o aviso. — Brigham virou-se para examinar o amigo. — Você parece bastante satisfeito consigo mesmo. Devo concluir que sua conversa com MacDonald foi boa?

Coll inflou o peito.

— Você pode concluir que eu e Maggie estaremos casados até maio.

— Minhas felicitações — disse Brigham com uma reverência. Então, sorriu. — Terei que encontrar outra pessoa para beber sob a mesa comigo.

Coll bufou e lutou contra a vergonha.

— Pouco provável. Eu gostaria de poder ir com você para Londres.

— Seu lugar é aqui, agora. Estarei de volta em questão de semanas.

— Com boas notícias. Vamos continuar trabalhando aqui, mas não esta noite. Esta noite é para celebrar. — Ele colocou a mão no ombro de Brigham. — Ali está minha Maggie. Se quer dançar com alguém que sabe o que está fazendo, peça para Serena. Ela pode ter um péssimo temperamento, mas dança como ninguém.

Brigham apenas acenou com a cabeça quando Coll afastou-se para reivindicar sua noiva. Ao lado da recatada Maggie MacDonald, Serena parecia uma chama com o cabelo em um penteado elegante e alto. Seu vestido de seda era de um verde vivo serpenteado em ouro, e o decote quadrado revelava a ondulação suave de seus seios. Havia pérolas em seu pescoço, brilhando opacamente, nem mais brancas ou mais cremosas que sua pele. As saias eram cheias e faziam a cintura delgada parecer incrivelmente pequena.

Outras mulheres estavam vestidas de forma mais luxuosa, algumas com pó no cabelo, outras com joias cintilantes. Elas poderiam ser bruxas vestidas em trapos. Serena sorriu ao olhar para Coll, e Brigham sentiu como se tivesse sido golpeado com uma espada nos joelhos.

Quando as notas da primeira dança começaram, várias jovens lançaram um olhar esperançoso em sua direção. Brigham respirou fundo e atravessou a sala para chegar até Serena.

— Senhorita MacGregor. — Ele fez uma reverência elegante. — Posso ter a honra desta dança?

Serena tinha planejado recusar o pedido, caso Brigham o fizesse, mas viu-se oferecendo a mão sem dizer uma única palavra. A melodia de um minueto preencheu o salão e saias farfalharam quando as mulheres se posicionaram para a dança com seus parceiros. De repente, Serena teve certeza de que não se lembraria nem dos passos mais básicos. Então, Brigham sorriu e curvou-se novamente.

Serena teve a sensação de que seus pés nunca tocaram o chão, e seus olhos se recusaram a deixar os dele. Tinha sonhado com aquilo uma vez, no ar frio da floresta. Havia luzes em seu sonho também, e música, mas nada se comparava à realidade. Dançar com Brigham era como flutuar, como sentir-se maravilhosa e acreditar em sonhos.

A mão dele segurava a sua levemente, apenas as pontas dos dedos se tocando. Isso a fez sentir-se fraca, como se estivesse presa em seus braços. Moviam-se de modo tranquilo, aproximando-se e afastando-se, seguindo os passos da dança. Entretanto, o coração de Serena trovejava como se estivessem envoltos em um abraço íntimo. Os lábios de Brigham curvaram-se em um sorriso quando ela se abaixou em uma última reverência. Os dela ficaram quentes, como se tivessem sido beijados.

— Obrigado. — Ele não lhe soltou a mão, como ambos sabiam que seria adequado, mas levou-a aos lábios. — Eu queria dançar com você desde que a encontrei sozinha à beira do rio. Agora, quando penso nisso, a única dificuldade que encontro é decidir se você parece mais encantadora em seu vestido verde ou em sua calça.

— O vestido é da minha mãe — disse Serena rapidamente, e amaldiçoou-se por gaguejar. Quando ele a levou para longe da pista de dança, sentiu-se como uma rainha. — Quero pedir desculpas por esta manhã.

— Não, você não quer. — Corajosamente, Brigham beijou-lhe a mão mais uma vez, chamando a atenção dos que estavam em volta. — Você só acha que deveria.

— *Aye*. — Ela lhe deu um olhar rápido e bem-humorado. — É o mínimo que posso fazer depois de ter me salvado da ameaça de uma surra.

— Só da ameaça?

— Papai só tem o coração para ameaçar. Ele nunca me bateu na vida, e provavelmente é por conta disso que sou incontrolável.

— Hoje à noite, minha querida, você é apenas linda.

Serena corou e abaixou os olhos.

— Eu não sei o que dizer quando você fala assim.

— Bom. Rena…

— Senhorita MacGregor — Brigham e Serena olharam com impaciência para o intruso, um jovem filho de um dos vizinhos. — Você me daria a honra desta dança?

Ela teria preferido honrá-lo com um pontapé nas canelas, mas sabia muito bem qual era seu dever. Aceitou o convite perguntando-se quanto tempo seria adequado para dançar com Brigham novamente.

A música continuou, de melodias típicas escocesas a minuetos elegantes. Serena dançou com senhores idosos, filhos, primos, gordos e magros. Seu amor pela dança e sua habilidade a faziam ser bastante requisitada. Dançou mais uma vez com Brigham antes de ser forçada a vê-lo conduzir todas as convidadas bonitas.

Ele não conseguia tirar os olhos de Serena. Droga, não era de seu feitio ressentir-se assistindo a uma mulher dançar com outro homem. Ela precisava sorrir tanto daquela maneira? Não, por Deus, ela não precisava! E não tinha nada que flertar com aquele escocês magro no casaco feio. Ele tocou o punho da espada e lutou contra a tentação.

O que lady MacGregor havia pensado ao permitir que ela usasse um vestido que a fazia parecer tão... deliciosa? Ian não estava vendo que os rapazes estavam praticamente babando no pescoço de sua filha? No pescoço desnudo de Serena. Na pele cremosa e macia de seu decote.

Ele praguejou sob a respiração e ganhou um olhar arregalado de Gwen.

— O que disse, Brig?

— O quê? — Ele forçou os olhos a deixarem Serena tempo suficiente para se concentrar na irmã mais nova. Não tinha noção de que sua aparência tempestuosa tinha impedido meia dúzia de garotos de se aproximarem de Gwen para solicitar uma dança. — Nada, Gwen. Não foi nada. — Ele respirou fundo e se esforçou para conseguir um tom casual. — Está se divertindo?

— Muito. — Ela sorriu e desejou secretamente que ele pedisse para dançar novamente. — Suponho que você vá a muitos bailes e festas.

— Em Londres, na temporada, você mal consegue virar a esquina sem se deparar com um.

— Eu adoraria conhecer Londres e Paris.

Gwen pareceu muito jovem naquele momento, e Brigham se lembrou da devoção dela em cuidar do irmão. Algum homem, um dia, pensou, e a encantou ao lhe beijar os dedos.

— Você, minha querida, seria o centro das atenções.

A risada de Gwen era delicada e genuína.

— Você pensa assim, de verdade?

— Sem dúvida. — Oferecendo-lhe o braço, a levou para a pista de dança novamente e lhe contou todas as histórias que conseguiu lembrar sobre os bailes que participara. Enquanto falava, no entanto, seus olhos estavam fixos em Serena, que continuava a dançar com o rapaz magricelo. Quando a música acabou, Gwen tinha o suficiente para sonhar durante anos, e Brigham estava tendo um belo ataque de ciúmes.

Ele acompanhou Gwen para fora da pista, observando enquanto Serena era conduzida em uma direção diferente por seu parceiro. Um que estava vestindo, na opinião de Brigham, um brocado amarelo particularmente hediondo. Enquanto o casaco poderia tê-lo deixado ofendido, a forma possessiva com a qual o rapaz segurava a mão de Serena o deixara ainda mais.

— Com quem Serena está conversando?

Gwen seguiu a direção do olhar feio de Brigham.

— Ah, é apenas Rob, um dos pretendentes dela.

— Pretendentes? — Brigham disse entre os dentes. — Pretendentes, não é? — Antes que Gwen pudesse entrar em detalhes, ele já estava atravessando a sala. — Senhorita MacGregor, posso ter uma palavra com você?

A sobrancelha de Serena levantou-se pelo tom do pedido.

— Lorde Ashburn, posso apresentar Rob MacGregor, meu parente?

— A seu dispor — disse ele rigidamente. Então, tomando o cotovelo de Serena, arrastou-a em direção à primeira alcova conveniente.

— O que pensa que está fazendo? Você perdeu a cabeça? Vai chamar a atenção de todos!

— Para o inferno com eles. — Brigham olhou para o rosto rebelde. — Por que aquele papagaio estava segurando sua mão?

Embora Serena concordasse, em particular, que Rob MacGregor parecia um papagaio, se recusava a aceitar ouvir um parente ser ofendido.

— Rob MacGregor é um bom homem de uma boa família.

— Que o diabo o carregue! — Brigham estava usando o pouco controle que restava para manter a voz baixa. — Por que ele estava segurando sua mão?

— Porque ele queria.

— Dê-me sua mão.

— Não.

— Eu disse para dar-me sua mão. — Brigham a pegou. — Ele não tem o direito de fazer isso, entendeu?

— Não. Eu entendo que sou livre para dar a minha mão a quem eu quiser.

A luz fria de uma batalha surgiu nos olhos cinza. Ele preferia isso mil vezes ao calor excruciante do ciúme.

— Se você quer que o bom rapaz de boa família continue vivo, eu não escolheria dar sua mão a ele novamente.

— É mesmo? — Serena tentou libertar sua mão, mas não obteve frutos. — Solte-me neste instante.

— Para que você possa voltar para Rob?

Serena perguntou-se por um momento se Brigham estava bêbado, mas decidiu que não. Os olhos dele estavam muito nítidos e claros.

— Se eu quiser.

— Se você quiser, eu prometo que você vai se arrepender. Esta dança é minha.

Momentos antes, havia desejado dançar com ele mais uma vez. Agora, manteve-se firme, igualmente determinada a não o fazer.

— Eu não quero dançar com você.

— O que você quer e o que você vai fazer podem ser assuntos diferentes, minha querida.

— Devo lembrá-lo, lorde Ashburn, que só o meu pai pode me dar ordens.

— Isso vai mudar. — Seus dedos apertaram os dela. — Quando eu retornar de Londres…

— Você está indo para Londres? — A raiva foi imediatamente substituída por angústia. — Quando? Por quê?

— Em dois dias. Tenho negócios lá.

— Entendo. — A mão de Serena amoleceu sob a sua. — Talvez você estivesse planejando me contar sobre isso na sela de seu cavalo, prestes a partir.

— Fui recentemente informado de que precisam de mim na cidade. — Seus olhos perderam o fogo, e sua voz, a aspereza. — Você se importa com a minha ida?

— Não. — Serena virou a cabeça para observar as pessoas dançando. — Por que eu deveria?

— Você se importa. — Com a mão livre, Brigham tocou-lhe o rosto.

— Vá ou fique — afirmou ela em um sussurro desesperado. — Não me importa.

— Eu vou em nome do príncipe.

— Então boa sorte — conseguiu dizer.

— Rena, eu voltarei.

— Será que vai, meu senhor? — Ela retirou a mão da dele. — Eu tenho minhas dúvidas.

Antes que Brigham pudesse detê-la, Serena correu de volta para a pista de dança.

Capítulo 9

Talvez já tivesse sido mais infeliz em sua vida antes, mas Serena não conseguia lembrar de suas lágrimas terem sido tão miseráveis e intensas. Talvez já tivesse ficado mais furiosa antes, mas não conseguia pensar em nenhum momento em sua vida que a raiva fora tão forte e tão ardente.

E a fúria e a miséria eram culpa sua, pensou ela enquanto acelerava o galope da égua que montava. Culpa sua por sonhar, mesmo que por um breve momento, que poderia haver algo real e belo entre ela e Brigham.

Ele estava voltando para Londres. Sim, ao lugar ao qual ele pertencia. Em Londres, Brigham era um homem de riqueza, meios e linhagem. Era um homem com festas a serem atendidas, damas a serem chamadas. Uma linhagem para continuar. Praguejando, Serena cavalgou ainda mais rápido.

Brigham poderia apoiar o príncipe. Ela estava começando a acreditar que ele era, de fato, dedicado à causa e que lutaria por aquilo. Mas lutaria na Inglaterra, para a Inglaterra. Por que não deveria? Por que um homem como o conde de Ashburn gastaria seus pensamentos com Serena uma vez que estivesse de volta ao próprio mundo?

Assim como ela não gastaria os seus com ele, prometeu a si mesma, uma vez que aquele homem tivesse partido.

Serena sabia que ele havia se reunido com seu pai e muitos dos outros chefes de manhã cedo. Ah, as mulheres não deveriam saber ou se preocupar com planos de guerra e rebeliões, mas elas sabiam. A França avançaria na direção da Inglaterra, e, quando o fizesse, Charles esperava atrair o rei francês para sua causa.

No inverno anterior, Louis tinha planejado invadir a Inglaterra com a presença de Charles como representante de seu pai. Se a frota não tivesse sido destruída em uma tempestade e a invasão abandonada... Bem, isso era outra questão. Ficou claro que Louis tinha apoiado Charles porque queria um monarca no trono inglês que seria dependente da França. Assim como ficou claro que Charles usaria a França ou qualquer meio para reaver seu lugar de direito. Mas a invasão fora abandonada, e o rei francês estava esperando novos acontecimentos.

Só porque tinha que ocupar-se com costura e limpeza não significava que Serena não tinha cabeça para a política.

Então, Brigham iria para Londres e bateria o tambor para o jovem príncipe. Era cada vez mais importante reunir os jacobitas para os Stuart, ingleses e escoceses. O tempo para a rebelião estava próximo. Charles não era seu pai, e não ficaria satisfeito, como James fizera, em passar sua juventude em cortes estrangeiras.

Quando chegasse a hora, Brigham lutaria. Mas voltar para as Terras Altas? Para ela? Não, Serena não conseguia vê-lo retornando. Um homem não deixava sua casa e país por uma amante. Ele podia desejá-la, mas ela sabia que o desejo de um homem era facilmente atiçado, e facilmente esfriado.

Para Serena, era amor. Seu primeiro. Seu único. Mesmo sem ter tomado sua inocência, Brigham a arruinara. Nunca haveria outro homem para ela. O único que desejara estava se preparando naquele momento para partir de sua vida.

Se ele ficasse, que diferença faria? Haveria sempre muito entre eles. Se Brigham a amasse... Não, nem mesmo isso mudaria as coisas. Seus amados livros tinham mostrado a ela inúmeras vezes que o amor não necessariamente vencia tudo. Romeu e Julieta, Tristão e Isolda, Lancelot e Guinevere... Serena MacGregor não era fraca de espírito como Guinevere, nem sonhadora como Julieta. Era uma escocesa, talvez um pouco esquentada demais, mas decidida. Ela sabia a diferença entre fantasia e realidade. Havia um fato que não poderia ser ignorado, nem naquele momento, nem nunca.

Brigham seria sempre ligado à Inglaterra, e Serena, à Escócia. Então, era melhor que ele estivesse indo embora. Ela lhe desejava o melhor. E desejava que fosse para o inferno!

— Serena?

Ela virou a cabeça para ver Brigham correndo logo atrás. Foi então que percebeu as lágrimas em seus olhos, e a vergonha delas e a necessidade de mantê-las só para si fez Serena apressar ainda mais sua montaria. Amaldiçoando ter que montar de lado na sela por conta do vestido, cavalgou em direção ao lago em uma corrida louca com o intuito de deixar Brigham para trás. Planejava contornar o lago e subir as montanhas, entrando em um terreno mais hostil onde ele nunca seria capaz de localizá-la. Em seguida, estava praguejando quando Birgham a alcançou e tirou as rédeas de suas mãos.

— Pare, mulher! Que diabos deu em você?

— Vá embora! — Ela incitou a própria montaria com os calcanhares, quase derrubando Brigham enquanto ele lutava para controlar os dois animais. — Ah, maldito seja! Eu odeio você!

— Bem, você pode fazê-lo depois que eu a chicotear! — afirmou Brigham severamente. — Você está tentando nos matar?

— Só você. — Serena fungou e se desprezou por isso.

— Por que você está chorando? — Ele puxou a montaria dela para mais perto enquanto estudava seu rosto. — Alguém a machucou?

— Não. — Sua risada histérica a chocou o suficiente para fazê-la engolir uma outra. — Não — repetiu. — Eu não estou chorando. É o vento nos meus olhos. Vá embora. Vim aqui para ficar sozinha.

— Então você ficará desapontada. — Serena estava chorando, por mais que negasse. Brigham queria abraçá-la e confortá-la, mas já a conhecia bem o suficiente para saber que a resposta dela seria afundar os dentes em sua mão. Em vez disso, percebendo que poderia ser tão tolo quanto, tentou usar a razão. — Partirei na primeira luz da manhã, Serena. Há algumas coisas que gostaria de lhe dizer antes.

— Diga-me, então. — Ela começou a procurar por um lenço no bolso. — E vá embora para Londres, ou para o inferno, não me importa.

Depois de revirar os olhos, Brigham ofereceu um lenço.

— Eu preferiria fazê-lo fora das montarias.

Serena pegou o lenço para secar as lágrimas odiadas e assoou o nariz com vontade.

— Faça o que quiser. Não me importa.

Ele o fez, tendo o cuidado de manter ambas as rédeas em sua mão. Depois de parar os cavalos, estendeu a mão para ajudá-la a desmontar.

Após uma última fungada desafiante, Serena enfiou o lenço no bolso.

— Eu não quero sua ajuda.

— Você terá mais que isso antes de eu terminar. — Impaciente, Brigham arrancou-a da sela com mais velocidade do que estilo. Estava farto de tentar a razão. — Sente-se.

— Não.

— Sente-se — repetiu ele, em um tom perigoso o suficiente para que Serena erguesse o queixo. — Ou, por Deus, você desejará que o tivesse feito.

— Está bem... — Os olhos cinzas alertaram Serena que a ameaça não era vazia, então ela escolheu uma pedra, tomando seu tempo e alisando as saias antes de cruzar as mãos recatadamente no colo. Perversamente, agora que Brigham estava rosnando, ela estava determinada a ser educada. — Você queria conversar comigo, milorde?

— Eu gostaria de estrangular você, milady, mas confio que tenho controle suficiente para resistir.

Serena estremeceu em zombaria.

— Que aterrorizante! Devo dizer, lorde Ashburn, que a sua visita à minha casa ampliou a minha percepção sobre os costumes ingleses.

— Já aguentei o suficiente! — Brigham moveu-se tão rapidamente que Serena só teve tempo de piscar. Agarrando a frente do casaco de montaria dela, a fez se levantar. — Eu sou inglês, e não tenho vergonha disso. Os Langston são uma família antiga e respeitada. — Pela maneira como estava sendo segurada, Serena foi forçada a ficar na ponta dos pés, olho no olho. E os olhos dele estavam escuros como ônix, com uma fúria aquecida que poucos haviam visto e sobrevivido. — Não há nada em minha linhagem para me envergonhar, e muito para deixar-me orgulhoso de carregar esse nome. Já aguentei o suficiente de seus insultos, entendeu?!

— *Aye.* — Serena pensou saber o que era estar verdadeiramente assustada. Naquele momento, percebeu que nunca soubera. Ainda assim, assustada não significava intimidada. — Não é sua família que quero insultar, milorde.

— Sou apenas eu, então? Ou talvez toda a Inglaterra? Droga, Rena, eu sei o que o seu clã sofreu. Eu sei que, mesmo agora, seu nome é tão proscrito que muitos de vocês são forçados a assumirem outros. É uma crueldade que já dura tempo demais. Mas não fui eu quem trouxe a perseguição, nem toda a Inglaterra. Pode me insultar, arranhar ou morder, mas não aceitarei nenhuma das coisas por algo que não fui responsável.

— Por favor. Você está me machucando. — disse Serena muito calmamente.

Brigham a soltou e cerrou os punhos ao seu lado. Era raro, muito raro, que chegasse tão perto de perder o controle de seus pensamentos e ações. Como resultado, sua voz saiu gelada.

— Desculpe.

— Não. — Serena estendeu a mão timidamente para tocar-lhe o braço. — Eu que peço desculpas. Você está certo. É errado da minha parte atacá-lo por coisas que aconteceram antes de sequer nascermos. — Ela já não sentia medo, percebeu, mas vergonha. Uma profunda vergonha. Serena teria feito mais do que gritar se alguém insultasse sua família. — É errado culpar você por soldados ingleses terem estuprado minha mãe. Ou porque colocaram meu pai na prisão por mais de um ano, de modo que a desonra tenha passado impune. E é errado — continuou depois de um suspiro longo e purificante — querer culpá-lo por temer não o fazê-lo.

— Por que, Rena? Por que você está com medo?

Ela começou a sacudir a cabeça e se virar, mas Brigham pegou-lhe os braços para impedi-la. Seu aperto não era feroz desta vez, mas era tão inquebrável quanto.

— Espero que me perdoe, milorde. E agora eu preferiria ficar sozinha.

— Quero a sua resposta, Serena. — A voz era quase calma novamente, mas havia um tom cortante por baixo dela. — Por que você está com medo?

Erguendo a cabeça, ela lhe lançou um olhar úmido e desesperado.

— Porque se eu não culpá-lo, posso esquecer quem e o que você é.

— E isso precisa importar? — perguntou Brigham, sacudindo-a levemente.

— *Aye*. — Serena descobriu que estava com medo de novo, mas de uma forma totalmente diferente. Algo no olhar dele a alertou que não importava o que dissesse, não importava o que fizesse, seu destino já estava selado. — *Aye*, precisa. Para nós dois.

— E isso importa? — Brigham a puxou contra si. — Será que isso importa quando estamos assim? — Antes que ela pudesse responder, ele cobriu-lhe os lábios com um beijo.

Serena não lutou contra o contato. Ao toque dos lábios, soube que estava cansada de lutar contra ele, contra si mesma. Se Brigham era para ser o primeiro e único, Serena precisava aceitar tudo o que lhe era oferecido. A boca dele estava quente e desesperada, o corpo tenso e firme. Parte disso ainda era consequência da raiva, Serena sabia. Mas havia mais. E era este mais que ela estava pronta para responder. Fez uma escolha e mandou a precaução às favas.

— Será que isso importa? — repetiu ele mais uma vez enquanto enchia-lhe o rosto de beijos.

— Não. Não importa agora, não importa hoje. — Serena jogou os braços ao redor dele e se agarrou. — Ah, Brig, eu não quero que você vá. Não quero que você me deixe.

Com o rosto enterrado no cabelo ruivo, ele memorizou o cheiro dela.

— Eu voltarei. Em três semanas, quatro no máximo, estarei de volta. — Quando não recebeu resposta, Brigham a afastou. Os olhos verdes estavam secos, mas solenes. — Eu voltarei, Serena. Não consegue confiar em mim?

— Eu confio em você mais que pensei que confiaria em qualquer homem. — Ela sorriu um pouco e ergueu uma mão para tocar o rosto aristocrático.

Ah, Deus, se isso era amor, por que doía tanto? Por que o sentimento não lhe trazia a felicidade que via nos olhos de Maggie? — Porém não confio que você voltará para mim, mas não vamos falar disso. — Serena lhe cobriu os lábios com a mão quando ele tentou falar. — Não vamos pensar nisso. Vamos pensar somente no hoje.

— Então vamos falar de outras coisas.

— Não. — Ela beijou as duas mãos compridas, depois recuou. — Não falaremos sobre nada. — Lentamente, começou a desabotoar os botões de sua roupa de montaria.

— O que você está fazendo?

Brigham estendeu a mão para impedi-la, mas Serena deslizou a jaqueta confortável dos ombros, revelando uma camisa simples e seios pequenos e salientes.

— O que nós dois desejamos.

— Rena... — Com o coração na garganta, Brigham conseguiu apenas pronunciar o nome em um tom baixo e rouco. — Assim não. Isso não é certo para você.

— Como poderia ser mais certo do que aqui, com você? — Mas os dedos tremiam ligeiramente quando ela desabotoou a saia.

— Há coisas que precisam ser ditas.

— Eu quero você — murmurou Serena, interrompendo as palavras e os pensamentos dele. — Eu quero que me toque do mesmo jeito de antes. Quero... Quero que você me toque do jeito que me faz sonhar. — Ela se aproximou. — Você não me deseja mais?

— Não desejo mais você? — Brigham fechou os olhos e passou uma mão trêmula pelo cabelo. — Não há nada ou ninguém que desejei mais do que a você neste momento. E Deus me ajude, mas nunca haverá.

— Então me possua aqui. — Serena alcançou os laços de sua roupa íntima, observando com uma mistura de choque e fascínio a descida do olhar de Brigham. — E me dê algo seu antes de me deixar. — Pegando-lhe a mão, pressionou seus lábios à palma. — Mostre-me o que é ser amada, Brigham.

— Rena...

— Você vai embora amanhã — afirmou ela, repentinamente desesperada. — Vai me deixar sem nada, então?

Ele deixou os dedos trilharem o contorno do rosto delicado.

— Não a deixaria se pudesse escolher.

— Mas você irá. E quero ser sua antes de você partir.

Os ombros de Serena estavam frios ao toque.

— Você tem certeza?

— *Aye.* — Sorrindo, Serena colocou a mão de Brigham sobre seu coração. — Sente o quão rápido ele bate? É sempre assim quando estou perto de você.

— Você está fria — notou ele um pouco nervoso, e puxou-a para mais perto.

— Há uma manta sobre a égua. — Com os olhos fechados, Serena sentiu o aroma que emanava dele. Como Brigham havia feito com seu cabelo, ela gravou a sensação na memória. — Se a colocarmos sob o sol, ficaremos aquecidos o suficiente.

— Eu não vou machucá-la. — Ele ergueu o rosto delicado dela, e viu que a intensidade havia retornado aos olhos verdes. — Eu prometo.

Serena confiou nele, e também soube que Brigham seria gentil. Viu em seus olhos quando ele esticou a manta na beira do lago e se ajoelhou. Sentiu em seus lábios quando Brig passou a beijar os ombros alvos e desnudos. Reconheceu em suas mãos quando apertaram as dela, comunicando tanto zelo quanto necessidade.

Serena sabia o que estava prestes a fazer, o que estava prestes a entregar — a inocência que uma mulher podia dar a um só homem, e apenas uma vez em sua vida. Enquanto estavam ajoelhados e se encarando com o sol quente sobre suas cabeças e a água fria ao seu lado, ela soube que não oferecera sua inocência por impulso ou na loucura da paixão, mas quase calmamente, com uma confiança de que seria aceita com ternura. E que seria lembrada.

Brigham pensou que ela nunca estivera tão bonita. Os olhos verdes estavam brilhantes e firmes. As mãos de Serena não tremiam ao se entrelaçarem nas suas, mas ele pensou ter sentido o pulsar nervoso do coração dela através de seus dedos. O rosto estava pálido, tão liso e alvo quanto porcelana.

Ele lembrou-se da estátua da pastora, de como queria tocá-la quando criança, mas tivera medo de ser descuidado e quebrá-la. Brigham levou as mãos delicadas aos lábios. Não seria descuidado com Serena.

Ele a beijou e se deleitou apenas com seu sabor. Embora o tempo juntos naquele momento fosse ser curto, tratou-o como se pudesse durar horas. Com lentas e tortuosas mordiscadas, deixou Serena ofegante. A língua dele umedecia e tracejava, então atraía a dela em um duelo preguiçoso que fazia seu coração inflar e retumbar no peito.

Um pouco hesitante, Serena passou as mãos ao longo do casaco masculino, como se precisasse ter certeza de que o corpo dele era quente e real por baixo do tecido. Murmurando algo contra a boca feminina, Brigham começou a tirar a peça. Sua própria timidez a surpreendeu, mas Serena lutou contra o sentimento enquanto ajudava Brig a retirar o casaco e brigava com os botões de seu colete.

Ele descobriu que era insuportavelmente excitante ter as mãos inexperientes de Serena lhe despindo. Com os olhos fechados, Brigham traçou beijos na testa, nas têmporas e no queixo dela, enquanto o corpo ficava tenso e rijo em resposta aos movimentos incertos dos dedos delicados. Era uma tortura do tipo mais requintada. Ele percebeu que estava se movendo lentamente, não só por Serena e sua inocência, mas por si mesmo. Cada instante, cada batida de coração que compartilhavam, seria lembrado.

Serena tirou a camisa dele, o olhar deslizando através da pele nua tão delicadamente quanto as pontas de seus dedos. Lentamente, quase com medo de que o corpo em sua frente não passasse de uma ilusão, ela estendeu a mão para tocá-lo.

Ainda estavam ajoelhados, os corpos aproximando-se cada vez mais, as respirações misturando-se a cada beijo. A mente de Serena começou a girar quando acariciou o corpo de Brigham com as mãos. A pele era macia, enquanto os músculos por baixo eram firmes. Sentiu admiração, excitação e fascínio ao mesmo tempo, bem como nervosismo. Quem teria pensado que um homem poderia ser tão bonito?

O sol aquecia a pele dele, derramando-se sobre o pequeno pedaço de terra que tinham escolhido. Aves cantavam nas árvores além. Do outro lado do lago, veados bebiam água calmamente.

Brigham enterrou o rosto no pescoço alvo, e ela sentiu-se amolecer. Serena pensou que sabia o que viria a seguir, mas o prazer era mais do que jamais sonhara ser possível.

Mãos confiantes tomaram-lhe os seios, fazendo-a gemer quando o tecido áspero da camisa roçou contra sua pele. Em submissão, em aceitação e por demanda, Serena arqueou as costas e jogou a cabeça para trás, deixando-o livre para explorar. Sentiu a boca dele cobrir-lhe o seio, mordiscando e sugando através do tecido. Uma sensação de formigamento começou em seu âmago e se espalhou pelo corpo. Então, o que acontecera antes desapareceu completamente de sua mente quando Brigham tirou o tecido do caminho e encontrou pele.

Serena gritou de surpresa e prazer, as mãos apertando os ombros masculinos em busca de equilíbrio. Todavia, ainda sentia como se estivesse caindo.

Ela estremeceu, pressionou-se contra ele, confusa, encantada, desesperada por mais. O que tinha oferecido, o fizera por livre e espontânea vontade. O que estava dando naquele momento, o fazia sem pensar, sem razão. Quando caiu de costas na manta, Serena estava despida de defesas e aberta a qualquer comando que Brigham pudesse ordenar.

Ele teve que lutar contra o desejo cortante de possui-la de uma só vez. Era como se uma faca estivesse girando lentamente em sua barriga. Os braços de Serena o envolviam, seus seios, pequenos e brancos, tremiam a cada toque. Viu que os olhos verdes estavam nublados, mas não com medo, e não mais com confusão, mas com paixões recém-despertadas. Se fosse possuí-la naquele instante, como o corpo implorava, ela se abriria para aceitá-lo.

Mas o desejo vindo do coração batia tão forte quanto o do íntimo. Daria a Serena mais do que ela tinha pedido, talvez mais do que qualquer um deles pudesse compreender.

— Eu sonhei com isso, Serena. — A voz era baixa quando ele inclinou a cabeça para o próximo beijo. — Sonhei em despi-la dessa maneira. — Retirou a camisa dela. Agora, apenas a brisa e Brigham a acariciavam. — Em tocar o que nenhum homem tocou. — Passou um dedo pela coxa dela e observou a boca de Serena abrir, trêmula de prazer.

— Brigham. Eu quero você.

— E você me terá, meu amor. — Ele circulou um mamilo rígido com a língua e lentamente, quase dolorosamente, tomou-o com a boca. — Mas antes disso, há muito, muito mais.

Se conseguisse falar, Serena teria dito que era impossível. O corpo já parecia saciado, sensação após sensação, tremor após tremor. Então, Brigham começou.

Os olhos, que tinham começado a fechar, se abriram em um despertar atordoado. Seus quadris se arquearam, encontrando os lábios quentes dele pouco antes da primeira onda de prazer derramar-se sobre Serena. Ofegante, ela alcançou-lhe os ombros, apenas para descobrir que as palmas de suas mãos estavam úmidas, fazendo com que deslizassem enquanto Brigham se movia sobre ela, acendendo fogueiras com sua língua.

O rugido em seus ouvidos a impediu de ouvir-se gritar o nome dele repetidas vezes. Mas Brigham ouviu, e nada do que tinha ouvido antes ou que ouviria depois soaria tão doce. Serena se mexeu debaixo do corpo masculino, arqueando, retorcendo, tremendo, enquanto ele descobria e explorava novos segredos. O sabor intoxicante da paixão preencheu a boca de Brigham, levando-o a buscar mais, a dar mais.

A pele de Serena estava quente e úmida onde quer que ele tocasse, fazendo-o enlouquecer com pensamentos de como ela ficaria quando a possuísse. Serena saberia o quão fraco o deixava, o quanto o satisfazia? A mente de Brigham fervilhava com pensamentos sobre ela, lembranças que sabia que o acompanhariam até a morte. Cada respiração trazia o aroma da pele feminina, agora mesclado com a paixão de ambos. Jamais desejaria nenhuma outra mulher novamente, porque nenhuma outra mulher seria Serena.

Ela queria pedir que ele parasse. Queria pedir que ele nunca mais parasse. Cada respiração que entrava em seus pulmões parecia ficar presa, e Serena receava que fosse morrer por falta de ar ou por excesso do mesmo. Seus olhos se encheram de lágrimas, não de tristeza ou arrependimento, mas da dor de uma beleza tão grande que sabia que nunca poderia descrever. A força dele se espalhava e fluía, correndo por ela como um incêndio e derramando-se como uma cachoeira. Mas, fraco ou forte, Serena nunca experimentara um prazer tão grande. Em algum canto de sua mente, desejou saber se Brigham sentia o mesmo, mas, cada vez que começava a perguntar, ele a tocava novamente e fazia seus pensamentos se perderem em um turbilhão de sensações.

Quando os lábios dele voltaram aos de Serena, ela provou desespero. Querendo acalmá-lo, respondeu com seu coração, puxando-o mais para perto.

Brigham deslizou para dentro dela, lutando com cada fibra de seu ser para possuí-la gentilmente, lutando contra o desejo de afundar-se para sua própria satisfação. Sentiu o suor na base de sua coluna e os músculos dos braços tremerem quando se apoiou. Então, admirou as mudanças no rosto delicado ao fazê-la sua — exatamente como sonhara.

Ela gritou, mas não de dor. Talvez houvesse um pouco de dor, mas uma tão sufocada de prazer que Serena não conseguira notar. Naquele momento, era capaz apenas de sentir Brigham, enquanto ele se movia e se tornava parte de si. Com os olhos abertos e focados nos dele, Serena acompanhou o ritmo. Lento... lindo e gloriosamente lento. O momento em que se tornaram um seria saboreado, como o melhor dos vinhos antigos, como a mais pura das promessas.

Brigham inclinou-se para beijá-la novamente e engoliu um suspiro. Sentia a pulsação de Serena o envolvendo tão claramente quanto sentia suas mãos lhe agarrando as costas. Quando se afundou dentro dela, Serena arqueou o corpo e o suspiro se tornou um gemido. Agora, era ela quem controlava o ritmo e Brig apenas seguiu. Já não importava quem era o cavaleiro e quem era a montaria, pois ambos corriam juntos. O último pensamento antes de seu prazer explodir dentro dela é que tinha encontrado um lar para si.

Serena não tinha certeza se seria capaz de mover-se novamente, ou se gostaria de fazê-lo. A pele estava esfriando, depois que o calor da paixão tinha esmaecido para um brilho mais suave de satisfação. Ficaram emaranhados no cobertor, com as sombras crescentes alongando-se em torno deles. O rosto de Brigham estava enterrado em seu cabelo, uma das mãos segurando frouxamente um seio.

Não sabia dizer quanto tempo havia passado. Ela sabia que o sol já não estava alto, mas havia uma atemporalidade a qual precisava se agarrar por mais um pouco.

Se mantivesse os olhos fechados e se recusasse a pensar, era quase possível acreditar que seria sempre assim. Com a tarde cintilando ao redor deles e a floresta silenciosa, exceto pelo som dos pássaros, era difícil acreditar que a política e a guerra poderiam separá-los.

Serena amava como nunca pensara amar, de uma forma que não soubera ser possível. Se tudo pudesse ser tão simples quanto uma manta estendida na beira de um lago.

— Eu te amo, Rena.

Ela abriu os olhos para ver que Brigham estava a observando.

— Sim, eu sei. E eu te amo. — Ela traçou os dedos ao longo do rosto aristocrático como se para memorizá-lo. — Gostaria que pudéssemos ficar assim.

— Ficaremos assim novamente. Em breve.

Serena moveu-se para alcançar sua camisa.

— Você ainda duvida disso? Mesmo agora? — exigiu ele.

Era mais importante do que nunca manter a voz firme. Serena o amava muito, até demais, para pedir que ficasse. Respirando fundo, começou a amarrar o corpete.

— Eu sei que você me ama, e que gostaria que ficássemos juntos. Eu sei que o que compartilhamos aqui nunca será compartilhado com ninguém.

— Você não acha que eu voltarei. — Brigham colocou a camisa e se perguntou como uma mulher poderia causar tantas emoções em seu coração.

Serena tocou-lhe a mão. Ela não tinha arrependimentos, e precisava que ele entendesse isso.

— Eu acho que, se você voltar, o fará por causa do príncipe. E é o que você deveria fazer.

— Entendo... — Brigham começou a se vestir de forma metódica. — Então você acha que esquecerei o que aconteceu aqui, entre nós, quando chegar em Londres?

— Não. — Ela parou de lutar com os próprios botões e estendeu a mão para ele. — Não, eu acredito que o que aconteceu aqui será lembrado para sempre. Quando eu estiver muito velha e sentir o primeiro vento da primavera, pensarei em hoje e em você.

A raiva veio rapidamente, fazendo-o cravar os dedos em seus braços.

— Você acha que isso é o suficiente para mim? Se a resposta for sim, você só pode ser muito estúpida ou louca.

— É tudo o que pode ser… — Serena começou a falar, mas as palavras escorregaram de volta para sua garganta quando Brigham a sacudiu.

— Quando eu voltar para a Escócia, voltarei por você. Não se engane, Serena. E quando esta guerra acabar, vou levá-la comigo.

— Se eu tivesse que pensar apenas em mim, eu iria. — Ela lhe agarrou o casaco, desejando que ele compreendesse. — Você não consegue entender que eu morreria lentamente por envergonhar minha família?

— Não, por Deus, eu não entendo porque ser minha esposa envergonharia sua família.

— Sua esposa? — Serena mal conseguiu murmurar as palavras, então pulou para trás como se tivesse sido esbofeteada. — Casamento?

— Claro que estou falando de casamento. O que você… — Então Brigham viu claramente o que ela acreditava que ele estava pedindo. Sua raiva se intensificou até se tornar um calor maçante na boca do estômago. — É isso que você pensou que eu quis dizer da última vez que estivemos aqui? Era sobre isso que você precisava pensar? — A risada foi rápida e fria. — Você pensa muito bem de mim, Serena.

— Eu... — Sentindo as pernas fraquejarem, ela sentou-se molemente sobre uma rocha. — Eu pensei... eu sei que homens possuem amantes e...

— E assim o fazem — disse Brigham secamente. — E assim já o fiz, mas só uma tola teria pensado que eu estava oferecendo outra coisa senão meu coração e meu nome.

— Como eu poderia saber que você estava falando sobre casamento? — Serena levantou-se para encará-lo novamente. — Você nunca disse isso.

— Já falei com seu pai. — A voz dele era dura quando pegou a manta do chão.

— Você falou com meu pai? — repetiu Serena, medindo cada palavra. — Você falou com meu pai sem antes falar comigo?

— É adequado pedir a permissão do seu pai.

— Não importa! — Ela pegou o cobertor das mãos dele. — Você não tinha o direito de conversar com ele sem nunca dizer uma palavra para mim.

Ele olhou longamente para o cabelo vermelho revolto, os lábios ainda inchados pelos beijos.

— Eu acredito que fiz mais do que dizer uma palavra a você, Serena.

Serena corou e, em seguida, marchou para lançar a manta sobre seu cavalo.

— Eu não sou tão ingênua a ponto de pensar que o que fizemos aqui sempre termina em casamento. — Ela teria subido na sela se Brigham não a tivesse segurado e girado.

— Você acha que eu tenho o hábito de seduzir virgens e torná-las minhas amantes?

— Eu não conheço seus hábitos.

— Então saiba que pretendo fazê-la minha esposa.

— Você pretende. *Você* pretende. — Ela o empurrou. — Talvez na Inglaterra você possa intimidar as pessoas, milorde, mas aqui eu tenho voz sobre o que acontece em minha vida. E eu digo que não vou casar com você, e que você deve estar louco por pensar isso.

— Você mentiu quando disse que me ama? — indagou ele.

— Não. Não, mas... — As palavras se perderam quando os lábios de Brigham se esmagaram contra os dela.

— Então você mente quando diz que não será minha esposa.

— Eu não posso ser — disse Serena desesperadamente. — Como posso sair daqui e ir com você para a Inglaterra?

Os dedos dele ficaram tensos em seus braços.

— Então, tudo se resume a isso mais uma vez.

— Você deve imaginar como seria. — Serena começou a falar muito rápido, segurando-lhe os braços e desejando que ele entendesse. — Eu viveria lá por amá-lo, por você ter me pedido, e acabaria envergonhando a nós dois. Você me odiaria em menos de um ano. Não sirvo para ser a mulher de um conde, Brigham.

— Um conde inglês — corrigiu ele.

Ela respirou fundo.

— Eu sou a filha de um *laird*, é verdade, mas não sou tola para acreditar que isso é suficiente. Eu odiaria estar presa em Londres quando sentisse vontade de cavalgar pelas colinas. Você mesmo me disse mais de uma vez que eu não sou uma dama. Nunca serei uma. Eu seria uma péssima esposa para o conde de Ashburn.

— Então você será péssima, mas será minha esposa.

— Não. — Ela secou as bochechas com as mãos. — Não serei.

— Você não terá escolha, Rena, quando eu contar para o seu pai que a comprometi.

As lágrimas pararam, dando lugar ao choque e à fúria.

— Você não ousaria!

— Eu ousaria — respondeu seriamente.

— Meu pai o mataria.

Brigham apenas arqueou uma sobrancelha. Abaixo delas, os olhos estavam escuros e frios. Homens que ele havia enfrentado em duelos teriam reconhecido o olhar.

— Eu acredito que o pai não é tão sanguinário quanto a filha. — Antes que Serena pudesse falar novamente, ele a colocou na sela. — Se você se recusa a casar comigo porque me ama, então vai se casar comigo porque está sendo ordenada.

— Eu preferiria casar com um sapo de duas cabeças.

Brigham montou em seu cavalo ao lado dela.

— Mas você se casará comigo, minha querida, sorrindo ou chorando. Minha viagem a Londres deve dar-lhe tempo para pensar de forma sensata. Falarei com o seu pai e cuidarei dos arranjos quando voltar.

Depois de enviar-lhe um olhar furioso, Serena saiu cavalgando com rapidez. Esperava que ele quebrasse o pescoço na viagem a Londres.

E quando ele partiu na manhã seguinte, ela chorou em seu travesseiro, com o coração partido.

Capítulo 10

Ele sentira falta de Londres, do ritmo, das paisagens, do cheiro. Vivera a maior parte de sua vida na cidade, ou na graciosa e antiga mansão de seus antepassados no interior. Brigham era bem conhecido na alta sociedade e não tinha problemas para encontrar companhia para um jogo de cartas em um dos clubes da moda ou conversas interessantes durante o jantar. Mães de filhas em idade para casar faziam questão de incluir o rico conde de Ashburn em sua lista de convidados.

Estava havia seis semanas em Londres, e a primavera estava em seu auge. Seu próprio jardim, um dos melhores da cidade, exibia orgulhosamente gramados exuberantes e flores coloridas. A chuva que caíra quase incessantemente em abril fizera sua magia e fora substituída por dias dourados e amenos que atraíam mulheres bonitas em vestidos de seda e chapéus de penas para parques e lojas.

Havia bailes e assembleias, jogatinas e recepções. Um homem com seu título, sua reputação e sua carteira poderia ter uma vida confortável em Londres com pouca inconveniência e muito prazer.

Realmente sentira falta de Londres. Era a sua casa, mas levara muito menos do que seis semanas para descobrir que não era mais a casa de seu coração.

Era a Escócia. Não passava um dia sem recordar o inverno duro das Terras Altas e de como Serena o havia aquecido. Por vezes, observava as ruas lotadas e os passantes em casacos de caminhada e chapéus da última moda, e perguntava-se como deveria ser a primavera em Glenroe. E se Serena tinha sentado à beira do lago e pensado nele.

Teria retornado semanas antes, mas o trabalho para o príncipe estava tomando mais tempo do que imaginara, e os resultados eram menos satisfatórios do que o previsto.

O número de jacobitas na Inglaterra era grande, mas a porção que mostrava vontade de levantar a espada pelo príncipe inexperiente era muito menor. Seguindo o conselho do lorde George, Brigham conversara com muitos grupos, dando-lhes um esboço do estado de espírito dos clãs da Escócia e repassado as informações que recebera do próprio príncipe. Viajara até Manchester e realizara encontros em sua própria sala de estar.

Cada um era tão arriscado quanto o outro. O governo estava apreensivo, e os rumores de uma guerra com a França estavam mais fortes do que nunca. Simpatizantes dos Stuart não seriam tolerados de bom grado, e apoiadores ativos seriam presos, na melhor das hipóteses. Lembranças de execuções públicas e deportações ainda estavam frescas.

Depois de seis semanas, tinha a esperança, e apenas isso, de que, se Charles agisse rapidamente e começasse a campanha, seus seguidores ingleses se juntariam a ele.

Eles tinham muito a perder, pensou Brigham. Quão bem ele sabia disso. Casas, terras, títulos. Era difícil lutar por algo tão distante como uma causa quando você apostava seu nome e sua fortuna, bem como a sua vida.

Virando-se, ele estudou a pintura da avó. Sua decisão já havia sido tomada. Talvez tivesse sido quando ele ainda era um garoto, a cabeça deitada no joelho da avó enquanto ela contava histórias de reis exilados e de uma luta por justiça.

Era perigoso ficar muito mais tempo em Londres. O governo era conhecido por descobrir rebeldes e lidar com eles com eficiência cruel. Até aquele momento, o nome de Brigham estava acima de qualquer suspeita, mas sabia que os rumores voavam pela cidade. Agora que a guerra com a França era mais uma vez inevitável, a conversa de um novo levante jacobita também o era.

Brigham nunca escondera suas viagens para a França, Itália e Escócia. Se alguém decidisse estudar suas movimentações nos últimos anos, descobriria um padrão muito interessante.

Então, ele deveria partir, refletiu ao chutar uma tora de madeira ardendo no fogo que morria. Desta vez, iria sozinho e sob a cobertura da noite. Quando voltasse para Londres outra vez, estaria com Serena. E brindariam ao verdadeiro rei e seu regente naquela mesma sala.

Retornaria à Escócia pelo príncipe, como ela dissera, mas também retornaria para reivindicar o que era seu. Além da rebelião, havia mais uma batalha que estava determinado a vencer.

Horas mais tarde, enquanto Brigham estava se preparando para sair para uma noite tranquila no clube, seu mordomo de semblante sóbrio o interceptou.

— Sim, Beeton?

— Perdão, milorde. — Beeton era tão velho que foi quase possível ouvir o ranger de ossos quando se curvou. — O conde de Whitesmouth solicita uma palavra com o senhor. Parece ser uma questão urgente.

— Então traga-o aqui. — Brigham fez uma careta enquanto Parkins mexia em seu casaco à procura de qualquer sinal de fiapos. — Pare, homem. Você me fará perder a paciência.

— Eu só desejo que meu senhor se mostre em seu melhor.

— Algumas mulheres diriam que, para isso, basta que eu fique nu. — Quando Parkins permaneceu impassível, Brigham apenas suspirou. — Você é um homem sem um pingo de humor, Parkins. Só Deus sabe por que eu o mantenho empregado.

— Brig. — O conde de Whitesmouth, um homem pequeno, de rosto liso e apenas alguns anos mais velho que Brigham, entrou na sala, então parou ao ver o criado. Foi necessário apenas um olhar para notar que Whitesmouth estava muito agitado.

— Isso é tudo por hoje, Parkins. — Como se tivesse todo o tempo do mundo, Brigham foi até a lareira do quarto e serviu vinho em dois copos. Esperou até ouvir a porta adjacente ser fechada.

— O que aconteceu, Johnny?

— Temos problemas, Brig. — Ele aceitou o copo e bebeu o conteúdo em um só gole.

— Suspeitei por seu estado. De que natureza?

Mais firme por conta da bebida, Whitesmouth continuou:

— O tolo do Miltway bebeu demais com a amante esta tarde e falou mais do que deveria para qualquer um de nós continuar confortável.

Depois de dar um longo suspiro, Brigham tomou um gole e gesticulou para uma cadeira.

— Ele citou nomes?

— Não podemos ter certeza, mas parece provável que deixou escapar pelo menos alguns. O seu sendo o mais óbvio.

— E sua amante... é a dançarina ruiva?

— Seu cabelo é vermelho — afirmou Whitesmouth grosseiramente. — Ela é espertinha demais, Brigham, um pouco velha e muito experiente para um jovem rapaz como Miltway. O problema é que o idiota tem mais dinheiro do que cérebro.

A vida romântica de Miltway era a última das preocupações de Brigham.

— Ela guardará segredo por dinheiro?

— É tarde demais para isso. Por isso estou aqui. Ela já abriu a boca, o suficiente para Miltway ter sido preso.

Brigham praguejou violentamente.

— Jovem tolo!

— As probabilidades são de que você será interrogado, Brigham. Se tiver algo que possa incriminá-lo...

— Não sou tão jovem — interrompeu Brigham enquanto começava a pensar em um plano. — Nem tão tolo. — Fez uma pausa para ter a certeza de que sua decisão fora tomada de forma lógica, e não por impulso. — E você, Johnny? Você será capaz de se esconder?

— Eu tenho negócios urgentes na minha propriedade no interior. — O conde de Whitesmouth sorriu. — Na verdade, já estou a caminho de lá fazem algumas horas.

— O príncipe tem sorte em ter homens como você ao seu lado.

Whitesmouth serviu uma segunda bebida e brindou com seu amigo.

— E você?

— Eu vou para a Escócia. Esta noite.

— Fugir agora mostrará o seu lado, Brig. Você está pronto para isso?

— Estou cansado de fingimentos. Eu apoio o príncipe.

— Então desejo-lhe uma viagem segura, e aguardo notícias suas.

— Se Deus quiser, as enviarei em breve. — Ele pegou as luvas novamente. — Sei que correu risco ao vir me contar tudo quando poderia estar a caminho de seu esconderijo. Não esquecerei isso.

— O príncipe tem o meu apoio, também — lembrou Whitesmouth. — Eu rezo para que você não demore muito.

— Só o tempo suficiente. Você contou sobre a indiscrição de Miltway para mais alguém?

— Essa é uma forma simpática de descrevê-la... — murmurou Whitesmouth. — Achei melhor vir diretamente para você.

Brigham assentiu.

— Passarei algumas horas no clube como tinha planejado e garantirei que a situação seja espalhada. É melhor que você saia de Londres antes que alguém veja que não está a caminho de sua propriedade.

— Farei isso. — Whitesmouth pegou seu chapéu. — Um aviso, Brig. O filho do eleitor, Cumberland. Não o subestime. Ele é jovem, mas seus olhos são frios e sua ambição é quente.

O clube encontrava-se repleto de rostos conhecidos de Brigham. Jogos estavam sendo disputados e garrafas já estavam quase vazias. Ele foi saudado com animação e convidado a participar de grupos de cartas ou dados. Recusando os convites educadamente, caminhou até a lareira para compartilhar uma garrafa de borgonha com o visconde Leighton.

— Sem pressa de testar a sua sorte esta noite, Ashburn?

— Não nas cartas. — Atrás de si, alguém se queixou amargamente sobre o resultado dos dados. — Está uma bela noite... — disse Brigham suavemente. — Uma bem adequada para se viajar.

Leighton deu um gole e, embora tenham encontrado o olhar de Brigham, sua feições não revelaram nada.

— De fato. Há sempre notícias de tempestades no Norte.

— Tenho a sensação de que haverá uma tempestade aqui logo mais. — A mesa de dados ficou mais barulhenta. Brigham aproveitou o alvoroço para inclinar-se para a frente e servir mais vinho. — Miltway confidenciou suas inclinações políticas para a amante e foi preso.

Leighton insultou Miltway em voz baixa, então se acomodou.

— O quanto ele abriu a boca?

— Não tenho certeza, mas há alguns nomes que precisam ficar atentos.

O visconde brincou com o diamante preso ao laço em seu pescoço. Ele gostava de tais enfeites, e muitas vezes era considerado um homem que apreciava uma vida fácil. Como Brigham, ele tinha decidido apoiar o príncipe friamente e sem reservas.

— Considere feito, meu caro. Você deseja companhia na viagem?

Brigham ficou tentado. O visconde Leighton, com seus casacos cor-de-rosa e suas mãos perfumadas, podia parecer um almofadinha metido, mas não havia ninguém mais confiável para se ter ao lado em uma luta.

— Não no momento.

— Então vamos beber à essa bela noite? — Leighton ergueu o copo e, em seguida, deu um olhar levemente irritado sobre o ombro de Brigham. — Acredito que devemos procurar outro clube, querido Ashburn. Este estabelecimento começou a aceitar qualquer pessoa.

Brigham observou as mesas de jogo. Ele reconheceu o homem cuidando das apostas e a maioria dos outros, mas havia um sujeito estranho e magro inclinando-se sobre a mesa, com um olhar mal-humorado e um copo meio cheio ao lado. Ele não estava aceitando suas perdas de uma forma apropriada para uma sociedade civilizada.

— Não o conheço. — Brigham deu mais um gole, pensando que poderia nunca mais sentar-se confortavelmente perto do fogo neste clube e beber com um amigo.

— Eu tive o desprazer. — Leighton pegou uma caixa de rapé. — Um oficial. Acredito que irá lutar contra os franceses muito em breve, o que deveria fazer as damas suspirarem. No entanto, segundo me disseram, ele não está mais na graça das damas há um tempo, apesar da figura romântica que tenta aparentar.

Rindo, Brigham preparou-se para se despedir.

— Talvez tenha algo a ver com sua falta de modos.

— Talvez tenha algo a ver com o péssimo tratamento que teve com Alice Beesley, quando ela foi infeliz o suficiente para ser sua amante.

Brigham ergueu uma sobrancelha, mas ficou apenas vagamente curioso. O jogo estava ficando cada vez mais alto, o tempo passando, e ele ainda precisava que Parkins fizesse sua mala.

— A bela sra. Beesley é um tanto quanto estúpida, mas muito amável, pelo que me disseram.

— Standish, aparentemente, achou que ela não era amável o bastante e a agrediu com um chicote de montaria.

Brigham olhou com desgosto para o homem.

— Existe algo muito errado com um homem que... — Ele parou e os dedos apertaram o copo. — Você disse Standish?

— Sim. Um coronel, acredito. Ele ganhou uma reputação particularmente desagradável no escândalo Porteous em 1735. — Leighton tirou um floco de rapé de sua manga. — Parece que gostava muito de saquear, queimar e extorquir. Acredito que é por isso que foi promovido.

— Ele teria sido um capitão naquele ano.

— Possivelmente. — Interesse brilhou nos olhos de Leighton. — Você o conhece?

— Sim. — Brigham se lembrava bem da história de Coll sobre o capitão Standish e o estupro de sua mãe, as casas queimadas, as plantações destruídas. E Serena. Levantou-se e, embora seus olhos estivessem frios, não deixou transparecer a raiva em sua voz. — Acredito que devemos nos conhecer melhor. Gostaria de jogar um pouco, afinal de contas, Leighton.

— Está ficando tarde, Ashburn.

— Está mesmo. — Brigham sorriu.

Nada era mais fácil do que entrar em um jogo. Em vinte minutos, conseguiu um lugar na mesa do homem. Sua sorte continuou, e como o destino ou a justiça desejavam, o azar de Standish também. O coronel continuou a perder e, encorajado pelo leve desdém de Brigham, a apostar fortemente. À meia-noite, havia apenas três pessoas restantes no jogo. Brigham sinalizou por mais vinho e se recostou preguiçosamente na cadeira. Tinha feito questão de acompanhar Standish copo a copo. Ele não tinha intenção de matar um homem cujas faculdades estariam menos aptas que as suas.

— Os dados parecem não gostar de você esta noite, coronel.

— Ou gostam mais dos outros.

As palavras amargas de Standish saíram arrastadas pela bebida. Ele era um homem que exigia um valor maior que o salário de seus soldados para satisfazer seu desejo por apostas, e seu desejo equivalente de fazer parte da alta sociedade. Naquela noite, sua amargura resultava da incapacidade de realizar qualquer um dos desejos. Sua oferta por uma moça bem-dotada — tanto física quanto financeiramente — havia sido recusada ainda naquela tarde. Standish estava certo de que a cadela Beesley tinha ido choramingar para quem quisesse ouvir. Ela era uma prostituta, pensou enquanto bebia mais vinho. Um homem tinha o direito de tratar uma prostituta como quisesse.

— Vamos logo com isso — ordenou ele, então contou a soma dos dados de Brigham. Pegando a caixa de dados, jogou e ficou aquém.

— Que pena. — Brigham sorriu e bebeu.

— Eu não gosto quando pessoas entram na mesa tão tarde no jogo. Estraga a sorte.

— A sua pareceu pobre durante toda a noite, coronel. — Brigham continuou a sorrir, mas o olhar em seus olhos já afugentara mais de um homem do jogo. — Talvez você considere antipatriótico eu estar vencendo um soldado inglês, mas somos apenas homens aqui, afinal.

— Viemos para jogar ou para falar? — indagou Standish, sinalizando impaciente por mais vinho.

— Em um clube de *cavalheiros*, fazemos as duas coisas — respondeu Brigham, colorindo as palavras com desprezo. — Mas talvez você não esteja acostumado a estar na companhia de cavalheiros, coronel.

O terceiro jogador decidiu que a situação estava muito desconfortável para o seu gosto. Vários dos outros presentes tinham parado o que estavam fazendo para olhar e ouvir. Mais jogos foram abandonados para que os participantes pudessem se aglomerar em torno da mesa em foco. O rosto de Standish ficou vermelho. Ele não tinha certeza, mas acreditava ter sido insultado.

— Passo a maior parte do meu tempo lutando pelo rei, não descansando em clubes.

— Claro. — Brigham jogou novamente, e novamente tirou uma soma maior. — O que explica sua inaptidão para educados jogos de azar.

— Você me parece muito habilidoso, milorde. Os dados caíram a seu favor desde que você entrou na mesa.

— É mesmo? — Brigham olhou para cima para erguer uma sobrancelha para Leighton, que estava brincando com a própria bebida. — De verdade?

— Você sabe muito bem que sim. Parece mais que sorte para mim.

Brigham tocou o laço em seu pescoço. Atrás deles, o clube caiu em um silêncio desconfortável.

— Sério? Talvez você pudesse esclarecer e dizer com o que isso se parece para você.

Standish tinha perdido mais do que podia se dar ao luxo, bebido mais do que era sábio. Ele olhou para Brigham e o odiou por ser o que era e quem ele era. *Aristocratas*, pensou, e sentiu vontade de cuspir. Fora por vagabundos como ele que soldados lutaram e morreram.

— Nos ilumine. Quebre os dados.

O silêncio foi substituído por uma onda de murmúrios. Alguém se inclinou para dar um puxão na manga de Brigham.

— Ele está bêbado, Ashburn, e não vale a pena.

— Você está bêbado, Standish? — Ainda sorrindo, Brigham inclinou-se para a frente.

— Não estou. — Ele estava além de bêbado naquele momento. Sentiu todos os olhos o encarando. Metidos e almofadinhas, com seus títulos e modos corretos. Eles o consideravam inferior apenas por ter agredido uma prostituta. *Gostaria de chicotear todos eles*, pensou ao beber o resto do vinho. — Eu estou sóbrio o suficiente para saber que os dados não caem a favor de apenas um homem, a menos que tenham sido feitos para fazê-lo.

Brigham acenou com a mão em direção aos dados, mas seus olhos estavam afiados como aço.

— Quebre-os, então.

Houve uma onda de protestos e comoção. Brigham ignorou ambos e manteve os olhos em Standish. Agradava-lhe muito ver a testa do coronel reluzir com suor.

— Milorde, peço-vos que não tomem ações precipitadas. Não é necessário. — O proprietário tinha trazido o martelo, conforme solicitado, mas lançava olhares preocupados para os dois homens.

— Eu lhe asseguro que é bastante necessário. — Quando o proprietário hesitou, Brigham deu-lhe um olhar perfurante. — Quebre-os.

Com uma mão trêmula, o proprietário fez o que lhe foi ordenado. Houve silêncio novamente quando o martelo atingiu os dados, mostrando que eles eram limpos. Standish apenas encarou os pedaços espalhados no feltro verde. *Enganado*, pensou. De alguma forma, os bastardos o haviam enganado. Ele desejou que morressem, todos eles, cada um dos bastardos de rosto pálido e voz suave.

— Você parece ter ficado sem vinho, coronel. — Então, Brigham jogou o conteúdo do seu copo no rosto de Standish.

O homem saltou, vinho escorrendo por seu rosto como sangue. O álcool e a humilhação tinham feito muito bem o seu trabalho. Ele teria sacado a espada se os outros não tivessem segurado seus braços. Brigham não se moveu de onde estava sentado, esparramado na cadeira.

— Você vai duelar comigo, senhor.

Brigham examinou o punho de sua camisa para ter certeza que não estava salpicada de vinho.

— Naturalmente. Leighton, meu caro, você me acompanhará?

Leighton inalou uma pitada de rapé.

— Mas é claro.

Pouco antes do amanhecer, aguardavam em um prado a poucos minutos da cidade. Havia uma névoa que quase alcançava-lhes o tornozelo, e o céu estava roxo e sem estrelas, preso entre o dia e a noite. Leighton deixou escapar um suspiro cansado enquanto observava Brigham mexer em sua renda.

— Você tem suas razões, suponho, meu caro rapaz.

— Sim.

Leighton franziu a testa para o sol nascente.

— Confio que elas sejam boas o suficiente para valer o atraso de sua viagem.

Ele pensou em Serena, do olhar em seu rosto quando ela falara do estupro da mãe. Pensou em Fiona, com suas mãos pequenas e finas.

— Elas são.

— O homem é um porco, isso é certo. — Leighton franziu a testa novamente, desta vez para baixo, estudando o orvalho molhar sua bota brilhante. — Ainda assim, não parece ser razão suficiente para vir a um prado úmido a esta hora. Mas se você deve, você deve. Pretende matá-lo?

Brigham flexionou os dedos.

— Pretendo.

— Então seja rápido, Ashburn. Este duelo atrasou o meu café da manhã. — Assim dizendo, ele saiu para conversar com o acompanhante de Standish, um jovem oficial que estava pálido tanto por medo quanto por excitação pela ideia de um duelo. As espadas foram consideradas aceitáveis. Brigham tomou uma, deixando a mão moldar-se ao punho, pesando-a como se fosse comprá-la e não tirar sangue com ela.

Standish estava pronto, até mesmo ansioso. A espada era sua arma. Ashburn não seria o primeiro a ser morto por ela, nem o último. Embora pudesse ser a morte mais agradável, pensou o coronel ao lembrar dos olhares e murmúrios da noite anterior. Ele não tinha dúvidas de que acabaria com o jovem pedante rapidamente e voltaria para casa em triunfo.

Eles fizeram suas reverências. Olhos se encontraram. Espada tocou espada em saudação. Então, o prado tranquilo ressoou com o barulho de aço contra aço.

Brigham analisou o adversário desde o primeiro ataque. Standish não era inexperiente com uma espada. Obviamente fora bem treinado e tinha se mantido em forma para lutar. No entanto, seu estilo era um pouco agressivo demais. Brigham defendeu-se, colocando Serena para fora de sua mente. Preferia lutar sem emoções, usando isso como uma arma, bem como sua lâmina.

O chão estava rico com o orvalho, e a névoa silenciava o barulho de botas deslizando e pisando. Havia apenas o som de metal contra metal, e até os pássaros estavam quietos. Suas espadas escorregavam de ponta a cabo quando se aproximavam. As respirações se misturavam como a de amantes através da cruz mortal de lâminas.

— Você é habilidoso com uma espada, coronel — disse Brigham quando se afastaram para andar em círculos. — Meus cumprimentos.

— Habilidoso o suficiente para cortar o seu coração, Ashburn.

— Veremos. — As lâminas encontraram-se novamente, uma, duas, três vezes. — Mas acredito que você não tenha precisado de uma espada quando estuprou lady MacGregor.

Confusão quebrou a concentração de Standish, mas ele conseguiu bloquear um ataque de Brigham antes de ser atingido. Sua feição ficou sombria quando percebeu que tinha sido levado a este duelo como um vira-lata em uma coleira.

— Não se pode estuprar uma prostituta. — Ele atacou, alimentado por uma raiva intensa. — O que essa cadela escocesa é para você?

Brigham levantou a espada novamente.

— Você morrerá se perguntando.

Eles lutavam em silêncio agora. Brigham frio como o gelo das Terras Altas, Standish quente com raiva e confusão. Lâminas sibilavam e ecoavam, competindo com o som de respirações ofegantes. Em um movimento ousado, Standish fintou, contornou a espada de Brigham e acertou o alvo. Uma mancha vermelha apareceu no ombro do conde.

Uma pessoa de cabeça fria poderia ter usado a ferida para sua vantagem. Standish viu apenas o sangue e, com isso, o aroma perfumado da vitória. Ele atacou com força, julgando estar perto de seu triunfo. Brigham rebateu ataque após ataque, comprando tempo enquanto o sangue escorria por seu braço e caía na névoa fina. Ele se afastou uma fração de espaço, por um instante, fazendo do peito um alvo fácil. A luz da vitória surgiu nos olhos de Standish quando saltou para a frente para perfurar o coração de Brigham.

Com um lampejo ofuscante de metal, Brigham empurrou a espada do adversário para o lado momentos antes de ser atingido. Com uma velocidade que Leighton afirmaria mais tarde ter feito a lâmina parecer um borrão, o conde deu um passo para o lado e mergulhou a própria espada no peito do coronel. Standish estava morto antes de Brigham puxar sua espada de volta.

Ao lado do soldado pálido, Leighton examinou o corpo.

— Bem, você o matou, Ashburn. É melhor partir enquanto eu lido com a bagunça.

— Meus agradecimentos. — Brigham entregou a espada para Leighton.

— Devo cuidar de sua ferida, também?

Levemente divertido, Brigham olhou para seu cavalo. Ao lado dele, o estimável Parkins montava outro.

— Meu criado cuidará disso.

Serena acordou pouco antes do amanhecer. Não dormia bem havia uma semana, desde que acordara de um sonho com o coração martelando. Naquele momento, de alguma forma, tivera certeza de que Brigham estava em perigo.

Mesmo agora, o medo a assombrava, somando-se a dor que a acompanhava desde que ele partira. Mas isso era tolice, disse a si mesma. Ele estava em Londres, seguro. Suspirando, sentou-se sabendo que seria impossível dormir. Ele estava em Londres, repetiu. Brigham poderia muito bem estar a mundos de distância.

Por um curto período de tempo, Serena permitira-se acreditar que ele voltaria como tinha prometido. Então, semanas se passaram e ela parou de olhar para a estrada ao ouvir o som de cavalos. Coll e Maggie estavam casados havia mais de uma semana, e fora no casamento que Serena finalmente permitiu que sua esperança morresse. Se Brigham não havia voltado para o casamento de Coll, não voltaria mais.

Sabia que seria assim, lembrou a si mesma enquanto se arrumava. Quando se entregara a ele nas margens do lago, sabia que seria assim. E tinha jurado que não se arrependeria. Ela *sabia*, repetiu ao prender o cabelo para trás. Sabia, e recebera tudo o que desejara.

Entretanto, a tarde que passara nos braços de Brigham não a deixara grávida. Esperava, embora soubesse que a ideia fosse absurda, que descobriria estar carregando o filho dele. Não era para ser, e tudo o que Serena tinha eram as lembranças.

Ainda assim, tinha sua família, sua casa. Isso ajudava a preencher as lacunas. Era forte o suficiente para viver sem ele. Poderia nunca ser verdadeiramente feliz outra vez, mas viveria e ficaria contente com o que tinha.

As tarefas da manhã aliviaram sua mente e a impediram de divagar. Trabalhou sozinha, ou com as mulheres de sua família. Para elas, e para o bem de seu próprio orgulho, manteve-se positiva. Serena MacGregor não ficaria abatida ou choramingando. Sempre que era tentada a cair em tristeza, lembrava-se que tivera uma tarde dourada.

Era início da noite quando escapuliu. A mãe e Maggie estavam separando fios de costura e Gwen saíra para visitar um dos doentes na aldeia. Vestida em sua calça, Serena evitou a todos, com exceção de Malcolm, a quem subornara com um doce.

Ela cavalgou para o lago. Certo ou errado, era um ato de indulgência que Serena ocasionalmente se permitia fazer. Sempre que tinha tempo, ia até lá para sentar-se no gramado e sonhar um pouco. E lembrar-se. Isso trazia Brigham para mais perto dela. Tão perto, Serena sabia, quanto podia estar. Ele tinha partido. De volta para Londres, o lugar a que pertencia.

A primavera estava em toda a sua glória. Flores agitavam-se com a brisa suave, árvores estavam repletas de folhas verdes. A luz do sol passava através das folhas, criando padrões bonitos na estrada. Cervos jovens caminhavam pela floresta.

Perto do lago, o terreno era macio e quente, mas a água ainda era congelante, o que continuaria por mais algumas semanas até que ficasse apenas fria durante o verão. Satisfeita com a cavalgada, Serena deitou-se na colina gramada para ler um pouco — e sonhar. Era solidão que tinha desejado, e fora serenidade que tinha encontrado. De algum lugar do Oeste, como um lamento, veio o chamado assombroso de um pássaro.

Violetas cresciam, azuis, pálidas e delicadas, ao seu lado. Ela arrancou algumas, colocando-as no cabelo de forma preguiçosa enquanto estudava a superfície calma e vítrea do lago. Nas rochas acima, urzes cresciam como estrelas roxas, seu perfume frágil flutuando até ela. Mais acima, os penhascos tinham sido desnudados pela chuva e o clima. Havia pouco que podia crescer ali, e, para Serena, sua própria crueza era o que os tornavam bonitos. Os penhascos eram como fortalezas, guardando a beira oriental do lago.

Ela desejou que Brigham pudesse ver o local, que se tornara tão especial, naquele momento, quando o vento era gentil e a água tão azul que fazia seus olhos arderem.

Deitando a cabeça no braço, Serena fechou os olhos e sonhou com o seu amor.

Era como se uma borboleta tivesse pousado em seu rosto. Quase cochilando, Serena afastou o inseto invisível preguiçosamente com a mão. Não queria acordar, não ainda, e encontrar-se sozinha. Logo, teria que voltar e compensar as horas que roubara para si mesma. *Ainda não*, pensou ao se aconchegar. Por apenas mais um pouco de tempo mentiria e ficaria deitada ali, sonhando com o que poderia ter sido.

Ela suspirou, grogue de sono, quando sentiu alguma coisa — a borboleta — roçar-lhe os lábios. Serena deu um leve sorriso, pensando em como a sensação era doce, e como a aquecia. O corpo esticou-se contra os dedos suaves da brisa. *Como as mãos de um amante*, pensou. Como as mãos de Brigham. Seu próximo suspiro foi silencioso e sonolentamente excitado. Os seios formigaram e pareceram crescer. Ao longo do corpo, o sangue pareceu correr para a superfície. Em resposta, os lábios se entreabriram.

— Olhe para mim, Serena. Olhe para mim quando eu a beijo.

Ela obedeceu automaticamente, a mente ainda presa no sonho, o corpo ficando quente por ele. Atordoada, viu os olhos de Brigham olhando-a enquanto sua boca foi capturada em um beijo que era muito urgente, muito poderoso, para ser um sonho.

— Meu Deus, como senti sua falta. — Ele puxou-a para mais perto. — Todos os dias, eu juro, a cada hora.

Poderia ser real? A mente de Serena correu tão ferozmente quanto seu sangue quando o abraçou com firmeza.

— Brigham? — Ela o segurou, com medo de que ele desaparecesse caso o soltasse. — É realmente você? Beije-me mais uma vez — exigiu antes que ele pudesse falar. — E de novo e de novo.

Brigham fez o que ela pediu, as mãos acariciando o cabelo ruivo, descendo por seu corpo até que ambos estivessem tremendo. Queria dizer a ela como se sentira quando tinha parado o cavalo e a encontrara dormindo onde tinham se unido pela primeira vez. Nenhuma visão poderia ser mais linda do que sua Serena, deitada, de calça, com a cabeça apoiada no braço e flores espalhadas no cabelo.

Mas Brigham não conseguiu encontrar as palavras, e, se tivesse, Serena não teria deixado que fossem ditas. A boca feminina estava faminta e colada à dele. Quando fizeram amor antes, ela parecera indefesa e um pouco aterrorizada. Ali, Serena era apenas paixão e urgência. Os dedos delicados puxaram suas roupas como se ela não pudesse suportar qualquer obstáculo entre os dois. Embora ele murmurasse palavras gentis em seu ouvido, desejando mostrar alguma delicadeza em seu reencontro após longas semanas, Serena queimava como um fogo em seus braços.

Incapaz de resistir, Brigham tirou a calça e encontrou sua mulher.

Era como havia sido antes, pensou Serena. E mais, muito mais. As mãos e boca de Brigham estavam por toda parte, torturando, excitando. A pele dela estava coberta por um brilho úmido e nada mais enquanto ele dava prazer a ambos. A timidez que sentira quando se entregara pela primeira vez fora eclipsada por um desejo tão nítido, tão desesperado, que ela tocou e provou lugares que o fizeram ofegar de espanto e paixão. Serena o puxou para si, deliciando-se com o cheiro másculo — de alguma forma, o mesmo que tinha sentido em seu primeiro encontro. Suor, cavalo, sangue. Ele fez sua cabeça girar, desencadeando impulsos primitivos e os desejos mais obscuros.

— Por Deus, Rena. — Brigham mal conseguia falar. Ela estava levando-o para lugares onde ele nunca tinha estado, lugares que não sabia existir. Nenhuma outra mulher o dominara dessa maneira, nem a mais experiente cortesã francesa, nem a mais sofisticada flor britânica. Brigham estava aprendendo mais sobre amor e luxúria com a gata selvagem escocesa do que pensava ser possível.

O sangue estava martelando em seu cérebro. Havia dor, requintada e estarrecedora. O controle com o qual vivera toda a sua vida, com o qual erguia uma espada ou disparava uma pistola, desaparecera como se nunca tivesse existido. Ele a puxou, os dedos emaranhando-se no cabelo ruivo, marcando a pele macia.

— Agora, por tudo que é mais sagrado. — Brigham aceitou a ordem e mergulhou nela, indo fundo. As unhas de Serena cravaram-se em suas costas quando gritou, mas ela estava se movendo com ele, levantando o quadril a cada encontro. Com a cabeça jogada para trás, ela lutou por ar. Em alguma parte de seu cérebro, Serena pensou que isso era quase como morrer. Então, não pensou em mais nada. Embora tivesse aberto os olhos, não viu nada além de um clarão quando seu corpo enrijeceu.

Os tremores de prazer percorreram o corpo de Serena, mesmo quando suas mãos já estavam caídas e moles no chão. A visão estava embaçada, como se estivesse em um sonho. Mas Brigham estava deitado sobre ela, quente e sólido. E ele estava... ele estava tremendo, Serena percebeu com uma espécie de admiração. Não fora apenas ela que ficara fraca e vulnerável, mas ele também.

— Você voltou — murmurou, e encontrou força para erguer a mão e acariciar o cabelo de Brigham.

— Eu disse que voltaria. — Ele moveu-se para beijá-la de novo, mas suavemente agora. — Eu te amo, Serena. Nada poderia ter me impedido de voltar para você.

Ela emoldurou o rosto masculino com as mãos para estudá-lo. Ele falava sério, mas enxergar a verdade só a deixou mais incerta do que fazer.

— Você ficou longe por tanto tempo. Nenhuma palavra.

— Mandar notícias colocaria muitas pessoas em risco. A tempestade está vindo, Rena.

— *Aye*. E você... — Ela parou quando notou o sangue em seus dedos. — Brig, você está ferido! — Ficando de joelhos, examinou preocupada o curativo manchado no ombro dele. — O que aconteceu? Você foi atacado? Campbell malditos!

— Não. — Brigham não conseguiu conter o riso ao vê-la rosnar o nome do clã rival. — Uma questão que precisei resolver em Londres antes de partir. Não é nada, Serena.

Mas ela já estava rasgando a manga da camisa para fazer um novo curativo. Ele suspirou, sabendo que Parkins o faria pagar, mas sentou-se humildemente e a deixou cuidar do ferimento.

— Uma espada — disse Serena.

— Um arranhão. Não vamos falar disso agora. O sol está se pondo.

— Ah. — Ela piscou, notando pela primeira vez quanto tempo se passara. — Eu tenho que voltar. Como você me encontrou aqui?

— Eu poderia dizer que segui o meu coração, o que eu teria feito, mas Malcolm me contou que você havia saído para cavalgar.

Algumas flores ainda estavam presas ao cabelo vermelho, e isso era tudo que lhe cobria os seios. Ela parecia uma bruxa, uma rainha ou uma deusa. Brigham só tinha a certeza de que Serena era tudo de que precisava. Ele agarrou as mãos delicadas. A intensidade estava de volta aos olhos cinzas, poderosa e exigente.

— Diga-me, Rena.

— Eu te amo, Brigham. — Ela levou a mão dele ao rosto. — Mais do que posso dizer.

— E você vai se casar comigo. — Quando Serena abaixou os olhos, ele explodiu: — Droga, mulher. Você diz que me ama, você praticamente me mata de paixão, então fica arisca quando falo em fazê-la minha esposa!

— Eu lhe disse que não posso.

— E eu disse que você irá. — Ele pegou sua camisa arruinada e deslizou-a cautelosamente por cima do ombro que estava apenas começando a doer. — Vou falar com seu pai.

— Não! — Seu olhar subiu rapidamente. Tentando pensar, ela empurrou o cabelo para trás do rosto. Como eles poderiam ter chegado tão longe e voltar para onde tinham começado? — Peço que não faça isso.

— Que escolha você me deixou? — Brigham empurrou a camisa de Serena sobre sua cabeça, lutando para manter a paciência quando ela se afastou para vestir-se sozinha. — Eu te amo, Rena, e não tenho intenção de viver minha vida sem você.

— Então peço-lhe tempo. — Serena olhou-o e soube, naquele momento, que precisava determinar o que sentia em seu coração e o que estava em sua cabeça. — Há muito a ser feito, Brigham. Muitas coisas acontecerão ao nosso redor, conosco. Quando a guerra começar, você partirá para lutar, e eu só esperarei. Me dê tempo. Dê-nos tempo para lidar com tudo isso.

— Só um pouco de tempo, Serena. E só porque, no final, você não terá escolha.

Capítulo 11

SERENA ESTAVA CERTA. COISAS ESTAVAM acontecendo ao redor que moldariam o destino não só de dois amantes, mas de toda a Escócia.

Poucos dias depois da chegada de Brigham a Glenroe, os franceses derrotaram os ingleses de forma esmagadora em Fontenoy. Embora a vitória tivesse aumentado a esperança de Charles e de muitos dos jacobitas, Louis da França ainda não dera seu apoio à rebelião. O príncipe tivera a expectativa de aproveitar a glória que cercava a conquista francesa para impulsionar sua causa; mais uma vez, no entanto, ele foi deixado à própria sorte.

Mas, dessa vez, o príncipe se movimentou. Brigham era tanto seu confidente quanto seu informante. Ele sabia no dia em que Charles, com o dinheiro arrecadado pela penhora de rubis de sua mãe, equipou a fragata *Doutelle* e seu navio de linha, o *Elizabeth*. Enquanto seus seguidores continuavam buscando por mais apoio nas Terras Altas e na Inglaterra, Charles Edward, o Bonnie Prince, partiu de Nantes para a Escócia e para o seu destino.

Estavam no auge do verão quando receberam a notícia de que o príncipe estava a caminho. O *Elizabeth,* com seus homens e armas, foi forçado a voltar ao porto por perseguidores britânicos, mas o *Doutelle,* com Charles a bordo, partiu em direção à costa escocesa, onde preparativos estavam sendo feitos para recebê-lo.

— Meu pai diz que não posso ir. — Malcolm, amuado nos estábulos, fez uma careta para Brigham. — Ele diz que sou muito jovem, mas não sou.

O rapaz tinha acabado de comemorar seu décimo primeiro aniversário, pensou Brigham, mas decidiu não comentar isso.

— Coll vai, assim como eu.

— Eu sei. — Malcolm olhou para a ponta de sua bota suja e pensou o quanto tudo isso era injusto. — Por eu ser o mais novo, sou tratado como um *bairn.*

— Seu pai confiaria sua casa e sua família a um *bairn*? — Brigham perguntou gentilmente. — Quando seu pai sair com seus homens, não haverá outro MacGregor na casa além de você. Quem vai proteger as mulheres se for conosco?

— Serena — respondeu facilmente, e não falou nada menos do que a verdade.

— Você deixaria sua irmã sozinha para proteger o nome e a honra da família?

O rapaz deu de ombros, mas começou a pensar melhor.

— Ela atira com uma pistola melhor do que eu, ou Coll, para ser sincero, embora ele não goste de assumir isso. — A informação fez Brigham erguer as sobrancelhas. — Mas eu sou melhor com um arco.

— Ela precisará de você. — Ele colocou a mão no cabelo despenteado de Malcolm. — Todos precisaremos. Com você aqui, não precisamos nos preocupar se as mulheres estarão seguras. — Brigham ainda era jovem o suficiente para saber o que era ser um garoto, então sentou-se no monte de feno ao lado de Malcolm. — Posso lhe dizer isso: um homem nunca vai facilmente para a guerra, mas ele vai com o coração mais leve se sabe que suas mulheres estão protegidas.

— Não deixarei mal nenhum acontecer com elas. — Malcolm tocou o punhal em seu cinto. Por um momento, Brigham achou que ele parecia muito um homem adulto.

— Eu sei, assim como o seu pai sabe. Se chegar um momento em que Glenroe não for mais segura, leve-as para as montanhas.

— *Aye*. — A ideia fez Malcolm se animar um pouco. — Certificarei que elas tenham comida e abrigo. Especialmente Maggie.

— Por que especialmente Maggie?

— Por causa do *bairn*. — Seus dedos deslizaram para longe do punhal. — Ela está carregando um, sabe?

Por um momento, Brigham apenas encarou o garoto. Então, com uma risada, sacudiu a cabeça.

— Não, eu não sabia. Como você soube?

— Eu ouvi a sra. Drummond falar. Ela disse que Maggie não tem certeza se está crescendo ainda, mas a sra. Drummond tem certeza e que haverá um novo bebê na família na próxima primavera.

— Então você fica atento a tudo que acontece, não é, meu rapaz?

— *Aye*. — Desta vez, Malcolm sorriu. — Eu sei que Gwen e Maggie vivem falando sobre como você se casará com Serena. Você fará isso, Brig?

— Eu vou. — Ele bagunçou o cabelo do menino. — Mas ela não sabe ainda.

— Então você será um MacGregor.

— Até certo ponto. Serena será uma Langston.

— Uma Langston. Será que ela vai gostar?

Os olhos de Brigham ficaram sérios.

— Ela vai se acostumar com isso. Agora, se você ainda quiser dar aquele passeio, é melhor irmos logo.

Sempre animado com a ideia de cavalgar, Malcolm levantou-se com um pulo.

— Você sabia que Parkins está cortejando a sra. Drummond?

— Meu Deus. — Brigham parou de guiar seu cavalo e virou-se para o garoto. — Alguém deveria tampar as orelhas. — Malcolm apenas riu, e Brigham, incapaz de fazer o contrário, pôs a mão no ombro do menino novamente. — Ele está mesmo?

— Sim. Trouxe-lhe flores ontem.

— Minha nossa...

Da janela da sala que ela deveria estar limpando, Serena observou-os sair para cavalgar. Brigham estava tão bonito, alto e ereto em seu cavalo. Ela se inclinou para fora da janela para que pudesse vê-los até que desaparecessem de vista.

Brigham não esperaria muito mais tempo. Essas foram suas palavras da última vez que tinham escapado por uma hora para se encontrarem no lago. Ele queria casar-se, e consumá-la devidamente. Queria fazê-la a lady Ashburn da Mansão Ashburn. A lady Ashburn da sociedade londrina. A ideia era nada menos do que assustadora.

Serena olhou para si mesma, em seu singelo vestido azul pálido e no avental empoeirado que o cobria. Estava descalça, algo que Fiona teria reprovado. A lady Ashburn nunca correria sobre os charcos ou através da floresta com os pés descalços. A lady Ashburn provavelmente nunca correria.

Suas mãos... Serena mexeu-as para examinar as costas e as palmas criticamente. Elas eram macias o suficiente, supôs, porque sua mãe insistia para que ela passasse loção todas as noites. No entanto, não eram as mãos de uma dama, assim como seu coração.

Mas, Deus, ela o amava. Entendia agora que o coração podia realmente falar mais alto do que a cabeça. Inglês ou não, ela seria dele. Serena até deu-se conta de que preferia deixar para trás sua amada Escócia pela Inglaterra em vez de viver sem Brigham. E mesmo assim...

Como poderia se casar com um homem que merecia a melhor das damas? Até sua mãe tinha desistido de ensiná-la a tocar a espineta. Ela não conseguia fazer trabalhos sofisticados com a agulha, apenas dar os pontos mais básicos. Era capaz de governar uma casa, de fato, mas sabia por Coll que a casa de Brigham em Londres e sua mansão no interior eram bem diferentes do que ela estava acostumada. Serena se atrapalharia toda, mas conseguiria suportar isso. O problema era saber o quão mal ela tinha lidado com pessoas da alta sociedade nos breves meses que passara na escola do convento.

Serena não tivera assunto com as mulheres que passavam os dias comprando fitas do tom certo e fazendo visitas sociais. Algumas semanas nesse tipo de vida e claramente enlouqueceria, e, uma vez que o tivesse, Brigham a odiaria.

Não podemos mudar o que somos, pensou. Brig não seria capaz de morar nas Terras Altas e viver o estilo de vida dela, assim como ela não seria capaz de se mudar para a Inglaterra e viver o dele.

E mesmo assim... começara a perceber que viver sem ele seria como não viver.

— Serena?

Ela virou-se rapidamente para ver a mãe na porta.

— Estou quase terminando — disse, voltando a passar o pano na janela. — Eu estava sonhando acordada.

Fiona fechou as portas atrás de si.

— Sente-se, Serena.

Sua mãe raramente usava aquele tom de voz que era calmo, mas apreensivo. Normalmente, isso significava que estava preocupada ou irritada. Enquanto obedecia a ordem que lhe fora dada, tentou lembrar-se de alguma infração que cometera. É verdade que estava usando um pouco demais a calça em suas cavalgadas, mas a mãe geralmente ignorava isso. Ela tinha rasgado a saia de seu novo vestido cinza, mas Gwen tinha ajudado a repará-lo e era praticamente impossível notar o remendo.

Serena sentou-se, mexendo nervosamente o pano nas mãos.

— Fiz algo de errado?

— Você está conturbada — começou Fiona. — Pensei que era porque Brigham tinha ido para Londres e você estava sentindo saudades. Mas ele está de volta há várias semanas e você ainda está conturbada.

Serena enfiou os pés descalços sob a bainha da saia enquanto as mãos torciam e destorciam o pano.

— Eu não estou conturbada, de verdade. Estou apenas pensando sobre o que vai acontecer depois que o príncipe chegar.

Isso era verdade, pensou Fiona, mas não toda a verdade.

— Houve um tempo em que você conversava comigo, Serena.

— Eu não sei o que dizer.

Gentilmente, Fiona colocou as mãos sobre as dela.

— Diga-me o que está em seu coração.

— Eu o amo. — Serena deslizou para o chão para apoiar a cabeça no colo da mãe. — Mamãe, eu o amo e dói tanto.

— Eu sei, minha querida. — Ela acariciou o cabelo de Serena e sentiu uma pontada em seu próprio coração que só uma mãe entende. — Amar um homem é um grande sofrimento e uma grande alegria.

— Por quê? — Havia paixão nos olhos e na voz de Serena quando ela ergueu o rosto. — Por que precisa ser um sofrimento?

Fiona deu um pequeno suspiro e desejou que pudesse haver uma resposta simples para a questão.

— Porque uma vez que o coração se abre, ele passa a sentir tudo.

— Eu não quero amá-lo — murmurou Serena. — Mas agora não posso fazer nada além disso.

— E ele ama você?

— *Aye*. — Ela fechou os olhos, confortada pelo cheiro familiar de lavanda nas dobras das saias da mãe. — Eu não acho que ele queria, também.

— Você sabe que ele pediu sua mão a seu pai?

— *Aye*.

— E que seu pai, depois de pensar e considerar por muito tempo, deu seu consentimento?

Isso ela não sabia. Serena levantou a cabeça, o rosto pálido.

— Mas eu não posso me casar com ele. Você não vê? Não posso.

Com um olhar preocupado, Fiona pegou o rosto de Serena nas mãos. De onde vinha o medo exposto tão claramente no rosto da filha?

— Não, eu não vejo, Rena. Você sabe que seu pai nunca lhe forçaria a se casar com um homem que você não deseja. Mas você não acabou de me dizer que ama Brigham e que o seu amor é correspondido?

— Eu o amo, demais para me casar com ele, e muito para não o fazer. Ah, mamãe, me assusta saber o quanto eu sou capaz de dar a ele.

Fiona entendeu melhor a situação e sorriu.

— Pobre cordeirinha. Você não é a primeira a ter esses medos, nem será a última. Eu entendo quando você diz que o ama muito para *não* se casar com ele. Mas como pode amá-lo muito para se casar com ele?

— Eu não quero ser a lady Ashburn.

Fiona piscou, surpresa com a veemência nas palavras da filha.

— Porque ele é inglês?

— *Aye*... não... porque eu não quero ser uma condessa.

— É uma boa família. Uma honrosa.

— É o título, mamãe. Até o som dele me assusta. A lady Ashburn viveria na Inglaterra, grandiosamente. Ela saberia como se vestir elegantemente, como se comportar com dignidade, como servir belos jantares e rir de comentários inteligentes.

— Bem, nunca pensei que um dia veria a gata selvagem de Ian MacGregor acuada e choramingando em um canto.

A cor aumentou bruscamente nas bochechas de Serena.

— Estou com medo, admito. — Ela se levantou e apertou as mãos. — Mas não estou com medo só por mim. Eu iria, tentaria, estaria determinada a ser o tipo de esposa que Brigham precisa, a ser a melhor lady Ashburn a governar a Mansão Ashburn. E eu odiaria isso. Nunca seria livre, não teria um tempo e espaço para respirar. E tem mais. — Ela fez uma pausa, querendo escolher as palavras para que fosse entendida. — Se Brigham me ama, ele *me* ama como sou. Ele amaria a mulher que eu me tornaria para ser sua esposa?

Fiona ficou em silêncio por um longo momento. A menina tinha certamente se tornado uma mulher, com a mente, o coração e os temores de uma mulher.

— Você pensou bastante sobre isso.

— Eu quase não pensei em outra coisa durante semanas. Ele conseguirá o que quer, disso tenho certeza. Mas me pergunto se não nos arrependeremos depois.

— Considere isso: se ele ama você pelo que é, então não desejaria que fingisse ser o que não é, nem pediria isso.

— Eu preferiria perdê-lo a envergonhá-lo.

— Eu poderia dizer-lhe que você não fará nenhum dos dois — afirmou Fiona cansadamente enquanto se levantava. — Mas você deve aprender por si mesma. Porém, quero dizer-lhe mais uma coisa. — Agora foi a vez de Fiona apertar as mãos em nervosismo. — Ouvi cochichos na cozinha... — Sua boca se contraiu levemente ao ver a expressão de Serena. — Sim, Parkins e a sra. Drummond. Ouvi sem querer, enquanto trabalhava na horta.

— *Aye*, mãe? — Serena mal conseguiu abafar uma risadinha. A ideia de sua mãe espionando o criado e a cozinheira era quase estapafúrdia.

— Parece que na manhã em que saiu de Londres, Brigham duelou com um oficial do exército do governo. Um oficial chamado Standish.

Ao ouvir o nome, todo o humor sumiu do rosto de Serena, juntamente com toda a sua cor.

— Brigham... — Ela se lembrou da ferida em seu ombro, a qual ele se recusara a discutir. — Standish... — disse ela recordando-se do nome. Ela o viu, como quase dez anos atrás, batendo no rosto da mãe. — Meu Deus, como isso aconteceu? Por que aconteceu?

— Sei apenas que o duelo foi travado e que Standish está morto. Deus me perdoe, mas estou feliz por isso. O homem que você ama vingou minha honra, e eu nunca esquecerei disso.

— Nem eu — murmurou Serena.

Ela foi até Brigham naquela noite. Era tarde, e a casa estava silenciosa. Depois de abrir a porta do quarto, o encontrou sentado à mesa junto à janela, escrevendo uma carta e iluminado pelo luar e pela luz das velas. O ar que entrava pela janela aberta era quente e pesado, então ele estava apenas de calça, com a camisa pendurada casualmente sobre o encosto da cadeira.

Demoraria apenas um instante para que Brigham erguesse a cabeça e a visse, apenas um instante no qual ela poderia observá-lo sem ser notada. No entanto, apesar de rápido, o instante brilhou em sua mente e foi selado ali para criar uma lembrança tão preciosa quanto um beijo.

A luz caía-lhe sobre a pele, fazendo-a pensar nas estátuas de mármore que Coll descrevera de sua viagem para a Itália. Estátuas de deuses e guerreiros. O cabelo, grosso e escuro, estava amarrado para trás e um pouco despenteado, como se tivesse sido bagunçado por mãos preocupadas. Os olhos estavam escuros, também, exibindo uma mistura que ela reconheceu como concentração e apreensão.

O coração de Serena começou a dançar em seu peito enquanto permanecia perto da porta. Este era o homem que amava, um homem de ação e lealdade. Um homem imprudente e cauteloso, um homem de arrogância e de compaixão. Um homem de honra.

Ele olhou para cima e a viu. Na floresta, uma coruja piou, o som subindo ao ar e desaparecendo como um fantasma. Brigham pousou a pena na mesa e se levantou enquanto ela fechava a porta atrás de si. O movimento agitou o ar e fez as chamas e as sombras tremerem.

— Serena?

— Eu precisava vê-lo a sós.

Ele respirou fundo, contendo-se com dificuldade para não ir até ela e segurá-la. Serena usava apenas uma camisola fina de linho branco, e seu cabelo solto caía como uma massa selvagem sobre seus ombros.

— Você não deveria ter vindo aqui vestida assim.

— Eu sei. — Ela umedeceu os lábios. — Eu tentei dormir, mas não consegui. Você partirá amanhã.

— Sim. — A intensidade em seus olhos diminuiu, assim como em sua voz.
— Meu amor, devo dizer-lhe novamente que voltarei?

Lágrimas ameaçaram surgir, mas Serena as afastou. Não o deixaria partir tendo como última imagem a de uma mulher fraca e chorosa.

— Não, mas preciso dizer-lhe que estarei esperando. E que ficaria orgulhosa de me tornar sua esposa quando você retornar.

Por um momento, Brigham não disse nada, apenas a encarou como se estivesse tentando ler seu rosto e ter a certeza de que não tinha ouvido errado. Ela ficou imóvel, as mãos cruzadas. Mas o semblante não era nada dócil. Os olhos verdes pareciam estar pegando fogo, e o queixo estava erguido. Então, Brigham cruzou a sala para tomar uma de suas mãos.

— O seu pai lhe ordenou a se casar comigo?

— Não, a decisão é minha, somente minha.

Era a resposta que ele queria, a que esperava. Delicadamente, roçou os lábios sobre os nós dos dedos delicados.

— Eu a farei feliz, Rena. Por minha honra.

— Eu serei a esposa que você precisa. — *De alguma forma*, pensou em seu coração. — Eu juro.

Ele se curvou para lhe beijar a testa.

— Você *é* a esposa que eu preciso, meu amor. E a mulher. — Dando um passo para trás, ele tirou o anel de esmeralda de seu dedo. — Este anel tem sido usado por um Langston por mais de cem anos. Peço-lhe para guardá-lo para mim até eu voltar e dar-lhe outro. — Ele colocou-o no dedo dela. Serena fechou a mão automaticamente para mantê-lo ali. — Eu a darei outro anel assim que Deus permitir, e meu nome, também.

— Ah, Brigham, volte em segurança. — Serena se jogou nos braços dele. Era difícil, muito mais difícil, lutar contra essas lágrimas do que quaisquer outras em sua vida. — Se eu o perder agora, não suportaria continuar vivendo. Saiba que se você sangrar, eu também sangrarei, e tome cuidado.

— O que é isso? — Com uma risada leve, Brigham acariciou o cabelo vermelho, mas era difícil ignorar a sensação do corpo delicado e não muito vestido pressionado contra o dele. — Nunca diga que você se preocupa comigo, Rena.

— Eu direi — murmurou ela contra seu ombro. — Se você se permitir ser morto, eu o odiarei para sempre.

— Então tomarei muito cuidado para permanecer vivo. Agora vá, antes que você me deixe vivo até demais.

Ela deu uma risadinha.

— Temo já ter feito isso, milorde. — Ela roçou contra a visível ereção para provar que não havia segredos entre eles. Serena precisou apenas ficar na ponta dos pés para encaixar-se perfeitamente no corpo de Brigham. Desejo contra desejo. — Você fica assim apenas por estar perto de mim?

— Com demasiada frequência. — Sua própria risada saiu tensa enquanto Brigham lutava contra o poder intoxicante do aroma de Serena, de sua forma feminina.

— Estou lisonjeada. — Ela ergueu a cabeça para olhá-lo e deu um sorriso perverso. — Muito lisonjeada.

Serena o fez rir novamente.

— Você já floresceu na frente de meus olhos, Rena. Sob minhas mãos. — Ele a beijou, gentilmente, embora os lábios dela o tentassem a ser mais bruto. — Pergunto-me se existe um presente mais precioso que uma mulher pode dar a um homem.

— Eu lhe daria outra noite. — Serena puxou a cabeça dele em sua direção. O beijo não foi nada gentil, e ela sentiu o corpo dele ficar tenso. — Eu partilharia a sua cama, Brig, seu amor e seu sono. Não... — murmurou contra os lábios dele antes que pudesse falar. — Não me diga por que não deveria ser, só me mostre por que deve. — Ela subiu as mãos pelas costas másculas até emaranhar os dedos em seu cabelo enquanto os lábios se moviam incansáveis sobre os dele. — Me ame, Brigham. Me ame para que eu possa viver com o sentimento por todos os dias vazios que estão por vir.

Não podia negar o que Serena pedira, já não podia negar o que seu próprio coração necessitava. O corpo dela tremia contra o seu, não por medo ou incerteza, mas puramente por desejo. Com um juramento abafado, Brigham a ergueu em seus braços. Ele partiria ao amanhecer. No espaço entre a noite e os primeiros raios da manhã, poderia dar a ela, dar a ambos, algumas horas perfeitas.

O corpo feminino estava liquefeito em seus braços, frio, macio e lânguido. Os olhos verdes estavam tão vivos, quentes e brilhantes quanto a esmeralda que colocara no dedo dela. Os braços de Serena permaneceram em volta de seu pescoço quando a deitou na cama, de modo que a acompanhou no leito. Então, com as mãos apoiadas em ambos os lados do cabelo vermelho, Brigham começou a fazer amor com ela, iniciando com beijos pelo rosto delicado.

Serena pensou que poderia flutuar pela doçura que ele demonstrava. Era como uma nuvem, delicada e sonhadora. Sentia o corpo leve e livre quando seus lábios encontravam os dele novamente, em uma dança lenta e luxuosa. *Mais um minueto*, pensou. Elegante, harmonioso e belo. Suspirando, sentiu-o deslizar a camisola por seu corpo, ouvindo-o prender a respiração ao descobrir por si mesmo que ela não usava nada por baixo.

— Você é tão linda. — Brigham beijou-lhe o pescoço. — Aqui — murmurou enquanto as pontas dos dedos roçavam-lhe os seios. — Aqui — E, novamente, quando suas mãos leves e habilidosas a cobriram: — Aqui.

Uma sensação de vertigem atravessou a languidez. Vertigem e prazer.

— É por isso que se apaixonou por mim, *sassenach*? Por meu corpo?

Brigham afastou-se o suficiente para realizar um longo e preguiçoso estudo de Serena.

— Foi uma grande influência.

Corada, ela riu e o beliscou. Então, o riso se transformou em um gemido quando ele abaixou a cabeça e passou a língua sobre um mamilo enrijecido.

— Eu te amo por completo, Serena. Seu temperamento, sua mente, seu coração, e ah, sim... — Seus dentes fecharam-se provocativamente sobre o mamilo. — Seu corpo.

— Mostre-me — exigiu, sem fôlego.

Brigham a mostrou com ternura e com ardor, com moderação e com desespero. Todas as emoções que haviam compartilhado tornaram-se parte daquela infinita noite de amor. Havia novas maneiras. Ele a guiou, encantado com a ânsia com a qual Serena aprendia, com a paixão que ela dava e recebia. Não havia timidez. Ela se entregava com tanta confiança que só isso quase o fez perder a cabeça.

Seus corpos ficaram úmidos na noite abafada. Nem uma brisa passava através da janela. Alto e acima das colinas, um trovão retumbou. Mais perto, na floresta, a coruja caçava. Seu grito de triunfo misturou-se com o grito de sua presa. A vela tremulou e se apagou.

Eles não prestavam atenção em nada além de um ao outro, nada além do mundo que criaram no colchão macio.

Ela o deixava fraco, e então o deixava forte. Ela o fazia rir, e então o fazia gemer. Ele estava ofegante, saciado, e tão ansioso para devorá-la quanto um homem faminto.

Na hora mais profunda da noite, dormiram brevemente, apenas para acordar com o desejo crescendo mais uma vez.

Não havia nenhuma parte de Serena que ele não conseguisse fazer palpitar ou tremer. Ela podia ouvir a própria pele cantando enquanto Brigham a tocava. Sentiu o corpo ficar cada vez mais pesado com o prazer, que foi se acumulando e intensificando até percorrê-la como o trovão nas colinas distantes. Então, Serena ficou leve, deslizando agilmente sobre Brigham como uma fantasia, e emanando uma energia ardente.

Ela rolou por cima dele, o cabelo prateado pelo luar, a pele brilhante pelo suor, o rosto empalidecido por um cansaço que ainda não sentira. Serena o tomou dentro de si, arqueando as costas quando o prazer se alastrou por seu corpo como um delírio. A febre causada pela sensação ferveu sob sua pele, fazendo seu quadril mover-se rapidamente. O nome dele escapou por seus lábios enquanto Serena levava ambos às alturas. Extasiada, passou as mãos pelo próprio corpo, subindo da barriga trêmula até os seios para, em seguida, descê-las novamente até encontrarem as dele.

Até que, enfim, deslizou amolecida para baixo, a respiração estremecida, para se deitar nos braços de Brigham.

— Eu me pergunto — começou ela quando recuperou a capacidade de falar — se é sempre assim. Me faz entender como alguém é capaz de matar por amor.

— Por amor... — Ele se mexeu para que pudesse segurá-la ainda mais perto. — Não é sempre assim. Para mim, só foi assim com você.

Serena virou a cabeça para ver o rosto dele. O céu estava escuro, como fica logo antes do dia nascer.

— De verdade?

Brigham levou as mãos unidas aos lábios.

— De verdade.

Ela sorriu levemente, satisfeita.

— Se você arranjar uma amante depois de nos casarmos, vou matá-la. E você, em seguida. Mas a sua morte será mais dolorosa.

Ele riu, então mordiscou o lábio inferior de Serena.

— Bem, eu acredito nisso. Mesmo se eu fosse tentado, você me deixa exausto demais para que eu aguente uma amante.

— Se eu achar que você está muito tentado, o deixarei inadequado para ter uma amante. — Ela deslizou a mão até a coxa dele para mostrar o que queria dizer.

Brigham riu novamente, mas a expressão branda o fez erguer uma sobrancelha.

— Por Deus, eu acredito que você o faria. Devo lembrá-la que o seu prazer seria, hum, cortado também?

— O sacrifício seria ótimo. — Serena arrastou os dedos sobre ele, encantando-se ao senti-lo estremecer. — A satisfação é ainda maior.

— Talvez eu deva pensar duas vezes antes de me casar com uma megera ciumenta.

O humor fugiu dos olhos verdes.

— Você deveria. Mas eu sei que não o fará.

— Não. Há apenas uma mulher para mim. — Ele a beijou novamente antes de aninhá-la confortavelmente na curva do braço. — Um dia eu a levarei para a Mansão Ashburn e mostrarei o que é meu, o que é nosso, o que será de nossos filhos. Ela é linda, Rena, graciosa e atemporal. Já posso imaginar você na cama onde nasci.

Ela começou a protestar, mas seus dedos roçaram sobre a elevação na pele ferida do ombro, onde o machucado ainda estava cicatrizando.

— Então, o nosso primeiro filho vai nascer lá. — Ela afundou o rosto no pescoço firme. — Ah, Brigham, eu quero o seu filho dentro de mim logo.

Atordoado e profundamente comovido, ele ergueu o rosto dela.

— Meu Deus, assim você me emociona. Teremos uma dúzia de crianças se quiser, mesmo que todas tenham o temperamento difícil da mãe.

Isso a fez sorrir novamente.

— Ou sejam arrogantes como o pai. — Serena relaxou contra ele de novo. O tempo que tinham juntos estava quase no fim. Já podia sentir uma leve diminuição da escuridão. Tiveram tempo para se amar, mas agora era a hora para verdades.

— Brigham, há algo que eu preciso perguntar.

— Neste momento, você pode me perguntar qualquer coisa.

— Por que você duelou contra o soldado inglês, o que atendia pelo nome de Standish?

A surpresa veio primeiro, seguida pela rápida compreensão de que Parkins e a sra. Drummond não apenas flertavam, como também fofocavam.

— Era uma questão de honra... ele me acusou de trapacear nos dados.

Serena não disse nada por um momento, então se apoiou em um cotovelo para lhe observar o rosto.

— Por que você mente para mim?

— Eu não estou mentindo. Ele perdeu, perdeu mais ainda, e decidiu que deveria haver uma razão para isso além de sua falta de sorte.

— Você está me dizendo que não sabia quem ele era? O que ele era... para mim?

— Eu sabia quem ele era. — Brigham tinha a esperança de manter o assunto para si mesmo. Mas visto que isso não era mais possível, decidiu explicar-se rapidamente e encerrar a questão. — Pode-se dizer que o encorajei a fazer uma acusação para que um duelo fosse travado.

O olhar de Serena era intenso.

— Por quê?

— Também foi uma questão de honra.

Serena fechou os olhos. Então, levantando a mão da espada, beijou-a, quase com reverência.

— Obrigada.

— Não é preciso agradecer pela morte de um homem perverso. — Mas Brigham ainda estava tenso quando ela tocou seu rosto. — Você sabia disso. É por isso que veio até mim esta noite, por isso concordou em ser minha esposa?

— *Aye*. — Quando Brigham começou a se afastar, ela segurou-lhe com mais força. — Não faça isso. Deixe-me terminar. Não foi por gratidão que vim, mas sou grata. Não foi por obrigação, embora eu tenha uma dívida com você que nunca poderá ser paga.

— Você não me deve nada.

— Devo tudo — disse ela apaixonadamente. — Agora, quando eu sonhar com aquela noite, quando eu lembrar dos olhos da minha mãe depois do que ele fez, quando ouvir o choro dela em minha mente, saberei que ele está morto, e que morreu por suas mãos. Sabendo disso, não há nada que eu possa negar a você.

— Eu não o matei para ter sua gratidão ou para colocá-la sob algum tipo de obrigação. — Sua voz era dura. — Eu quero você como minha esposa, Serena, tenho a intenção de fazê-lo, mas não porque você sente que está em dívida comigo.

— Eu sei disso. — Ela se ajoelhou ao lado de Brigham e o abraçou, enterrando o rosto em seu pescoço. — Eu já não disse que vim de bom grado? Você consegue duvidar disso depois do que compartilhamos? — Ela apertou os lábios contra a pele masculina, então deslizou-os até sua boca. — Quando me contaram sobre o duelo, da morte dele, eu fiquei feliz, com medo e confusa. Hoje à noite, quando deitei em minha cama, tudo ficou claro. Essa não era sua luta, meu amor, não era sua família, e não era sua mãe. Mas você a fez ser. Ele poderia tê-lo matado.

— Você tem uma opinião pobre sobre as minhas habilidades com uma espada.

Sacudindo a cabeça, ela recuou um pouco. Ele podia ver em seu rosto que Serena não desistiria do assunto.

— Eu cuidei de sua ferida. Seu sangue esteve na minha mão, como o da minha mãe naquela noite tantos anos atrás. — Ela estendeu a mão com a palma para cima. — Você sangrou pela minha família. Eu me lembrarei disso até o dia de minha morte. Eu já o amava antes, Brigham. Já tinha aceitado que não amaria nenhum outro homem em minha vida. Mas, hoje, vim dizer que você honrou a minha família como um homem honra a sua própria. Honrarei a sua, se me permitir.

Ele pegou a mão que Serena estendera e a virou, de modo a mostrar a esmeralda em seu dedo.

— Deixo-a com o meu coração, meu amor. Quando eu voltar, lhe darei meu nome, também.

Ela abriu os braços para ele.

— Por esta noite, me dê seu amor mais uma vez.

Capítulo 12

O PRÍNCIPE CHARLES COLOCOU OS pés reais no solo fino da Escócia no auge do verão, mas não, como ele e muitos outros esperavam, em triunfo. Ele foi alertado por MacDonald de Boisdale quando aportou na ilha de Eriskay a voltar para casa, para a França. Sua resposta foi concisa e eloquente:

— Eu voltei para casa.

De Eriskay, o príncipe e os sete homens que haviam navegado com ele viajaram para o continente. Lá, também, os jacobitas estavam mais preocupados do que entusiasmados. O apoio demorou a chegar, mas Charles enviou cartas para os *chiefs* das Terras Altas. Cameron de Lochiel estava entre eles, e, embora fora oferecido com relutância, e talvez com pesar, seu apoio foi dado.

Então, em 19 de agosto de 1745, na presença de cerca de novecentos homens leais, o estandarte foi levantado em Glenfinnan. O pai de Charles foi proclamado James VIII da Escócia e James III da Inglaterra, com o jovem príncipe como regente.

O pequeno grupo avançou para o leste, reunindo força. Os clãs se uniram para lutar, juramentos foram feitos, e os homens se despediram das mulheres e se juntaram à marcha.

A viagem de Brigham pela Escócia com Ian e Coll o fizera aprender sobre a terra. Conseguiram fazer um bom tempo de percurso, ironicamente por meio de uma das estradas construídas para desencorajar a rebelião dos escoceses. Usando a estrada e as colinas acidentadas como cobertura, evitaram as guarnições do governo em Fort William e Fort Augustus.

Os ânimos estavam exaltados, os homens tão duros e preparados quanto suas terras. Só fora necessário, como Brigham sempre imaginara, a energia e a força do jovem príncipe para uni-los. Quando os homens pensavam nas batalhas à frente, não pensavam em sua mortalidade, mas na vitória, e em uma justiça que lhes havia sido negada por muito tempo.

Alguns eram jovens; Brigham viu o futuro nos rostos ansiosos, na forma como riam e olhavam para o príncipe, que usava a vestimenta das Terras Altas e tinha prendido uma roseta branca, o símbolo de sua casa, em sua boina azul.

Alguns eram velhos, e seus rostos mostravam o passado, o orgulho eterno, as batalhas já vencidas e perdidas. Eles consideravam o príncipe, com o seu sangue Stuart fresco, a cola que manteria os clãs unidos.

Mas, velho ou jovem, ávido ou pesaroso, Charles os conquistava apenas com a força de sua personalidade. Este era o seu momento, e seu lugar. Ele queria deixar a sua marca.

O clima estava bom, a brisa estava morna. Alguns diziam que o próprio Deus havia abençoado a rebelião. Por um tempo, pareceu verdade. Os homens e as armas que tinham sido perdidos quando o *Elizabeth* fora obrigado a voltar estavam esquecidos. Havia turfa em abundância para fogueiras, e a água era fresca vinda de córregos gelados da montanha. Gaitas de fole foram tocadas, uísque foi bebido e, de noite, os homens dormiram como bons homens o fazem quando iniciam uma aventura.

Foi Brigham que recebeu a notícia de que um exército do governo havia sido enviado para o norte, liderado pelo general sir John Cope. Ele levou a informação diretamente ao príncipe enquanto os homens desmontavam o acampamento e preparavam-se para a marcha do dia. Brigham observou a boca volumosa, quase feminina, do príncipe se curvar em um sorriso tão masculino quanto o de qualquer homem.

— Então, lutaremos finalmente.

— Parece que sim, Vossa Alteza.

A manhã estava quente, com a luz leve e aquosa da Escócia ganhando força. O campo carregava o cheiro de cavalos, soldados e fumaça. As colinas irregulares eram suavizadas por urzes que surgiram na primavera. Uma águia dourada, adiantada para a caça, sobrevoava suas cabeças.

— Parece um bom dia para lutar — murmurou Charles enquanto estudava o rosto de Brigham. — Você preferiria ter o lorde George conosco.

— Lorde George é um excelente comandante de campo, Sua Alteza.

— De fato. Mas nós temos O'Sullivan. — Charles gesticulou para o soldado irlandês que estava organizando os homens para o dia de viagem.

Brigham tinha dúvidas sobre ele. Não questionava a lealdade do irlandês ao príncipe, mas sentia que havia mais empolgação do que cautela.

— Se formos atacados, lutaremos.

— Estou ansioso por isso. — Charles tocou o punho da espada enquanto olhava ao redor. Sentiu algo por essa terra, algo profundo e verdadeiro. Quando fosse rei, se certificaria que a Escócia e seu povo fossem recompensados. — Foi uma longa jornada, Brigham, uma distância bem grande das cortes de Louis e todos aqueles rostos bonitos.

— Uma longa jornada, Sua Alteza — concordou Brigham. — Mas uma que vale a pena.

— Devo dizer que alguns dos rostos bonitos choraram quando você partiu. Já teve tempo de quebrar corações na Escócia?

— Só há um rosto para mim agora, senhor, e um coração que terei o maior cuidado de não quebrar.

Os olhos escuros do príncipe iluminaram-se de humor.

— Ora, ora, parece que o vistoso lorde Ashburn se apaixonou por uma jovem escocesa. Conte-me, *mon ami*, ela é tão bonita quanto a voluptuosa Anne-Marie?

Brigham deu um sorriso torto.

— Peço a Sua Alteza que não faça comparações, particularmente na frente da jovem escocesa. Ela tem um temperamento raro.

— É mesmo? — Com uma risada encantada, Charles sinalizou por sua montaria. — Estou muito ansioso para conhecê-la e ver que tipo de mulher atraiu o homem mais procurado na corte francesa.

As gaitas soaram ao longo da estrada, mas as tropas de Cope não foram vistas. Foram informados de que ele havia desviado para Inverness. O caminho para Edimburgo estava aberto para os rebeldes. Somando três mil homens, capturaram Perth depois de uma batalha curta e violenta. Vitoriosos, continuaram a marchar para o sul, atacando e derrotando dois regimentos de soldados ingleses.

A luta parecia alimentar os rebeldes. Finalmente havia ação ao invés de conversa, feitos ao invés de planos. Com espada e gaita, escudo e machado, eles eram como uma fúria. Os sobreviventes espalhariam contos da ousadia e das incríveis habilidades do grupo, agindo como uma arma sem perceberem.

Lorde George Murray se uniu a eles em Perth, então entraram em Edimburgo e a tomaram para si.

A cidade estava em pânico. Notícias da invasão precederam as forças das Terras Altas, acompanhadas de rumores sobre bárbaros, canibais e açougueiros. A guarda da cidade havia fugido e, enquanto Edimburgo dormia, um grupo de Cameron dominou as sentinelas e adquiriu o controle da cidade.

Sob o comando do príncipe, não havia roubos, nem depredações. O povo de Edimburgo recebeu justiça e compaixão, como era devido aos súditos do verdadeiro rei.

Apenas um mês depois de o estandarte ter sido levantado em Glenfinnan e James ter sido proclamado rei, seu filho e regente se preparava para abrir uma corte real na Casa Holyrood.

Coll estava ao lado de Brigham quando o príncipe entrou no Parque Holyrood com seu cavalo cinzento. Uma multidão se reuniu para vê-lo. Gritos e saudações os seguiram, pois as pessoas viam o desejo de seu coração no jovem de casaco tartã e boina azul. Talvez ele ainda não fosse o príncipe da Inglaterra, mas era o deles.

— Escute-os. — Coll inclinou-se para a frente na sela e sorriu. — Aqui está a nossa primeira vitória de verdade, Brigham, e por Deus, como ela é boa.

Ele firmou sua montaria enquanto manobrava pelas ruas estreitas e lotadas.

— Juro que o príncipe seria capaz de guiar essa multidão para Londres neste momento com apenas uma palavra. Só espero que os suprimentos e os homens do qual precisamos cheguem logo — disse Brigham.

— Poderíamos lutar contra um exército dez vezes maior e não sentiríamos o gosto da derrota. Seria como foi em Perth e, sim, em Coltbridge. — A brisa do início do outono soprou, e Coll fez uma careta antes de voltar a falar. — Mas, por Deus, como esse lugar é sujo. Me dê o ar livre e as colinas. Como é possível respirar aqui se não há lugar para se extrair o ar?

Edimburgo estava repleta de casas e lojas, algumas ainda feitas de lama e madeira. Os edifícios de pedra eram tão altos quanto ninhos de águias, com as frentes subindo quatro ou cinco andares de altura, e a parte de trás muitas vezes alcançando nove ou dez andares pelas colinas perigosamente íngremes.

— Pior do que Paris — concordou Brigham. O fedor se alastrava pelas ruas lotadas, pilhas de lixo entupiam os becos, mas as pessoas, gritando felizes para o príncipe, pareciam não notar.

Acima das favelas, da imundície dos becos e da sujeira das ruas estava o Royal Mile. O castelo de Edimburgo, majestoso e glamoroso, com a idade e a história, guardava uma das extremidades da grande avenida. A Casa Holyrood ficava ao fim da subida da rua, onde o palácio e a abadia estavam lado a lado, elegantemente construídos em frente aos penhascos. O local já fora o cenário de turbulências e paixões. Mary, rainha da Escócia, tinha sido a habitante mais famosa e a mais amaldiçoada. Havia morado lá, casado com seu primo Henry Stewart de Darnley na Abadia Holyrood e visto seu amante Rizzio ser assassinado por ele na pequena sala de jantar de seus aposentos. Seu filho James nasceu no castelo e sobreviveu a uma infância turbulenta e problemática para se tornar rei da Inglaterra, assim como da Escócia.

Seria ali, naquele local de pompa e intriga, que o bisneto grandioso de James, Charles, faria sua corte, trazendo a Casa Holyrood à vida mais uma vez.

Ele cavalgou em direção ao palácio que já abrigara seus ancestrais. Desmontando do cavalo, Charles caminhou lentamente sob o arco para aparecer, momentos depois, na janela de seus novos aposentos, acenando para a multidão extasiada.

Edimburgo tinha o príncipe, e o príncipe tinha Edimburgo.

Ele provaria isso poucos dias depois, quando Cope moveu suas tropas para o sul.

Preparados, e até ansiosos, os jacobitas encontraram o exército do governo a leste da cidade, em Prestonpans. Os soldados ingleses, com seus uniformes vermelhos, enfrentavam os escoceses, que vestiam seus kilts para a batalha. Brigham, com um escudo de couro em uma mão e a espada na outra, juntou-se aos MacGregor. Por um momento, o campo ficou misteriosamente silencioso, com apenas o som oco das gaitas de fole cortando o ar nebuloso. *Como os batimentos cardíacos dos homens*, pensou Brigham, *homens que estavam dispostos a morrer*. Estandartes opositores balançaram na brisa da manhã.

O primeiro ataque assustou os pássaros, que saíram voando e gritando pelo céu. Homens que lutavam no chão encontraram-se com um estrondo de espadas e machados. Assim como fizeram na rota sul, os escoceses lutaram como demônios, cortando com suas lâminas, pressionando mesmo enquanto estavam sangrando. Como já havia acontecido antes, a infantaria inglesa não aguentou o ataque violento. A linha vermelha oscilou e quebrou.

A cavalaria avançou, cascos brutais pisoteando, espadas reluzindo. Brigham ignorou os gritos e os xingamentos ao seu redor enquanto lutava contra um soldado. Um tiro passou assobiando por sua orelha, mas seus olhos nunca perderam a determinação afiada. O Campbell que o atacara teria reconhecido o olhar. Brigham era um homem que estava disposto a morrer, mas confiante de que isso não aconteceria.

A fumaça dos canhões e morteiros engrossou, de modo que homens de ambos os lados lutavam em um nevoeiro. O calor da batalha fazia o suor respingar tão livremente quanto o sangue, e o fedor de ambos contaminava o ar. Urubus já sobrevoavam o céu, atraídos pelos sons do embate.

Enquanto Brigham manobrava seu cavalo através do que restava das linhas inglesas, viu as rosetas brancas dos jacobitas e os tartãs de MacGregor, MacDonald e Cameron. Alguns caíram ao redor dele, vítimas de baionetas ou espadas. De novo e de novo, o chão explodira onde os morteiros atingiram, arremessando rocha, sujeira e pedaços fatais de metal. Homens gritaram quando foram derrubados. Outros morreram em silêncio.

Dentro de dez minutos, a batalha havia terminado. Os soldados ingleses fugiram em busca de segurança, correndo para as montanhas a cavalo ou a pé. Sangue pincelava a grama fina e manchava as rochas cinzentas. Os corpos dos mortos e feridos estavam esparramados no chão. Naquele dia, as gaitas de fole comemoraram a vitória, e o estandarte da Casa de Stuart foi erguido.

— Por que estamos acomodados em Edimburgo quando deveríamos estar marchando em direção a Londres? — exigiu Coll enquanto caminhava para o pátio em Holyrood, uma manta ao redor dos ombros para se aquecer do frio noturno.

Brigham entendia e concordava com a impaciência de Coll. Estavam há três semanas na nova corte de Charles. A corte era, em si, muito glamorosa, com recepções e conselhos no palácio, mas o príncipe não esquecera de seus homens e dividia seu tempo entre Holyrood e o campo de Duddingston. A moral era boa, embora houvesse mais de um homem entre eles que concordasse com os sentimentos de Coll.

Bailes e recepções podiam esperar.

— A vitória em Prestonpans nos deu mais apoio. — Brigham colocou seu casaco, aprovando o ar úmido da noite. — Duvido que fiquemos aqui por mais muito tempo.

— Conselhos... — grunhiu Coll. — Todo santo dia temos um conselho. Se há um problema aqui, meu rapaz, é entre o lorde George e O'Sullivan. Juro que, se um deles disser que algo é preto, o outro vai jurar por Deus que é branco.

— Eu sei. — Esse era um problema que afligia Brigham. — Vou dizer-lhe a verdade, Coll, O'Sullivan me preocupa. Prefiro um comandante um pouco mais firme, um que está mais interessado em ganhar a guerra, e não apenas em vencer batalhas.

— Não teremos nenhum dos dois se continuarmos aqui.

Brigham sorriu, mas estudou a noite que se aproximava com seriedade.

— Você sente falta das Terras Altas, Coll, e de sua esposa.

— Sim. Faz apenas dois meses que saímos de Glenroe, mas tivemos pouco tempo juntos. Com o bebê vindo, eu me preocupo.

— Um homem tem o direito de se preocupar com as pessoas que ama.

— Muitos homens que nos acompanham sabem que, uma vez que marcharmos para o sul, podem demorar até um ano para verem suas casas e famílias novamente. — Tentando evitar um clima pesado, Coll deu um tapa no ombro do amigo. — Pelo menos há muito para você aproveitar aqui. As mulheres são bonitas. Por que não escolhe uma moça para encantar? Você certamente quebrou uma dúzia de corações com sua indiferença nas últimas semanas.

— Pode-se dizer que eu tenho algo em mente — *Alguém*, corrigiu-se Brigham. *A única mulher possível*. — O que você diz de abrirmos uma garrafa e jogarmos algo? — Ele se virou ao ver o aceno de Coll, e juntos voltaram ao palácio.

Brigham notou uma mulher atravessar a arcada sombria, mas seu olhar passou por ela sem um mínimo de interesse. Tinha dado apenas três passos quando parou, virando-se lentamente para encarar a figura. Estava escurecendo com rapidez, e ele conseguiu apenas ver que a mulher era alta, muito esbelta e que usava um manto xadrez por cima da cabeça e dos ombros. Poderia ser uma criada, ou uma das damas da corte que saíra para tomar um ar, mas Brigham se perguntou por que uma estranha o fez lembrar de sua pastorinha de porcelana.

E, embora não conseguisse ver seu rosto, ele estava certo de que a mulher estava respondendo ao seu olhar com a mesma intensidade.

A pontada de atração foi inesperada. Irritado consigo mesmo, Brigham continuou a andar. Inexplicavelmente, foi obrigado a parar e virar-se mais uma vez. Ela ainda estava lá, parada na luz que desvanecia, com as mãos cruzadas e a cabeça erguida.

— O que diabo está errado com você? — Coll parou e se virou. Reparando na figura feminina sob o arco, ele sorriu: — Bom, suponho que não vai querer jogar comigo agora.

— Não, eu... — As palavras de Brigham lhe fugiram quando a mulher ergueu as mãos para tirar o xale da cabeça. A última luz do dia caiu sobre o cabelo, que brilhou como o pôr do sol. — Serena?

Brigham não conseguiu fazer nada além de encarar. Ela deu um passo em sua direção, e ele viu seu rosto sorridente. As botas de Brigham soaram contra as pedras quando ele atravessou o pátio. Antes que Serena pudesse dizer seu nome, Brigham a levantou nos braços e a rodopiou em círculos vertiginosos.

— Então é isso... — murmurou Coll enquanto observava o amigo puxar Serena para um longo e intenso beijo.

— Por que está aqui? Como veio? — Então, Brigham beijou-a novamente e engoliu sua resposta.

— Dê espaço, homem. — Coll arrancou Serena dos braços de Brigham, beijou-lhe a bochecha e a colocou no chão. — O que você está fazendo em Edimburgo, e onde está Maggie?

— Ela está aqui. — Ofegante, Serena encontrou-se puxada para o lado de Brigham mais uma vez. — E mamãe e Gwen e Malcolm, também. — Ela estendeu a mão para dar um puxão fraternal na barba do irmão. — O príncipe nos convidou para a corte. Chegamos quase uma hora atrás, mas não sabia onde encontrar vocês.

— Maggie está aqui? Ela está bem? Onde está? — Com sua impaciência habitual, Coll girou nos calcanhares e saiu para descobrir por si mesmo.

— Brigham...

— Não diga nada. — Ele passou a mão pelo cabelo vermelho, encantado com a sensação e o aroma dos fios. — Não diga nada — repetiu, e baixou a cabeça.

Ele a segurou nos braços, boca a boca, corpo a corpo, enquanto as sombras se aprofundavam. As semanas de separação derreteram-se. Inquietas, as mãos de Brigham percorreram o corpo de Serena, descendo por suas costas e subindo de volta até seu rosto, enquanto os lábios, aquecidos pelo desejo, a fizeram gemer e pressionar o corpo contra o dele.

— Linda, cada vez mais linda, Serena. Um homem poderia morrer sentindo sua falta.

— Eu pensei em você todos os dias e orei. Quando ouvimos falar das batalhas, quase enlouqueci esperando suas cartas para saber que você estava seguro. — Ela se afastou para olhá-lo. Ele e Coll haviam chegado a pouco do acampamento, por isso ainda não vestira suas roupas formais para a corte. Com algum alívio, Serena observou que Brigham era o mesmo homem que tinha partido de Glenroe havia quase três meses.

— Temi que você fosse mudar de alguma forma, estando aqui. — Ela umedeceu os lábios enquanto olhava para os edifícios. Nada que já tivesse visto em sua vida era mais magnífico do que o palácio, com luzes cintilando através das janelas altas de suas torres. — Tudo aqui é tão esplêndido. O palácio, a abadia.

— Onde quer que eu esteja, nada mudará entre nós, Rena.

Ela voltou para os braços dele e descansou a cabeça em seu ombro.

— Eu estava com medo. Rezei todos os dias para que você ficasse seguro. E rezei todos os dias para que não procurasse conforto nos braços de outra mulher.

Ele riu e lhe beijou o cabelo.

— Não devo perguntar para qual dos dois você orou com mais fervor. Meu amor, não há mais ninguém. Não pode ser mais ninguém além de você. Esta noite, encontrarei mais que conforto em seus braços.

Ela sorriu e beijou-lhe o rosto.

— Bem que eu gostaria. Na verdade, além de o encontrar em segurança, meu desejo mais profundo era passar uma noite fazendo amor com você.

— Então, cuidarei para que os dois desejos sejam realizados. — Serena beijou-o novamente e riu.

— Vou dividir um quarto com Gwen. Seria muito indecente, milorde, se você viesse à minha cama, assim como seria se eu saísse em busca de seu quarto pelos corredores.

— Esta noite, você dormirá em meu quarto como minha esposa.

A boca de Serena se abriu em surpresa quando saiu dos braços de Brigham.

— Isso é impossível.

— É muito possível — corrigiu ele. — E será. — Sem dar-lhe a chance de falar, a puxou pelo arco.

O príncipe estava em seus aposentos preparando-se para o entretenimento daquela noite. Embora o pedido de Brigham por uma audiência àquela hora o tivesse surpreendido, ele concedera.

— Sua Alteza. — Brigham curvou-se ao entrar na sala de estar de Charles.

— Boa noite, Brigham. Senhorita — disse ele quando Serena se abaixou em uma reverência. Ela mataria Brigham, pensou, por arrastá-la para a frente do príncipe sem que tivesse a chance de lavar a sujeira da viagem ou escovar o cabelo. — Você deve ser a srta. MacGregor. — Charles beijou a mão de Serena. — É fácil ver por que o lorde Ashburn já não nota as damas da corte.

— Sua Alteza. Foi gentil da sua parte permitir que eu e minha família viéssemos.

— Eu devo muito aos MacGregor. Eles apoiaram a mim e ao meu pai. Essa lealdade não tem preço. Sente-se, por favor. — Ele a conduziu a uma cadeira.

Ela nunca tinha visto um quarto como aquele. O teto alto estava adornado com redemoinhos e aglomerados de frutas e flores, e de seu centro pendia um candelabro enorme. Murais atravessaram as paredes retratando as vitórias dos Stuart em batalhas. Fogo crepitava na lareira ao seu lado, e uma música saía do cravo no centro da sala.

— Senhor, eu tenho um favor a pedir.

Charles sentou-se, então gesticulou uma cadeira para Brigham.

— Estou certo de que lhe devo mais que um.

— Não há dívida por lealdade, Sua Alteza.

Os olhos de Charles suavizaram, e Serena viu por que ele era chamado de Bonnie Prince. Não era apenas o seu rosto e seu corpo, mas também o seu coração.

— Não, mas pode haver gratidão. O que você pediria de mim?

— Para me casar com a srta. MacGregor.

O sorriso de Charles aumentou quando ele bateu a ponta dos dedos no joelho.

— Eu já tinha minhas suspeitas sobre o assunto. Devo dizer-lhe, srta. MacGregor, que o lorde Ashburn costumava ser muito generoso com as damas da corte em Paris, mas mostrou-se egoísta aqui.

Serena manteve as mãos cruzadas no colo.

— Creio que o lorde Ashburn é um guerreiro sábio, Sua Alteza. Ele conhece um pouco o temperamento feroz e terrível do clã MacGregor.

Altamente entretido, Charles riu.

— Então, eu lhe desejarei bem. Talvez vocês gostariam de se casar aqui, na corte.

— Sim, senhor, e hoje à noite — disse Brigham.

O príncipe ergueu as sobrancelhas pálidas.

— Esta noite, Brigham? Tanta pressa é... — Charles olhou para Serena mais uma vez. A luz do fogo tocava sedutoramente o cabelo ruivo. — ...compreensível — decidiu. — Você tem a permissão do MacGregor?

— Sim, senhor.

— Ótimo. Os dois são católicos? — Ao receber respostas positivas, começou a planejar. — A abadia é conveniente. Há a questão do anúncio do casamento, entre outras coisas, mas acredito que se um homem não consegue lidar com tais assuntos, ele dificilmente pode esperar ganhar um trono. — O príncipe se levantou, e foi prontamente acompanhado pelo casal. — Eu os ajudarei a se casar esta noite.

Pálida, e não completamente certa de que não estava sonhando, Serena foi ao quarto dos pais.

— Serena... — Fiona suspirou ao ver que a filha ainda usava seu traje de viagem. — Você precisa se trocar. A corte do príncipe não tem lugar para botas lamacentas e saias sujas.

— Mamãe, eu vou me casar.

— Oras, garota. — Ian beijou-lhe o cabelo. — Estamos cientes disso.

— Esta noite.

— Esta noite? — Fiona levantou-se da cadeira. — Mas como?

— Brigham foi até o príncipe. Ele me levou junto... assim. — Serena mostrou as saias enlameadas, sabendo que a mãe entenderia seus sentimentos sobre o assunto.

— Entendo — murmurou Fiona.

— E ele, eles... — Ela olhou da mãe para o pai e voltou. — Mamãe...

— É o seu desejo casar-se com ele?

Ela hesitou, sentindo as velhas dúvidas brotarem. Instintivamente, levou uma mão ao peito. Em uma corrente pesada sob o corpete estava a esmeralda que Brigham lhe havia dado.

— *Aye* — afirmou Serena. — Mas tudo aconteceu tão rápido...

Brigham partiria de novo, pensou. Partiria para lutar.

— *Aye* — repetiu, a voz mais forte. — Não há nada que eu queira mais do que pertencer a ele.

Fiona passou um braço pelos ombros da filha.

— Então, temos muito o que fazer. Deixe-nos, por favor, Ian, e peça para que um criado traga Maggie e Gwen.

— Mandando em mim, não é, minha senhora?

Fiona estendeu uma mão para ele, e Serena alcançou a outra.

— Temo que você tenha uma forte aversão pelo trabalho feminino que precisa ser feito nas próximas horas.

— *Aye*, eu irei de bom grado. — Ele fez uma pausa para abraçar Serena. — Você sempre me deixou orgulhoso. Esta noite, eu lhe darei a outro homem, e você tomará seu nome. Mas você sempre será uma MacGregor. — Ele a beijou. — Real é a nossa raça, Serena, e justa.

Não havia tempo para pensar, e certamente não havia tempo para calcular a enormidade do que faria antes que a noite terminasse. Criados correram para dentro e para fora do quarto com jarros de água quente que Fiona perfumava delicadamente para o banho da filha. Gwen e Maggie conversavam enquanto costuravam o vestido que Serena usaria para se casar.

— É romântico — disse Gwen enquanto examinava os pontos com um olho crítico.

— É loucura. — Maggie olhou para trás, sabendo que Serena banhava-se atrás do biombo. — Rena deve ter lançado um feitiço muito forte para fazer Brigham se apressar tanto. Ele não deve ser tão chato como eu pensava.

— Imagine. — Gwen moveu delicadamente o cetim cor de marfim. — Ir até o príncipe. Nem tivemos tempo de desfazer as malas antes de começar a transformar o vestido de baile de mamãe no vestido de casamento de Serena.

Maggie se recostou, tocando uma mão em sua barriga protuberante. O bebê que carregava sempre ficava mais ativo durante a noite. As malas teriam que esperar, pensou, assim como ela e Coll deveriam esperar para ter uma reunião adequada. Maggie sufocou uma risadinha ao lembrar de como ele havia rugido quando foram interrompidos momentos antes. Ela olhou para Serena, que saíra da banheira embrulhada em toalhas e com a pele e o cabelo pingando.

— O vestido ficará lindo — afirmou Maggie, piscando as lágrimas ao pensar no casamento. — E você também.

— Sente-se perto do fogo — ordenou Fiona, armada com uma escova. Sabendo que os tremores de Serena não eram causados pelo frio, Fiona começou a acalmar a filha enquanto secava seu cabelo. — O casamento de uma mulher é uma das suas lembranças mais preciosas. Daqui há anos, quando você olhar para trás, o que agora parece com um sonho será muito claro.

— Eu deveria sentir tanto medo?

Fiona segurou a mão da filha.

— Tenho quase certeza de que quanto mais você ama, maior será o medo.

Serena deu uma risada fraca.

— Então eu devo amá-lo mais do que sei.

— Eu não poderia desejar um homem melhor para você, Rena. Quando a guerra terminar, vocês terão uma boa vida juntos.

— Na Inglaterra... — disse Serena.

Fiona começou a escovar o cabelo vermelho da filha como fizera tantas vezes antes. As mãos eram gentis enquanto ela pensava em como esse pequeno prazer logo lhe seria negado.

— Quando me casei com seu pai, deixei minha família e minha casa. Cresci com o som do mar, o cheiro dele. Quando pequena, eu escalava os penhascos para ver as ondas quebrando nas rochas abaixo. A floresta de Glenroe era estranha para mim, e assustadora. Eu não tinha certeza de que poderia aguentar ficar tão longe de tudo o que conhecia e amava.

— E como você lidou com isso?

— Amando seu pai mais que tudo.

O cabelo de Serena estava solto, caindo como um rio vermelho por suas costas. O corpete do vestido era confortável, levantando suavemente os seios e criando um lugar de descanso para um colar de pérolas. As mangas eram bufantes, afinando em direção aos pulsos. Pérolas cintilavam em sua saia, por cima de aros e anáguas. Na cintura, havia uma faixa decorada com rosas pálidas e selvagens. Com o coração martelando, Serena entrou na abadia.

Era um lugar de lendas, de alegria e desespero, e de milagres. E, naquela noite, seria o local de seu casamento.

Brigham estava esperando por ela. Na luz ondulante de lamparinas e velas, Serena caminhou até ele. Sempre pensou que ele ficava mais elegante de preto, mas nunca o vira mais bonito. Botões de prata brilhavam, acrescentando riqueza ao corte reto de seu casaco. Pela primeira vez desde que o conhecera, Brigham usava uma peruca. O branco acrescentava um ar romântico ao rosto aristocrático, contrastando com o cinza escuro de seus olhos.

Serena não viu o príncipe, nem os bancos ocupados com os convidados que tinham vindo assistir à cerimônia. Estava focada somente em Brigham.

Quando sua mão tocou a dele, ela parou de tremer. Juntos, seguiram as instruções do padre e fizeram seus votos.

O relógio bateu meia-noite.

O príncipe decidira que um casamento, por mais apressado que fosse, merecia uma festa. Poucos minutos depois de se tornar a lady Ashburn, Serena foi levada à galeria de retratos do palácio, onde Charles dera seu primeiro grande baile na noite em que conquistara a cidade.

Já havia música no longo e amplo salão. Serena foi beijada e felicitada por estranhos, invejada pelas damas e estudada pelos homens. Sua cabeça estava girando quando recebeu a primeira taça de champanhe. Ela deu um gole e sentiu as bolhas estourarem em sua língua.

Exercitando seu privilégio, Charles a reivindicou para uma dança.

— Você é uma linda noiva, lady Ashburn.

Lady Ashburn.

— Obrigada, Sua Alteza. Como posso agradecer por ter possibilitado tudo isso?

— Seu marido é de grande valor para mim, minha senhora, como soldado e como amigo.

Seu marido.

— Você tem a lealdade dele, senhor, e a minha. Como Langston e como MacGregor.

Brigham reivindicou-a quando a dança terminou, ignorando as reclamações de outros que desejavam dançar com a noiva.

— Você está se divertindo, meu amor?

— *Aye.* — Era ridículo sentir-se tímida, pensou Serena, mas seu rosto corou quando sorriu para ele. Brigham parecia diferente de peruca, com o brilho das joias. Diferente do homem que tinha ameaçado jogá-la no lago. Ele parecia tão glamouroso quanto o próprio príncipe. E quase tão estranho quanto.

— É um belo salão.

— Você vê os retratos? — perguntou ele, levando-a gentilmente pelo cotovelo para um olhar mais próximo. — Há 89, todos monarcas escoceses. Disseram-me que foram solicitados por Charles II, embora ele nunca tenha entrado na Casa Holyrood. Na verdade, ele não retornou para a Escócia depois da Restauração.

Ela conhecia a história de sua terra, pensou irritada, mas tentou mostrar interesse.

— *Aye*. Este é Robert, o Bruto, um soldado feroz e um rei bem-amado.

— Eu deveria saber que uma mulher bem versada como você saberia sobre história e política. — Ele se aproximou de sua orelha. — O que você sabe sobre estratégia militar?

— Estratégia militar?

— Ah, então há algo que eu posso ensiná-la... — Antes que Serena pudesse responder, ele a puxou bruscamente por uma porta. Ela teve tempo apenas para soltar um grito abafado antes de Brigham a pegar no colo e correr com ela pelo palácio.

— O que você está fazendo? Você ficou louco!

— Estou escapando. — Quando a música desapareceu atrás deles, Brigham diminuiu o ritmo. — Eu fiquei louco desde o momento em que você entrou na abadia. Deixe-os dançar e beber. Eu levarei minha esposa para a cama.

Ele subiu uma escada, sem sequer se incomodar com um criado que, de olhos arregalados, desviou do casal com uma reverência. Com Serena ainda nos braços, ele abriu a porta do quarto com um chute e, em seguida, fechou-a com o mesmo movimento. Sem cerimônias, deixou Serena cair na cama. Ela tentou parecer indignada.

— É assim que você trata sua esposa, meu senhor?

— Eu nem comecei.

Virando-se, Brigham trancou a porta.

— Talvez eu quisesse dançar mais uma ou duas músicas.

— Ah, eu pretendo dançar com você, tenha certeza disso. De agora até o amanhecer e depois.

Ela deu um sorriso atrevido.

— Há danças, *sassenach,* e há *danças*.

— *Aye* — disse zombeteiro. — E não é o minueto que tenho em mente.

Serena alisou a saia amarrotada do vestido.

— O que você tem em mente, então?

Ela ergueu uma sobrancelha enquanto o observava e se perguntou se ele conseguia ouvir o quão rápido e alto seu coração estava batendo.

— Gwen pensa que você é romântico. Eu duvido que ela continue a pensar assim quando eu contar como você me derrubou na cama como um saco de batatas.

— Romance? — Brigham acendeu as velas que estavam ao lado da cama. — É isso o que você quer, Rena?

Ela moveu um ombro quase nu.

— É com o que Gwen sonha.

— Mas não você? — Rindo, ele tirou o casaco e atirou-o sobre uma cadeira de uma forma que teria feito Parkins estremecer. — Uma mulher tem direito a romance na noite de seu casamento. — Brigham a surpreendeu, ajoelhando-se na cama e tirando os sapatos dela. — Eu não tive oportunidade de dizer como você estava magnífica na abadia, ao meu lado, sob a luz das lamparinas. Ou sobre como, quando a olhei naquele momento, todos os sonhos que já tive se tornaram realidade.

— Eu pensei que você parecia um príncipe — murmurou Serena, então estremeceu quando ele passou a ponta dos dedos ao longo de seu pé.

— Esta noite, sou apenas um homem apaixonado por sua esposa. — Brigham passou os lábios sobre o tornozelo que segurava. O aroma do banho perfumado exalava sedutoramente do corpo de Serena, fazendo a cabeça dele girar. — Enfeitiçado por ela. — Lentamente, deslizou sua boca ao longo da panturrilha, seguindo a pulsação até a parte de trás do joelho. — Escravizado por ela.

— Eu estava com medo. — Serena estendeu a mão para ele, puxando-o para perto. — Senti medo desde que entrei na abadia.

Então, suspirou enquanto ele tracejava a borda do corpete com beijos, umedecendo e aquecendo sua pele.

— Você ainda está?

Com dedos firmes, Brigham desabotoou o vestido e o assistiu cair silenciosamente até a cintura de Serena.

— Não. Eu parei de ter medo quando você me pegou no colo e correu comigo pelos corredores. — Ela sorriu, e as mãos estavam tão confiantes quanto as dele ao tirar-lhe o colete. — Foi então que eu soube que você era o meu Brigham novamente.

— Serei sempre seu, Rena.

Ele a deitou gentilmente na cama e mostrou-lhe como suas palavras eram verdadeiras.

Capítulo 13

PERMANECERAM NA CORTE POR MAIS três semanas. Nada poderia ter sido mais esplêndido que a Holyrood do príncipe Charles. A comida era suntuosa, assim como era a música, o entretenimento e as pessoas. Eram dias preciosos e reluzentes, quando os grandes salões ecoavam com risos e dança, quando jogos frívolos e assuntos do coração eram praticados com igual abandono.

De todo o país, vinham homens elegantemente vestidos em perucas empoadas e mulheres glamourosamente vestidas para flertar. Holyrood era alegre e brilhante, e Charles viveu aquelas semanas como um verdadeiro príncipe. Era um lugar e um tempo que nunca seriam esquecidos.

Serena observou Brigham fundir-se ao mundo para o qual tinha nascido, enquanto ela, impulsionada mais por determinação do que por confiança, ajustou-se à vida de beleza e luxo.

Havia novas regras para aprender, um novo padrão para os dias e as noites. Ali, na primeira corte a agraciar a Escócia em muitos anos, Serena descobriu o que era ser a lady Ashburn. Havia servos para atendê-la, ela querendo ou não. Por causa da posição de Brigham, foram colocados em um aposento gracioso, decorado por tapeçarias e equipado com um mobiliário elegante. Ela conheceu mais pessoas em questão de semanas do que tinha conhecido em toda a sua vida, muitas das quais vieram por curiosidade, e outras mais por lealdade.

A vida na corte continuava a deixá-la desconfortável, e muitas vezes impaciente, mas as pessoas que compunham a sociedade a faziam sentir-se orgulhosa de sua herança e de seu marido.

Serena teve a primeira verdadeira noção da riqueza de Brigham quando ele a presenteou com as esmeraldas Langston. Com a ajuda de contatos em

Londres, as joias foram transportadas para a Mansão Ashburn e entregues a Serena menos de uma semana depois da troca de votos.

O colar era imponente como seu próprio nome e brilhava com pedras tão verdes quanto os gramados de sua propriedade. Ele era acompanhado por uma pulseira e brincos que fizeram a boca de Maggie cair. Para acentuá-los, Brigham contratou uma costureira. Serena se viu vestida em sedas e cetins, em tafetá e rendas. Descobriu o que era usar diamantes no cabelo e aromar a pele com o melhor dos perfumes franceses.

Ela teria dado tudo por uma semana a sós com Brigham em uma cabana nas Terras Altas.

Era impossível não apreciar o esplendor, não se divertir um pouco com os olhares invejosos de outras mulheres quando estava na companhia de Brigham. Ela usou os vestidos e as joias, enfeitou o cabelo e sentiu-se bonita. Mas, à medida que os dias passavam, não conseguia afastar a sensação de que tudo parecia um sonho: as luzes, o luxo, o riso tilintante das mulheres, as reverências exageradas dos homens, seu próprio relacionamento amigável com o príncipe.

Porém as noites eram reais. Serena agarrava-se a elas com firmeza, da mesma forma que segurava Brigham na privacidade do leito conjugal. Sabia que era temporário, e que a sua continuidade estava nas mãos de Deus. Era apenas uma questão de tempo até que Brigham precisasse partir. Eles não falavam disso. Não havia necessidade de conversar sobre o que ambos compreendiam. Se conseguisse trazê-lo de volta e em segurança apenas com sua força de vontade, já ficaria satisfeita.

À noite, ela podia ser sua esposa livremente, com coração, mente e corpo. Durante o dia, muitas vezes sentia-se uma impostora disfarçada de dama com os vestidos da moda. Mas, em seu coração, Serena permanecia um produto das Terras Altas, desejando levantar as saias e correr através das árvores que cercavam o parque enquanto o vento arrancava as folhas dos ramos em uma dança vertiginosa. Em vez disso, caminhava tranquilamente com as outras mulheres, enquanto os homens participavam de conselhos ou cavalgavam até o acampamento.

Por amor, ela se esforçava de coração e alma para ser o tipo de esposa que pensava que Brigham deveria ter. Assistia a apresentações musicais empenhando-se para prestar atenção. Embora achasse um absurdo, nunca se queixou sobre a necessidade de usar um vestido para as manhãs, outro para as tardes e mais um para as noites. Só uma vez, quando tinha certeza de que não seria notada, acompanhou Malcolm até os estábulos para admirar os cavalos.

Ela invejava a liberdade do irmão mais novo em poder sair para passeios emocionantes, mas cerrou os dentes e determinou-se a desfrutar seus próprios passeios recatados.

— Faça isso, faça aquilo — murmurou enquanto andava de um lado para o outro no quarto. — Não faça isso, não faça aquilo. — Praguejando, chutou uma cadeira com a ponta da bonita sapatilha que combinava com seu vestido matinal violeta. — Uma mulher poderia enlouquecer tentando lembrar todas as regras, e então enlouquecer ainda mais tentando segui-las.

Sibilando, Serena desabou sobre uma cadeira, fazendo as saias inflarem. Queria o lago, a paz dele. Não queria apenas olhar para as colinas e penhascos. Queria subir neles. Queria usar sua calça, pensou, e as botas. Ela queria...

Desta vez com um suspiro, apoiou os cotovelos sobre os joelhos e cobriu o rosto com as mãos. Não era uma atitude adequada para a lady Ashburn, mas Serena não tinha vontade de ser uma lady no momento. Estava sendo egoísta e ingrata, disse a si mesma. Brigham lhe dava coisas que muitas mulheres amariam receber. Ele estava prometendo-lhe o tipo de vida que só uma tola recusaria.

E ela era uma tola, decidiu Serena, porque teria feito exatamente isso se não corresse o risco de perder Brigham, também. Viver com dignidade e decoro era um pequeno preço a se pagar por amor. Mas, ah, ela já tinha quase estragado tudo uma dúzia de vezes, e só estavam casados havia três semanas.

Ela ouviu a porta abrir e pulou da cadeira como uma mola, alisando as saias. Um suspiro de alívio escapou quando viu que era Brigham. Teria odiado que um criado fofocasse sobre como a lady Ashburn estava amuada no quarto, com os cotovelos sobre os joelhos.

Brigham ergueu uma sobrancelha quando a viu. Podia jurar que Serena ficava mais bonita a cada dia, embora desejasse que ela deixasse o cabelo solto e livre de vez em quando para que pudesse enterrar as mãos nele à vontade.

— Pensei que você havia saído para passear com sua irmã e Maggie.

— Eu estava me arrumando. — Automaticamente, ela estendeu a mão para ajeitar o cabelo, com medo de ter estragado o penteado ao andar de um lado para o outro. — Eu não esperava que voltasse tão cedo. O conselho já terminou?

— Sim. Você está divina, Rena. Como uma violeta selvagem.

Com uma risada que era metade soluço, ela correu para os braços do marido.

— Ah, Brig, eu te amo. Muito.

— O que foi? — perguntou quando ela afundou o rosto em seu pescoço. — Você está chorando?

— Não. *Aye*, um pouco. É que sempre que vejo você, eu o amo mais que a última vez.

— Então me certificarei de sair e voltar várias vezes por dia.

— Não ria de mim.

— E correr o risco de ser fatalmente ferido? — Brigham inclinou a cabeça para trás para que pudesse beijá-la direito. — Não, minha querida, eu não riria de você.

Foi então que Serena viu a preocupação nos olhos cinzas, e percebeu que a sombra estava lá desde quando ele entrara no quarto. A coragem que tinha prometido a si mesma que teria vacilou, mas ela esforçou-se para recuperá-la.

— Chegou a hora, não é?

Brigham levou as mãos delicadas aos lábios.

— Venha, sente-se.

— Não há necessidade — afirmou ela com firmeza. — Só me diga.

— Nós marcharemos em questão de dias. Amanhã você deve partir para Glenroe.

As bochechas dela empalideceram, mas a voz permaneceu forte.

— Eu ficaria até você partir.

— Eu partirei mais tranquilo se souber que você está segura em Glenroe. A viagem vai demorar mais tempo por causa de Maggie.

Serena sabia que ele tinha razão, e que era necessário, por isso tentou aceitar a situação.

— Vocês marcharão para Londres?

— Se Deus quiser.

Com um aceno de cabeça, ela recuou, mas manteve as mãos entrelaçadas.

— A luta é minha, assim como sua, em dobro agora que somos casados. Eu iria com você, se me permitisse.

— Não. Você acha que quero ver minha esposa em um acampamento cheio de homens? — A expressão muito familiar nos olhos verdes alertou que era melhor mudar de tática. — Sua família precisa de você, Serena.

E as minhas necessidades? As palavras saltaram para a língua dela, mas foram engolidas de volta. Não ajudaria em nada se o seguisse para a batalha. Olhou para a própria mão e amaldiçoou o fato de ser fraca demais para empunhar uma espada, para protegê-lo como Brigham a protegeria.

— Tem razão. Eu sei. Esperarei por você.

— Eu a levarei comigo. Aqui. — Ele levou as mãos unidas ao seu coração. — Há algo que gostaria de pedir a você. Se as coisas derem errado… — Serena fez que não com a cabeça, mas um olhar dele parou seu protesto. — Há um baú no meu quarto, e uma caixa trancada. No baú há ouro e joias o suficiente para garantir sua segurança e a de sua família. Na caixa está algo mais precioso que desejo que você guarde.

— O que é?

Ele traçou um dedo ao longo de seu rosto, memorizando-o.

— Você saberá quando abrir a caixa.

— Não esquecerei de seu pedido, mas não haverá necessidade de cumpri-lo. Você voltará. — Serena sorriu. — Lembre-se, você prometeu me mostrar a Mansão Ashburn.

— Eu lembro.

Erguendo as mãos, ela começou a desfazer os botões minúsculos do corpete.

— O que você está fazendo?

Ainda sorrindo, Serena abriu o vestido.

— O que eu não estou fazendo é sair para um passeio com minha irmã. — Desfez a faixa de cetim em sua cintura. — É impróprio seduzir um marido a esta hora?

— Provavelmente. — Brigham sorriu quando ela lhe tirou o casaco. — Mas vamos guardar segredo.

Fizeram amor na cama elegante, sob o alto dossel, com o sol claro e forte do lado de fora das janelas. O vestido matinal foi descartado em uma pilha ondulada e violeta. Serena ajoelhou-se ao lado dele, esbelta, com a luz solar brincando sobre sua pele enquanto retirava os grampos do cabelo. Em uma gloriosa mistura de vermelho e dourado, o cabelo caiu pesadamente sobre os ombros e seios nus. Brigham tocou os fios, enrolando-os uma vez, duas vezes, em torno de seus pulsos, como se para aprisionar a si mesmo. Em seguida, puxou Serena lentamente em sua direção.

Os corpos se encaixaram.

Ambos se lembravam do lago e de uma outra manhã, ensolarada e cheia de amor e paixão. As lembranças e os pensamentos de um futuro incerto e nebuloso fizeram com que os dois se fundissem com delicadeza. Entregaram-se sem reservas, e receberam um ao outro magnificamente.

Com um suspiro, Brigham a penetrou. Com um murmúrio, os lábios se encontraram e se agarraram. Juntos, chegaram a um novo nível de prazer, um que poderia ser alcançado apenas através da pureza e da intensidade de um amor incondicional.

Era primeiro de novembro quando a marcha finalmente começou. Muitos, Brigham entre eles, pediram ao príncipe para começar a campanha antes, aproveitando as vantagens que ganharam ao tomar Edimburgo. Em vez disso, Charles continuava esperando o apoio ativo da França. De fato, os franceses haviam colaborado com dinheiro e suprimentos, mas nenhum homem. O exército inteiro do príncipe tinha oito mil guerreiros e trezentos cavalos. Ele sabia que deveria dar o golpe decisivo, trazendo vitória ou derrota em um curto espaço de tempo. Como antes, decidiu que a melhor estratégia era a mais ousada.

Charles confiava em suas tropas, assim como os ingleses a temiam. Poucos meses antes, as ambições do jovem príncipe e seu exército desorganizado de escoceses durões eram consideradas ridículas. Então, eles conquistaram Edimburgo. Suas vitórias iniciais, e o talento com a qual derrotara os ingleses, fizeram o governo se preocupar e recolher mais e mais tropas de Flanders, enviando-as para o Marechal Wade em Newcastle.

Mesmo com a movimentação inglesa, o exército Stuart marchou por Lancaster sob a liderança do lorde George Murray e encontrou pouca resistência. Mas o que poderia ter sido comemorado foi substituído pela decepção com o número baixo de jacobitas ingleses que se uniam à causa.

Perto do fogo quente em uma noite fria, Brigham sentou-se com Whitesmouth, que viera de Manchester para se juntar a causa. Homens aqueciam-se com uísque e se enrolavam em mantas contra o vento cortante.

— Devíamos ter atacado as forças de Wade. — Whitesmouth bebeu de seu frasco. — Agora eles convocaram com pressa o filho gordo do eleitor, Cumberland, e ele está avançando pelas Terras Médias. Quantos somos, Brig? Quatro, cinco mil?

— Na melhor das hipóteses. — Brigham aceitou o frasco, mas apenas olhou para o fogo. — O príncipe está sendo empurrado em direções opostas por Murray e O'Sullivan. Cada decisão só vem depois de debates angustiantes. Se você quer a verdade, Johnny, perdemos nosso impulso em Edimburgo. Podemos nunca mais consegui-lo de volta.

— Mas você ficará?

— O príncipe tem meu juramento.

Sentaram-se mais um momento em silêncio, ouvindo o vento chorar sobre as colinas.

— Você sabe que alguns dos escoceses estão desertando, voltando silenciosamente para seus vales e suas colinas?

— Eu sei disso.

Naquele dia de manhã, Ian e outros *chiefs* se reuniram com o intuito de planejar um jeito de segurar seus homens. Brigham imaginou se eles, ou qualquer outra pessoa, entendiam que as vitórias brilhantes que conseguiram com um exército menor e mal equipado tinham sido conquistadas porque os homens não tinham sido ordenados a lutar, mas tinham entrado na batalha seguindo seus corações. Uma vez que isso se perdesse, o mesmo aconteceria com a causa.

Tentando não pensar no assunto, Brigham mudou os pensamentos para questões práticas.

— Chegaremos em Derby amanhã. Se atacarmos Londres rapidamente e por completo, ainda poderíamos colocar o rei em seu trono por direito. — Ele tomou um gole enquanto alguém começou a tocar uma música triste na gaita de fole. — Nós ainda não fomos derrotados. Pelas notícias que você traz, há pânico na cidade e o eleitor se prepara para ir a Hanover.

— E que fique lá — murmurou Whitesmouth. — Meu Deus, como está frio.

— No Norte, o vento parece a lâmina afiada e doce de uma espada.

— Se a sorte está conosco, você retornará à sua esposa e seus familiares no começo do ano novo.

Brigham bebeu novamente, mas o coração sabia que seria necessário mais que sorte.

Em Derby, com Londres a apenas 210 quilômetros de distância, Charles fez mais uma reunião com seus conselheiros de guerra.

A neve caía intermitentemente do lado de fora enquanto os homens rodeavam a mesa. Havia melancolia na sala, tanto na luz fraca como nas faces dos presentes. A lareira queimava forte, mas, acima do crepitar, ainda era possível ouvir o assobiar do vento gelado.

— Senhores. — Charles estendeu as mãos finas na sua frente. — Eu busco aconselhamento de vocês que juraram lealdade ao meu pai. É de ousadia que precisamos, e união.

Os olhos escuros examinaram a sala, estudando brevemente cada homem. Murray estava lá, e, ao seu lado, o homem que ele considerava um empecilho, O'Sullivan. Brigham observou em silêncio enquanto o príncipe continuou a falar:

— Sabemos que três tropas do governo ameaçaram vir em nossa direção, e os ânimos estão baixos entre os homens. Um ataque rápido à capital neste momento, enquanto ainda nos lembramos de nossas vitórias, é certamente o que precisamos fazer.

— Sua Alteza. — Murray esperou até que recebesse permissão para falar. — O conselho que devo oferecer é cautela. Estamos mal equipados e em grande desvantagem numérica. Se nos retirarmos para as Terras Altas e usarmos o inverno para planejar uma nova campanha que começaria na primavera, poderíamos reconquistar os homens que já perdemos e conseguir novos suprimentos da França.

— Este é o conselho do desespero — desdenhou Charles. — Não consigo ver nada além de ruína e destruição para nós se recuarmos.

— Retirarmos — corrigiu Murray, e recebeu a aprovação de outros conselheiros. — A nossa rebelião é jovem, mas não deve ser impulsiva.

O príncipe ouviu, fechando os olhos por um momento enquanto homem após homem ecoou os sentimentos de Murray. Prudência, paciência, cautela. Apenas O'Sullivan pregava o ataque, usando lisonjas e promessas imprudentes em sua tentativa de influenciá-lo.

Repentinamente, Charles pulou da cadeira para mexer nos mapas e documentos espalhados em sua frente.

— O que você diz? — perguntou a Brigham.

Ashburn sabia que, militarmente, o conselho de Murray era sensato, mas se lembrou dos próprios pensamentos quando conversara com Whitesmouth. Caso se retirassem naquele momento, o coração da rebelião seria perdido. Pela primeira vez, e talvez única, seus pensamentos estavam em sintonia com os de O'Sullivan.

— Com todo respeito, Sua Alteza, se a escolha fosse minha, eu marcharia a Londres ao amanhecer e aproveitaria o momento.

— O coração diz para lutar, Alteza — afirmou um dos conselheiros, parecendo concordar com Brigham. — Mas, na guerra, deve-se prestar atenção à cabeça, também. Se marcharmos para Londres em nossa situação, as perdas podem ser imensuráveis.

— Ou nosso grande triunfo — interrompeu Charles apaixonadamente. — Somos mulheres para cobrir nossas cabeças ao primeiro sinal de neve ou pensar apenas em aquecer nossos pés cansados pelo fogo? Retirar, recuar. — Ele virou-se de volta para Murray, os olhos furiosos. — É tudo a mesma coisa. Gostaria de saber se você pretende me trair.

— Desejo apenas que você e sua causa sejam bem-sucedidas, Sua Alteza — afirmou Murray calmamente. — Você é um príncipe, senhor. Eu sou apenas um soldado, e devo falar como alguém que conhece suas tropas e os caminhos de uma guerra.

A discussão continuou, mas Brigham viu como terminaria muito antes de sua conclusão. O príncipe, nunca firme em suas intenções quando havia discórdia entre os conselheiros, estava sendo forçado a prestar atenção às palavras de cautela de Murray. Em 6 de dezembro, a decisão de recuar foi tomada.

A estrada de volta para a Escócia era longa, e os homens estavam desanimados. Era como Brigham temia. A ordem de parar o grandioso e agressivo avanço, que, desde o verão anterior, tinha dado aos clãs tanto poder, fez os homens perderem a fé na rebelião. Alguns ainda falavam de mais uma invasão no ano seguinte, mas todos acreditavam secretamente em seu coração que nunca marchariam para o sul outra vez.

Eles ultrapassaram a fronteira escocesa e tomaram Glasgow, embora a cidade fosse abertamente hostil. Os homens, frustrados e desiludidos, poderiam ter aproveitado aquele dia de Natal para saquear e depredar, não fosse a cabeça fria e a compaixão de Cameron de Lochiel tê-los convencido do contrário.

Stirling se rendeu quando reforços, homens, suprimentos e munições chegaram da França. Parecia que a decisão certa tinha sido feita, mas se Charles passara a acreditar que o lorde George estivera certo, nunca falou sobre o assunto.

Os números do príncipe voltaram a crescer à medida em que mais clãs se uniram à causa, prometendo lealdade, espadas e homens. Mas havia MacKenzie e MacLeod, MacKay e Munroe que apoiavam o eleitor.

Eles lutaram novamente, ao sul de Stirling, no crepúsculo roxo do inverno, escoceses lutando contra escoceses, assim como ingleses. Mais uma vez, provaram o sabor da vitória, mas com ela veio a dor quando Ian MacGregor caiu ferido por uma lâmina inimiga.

Ele persistiu durante a noite. Homens acostumados ao campo de batalha não precisam ser avisados quando suas feridas são mortais. Brigham sabia disso, e sentou-se ao lado do sogro com o vento da noite batendo contra a tenda.

Pensou em Serena e em como ela sorrira quando o grande homem que era seu pai a tinha girado nos braços. Lembrou a viagem com Ian através do vento do inverno e da partilha de uma garrafa de vinho do porto perto de uma grande lareira. Naquele momento, a morte que se aproximava parecia ter roubado tanto o tamanho quanto a força dele, fazendo-o parecer apenas um homem velho e frágil. Ainda assim, o cabelo ruivo reluzia na luz pálida da lamparina.

— Sua mãe... — Ian começou a falar, pegando a mão de Coll.

— Eu cuidarei dela. — Eles eram homens que amavam muito um ao outro para fingir que haveria um dia seguinte.

— Sim. — Ian respirava com dificuldade, e a respiração soava como um vento passando através de uma casca vazia de trigo. — O bebê... meu único arrependimento é que não verei o bebê.

— Ele terá o seu nome — prometeu Coll. — Ele saberá o homem que foi seu avô.

Um leve sorriso apareceu na boca de Ian, embora seus lábios estivessem cinzas.

— Brigham...

— Estou aqui, senhor.

Sua visão estava desvanecendo, então Ian concentrou-se na voz do genro.

— Não domestique minha gata selvagem. Ela morreria com isso. Você e Coll cuidarão de Gwen e Malcolm. Proteja-os.

— Você tem minha palavra.

— Minha espada... — Ian lutou para respirar. — Entreguem minha espada para Malcolm. Coll, você tem a sua.

— Ele a receberá. — Coll inclinou-se sobre a mão de Ian. — Papai.

— Estávamos certos em lutar. Não será em vão. — Abriu os olhos pela última vez. — Real é a nossa raça, rapaz. — E conseguiu dar um sorriso final. — Somos MacGregor, acima de tudo.

Homens foram enviados para levar o corpo de Ian de volta para Glenroe, mas Coll se recusou a acompanhá-los.

— Ele teria preferido que eu ficasse com o príncipe — garantiu Coll a Brigham enquanto observavam a caravana partir. — Sinto que ele tenha morrido aqui, com suas costas voltadas para Londres.

— Ainda não terminou, Coll.

O escocês virou a cabeça. Havia tristeza em seus olhos, e também uma raiva vívida.

— Não, não mesmo!

Ficava cada vez mais claro que a invasão à Inglaterra estava rapidamente esmorecendo para uma retenção, e a percepção disso desanimou os homens. Deserções se tornaram frequentes, e foi tomada a decisão de consolidar forças no norte da Escócia. Mas os líderes continuavam a discutir, mesmo depois de terem atravessado as águas geladas de Forth e marchado para o norte até o Great Glen. Durante sete semanas daquele inverno, Charles fez sua base em Inverness. A inatividade teve seus efeitos, diminuindo os números das tropas tão recentemente repostas. Muitas vezes travaram batalhas curtas, esporádicas e amargas durante aquelas semanas. Os jacobitas foram vitoriosos na tomada de Fort Augustus, a odiosa fortaleza inglesa no coração das Terras

Altas, mas os homens ansiavam por uma vitória decisiva para voltar para casa. Enquanto isso, Cumberland concentrava suas forças. Parecia que o inverno nunca terminaria.

Estava nevando quando Serena visitou o túmulo do pai. Ele tinha sido entregue quase um mês antes, e todos em Glenroe tinham chorado. Suas próprias lágrimas caíram livremente enquanto ela sentia a falta dele — do som estrondoso de sua voz, do aperto esmagador dos braços, e do riso em seus olhos.

Ela queria gritar. Preferia muito mais fúria às lágrimas, mas a raiva havia sido drenada de seu corpo. Sentia apenas tristeza, uma profunda e permanente dor que se agitava em seu coração, assim como o bebê que carregava se agitava em seu ventre.

Era a sensação de impotência que deixava o corpo fraco e o coração frágil. Nenhuma quantidade de trabalho, temperamento ou amor podiam trazer seu pai de volta, ou sumir com a tristeza dos olhos de sua mãe. Homens lutavam, e mulheres sofriam.

Serena fechou os olhos e deixou a neve lhe picar as bochechas. Deveria haver mais a se fazer do que esperar e lamentar. Ela já tinha perdido um homem que amava. Como poderia continuar a viver se perdesse outro?

A rebelião, pensou com o primeiro lampejo de determinação que sentiu nas últimas semanas. A maldita rebelião era... era correta, percebeu, secando o rosto com as mãos. Era correta e justa. Se uma pessoa acredita fortemente em algo, deve estar disposta a lutar e morrer. Seu pai tinha lhe dito isso, e tinha seguido as próprias palavras sem hesitar. Como poderia fazer menos do que isso?

— Eu sinto sua falta — murmurou ao túmulo. — E estou com medo. Há o bebê agora, sabe? Seu neto. — Alisou a barriga um pouco saliente. — Não havia nada que eu pudesse fazer para salvá-lo, assim como não há nada que eu possa fazer para proteger Brigham ou Coll. Eu gostaria... Ah, papai, estou grávida e parte de mim ainda deseja que eu fosse um homem para que pudesse pegar uma espada por você. — Procurou nos bolsos até encontrar o lenço que Brigham lhe dera tantos meses antes. Colocou-o na bochecha, usando-o como um talismã para trazê-lo de forma clara a sua mente. — Ele está seguro? Brigham ainda não sabe que fizemos um bebê. Eu iria até ele... — Serena sentiu o bebê se mexer. — Mas eu não posso. Não posso protegê-lo e nem lutar por ele, mas posso proteger e lutar por esta criança.

— Rena?

Ela se virou para ver Malcolm de pé, um pouco distante. A neve caía pesada entre eles, mas Serena podia ver o tremor dos lábios e o brilho de lágrimas nos olhos do irmão. Sem dizer nada, abriu os braços para o caçula dos MacGregor.

Enquanto ele chorava, ela o segurou, de alguma forma encontrando conforto ao consolá-lo. Malcolm fora tão valente no funeral, segurando o braço da mãe enquanto o padre dizia as últimas palavras ao lado da sepultura. Fora um homem naquele momento. Naquele instante, era apenas um garotinho.

— Eu odeio os ingleses. — Sua voz saiu abafada contra o xale de Serena.

— Eu sei. A mãe diria que sentir ódio não é cristão, mas às vezes acho que há momentos para o ódio, assim como há momentos para o amor. E há um momento, meu querido, para deixá-lo ir.

— Ele era um guerreiro feroz.

— *Aye*. — Ela conseguiu sorrir quando afastou o irmão para estudar seu rosto coberto de lágrimas. — Você não acha, Malcolm, que um guerreiro feroz preferiria morrer lutando por aquilo que acredita?

— Eles tinham recuado — disse Malcolm amargamente, e Serena viu um pouco de Coll em seus olhos.

— *Aye*. — A carta que tinha recebido de Brigham explicara a manobra, sua insatisfação com a mesma e a crescente deserção de homens. — Eu não entendo a estratégia dos generais, Malcolm, mas sei que independentemente se o príncipe vencer ou perder, nada mais será o mesmo.

— Eu quero ir para Inverness e me juntar ao exército.

— Malcolm...

— Eu tenho a espada do papai — interrompeu ele, paixão escurecendo seus olhos. — Eu posso e vou usá-la para vingar a morte do papai e apoiar o príncipe. Eu não sou uma criança.

Ela olhou para o irmão. O menino que tinha corrido para seus braços chorando era um homem novamente. Ele já alcançava o ombro da irmã, o queixo firme, a mão apertada sobre o punho da adaga. Malcolm poderia ir, percebeu Serena com uma pontada de medo.

— Não, você não é uma criança, e acredito que é capaz de lutar com a espada de papai como um homem. Não vou impedi-lo se seu coração lhe disser para ir, mas gostaria de pedir para pensar na mamãe, em Gwen e em Maggie.

— Você pode cuidar delas.

— Sim, eu tentaria fazê-lo, mas a cada dia a criança dentro de mim cresce... — Serena tomou as mãos dele. Estavam duras, frias, e surpreendentemente fortes. — E eu estou com medo. Não posso dizer a mamãe ou aos outros, mas estou com medo. Quando eu ficar tão grande quanto Maggie, como serei capaz de protegê-las se os ingleses vierem? Não estou pedindo para que não lute, Malcolm, nem estou dizendo que você é uma criança. Mas peço que seja um homem e lute aqui.

Dividido, ele olhou para a sepultura do pai. A neve caíra como um cobertor branco e macio em cima da superfície.

— O pai teria preferido que eu ficasse.

Serena sentiu alívio, mas apenas tocou o ombro do irmão.

— Sim. Não há vergonha em ficar para trás, não quando se é a coisa certa a fazer.

— É difícil...

— Eu sei. — Ela o abraçou. — Acredite em mim, Malcolm, eu sei. Há coisas que podemos fazer... — murmurou, pensando em voz alta. — Quando a neve parar. Se as tropas do príncipe estiverem perto de Inverness, os ingleses não estarão muito longe. Não podemos lutar em Glenroe, há muito poucos de nós, e quase todos são mulheres e crianças.

— Você acha que os ingleses virão para cá? — perguntou ele, meio ansioso, meio apavorado.

— Começo a acreditar que sim. Não recebemos a notícia de que houve uma batalha em Moy Hall?

— E os ingleses foram dispersados — lembrou Malcolm.

— Mas é muito perto daqui. Se não podemos defender, vamos proteger. Você e eu vamos encontrar um lugar nas colinas e prepará-lo. Alimentos, suprimentos, cobertores, armas. — Ela pensou na caixa de Brigham. — Vamos planejar, Malcolm, assim como os guerreiros.

— Eu conheço um lugar, uma caverna.

— Leve-me lá amanhã.

Brigham cavalgou com força. Embora fosse quase abril, o clima permanecia frio, com a neve muitas vezes sendo levantada pelo vento detestável. Ele comandava um punhado de homens cansados e famintos. O grupo, como outros que haviam sido enviados a partir de Inverness, estava em busca de alimentos e suprimentos. Uma de suas maiores esperanças, um saveiro do governo capturado e renomeado para *Príncipe Charles,* tinha sido retomado pelo inimigo perto de Kyle of Tongue, e o dinheiro que carregava — e que era desesperadamente aguardado pelo príncipe e suas tropas — estava agora nas mãos do inimigo.

O grupo de Brigham tinha encontrado mais aveia e carne de veado, e também descobriram notícias. O duque de Cumberland, segundo filho do eleitor, estava em Aberdeen com um exército bem armado, bem alimentado e duas vezes mais forte. Ele havia recebido um poderoso reforço de cinco mil soldados alemães, que permaneceram em Dornoch, bloqueando a rota sul. Tudo indicava que Cumberland estava começando seu avanço em direção a Inverness.

Cascos batiam contra a camada de neve que ainda cobria a estrada. Os homens andaram na maior parte do tempo em silêncio, irritados pela fome e pelo cansaço. Queriam uma refeição e o conforto do sono.

Soldados ingleses foram avistados a oeste. Com um sinal rápido, Brigham parou suas tropas e calculou a distância. Estavam em menor número, quase dois para um, e os soldados pareciam revigorados. Ele tinha uma escolha. Poderiam fugir, ou lutar. Virando o cavalo, ele analisou friamente os homens.

— Nós podemos correr para as colinas e despistá-los, ou podemos encontrá-los na estrada, com as pedras em suas costas.

— Vamos lutar!

Um homem tocou sua espada. Depois outro e outro adicionaram sua voz. Os soldados ingleses já estavam galopando em sua direção. Brigham esboçou um sorriso. Era a resposta que queria ouvir.

— Então, vamos mostrar-lhes os rostos dos homens do rei. — Manobrando o cavalo, liderou o ataque.

Havia algo feroz e assustador em um ataque de escoceses das Terras Altas. Eles cavalgavam como se estivessem indo para o inferno, gritando em gaélico e brandindo lâminas. Parede encontrou parede, e as colinas solitárias ecoaram com a fúria. Ao redor de Brigham, homens lutaram como demônios e caíram morrendo ao chão após serem atingidos por espadas. A neve ficou vermelha.

Não era de seu feitio permitir que as emoções viessem à tona durante uma batalha. Mas ali, depois de semanas de frustração e raiva, se permitiu sentir, cortando através da linha de soldados ingleses que se aproximavam como um homem enlouquecido. Não viu rostos, apenas a entidade sem nome conhecida como inimigo. Sua espada desceu, cortando carne enquanto guiava o cavalo para a direita, depois para a esquerda, depois para a direita de novo.

Eles forçaram os ingleses na direção das rochas, perseguindo-os sem piedade. Semanas de espera tinham atuado como um câncer, que veio à superfície para corroer a máscara civilizada dos homens.

Quando terminaram, cinco jacobitas estavam mortos ou morrendo ao lado de uma dúzia de soldados ingleses. O resto da tropa do governo havia fugido pelas rochas como coelhos.

— Atrás deles, rapazes — gritou um dos escoceses.

Brigham girou seu cavalo para bloquear a próxima investida.

— Para quê? — Desmontou para limpar sua lâmina na neve. — Nós fizemos o que tinha que ser feito. Agora, vamos cuidar de nossos colegas. — A meio metro de distância, um homem gemeu. Guardando a arma, Brigham foi até ele. — Os ingleses mortos serão enterrados. Nossos próprios mortos e feridos serão levados de volta para Inverness.

— Deixe os ingleses para os urubus.

Brigham virou a cabeça rapidamente. Os olhos tinham perdido o calor da batalha e estavam frios outra vez, e estudaram o rosto sujo de sangue do escocês que tinha falado.

— Nós não somos animais. Nós enterramos os mortos, amigos ou inimigos.

No final, o terreno era muito duro para sepulturas, e os ingleses mortos receberam "caixões" de pedras.

Os homens ainda estavam cansados e famintos quando viraram as montarias em direção a Inverness. Cavalgaram lentamente, sofrendo com suas feridas. A cada longo quilômetro, Brigham pensava em quão perto de Glenroe os ingleses tinham estado.

Capítulo 14

No frio de abril, os tambores e as gaitas de fole soaram. Em Inverness, o exército preparou-se para a batalha. Há apenas vinte quilômetros de distância, Cumberland havia armado acampamento.

— Não gosto do terreno. — Mais uma vez, Murray ficou como o conselheiro de Charles, mas a fissura que a decisão anterior de se retirar havia criado entre eles não tinha se fechado por completo. — O charco de Drumossie é bem adequado às táticas do exército inglês, mas não às nossas. Sua Alteza... — Murray escolheu as palavras com cuidado, sabendo que Charles ainda não o havia perdoado pelo recuo para o norte. — Este charco largo e aberto é tão bom para as manobras da infantaria de Cumberland que poderíamos dizer que foi projetado para isso, e digo que nunca haverá um terreno mais impróprio para os escoceses.

— Devemos recuar novamente? — questionou O'Sullivan. Ele era tão leal quanto Murray, e um soldado valente, mas faltava-lhe o senso militar duro dos ingleses. — Sua Alteza, os escoceses já não se provaram guerreiros ferozes e temíveis, assim como você provou ser um general prudente? Mais de uma vez vencemos os ingleses.

— Aqui não estamos apenas em menor número. — Murray virou as costas para O'Sullivan e apelou ao príncipe. — O terreno em si é a arma mais terrível. Se formos para o norte novamente, através de Nairn Water...

— Ficaremos para enfrentar Cumberland. — Charles, com os olhos frios e as mãos cuidadosamente cruzadas, estudou seus homens de maior confiança. — Não vamos fugir novamente. Já esperamos durante o inverno. — E a espera, ele sabia, deixaria seus homens desiludidos e insatisfeitos. Não era apenas a bajulação de O'Sullivan ou sua própria impaciência que o impeliam. — Não esperaremos mais. General O'Sullivan escolheu o terreno, e lutaremos nele.

Os olhos de Murray encontraram brevemente os de Brigham. Já haviam discutido a decisão do príncipe.

— Sua Alteza, se já está decidido, posso propor uma manobra que pode fortalecer a nossa vantagem?

— Se não incluir uma retirada, meu senhor.

As bochechas de Murray coraram, mas ele continuou:

— Hoje é aniversário do duque, e seus homens vão celebrá-lo. Estarão bêbados como mendigos. Um ataque surpresa esta noite poderia virar o jogo.

O príncipe considerou.

— Interessante... continue.

— Duas colunas de homens — começou Murray, usando castiçais para ilustrar seu plano. — Eles cercariam os inimigos, entrando no acampamento de ambos os lados e reduzindo o tamanho do exército de Cumberland enquanto dormem bêbados pelo conhaque do aniversário.

— Um bom plano — afirmou o príncipe, a excitação mais uma vez iluminando seus olhos. — O duque deve aproveitar bem a celebração, pois será curta.

Eles marcharam. Homens com não mais que um único biscoito em suas barrigas para andar os vinte quilômetros no escuro e no frio insistente. O plano era bom, mas os homens enviados para executá-lo estavam cansados e famintos. Uma, duas vezes, e mais uma vez perderam a direção e o coração, até não serem nada mais que um grupo errante.

Em seus cavalos, com o sol recém-nascido subindo no céu, Brigham e Coll assistiram a volta dos homens ao acampamento.

— Meu Deus... — murmurou o escocês. — Como chegamos a isso?

Com o próprio cansaço pesando sobre ele, Brigham mexeu-se na sela. Homens exaustos da marcha e da fome cruel desabaram ao chão, muitos caindo no sono no parque da Casa Culloden ou perto da estrada. Outros resmungando enquanto o príncipe andava entre eles.

Virando a cabeça, Brigham olhou para o charco Drumossie. Era grande e aberto, coberto com a geada matinal e uma névoa fina. Para Brigham, era praticamente uma rua preparada para o desfile da infantaria de Cumberland. Ao norte, através do rio chamado Nairn, o terreno era montanhoso e irregular. Murray teria escolhido marchar para o local. E lá, pensou Brigham, teria havido uma chance de vitória.

Mas O'Sullivan tinha a atenção do príncipe naquele momento, e não havia como voltar atrás.

— Termina aqui — afirmou Brigham. — Para melhor ou pior.

A leste, o sol lutava para abrir caminho entre as nuvens. Agitando seu cavalo, Brigham andou pelo acampamento.

— De pé homens! — gritou. — Vocês dormirão até acordarem com a garganta sendo cortada? Não conseguem ouvir os tambores ingleses?

Esforçando-se para se levantar, os homens começaram a se agrupar em seus clãs. A artilharia estava formada. A pouca comida que tinha restado foi passada para as tropas, mas serviu apenas para deixar as barrigas nervosas e e com a sensação de ainda mais fome. Com lanças e machados, pistolas e foices, se reuniram sob o mesmo estandarte. MacGregor e MacDonald, Cameron e Chisholm, MacIntosh e Robertson e mais. Eram cinco mil, com fome, mal equipados e mantidos de pé apenas pela causa que ainda os unia.

Charles parecia ainda mais principesco enquanto cavalgava pelas fileiras de homens em seu casaco tartã e sua boina decorada com a roseta branca. Eram seus homens, e o juramento que fizera a eles não era menos do que o feito a ele.

Do outro lado do charco, observaram o avanço inimigo. Eram três colunas que, lenta e suavemente, entraram em linha. Assim como Charles, o duque, gorducho em seu casaco vermelho e com uma roseta preta em seu tricorne, cavalgou ao longo das fileiras para encorajar os homens.

Houve o som de tambor e das gaitas de fole, e o zumbido vazio do vento que arremessava granizo sobre as faces dos jacobitas. Os primeiros tiros foram disparados por armas jacobitas. E foram respondidos, devastadoramente.

Ao mesmo tempo que o primeiro canhão explodiu perto da Casa Culloden, Maggie arqueou com uma contração. Elas estavam vindo de forma rápida e intensa. O corpo, enfraquecido pela noite inteira de trabalho de parto, estava dilacerado pela dor que a mente não mais registrava. De novo e de novo, ela gritou por Coll.

— Pobre moça, pobre moça. — A sra. Drummond trouxe água fresca e lençóis para o quarto. — Ela é tão pequenininha.

— Aqui está, querida. — Fiona limpou o rosto suado de Maggie com um pano úmido. — Senhora Drummond, mais lenha na fogueira, por favor. Precisamos de calor para quando o bebê chegar.

— A lenha está quase no fim.

Fiona apenas assentiu.

— Usaremos o que tivermos. Gwen?

— O bebê está virado, mamãe. — Ela endireitou-se um momento para aliviar a tensão em suas costas. — Maggie é tão pequena.

Serena, com uma das mãos segurando Maggie, colocou a outra de maneira protetora sobre a criança que crescia em seu ventre.

— Você consegue salvar os dois?

— Se Deus quiser.

Gwen limpou o suor do rosto com a manga do vestido.

— Lady MacGregor, posso pedir a Parkins para encontrar mais lenha. — O rosto largo da sra. Drummond enrugou-se de preocupação quando Maggie gritou com uma nova contração. Ela mesma tinha parido e perdido dois bebês. — Um homem deve ser útil para algo que não seja plantar sua semente em uma mulher.

Muito cansada para discordar, Fiona assentiu.

— Por favor, sra. Drummond. Diga-lhe que eu ficaria muito grata a ele.

— Coll... — Maggie soluçou, virando a cabeça de lado a lado. Então, seus olhos focaram a amiga. — Rena?

— *Aye*, meu amor, eu estou aqui. Estamos todas aqui.

— Coll. Eu quero Coll.

— Eu sei. Eu sei que você quer. — Serena beijou a mão inerte de Maggie. — Ele estará de volta em breve. — Seu próprio bebê chutou, fazendo-a pensar se, em poucos meses, não seria ela a estar confinada, gritando por Brigham em dor, sabendo desde o início que ele não estaria lá para responder ao chamado. — Gwen diz que você deve descansar entre as contrações, recuperar as forças.

— Eu tento. Deveria levar tanto tempo? — Fracamente, Maggie virou a cabeça para Gwen. — Diga-me a verdade, por favor. Há algo de errado com o bebê?

Por uma fração de segundo Gwen considerou mentir. Mas, embora ainda fosse jovem, sabia que mulheres lidavam melhor com a verdade, não importa a quão assustadora fosse.

— Ele está virado para o lado errado, Maggie. Eu sei o que fazer, mas não vai ser fácil.

— Eu vou morrer? — Não havia desespero na pergunta de Maggie, apenas uma exigência para a verdade. Por mais difícil que fosse, Gwen já havia tomado sua decisão. Se precisasse escolher, salvaria Maggie em vez do bebê. Antes que pudesse falar, a próxima contração surgiu, fazendo Maggie arquear novamente, mesmo exausta.

— Ah Deus! Meu bebê, não deixe meu bebê morrer. Jure para mim. Jure!

— Ninguém vai morrer. — Serena apertou-lhe a mão com tanta força que superou a outra dor e fez Maggie aquietar. — Ninguém vai morrer — repetiu.

— Porque você vai lutar. Quando a dor vier, você vai gritar até ela passar se for necessário, mas não vai desistir. Uma MacGregor não desiste.

As balas de canhão da artilharia do governo fizeram buracos enormes nas linhas jacobitas. As armas do exército do príncipe eram ineficazes para responder, e homens caíram mortos como veados em uma caçada. O vento soprava fumaça e granizo em seus rostos enquanto viam as tropas serem abatidas. Mesmo com sua formação tendo fileiras de até seis homens de largura, as balas de canhão rompiam a barreira, trazendo uma morte dolorosa e miserável.

— Senhor! Por que não dão a ordem para atacar? — Coll, com o rosto enegrecido pela fumaça, olhou desesperado para a carnificina. — Será que nos farão ficar aqui até o último homem ser morto, sem que nem levantemos nossas espadas?

Brigham virou e galopou para a ala direita, correndo através da fumaça e do fogo.

— Em nome de Deus! — gritou ao enfrentar o príncipe — Dê o comando para atacarmos! Estamos morrendo como cães!

— Do que você está falando? Estamos esperando o ataque de Cumberland.

— Você não vê o que os canhões inimigos estão fazendo com suas linhas de frente? Se está esperando por Cumberland, vai esperar em vão. Ele não vai atacar diretamente enquanto suas armas podem matar à distância. Nós não temos o mesmo alcance deles, e, por Deus, estamos morrendo!

Charles começou a dispensá-lo, pois, de fato, não tinha visão clara da habilidade assassina da artilharia de Cumberland de sua posição, mas o próprio Murray apareceu com o mesmo pedido.

— Dê o comando — concordou Charles.

O mensageiro foi enviado, mas foi derrubado por uma bala de canhão antes de chegar às fileiras. Vendo o desastre, Brigham continuou a cavalgar ele mesmo, gritando a ordem "atacar!" ao longo dos gritos dos homens.

O centro da linha de frente moveu-se primeiro, correndo como veados selvagens através do charco e caindo sobre os ingleses, facões e foices em mãos. Seria escrito que os escoceses atacaram como lobos, desesperados por sangue e destemidos. Mas eram apenas homens, e muitos foram cortados por baionetas e punhais.

Se antes os ingleses tinham corrido direto para um ataque rebelde, naquele instante tinham aprendido a lição. Em uma manobra astuta e impiedosa, os soldados mudaram a formação para pegar os escoceses desprevenidos em um ataque arrebatador e mortal de carabinas.

Os rebeldes continuaram a avançar, mas o próprio terreno, como previsto, estava a favor dos ingleses. Uma saraivada de balas dividiu a linha de frente. Ainda assim, quando os ingleses foram forçados a recuar para a próxima linha de defesa, pareceu por um instante que a força combinada dos escoceses faria o exército de Cumberland desmoronar. Mas essa segunda linha aguentou, atingindo de forma devastadora os escoceses em fúria. Eles caíram em pilhas, e aqueles que ainda estavam de pé eram obrigados a pular por sobre os corpos dos companheiros.

As armas dos ingleses ainda trovejavam, agora fazendo chover metralhas — recipientes de metal cheios de pregos, bolas de chumbo e pedaços de ferro.

Bem treinados, os soldados ingleses mantiveram a posição, uma fileira atirando enquanto a outra recarregava as armas, de modo que a saraivada de balas era interminável. Mas, ainda assim, os rebeldes pressionaram.

Uma metralha explodiu contra o escudo de Brigham, acertando seu braço e ombro enquanto ele abria caminho entre mortos e feridos e através da linha do duque. Ele viu James MacGregor, o impetuoso filho de Rob Roy, dirigindo seus homens por meio da parede viva de tropas inglesas. Seus próprios olhos ardiam com a fumaça que turvava a visão. O sangue em suas veias estava gelado enquanto cortava e perfurava seu caminho em direção à parte de trás do exército de Cumberland. Através do nevoeiro, viu que Murray o precedera, seu chapéu e peruca arrancados durante a batalha. Só então a confusão em torno deles começou a ficar nítida.

É verdade, a ala direita conseguira avançar sobre as forças inimigas, derrubando soldados ingleses em seu ataque. Mas, em outros pontos, os jacobitas estavam em farrapos. Os MacDonald foram punidos terrivelmente ao tentarem atrair os inimigos para batalhas corpo a corpo, já que eles mantiveram seus postos e abriram fogo impiedosamente.

Em um movimento desesperado, Brigham deu meia-volta, determinado a abrir o caminho mais uma vez e reunir os homens que estivessem a seu alcance.

Ele viu Coll, pés no chão, espada e adaga assobiando brutalmente enquanto lutava contra três ingleses. Sem hesitar, Brigham correu para ajudá-lo.

Este não era um duelo romântico ao amanhecer, mas uma luta suada e sangrenta por sobrevivência. O ferimento que Brigham recebera já escorria sangue, e a mão de seu punhal estava escorregadia. Fumaça continuava a subir, entupindo pulmões, assim como o granizo continuava a cair.

Apenas algumas batalhas ainda estavam sendo travadas na área em torno deles. Os jacobitas continuavam lutando freneticamente, mas estavam sendo forçados a voltar através do charco, que se encontrava cheio de mortos e feridos. A forte parede de homens no flanco direito fora quebrada, permitindo que os soldados ingleses avançassem e ameaçassem os rebeldes que fugiam em retirada.

Mas a derrota maior significava pouco naquele momento para Coll e Brigham. De costas coladas um contra o outro, os dois lutavam uma guerra pessoal contra três inimigos, assim como o exército do príncipe estivera em menor número em relação ao de Cumberland. Coll foi atingido na coxa, mas ignorou o corte e continuou a brandir sua espada. Atrás dele, Brigham girou e atacou, acertando o inimigo. Com a pequena vitória, os dois homens começaram a correr ao longo do charco cheio de corpos e coberto de fumaça.

— Meu Deus, eles nos destruíram. — Ofegante e sangrando, Coll examinou a carnificina. Era uma imagem que um homem nunca esqueceria, um vislumbre do inferno fumegante com fumaça e fedendo a sangue. — Deve ter havido dez mil deles.

Quando passaram por um espaço com ar limpo, viram um inglês brutalmente mutilando o corpo de um rebelde já morto. Com um rugido leonino, Coll caiu sobre ele.

— Já basta! — Brigham segurou o amigo. — Não há nada mais que possamos fazer aqui, além de morrer. A causa está perdida, Coll; a rebelião acabou. — Mas o cunhado estava enlouquecido, espada levantada, pronto para usá-la no primeiro homem que cruzasse seu caminho. — Pense! Glenroe está perto, muito perto. Temos que voltar e fugir com nossa família.

— Maggie! — Coll pensou em sua esposa. Apenas a morte do pai o fizera sentir tanta vontade de chorar. — Sim, você tem razão.

Voltaram a andar, espadas em riste. Ainda podiam ouvir tiros e gritos. Tinham quase alcançado as colinas quando uma virada repentina de cabeça mostrou a Brigham o soldado ferido levantando a espingarda para mirar.

Só houve tempo para empurrar Coll para fora da linha de fogo. O tiro atingiu Brigham, que sentiu a dor violenta e intensa, e caiu na beira do charco Drumossie no local que viria a ser conhecido como Culloden.

Após quase dormir em pé, Serena saiu da casa em busca de ar frio e fresco. Havia guerras que só mulheres conheciam, e acabara de lutar em uma. Passaram quase duas noites batalhando desesperadas para trazer o filho de Maggie ao mundo. Houve sangue, suor e dor em uma intensidade que nunca tinha imaginado. O menino viera ao mundo, pés primeiro, mas deixara a mãe oscilando entre a vida e a morte.

Era quase noite novamente, e Gwen tinha dito que Maggie viveria. Serena só conseguia lembrar do primeiro choro do bebê, alto e estridente. A nova mamãe também o ouvira antes de desmaiar por exaustão e pela perda de sangue.

Ali, do lado de fora, a luz era suave com a noite que se aproximava. A oeste, as primeiras estrelas já brilhavam, atraindo uma coruja solitária. Serena sentiu o pio da ave atravessar seu corpo.

— Ah, Brigham. — Colocou os braços em torno da própria barriga saliente. — Eu preciso de você.

— Serena?

Ela virou-se, estreitando os olhos para enxergar uma figura que mancava para fora das sombras.

— Rob? Rob MacGregor? — Então o viu totalmente, o casaco manchado de sangue, o cabelo emaranhado com sujeira e suor, os olhos agitados. — O que aconteceu com você? Meu Deus! — Ela o segurou quando Rob tropeçou aos seus pés.

— A batalha. Os ingleses. Eles nos mataram, Serena. Mataram-nos.

— Brigham! — Ela agarrou a camisa rasgada do homem. — Brigham! Onde ele está? Está bem? Por favor, diga-me, onde está Brigham?

— Eu não sei. Tantos mortos, tantos. — Ele chorou em suas saias, arrasado. Um dia já tinha sido jovem, idealista, amante de coletes da moda e meninas bonitas. — Meu pai, meus irmãos, todos mortos. Vi-os cair. E o velho MacLean, também, e o jovem David MacIntosh. Abatidos. — O horror que havia visto estava em seus olhos quando ergueu o rosto. — Mesmo quando corremos, eles nos abateram como porcos.

— Você viu Brigham? — perguntou Serena desesperadamente, sacudindo-o enquanto ele soluçava. — E Coll. Você os viu?

— Sim. Eu os vi, mas havia fumaça, muita fumaça, e as armas nunca mais pararam de atirar. Mesmo quando já estava tudo acabado, elas não pararam. Eu os vi... eu os vi matando mulheres e crianças. Havia um fazendeiro e seu filho arando. Os soldados avançaram, apunhalando e esfaqueando. Eu estava escondido, e vi os feridos no campo. Foram assassinados com maças.

— Não! — Mais uma vez, Serena colocou os braços ao redor da criança por nascer e começou a balançar o corpo em negação. — Não!

— Um homem poderia abaixar suas armas em sinal de rendição e ainda ser abatido como um cão. Eles vieram atrás de nós. Havia corpos ao longo da estrada, centenas, não pudemos sequer enterrar nossos mortos.

— Quando? Quando a batalha foi travada?

— Ontem. — Com um soluço sufocado, Rob enxugou os olhos. — Ainda ontem.

Seu marido estava bem. Ela tinha que acreditar que Brigham estava bem. Como seria capaz de se mover, de agir, se achasse que ele estava morto? *Brig não está morto*, disse a si mesma enquanto se levantava devagar. Não permitiria que ele morresse. Serena olhou para a casa, onde as velas já estavam acesas para a noite. Tinha uma família para proteger.

— Eles virão para cá, Rob?

— Estão nos caçando como animais. — Recuperado, cuspiu no chão. — Minha vergonha é que não matei mais uma dúzia deles ao invés de fugir.

— Às vezes você foge para poder lutar novamente. — Serena lembrava-se de como o rapaz era antes, e soube que ele nunca mais seria igual. Com pena, abraçou Rob. — E sua mãe?

— Ainda não fui até ela. Não sei como posso contar...

— Conte que os homens de sua vida morreram bravamente a serviço do rei verdadeiro, então leve ela e as outras mulheres para as colinas. — Serena olhou para a estrada, onde as sombras caíam sobre a fina geada. — Desta vez, quando os ingleses vierem queimar nossas casas, não haverá mulheres para serem estupradas.

Dentro da casa, ela procurou Gwen. O medo que sentia por Brigham estava aprisionado no fundo da mente. Para sua própria sanidade, e para o bem da família, não permitiria que ele se libertasse. Como um cântico, repetiu seus pensamentos: Brigham estava vivo. Ele voltaria.

— Gwen. — Tomando a mão da irmã, Serena puxou-a para longe da cama de Maggie. — Como ela está?

— Fraca. — Gwen também estava à beira da exaustão. — Eu gostaria de saber mais. Ainda há muito para aprender.

— Ninguém poderia ter feito mais que você. Salvou ela e o bebê.

Gwen, os olhos ainda nublados com fadiga, olhou para a cama onde Maggie dormia.

— Eu estava com medo.

— Todas nós estávamos.

— Até você? — Gwen sorriu e apertou a mão da irmã. — Você parecia tão destemida, tão confiante, Serena. Bem, o pior já passou. O bebê é saudável, quase um milagre. — Ela suspirou, permitindo-se pensar pela primeira vez em sua própria cama. — Algumas semanas de descanso e cuidado e Maggie vai recuperar sua força.

— Em quanto tempo ela poderá ser movida?

— Movida? — Gwen fez uma pausa para ajustar a fita em seu cabelo. — Por que, Serena?

Maggie murmurou em seu sono, e Serena levou a irmã para o corredor.

— Eu vi Rob MacGregor.

— Rob? Mas...

— Houve uma batalha, Gwen. Foi ruim, muito ruim.

— Coll? — Gwen conseguiu perguntar depois de um momento. — Brigham?

— Rob não sabia sobre eles, mas me disse que nossas tropas foram derrotadas e que os ingleses estão perseguindo os sobreviventes.

— Nós podemos escondê-los. Rob, e quem mais vier. Certamente, se os ingleses aparecerem e encontrarem apenas mulheres, irão embora.

— Você esqueceu o que aconteceu da última vez, quando havia apenas mulheres na casa e os ingleses vieram?

— Aquilo foi apenas um homem — afirmou Gwen em um sussurro desesperado.

— Ouça-me. — Serena pôs as mãos nos ombros da irmã e esforçou-se para falar com calma. — Rob me contou. Disse que os ingleses estão loucos. Que abateram os feridos e mataram mulheres e crianças. Se vierem para cá ainda ensandecidos, vão matar a todos nós, até Maggie e o bebê.

— Ela pode morrer se for movida.

— É melhor do que tê-la massacrada nas mãos dos ingleses. Reúna o que ela e o bebê vão precisar. Não podemos esperar mais tempo do que a primeira luz do dia para partirmos.

— Rena, e você e seu filho?

Os olhos verdes se iluminaram, mas não de medo. Se o pai visse seu olhar naquele momento, teria sorrido.

— Nós vamos sobreviver, e vamos recordar.

Com as próprias palavras ecoando nos ouvidos, Serena desceu a escada. Na cozinha, a mãe estava preparando uma bandeja de sopa e pão.

— Filha, pensei que você iria descansar. Vá agora, vá para sua cama. Assim que Gwen comer isso, me certificarei de que faça o mesmo.

— Mamãe, precisamos conversar.

— Maggie? — indagou Fiona de imediato. — O bebê?

— Não, Gwen me disse que estão bem o suficiente. — Ela virou a cabeça para que seus olhos encontrassem os da sra. Drummond e, em seguida, os de Parkins. — Todos precisamos conversar. Onde está Malcolm?

— Nos estábulos, minha senhora — respondeu Parkins. — Cuidando dos cavalos.

Assentindo com a cabeça, Serena levou a mãe para uma cadeira à mesa.

— Temos chá, sra. Drummond? O suficiente para todos nós?

— *Aye*. — Silenciosamente, ela serviu as xícaras e sentou-se quando Serena gesticulou.

— Tenho notícias — disse ela, e contou-lhes tudo.

Na primeira luz do dia, pegaram o que conseguiam carregar. Parkins deitou Maggie tão suavemente quanto podia na liteira que tinha arranjado. Ela reprimiu seus gemidos, e, embora tivesse tentado, ainda estava muito fraca para segurar o bebê. A viagem para as montanhas foi lenta e quase silenciosa, com Malcolm liderando o caminho.

No topo de uma colina, onde as primeiras flores estavam abrindo caminho através do solo fino, Fiona parou. A floresta onde chegara como uma noiva se espalhava abaixo de seus pés, brilhando por trás de uma fina névoa da manhã. Lá, no topo de uma subida, ficava a casa onde morara com Ian e dera luz a seus filhos.

Enquanto observava a paisagem, a brisa balançou seu xale, mas deixou suas bochechas incolores e seus olhos sem brilho.

— Nós voltaremos, mãe. — Serena passou um braço pela cintura de Fiona e deitou a cabeça em seu ombro. — Eles não tomarão nossa casa.

— Grande parte da minha vida está lá, Serena, assim como meu coração. Quando trouxeram seu pai de volta, pensei que minha vida também tinha terminado. Mas não terminou. — Ela deu um longo suspiro, endireitou os ombros e ergueu a cabeça. — *Aye*, os MacGregor voltarão para Glenroe.

O grupo permaneceu mais um momento observando a casa de ardósia azul brilhar na luz do sol.

Chegaram à caverna duas horas depois. Malcolm e Serena já tinham recolhido madeira e turfa para o fogo. E tinham cobertores e comida, medicamentos e leite ordenhado ainda naquela manhã. Escondido atrás de rochas estava o baú que guardava a pastora de Brigham e uma miniatura de sua avó, e sua caixa selada. Serena deixou a espada do avô próxima à entrada da caverna e verificou as pistolas e munição.

Gwen cuidou de Maggie enquanto Fiona acalmou o bebê que já chamavam de Ian.

— Você consegue disparar uma pistola, Parkins? — perguntou Serena.

— Sim, lady Ashburn, caso seja necessário.

Apesar do cansaço que sentia, ela sorriu. Parkins usara o mesmo tom de voz que teria usado caso Serena perguntasse como remover uma mancha de vinho das rendas.

— Talvez você possa ficar com essa, então?

— Muito bem, milady. — Ele pegou a pistola com uma ligeira reverência.

— Você é mais do que aparenta, Parkins. — Ela pensou na forma competente com a qual tinha arrumado a liteira, e a guiado com sua carga frágil sobre o terreno irregular. — Estou começando a entender porque o lorde Ashburn mantém você por perto. Está com ele há muito tempo?

— Eu tenho servido aos Langston há muitos anos, milady. — Quando ela assentiu com a cabeça e olhou para a entrada da caverna, Parkins suavizou. — Ele voltará para nós, milady.

Lágrimas ameaçaram cair, mas apenas uma conseguiu escapar antes de Serena piscá-las de volta.

— Eu gostaria de dar a Brigham um filho homem desta primeira vez, Parkins. Qual era o nome do pai de Brigham?

— Era Daniel, milady.

— Daniel. — Serena conseguiu sorrir novamente. — Vamos chamá-lo de Daniel, e ele será corajoso o suficiente para entrar na cova de um leão. — Voltou seu sorriso a Parkins. — Ele será o próximo conde de Ashburn, e um dia andará por Glenroe.

— Você descansará agora, lady Ashburn? A viagem a cansou mais do que você sente.

— *Aye*, em um momento. — Ela virou-se para ter certeza de que os outros estavam ocupados. — Quando Brigham e meu irmão retornarem, não saberão onde nos encontrar. Será necessário que um de nós desça a cada poucas horas para esperar por eles. Você, Malcolm e eu revezaremos.

— Não, milady.

A boca de Serena caiu, depois fechou, depois abriu novamente.

— Não?!

— Não, milady, eu não posso, em sã consciência, deixá-la viajar mais uma vez. Meu mestre também não aceitaria a ideia.

— Seu mestre não tem nada a dizer sobre isso. Tanto ele quanto Coll precisarão ser guiados até aqui.

— E assim será. O jovem Malcolm e eu cuidaremos disso. Você e as outras mulheres permanecerão aqui.

Uma expressão de teimosia tomou conta do rosto pálido e cansado de Serena.

— Não vou me sentar nesta maldita caverna e esperar quando posso ser útil para o meu marido.

Parkins cobriu Serena com uma manta.

— Eu temo que devo insistir, lady Ashburn. Meu senhor me ordenaria a fazê-lo.

Serena fez uma careta para o criado.

— Eu me pergunto por que o lorde Ashburn não o mandou embora anos atrás.

— Sim, milady — disse Parkins confortavelmente. — Ele se perguntou a mesma coisa muitas vezes. Vou lhe trazer um copo de leite.

Serena dormiu. Tinha a pistola e a espada ao alcance, mas seus sonhos foram pacíficos e sobre Brigham. Conseguiu vê-lo claramente, quase o suficiente para tocá-lo enquanto ele sorria para ela. Sua mão estava na dele, e Serena podia sentir o calor de sua pele enquanto dançavam juntos perto da margem do rio ensolarada. Seu marido usava uma roupa preta cintilante e prata, e ela, um vestido de cetim cor de marfim semeado com pérolas.

Estavam sozinhos, gloriosamente sozinhos, com apenas o barulho da água e o canto dos pássaros como música. Os rostos estavam próximos, e mais próximos, e então perto o suficiente para um beijo enquanto continuavam a dançar.

Ele era tão bonito, seu amante inglês alto e de coração rebelde e galante. Seu beijo era doce e suave, como um de cumprimento ou de despedida.

Então, Serena viu o sangue manchando o casaco preto, sujando suas mãos quando o tocou. O sangue era real, verdadeiro o suficiente para que sentisse o calor dele em sua pele. Mas quando tentou segurar Brigham em seus braços, ele desapareceu, deixando-a nas margens do rio acompanhada apenas do chamado de uma toutinegra em busca de seu companheiro.

Ela acordou com o nome de Brigham nos lábios e o coração trovejando. Ofegante, ergueu as mãos trêmulas e não encontrou sangue algum. Devagar, lutando para separar o sonho da realidade, levou a mão ao coração. Não era uma toutinegra que ouvira, mas uma águia. Não era o barulho do rio, mas o gemido do vento.

Ele estava vivo, disse a si mesma, e tocou a barriga como se para tranquilizar o filho de que o pai estava seguro. Quase imediatamente, ouviu o choro do bebê já nascido. Cansada, levantou-se para ir até o fundo da caverna. Com a ajuda de Fiona, Maggie segurava o jovem Ian no peito, onde ele mamava vigorosamente.

— Serena. — A voz de Maggie era fraca e suas bochechas ainda estavam pálidas, mas seu sorriso era doce. — Ele fica mais forte a cada hora — murmurou, e ergueu a mão para acariciar a pequena cabeça. — Em breve, você terá o seu.

— Ele é lindo. — Com um pequeno suspiro, Serena se sentou ao lado dela. — Deus foi bom o suficiente para dar-lhe a sua aparência, em vez da do pai.

Maggie riu, apoiando-se na curva do braço de Fiona.

— Eu não sabia que eu poderia amar alguém tanto quanto amo Coll. Mas agora eu sei.

— A viagem foi difícil para você. Como está se sentindo?

— Fraca. E odeio me sentir tão fraca e indefesa.

Serena acariciou-lhe a bochecha.

— Um homem não se apaixona por um burro de carga, sabe?

Desta vez, o riso de Maggie saiu um pouco mais forte.

— Se alguma menina tentar esse truque com o meu pequeno Ian, eu arrancarei seus olhos.

— Claro, mas tenha certeza de ensiná-los para suas filhas.

— Ah, sim. — Maggie fechou os olhos. — Eu estou tão cansada.

— Apenas durma — disse Fiona. — Quando o bebê terminar, cuidaremos dele.

— Será que Coll virá logo?

Os olhos de Fiona encontraram os de Serena.

— *Aye*. — A voz da matriarca era calma. — Muito em breve. Ele vai ficar tão orgulhoso de você por ter lhe dado um filho.

Serena pegou o bebê que estava caindo no sono enquanto a mãe ajeitava os cobertores ao redor de Maggie.

— Ele é tão pequeno. — Serena embalou Ian e o deitou para dormir. — Sempre parece um milagre.

— É um milagre. — Fiona olhou para o outro lado da caverna, para onde Gwen dormia um sono exausto. — Toda criança é um milagre. Há sempre a morte, Serena; há sempre dor e perda. Sem a promessa de uma nova vida, não poderíamos suportar.

Serena perguntou, então, o que não tinha sido corajosa o suficiente para perguntar antes.

— Você acha que eles estão mortos?

— Eu rezo para que estejam vivos. — Fiona segurou as mãos da filha. — E rezarei a todo momento até que saibamos. Você precisa comer — disse bruscamente. — Por você e pela criança.

— *Aye*, mas... — Sem terminar a frase, olhou ao redor da caverna. — Onde está Malcolm?

— Com Parkins. Eles saíram logo depois que você foi dormir. Desceram para buscar mais suprimentos.

Franzindo a testa, Serena aceitou a tigela que a sra. Drummond oferecia.

— Não se preocupe com eles, garota, meu Parkins sabe o que está fazendo.

— Sim, ele é um bom homem, sra. Drummond. Confiável.

Rubor iluminou o rosto da viúva.

— Vamos nos casar.

— Estou feliz por você. — Ela parou, os dedos apertando a tigela. — Ouviram isso? — sussurrou enquanto colocava a tigela no chão.

— Não ouvi nada. — Mas o coração de Fiona já estava na garganta.

— Alguém está vindo. Vá para o fundo da caverna. Cuide para que Ian não faça nenhum barulho.

— Serena.

Fiona estendeu a mão para a filha, mas ela já estava andando em silêncio até a entrada da caverna. O sangue corria gelado por suas veias, congelando seu medo e deixando-a forte. Ela mataria se Deus não lhe mostrasse outra solução, e faria isso sem pensar duas vezes.

Com uma mão firme, pegou a pistola, e com a outra, a espada. Se fossem os ingleses, eles encontrariam mulheres sozinhas, mas não indefesas. Atrás dela, a sra. Drummond agarrou uma faca.

Conforme os passos se aproximavam, não havia dúvida de que a caverna seria vista. Segurando cada arma em uma das mãos, Serena saiu da caverna e preparou-se para a batalha. O sol caiu sobre ela, acertando seus olhos de modo que precisou estreitá-los para mirar a pistola.

— Ainda uma gata selvagem, eu vejo.

Brigham, apoiado em Coll e Parkins, conseguiu sorrir para ela ao ser meio carregado sobre o chão irregular. A luz brilhou sobre sua roupa manchada de sangue.

— Ah, Deus! — Colocando as armas no chão, Serena correu para o marido.

O rosto dela fixou na frente de seus olhos quando Brigham se esforçou para falar de novo. Mas só conseguiu dizer o nome da esposa antes da escuridão cair sobre ele, sufocando a dor.

Capítulo 15

— É MUITO GRAVE? — Serena ajoelhou-se no chão da caverna ao lado de Brigham, enquanto Gwen examinava as feridas dele. O medo tinha retornado, deixando sua boca seca como poeira.

Em silêncio, Gwen apalpou o local onde a bala havia se instalado. A poucos passos de distância, Fiona enfaixava a perna de Coll, que por sua vez olhava embasbacado para o filho.

— O tiro era para mim. — Coll segurava a mão de Maggie. A dor em sua perna era leve, quase imperceptível sob sua exaustão. Estava vivo, ao lado de sua amada esposa e seu primogênito, enquanto seu amigo estava sangrando por uma bala que tinha sido direcionada a ele. — Brigham me empurrou e foi atingido em meu lugar. Estávamos tentando escapar para as montanhas. Nós havíamos perdido, tudo estava perdido. Fomos separados do nosso regimento. Achei... a princípio achei que Brigham estava morto.

— Você o trouxe de volta. — Serena olhou para cima, segurando um pano encharcado de sangue.

— *Aye.* — Coll enterrou o rosto no cabelo da esposa, desejando sentir o aroma doce e esquecer do cheiro dos embates e da morte.

Jamais seria capaz de descrever os acontecimentos do último dia inteiro. Mas nunca esqueceria o desespero que sentiu quando carregou Brigham para as montanhas. Ele se lembraria de se esconder como um cão selvagem e enfaixar suas feridas o melhor que podia, enquanto os ingleses inspecionavam rochas e urzes. Havia se escondido no buraco de uma rocha, fraco demais para atravessar o trecho de charco até um celeiro. Lá, deitado ao lado de Brigham inconsciente, tinha visto os soldados chegarem e atearem fogo à construção. E tinha ouvido os gritos dos feridos que estavam escondidos lá dentro.

Percorrera grande parte do restante dos quilômetros até Glenroe à noite, dando suporte a Brigham quando ele estava consciente, carregando-o quando não estava.

— Temíamos por vocês — confessou Coll depois de um momento. — Temíamos que os ingleses viriam antes que pudéssemos avisá-las.

— A bala deve ser retirada imediatamente — interrompeu Gwen enquanto pressionava um pano contra a ferida, e todos os olhos se voltaram para ela. — Temos de encontrar um médico.

— Não há médico. — Serena sentiu a histeria crescendo dentro de si e lutou para controlá-la. Teria Brigham sido devolvido apenas para que pudesse vê-lo morrer? — Se sairmos em busca de um, só atrairemos os ingleses até nós.

— Eu sei do risco — disse Gwen.

— Eles o matariam. — Serena falou sem rodeios. — Seriam duplamente cruéis por ele ser um nobre inglês. Curariam a ferida apenas para mantê-lo vivo até a execução. Você deve tirar a bala.

— Nunca fiz nada parecido com isso. — Gwen fechou uma mão sobre o braço de Serena. — Não tenho a habilidade e o conhecimento. Eu o mataria na tentativa de salvá-lo.

Pânico fez o corpo de Serena tremer. Sob suas mãos, Brigham gemeu e agitou-se.

— É melhor ele morrer aqui, conosco. — Sua expressão era fúnebre quando olhou para o marido. — Se você não vai tentar, farei isso sozinha.

— Milady. — A voz de Parkins soou inexpressiva como sempre, e ele deu um passo adiante. — Vou remover a bala com a ajuda da srta. MacGregor.

— Você? Você consegue? — Serena deu uma risada frágil. — Nós não estamos falando sobre engomar rendas, homem.

— Eu já fiz isso antes, milady. Isso é uma vez mais que você. E o lorde Ashburn é meu mestre — disse rigidamente. — Eu cuidarei dele. Ele precisará ser cuidado.

Parkins voltou seu olhar para Coll.

— Eu vou segurá-lo. — Serena inclinou-se sobre o corpo de Brigham, como se para protegê-lo. — E Deus o ajude se a faca escorregar.

Fizeram uma fogueira e viraram uma lâmina sobre ela até que a ponta ficasse avermelhada. Quando Brigham acordou, Gwen deu-lhe uma tigela de remédio fortemente preparada com papoulas. Por mais que Serena limpasse a pele do marido com um pano frio, o suor escorria pelo seu rosto aristocrático.

— Sente-se com Maggie e mamãe, Rena — pediu Coll. — Deixe-me segurá-lo.

— Não. Eu devo fazer isso. — Ela se posicionou acima de Brigham, apertando as mãos em seus braços antes de levantar o rosto para Parkins. — Sei que você terá que machucá-lo, mas, por favor, seja rápido.

O criado tinha retirado o casaco e enrolado as mangas para revelar braços finos e espigados. Serena fechou os olhos por um momento. Estava colocando seu amor, sua vida, nas mãos de um homem que não parecia capaz de fazer mais do que lustrar botas. Abrindo-os novamente, estudou o rosto do criado. Confiável. Ela mesma havia dito isso para sua cozinheira. Fiel. Mais que fiel, percebeu. Amava Brigham como um irmão. Com uma oração, acenou para Parkins começar e observou a faca cortar a pele de seu marido.

Mesmo atordoado pela medicação, Brigham endureceu. Serena usou toda a força que tinha para mantê-lo deitado, murmurando disparates, carinhos e promessas em seu ouvido. Ela observou a faca ir mais fundo na carne e ignorou o enjoo que sentiu.

Quando a dor do corte superou a fraqueza e a tontura que sentia, Brigham começou a lutar. Coll tentou tomar o lugar de Serena, mas ela o afastou com um rosnado e convocou toda a força que tinha.

Não havia som na caverna além da pesada respiração de Brigham e do baixo crepitar do fogo. Mas o ar estava carregado com orações silenciosas, feitas com uma união que as deixaram tão forte quanto uma novena. Serena viu o sangue do marido manchar o chão da caverna e o rosto ficar pálido dele. Em suas orações, pediu para receber um pouco da dor e poupá-lo.

— Encontrei. — O suor escorria pelo rosto de Parkins enquanto buscava a bala dentro de Brigham. Em seu coração, ele rezava para que seu mestre desmaiasse e escapasse da dor. Mas a mão magra era firme. Lentamente, com medo de causar mais danos, começou a retirar a bala. — Mantenha-o imóvel, milady.

— Tire logo essa maldita coisa! — Serena lançou um olhar furioso a Parkins quando Brigham gemeu e se contorceu sob suas mãos. — Ele está sofrendo.

Ela observou a respiração pesada e instável do marido, enquanto Parkins arrancava a pequena bola de metal de dentro de Brigham. Antes do criado soltar a respiração que estava segurando, Gwen já estava assumindo o comando da situação.

— Temos de parar o sangramento. Ele não viverá se perder mais sangue. — Com eficiência, começou a enfaixar a ferida. — Mamãe, você pode cuidar das feridas do braço e do ombro? Elas são menos graves, mas parecem feias. Senhora Drummond, meus remédios.

Quando Brigham amoleceu novamente, Serena se inclinou para trás. Os braços e costas tremiam com a pressão. Cuidadosamente, consciente da criança que carregava, forçou-se a relaxar.

— Como posso ajudar?

Gwen olhou para a irmã com o rosto tão pálido quanto o do marido.

— Saindo para pegar um ar. Por favor, deixe isso comigo.

Concordando, Serena levantou-se e foi até a entrada da caverna. Era quase madrugada outra vez. O tempo havia passado de uma forma estranhamente rápida. Um ano antes, Brigham aparecera em sua porta carregando um Coll ferido. Naquele instante, era seu marido que estava perto da morte. O espaço de tempo entre os dois acontecimentos parecia um sonho, cheio de amor e paixão, riso e choro.

Ela podia ver as colinas ficando arroxeadas enquanto à luz diminuía. A terra, pensou. Será que perderiam até mesmo isso, dessa vez? Haviam lutado, haviam perdido. Coll lhe dissera que as últimas palavras de seu pai tinham sido "Não será em vão", mas o homem que amava jazia ferido e as terras pelas quais tinham lutado já não eram mais deles.

— Lady Ashburn?

Piscando, Serena voltou à realidade. Ela era a lady Ashburn. E era uma MacGregor. Colocou a mão sobre a barriga e sentiu o bebê chutar. Uma nova vida. Uma nova esperança. Não, ela não diria que tinha sido em vão.

— *Aye*?

— Pensei que a senhora gostaria de uma bebida quente.

Ela se virou, quase sorrindo para o tom formal de Parkins. O criado havia recolocado seu casaco, e o homem vigoroso que havia transpirado ao retirar a bala de um corpo poderia nunca ter existido.

— Obrigada, Parkins. — Ela aceitou o copo e deixou o líquido acalmar sua garganta arranhada. — Eu gostaria de pedir desculpas pelo jeito que o tratei.

— Por favor, não se preocupe, milady. Você estava perturbada.

Serena levou uma mão ao rosto, presa entre lágrimas e risos.

— Sim, perturbada. Você tem mãos firmes, Parkins. Um coração firme.

— Eu sempre me esforcei para isso, milady.

Ela deixou escapar um longo suspiro, limpando o rosto com as mãos.

— Você tem um lenço, também?

— Claro, lady Ashburn. — Com uma breve reverência, Parkins ofereceu-lhe um.

— Parkins, você serviu ao lorde Ashburn hoje, e também serviu a mim. Pode ser que um dia você precise de um favor meu. Quando esse dia chegar, não hesite em pedi-lo.

— Meu serviço foi dado sem condições, milady.

— *Aye.* — Ela pegou a mão do criado, fazendo-o corar um pouco. — Eu sei disso. O favor ainda é seu quando precisar. — Serena ofereceu-lhe de volta o lenço úmido. — Vou ficar com meu marido agora.

O vento aumentou e uivou como um animal selvagem. Entrando pela abertura da caverna, ele lutava para penetrar os cobertores e fazia as chamas da fogueira dançarem. Em seus gritos, Serena ouviu o que seus antepassados teriam chamado de espíritos das colinas. Eles riam, gemiam e resmungavam, e ela não sentiu medo.

Serena observou Brigham durante a noite, incapaz de dormir, mesmo quando Gwen pediu. Ele queimava de febre, e, por vezes, ela temeu que o calor o comesse vivo. Por vezes, também falou frases esporádicas e incoerentes, que mostraram a ela que o marido estava revivendo a batalha. Com as palavras de Brigham, compreendeu a real intensidade do massacre. Uma vez, ele conversou com a avó, contando-lhe desesperadamente sobre os sonhos destruídos pelos canhões ingleses.

Ele chamava por Serena, e era prontamente acalmado com murmúrios e uma mão fria em sua testa. Brigham acordaria novamente, delirante, certo de que os ingleses o haviam encontrado.

— Eu ficarei com ele. — Fiona ajoelhou ao lado da filha, colocando um braço confortante sobre seus ombros. — Você precisa descansar, por você e pela criança.

— Eu não posso deixá-lo, mamãe. — Serena torceu um pano frio e o passou pelo rosto pálido de Brigham. — Estou melhor aqui do que se estivesse tentando dormir. Apenas observá-lo já ajuda de alguma forma. Às vezes, ele abre os olhos e olha para mim. E sabe que estou com ele.

— Então durma aqui, apenas um pouco. Deite a cabeça em meu colo, como você fazia quando era uma menina.

Com a suave persuasão de Fiona, Serena se encolheu no chão da caverna. Estendendo o braço, cobriu a mão de Brigham com a sua.

— Ele é bonito, não é, mamãe?

Sorrindo levemente, Fiona acariciou o cabelo de sua filha.

— *Aye*, ele é bonito.

— Nosso bebê vai se parecer com o pai, com olhos cinzas e uma boca forte. — Serena fechou os olhos e ouviu a destemida música do vento. — Acho que o amei quase desde o início. E tive medo. Foi tolice.

Fiona continuou a acariciar o cabelo ruivo da filha enquanto as palavras de Serena foram ficando arrastadas com o sono.

— O amor é muitas vezes tolo.

— O bebê está se mexendo — murmurou ela, sorrindo enquanto adormecia. — O nosso bebê.

Os sonhos de Brigham eram incessantes. Às vezes, estava de volta ao charco, preso na fumaça e fúria da batalha. Homens morriam agonizando ao seu redor, alguns por suas próprias mãos. Podia sentir o cheiro de sangue e o odor acre da pólvora. Ouvia as gaitas de fole, os tambores e as explosões implacáveis da artilharia.

Então, estava mancando pelas colinas, com o corpo ardendo pela ferida e a mente enevoada. Pensou ter sentido o cheiro de madeira queimando — madeira e pele –, e ouvido gritos ecoando em sua cabeça.

Estava prestes a gritar também pelo som insuportável quando os gritos pararam. Serena estava a seu lado, usando um vestido branco que brilhava sobre a pele, o cabelo caindo como ouro derretido.

Às vezes, quando abria os olhos, era capaz de vê-la, de uma forma tão clara que conseguia ver as marcas da insônia sob seus olhos. Então, as pálpebras ficavam pesadas e se fechavam novamente, e ele era lançado de volta para o campo de batalha.

Durante três dias, Brigham flutuou entre consciência e inconsciência, muitas vezes delirante. E não sabia nada sobre o pequeno mundo que fora criado dentro da caverna, ou das idas e vindas de sua população. Ele ouviu vozes, mas não tinha forças para compreender ou responder. Uma vez, quando recobrou brevemente a consciência e estava escuro, pensou ter ouvido o lamento baixo de uma mulher. Em outra, ouviu o choro fino de um bebê.

Ao fim dos três dias, caiu em um sono profundo e sem sonhos, um sono tão calmo quanto a morte.

Acordar foi quase como nascer, confuso, doloroso e incontrolável. A luz queimou seus olhos, embora fosse fraca no fundo da caverna. Sem forças, ele fechou os olhos e tentou orientar-se por sons e cheiros.

Sentiu o odor de terra e fumaça e, estranhamente, um cheiro de comida sendo feita. Havia também o aroma enjoativo de papoulas que o lembrava de doenças. Ouviu murmúrios. Com a paciência dos fracos, permaneceu imóvel até começar a distingui-los.

Coll. Gwen. Malcolm. Sentiu um alívio tão forte quanto o delírio que percorria seu corpo. Se eles estavam ali e seguros, Serena também estava. Abriu os olhos, estremecendo com a luz. Estava reunindo suas forças para falar quando ouviu um barulho ao seu lado.

Ela estava lá, sentada e abraçada aos joelhos, com as costas apoiadas em uma parede rochosa. O cabelo estava caído para a frente, como uma cortina para seu rosto. Uma onda de amor quase o fez desmaiar.

— Rena — murmurou, e esticou a mão para tocá-la.

Ela acordou imediatamente. Emoções invadiram seu rosto quando ela se aproximou para tocar o do marido. Ele estava frio, abençoadamente frio.

— Brigham. — Serena o beijou levemente. — Você voltou para mim.

Havia tanta coisa para dizer a ele, tanta coisa para ouvir. No começo, Brigham só tinha força o suficiente para ficar acordado por mais ou menos uma hora. Lembrava-se da batalha com clareza, mas o que tinha acontecido em seguida era, misericordiosamente, um borrão em sua mente. Sentira dor, uma mais intensa e nítida do que a latejante que sentia naquele momento. Lembrou-se de ter sido arrastado, levantado e carregado, e de terem derramado água fria em sua garganta quente. Uma vez, recordou de acordar de um quase desmaio quando ele e Coll encontraram seis corpos.

Gradualmente, por sua insistência, as lacunas foram preenchidas. Brigham ouviu tudo com uma expressão severa, a fúria e o desgosto com as atrocidades de Cumberland compensadas apenas pela alegria de ter Serena e seu futuro filho por nascer ao seu lado.

— Este lugar não continuará seguro por muito tempo. — Brigham sentou-se apoiado contra a parede da caverna, com o rosto ainda pálido sob a luz fraca. Fazia dois dias que a febre havia passado. — Precisamos nos mover o mais rápido possível, em direção à costa.

— Você não está forte o suficiente. — Serena manteve a mão dele na sua. Parte dela queria se aninhar na caverna e esquecer que havia um mundo do lado de fora.

Em resposta, Brigham levou as mãos entrelaçadas aos lábios. Mas os olhos estavam sérios e focados. Morreria antes de forçar Serena a dar à luz em uma caverna.

— Acho que podemos pedir ajuda a meus parentes em Skye. — Ele olhou para Gwen. — Quando Maggie e o bebê estarão bem para viajar?

— Em um dia ou dois, mas você...

— Eu estarei pronto.

— Você estará pronto quando dissermos que está — cortou Serena.

Um traço da velha arrogância cintilou nos olhos cinzentos.

— Você virou uma tirana desde a última vez que a vi, minha senhora.

Ela sorriu e colou os lábios aos dele.

— Eu sempre fui uma tirana, *sassenach.* Descanse agora — pediu Serena ao cobri-lo com uma manta. — Quando sua força retornar, iremos para onde desejar.

O olhar de Brigham se intensificou, e o sorriso de Serena vacilou.

— Eu cobrarei essa promessa, Rena.

— Apenas descanse.

O cansaço na voz de Brigham a fazia sofrer. Ele a deixara como um homem forte, aparentemente invencível, e tinha voltado à beira da morte. Serena não arriscaria perdê-lo para a própria teimosia.

— Talvez Coll e Malcolm tragam carne — completou ela.

Serena se deitou ao lado do marido, acariciando sua testa enquanto ele adormecia e se perguntando por que seus irmãos estavam demorando tanto.

Eles viram a fumaça de cima da montanha. Deitados de barriga no chão, Coll e Malcolm olharam para Glenroe. Os ingleses haviam voltado, trazendo fogo e ódio. As casas já estavam em ruínas, os telhados de palha desaparecidos. A Casa MacGregor estava acesa pelas chamas que escorriam das janelas quebradas.

— Malditos sejam! — exclamou Coll repetidas vezes enquanto batia os punhos contra uma rocha. — Vão todos para o inferno!

— Por que eles queimaram nossas casas? — Malcolm sentiu vergonha das lágrimas em seus olhos e se apressou a enxugá-las. — Qual é a necessidade de destruir nossas residências? Os estábulos! — disse repentinamente, e teria se levantado não fosse por Coll.

— Eles devem ter levado os cavalos, garoto.

Malcolm pressionou o rosto contra a rocha, preso entre lágrimas infantis e a fúria de um homem.

— Será que irão embora e nos deixarão em paz?

Coll lembrou-se do massacre em torno do campo de batalha.

— Acho que farão buscas nas colinas. Temos de voltar para a caverna.

Serena ficou deitada em silêncio, ouvindo os sons domésticos e reconfortantes. O jovem Ian estava mamando novamente, e Maggie cantarolava para ele.

A sra. Drummond e Parkins trocavam sussurros enquanto preparavam uma refeição como se ainda estivessem fofocando na cozinha da Casa MacGregor. Perto de Maggie, Fiona costurava calmamente o que um dia seria o cobertor do neto. Gwen arrumava seus jarros e potes de remédio.

Estavam todos juntos, enfim, reunidos e seguros. Um dia, quando os ingleses se cansassem de estuprar a Escócia e retornassem para a fronteira, eles voltariam para Glenroe. Ela faria Brigham feliz ali de alguma forma, fazendo-o esquecer da vida luxuosa que tivera em Londres. Construiriam uma casa perto do lago para morar.

Sorrindo, Serena se afastou para deixar Brigham dormir. Decidiu sair para ver se os irmãos estavam voltando, mas, ainda de pé, ouviu o som de alguém se movendo perto da entrada da caverna. Palavras de saudação estavam na ponta de sua língua, mas ela parou. Nem Coll nem Malcolm teriam a necessidade de se aproximar com tanta cautela. Com uma mão que tinha ficado repentinamente gelada, Serena pegou a pistola.

Uma sombra bloqueou a luz na entrada da caverna. Então, sentiu seu coração parar quando viu o brilho do metal e o casaco vermelho.

O soldado endireitou-se, a espada erguida, enquanto avaliava seu achado. Serena observou que o casaco e o rosto dele estavam manchados de sujeira e fuligem. Havia triunfo em seus olhos, e um brilho inconfundível quando viu Gwen.

Sem dizer uma palavra, e sem pensar em misericórdia, ele avançou na direção de Parkins. Serena apontou a pistola e disparou. O soldado cambaleou para trás, mostrando surpresa no rosto antes de cair ao chão. Pensando apenas em defender o que era dela, Serena agarrou o cabo da espada de seu avô. Outro soldado apareceu. Serena estava levantando a espada quando sentiu uma mão apertar-se sobre a dela. Brigham estava ao seu lado. O soldado, dentes à mostra, avançou com sua baioneta erguida. Outro tiro foi disparado, derrubando-o. Parkins, seu corpo magrelo protegendo a sra. Drummond, segurava a pistola ainda fumegante na mão.

— Recarregue — ordenou Brigham, empurrando Serena para trás de si enquanto mais um soldado entrava na caverna. O inglês não avançou, apenas ficou parado rigidamente por um instante antes de cair de cabeça. Havia uma flecha em suas costas.

Respirando por entre os dentes, Brigham correu para fora da caverna. Havia mais dois. Coll estava lutando contra um, espada contra espada, enquanto manobrava desesperadamente para proteger Malcolm com seu corpo. O outro soldado avançou sobre o menino, que segurava um arco vazio como uma defesa inútil.

Com um grito, Brigham avançou. A dor explodiu novamente na lateral de seu corpo, quase cegando-o. O soldado virou-se, mas ergueu sua espada sobre a cabeça de Malcolm.

Serena disparou a pistola recém-carregada da entrada da caverna e acertou uma bala em seu coração.

Estava encerrado. Cinco soldados estavam mortos e a segurança da caverna estava acabada.

Partiram ao anoitecer, em direção ao oeste. Dois dos cavalos que os soldados ingleses usavam eram de Malcolm. Eles alternaram entre cavalgar e andar. Quando era possível, se abrigavam em cabanas de barro ou com o gado. A hospitalidade das Terras Altas era como sempre tinha sido. As pessoas que conheceram lhes contaram sobre as ações de Cumberland, que já era chamado de "Açougueiro". A perseguição era intensa, e a busca pelo príncipe através das urzes, implacável.

Casas estavam em ruínas; gado e cavalos e ovelhas tinham sido afugentados. Os escoceses, nunca ricos, estavam passando fome. Ainda assim, esconderam o príncipe e qualquer fugitivo que pediu abrigo.

O progresso era lento, com cada dia trazendo perigos diferentes. Milhares de soldados tinham sido enviados para encontrar o Bonnie Prince. Era junho quando finalmente conseguiram embarcar para Skye, onde foram recebidos pelos MacDonald de Sleat.

— É tão bonito quanto ela disse que era — disse Brigham. Ao lado de Serena, observava Uig Bay do alto de uma pequena ladeira coberta por uma grama verde exuberante. — Minha avó me contou como corria pela grama quando menina para ver os barcos.

— É lindo. — A brisa era suave contra o rosto de Serena. — Tudo é lindo, agora que estamos reunidos e seguros.

Por quanto tempo?, perguntou-se Brigham. Havia soldados ali, também. O mar estava sendo patrulhado. Rumores diziam que o príncipe estava próximo. Se estivesse, os ingleses estariam logo atrás. Uma maneira para o príncipe voltar para a França ou a Itália precisava ser planejada. Porém, mais importante, Serena e o bebê precisavam ser mantidos em segurança.

Brigham não pensara em outra coisa durante os dias de sua recuperação, durante as noites em que viajaram como párias pelas colinas da Escócia. Não poderiam voltar para a Inglaterra e dar a Serena o que era dela por direito como lady Ashburn. Nem poderiam voltar a Glenroe durante os próximos anos, embora ela ainda tivesse que aceitar o fato.

— Sente-se comigo, Serena.

— Com muito gosto. — Ela riu quando precisou de ajuda para abaixar seu corpo, agora incômodo e rechonchudo. — Estou gorda como uma vaca.

— Você nunca esteve mais bonita.

— Mentiroso. — Serena sorriu e virou o rosto para um beijo. — Mas a verdade não lhe renderia um beijo. — Apoiando a cabeça no ombro do marido, olhou para a baía. O sol espalhava-se sobre ela, colorindo o azul com tons dourados como em um vestido de baile. — É lindo aqui, Brig. Estou feliz que você teve a chance de ver a terra onde sua avó cresceu. Que nós tivemos a chance de vê-la juntos.

Gemendo, Serena colocou uma mão na barriga.

— Está se sentindo mal?

— Não, estou melhor a cada dia desde que chegamos aqui. — Era verdade, espiritualmente. Mas não queria dizer ao marido o quão mal estava se sentindo fisicamente. Naquela mesma manhã, a dor em suas costas e a pressão que sentira quase a mantiveram na cama. — Os familiares de sua avó estão sendo muito gentis conosco.

— Eu sei. Serei eternamente grato a eles, e a todos os outros que nos abrigaram. — Seus olhos escureceram quando olhou para a água. — É difícil entender como puderam abrigar um inglês tão facilmente.

— Como você pode falar assim? — Havia uma raiva genuína em sua voz quando ela agarrou-lhe o braço. — Não foi sua Inglaterra que matou a Escócia. Foi, e é, Cumberland e sua sede de sangue, a necessidade de destruir. É ele que está devastando o país.

— E, em Londres, Cumberland é aplaudido como um herói.

— Ouça-me. — O aperto suavizou quando Serena pegou a mão dele. — Houve um tempo em que eu culpava todos pelos erros de poucos. Se você me ama, não faça o mesmo. — Sorrindo, levou a mão de Brigham para sua barriga. — Nosso filho terá sangue inglês, e tenho orgulhoso disso.

Brigham puxou-a para mais perto apenas para segurá-la nos braços.

— Mais uma vez, você me alegra. — Permaneceram abraçados, agarrando-se à esperança que surgira mesmo após as perdas. — Sabe... se eu for encontrado aqui, o que acontecerá com os MacDonald?

Era covarde de sua parte, mas Serena não queria pensar nisso.

— Você não será encontrado.

— Não posso fugir para sempre, Rena, nem continuar a pôr em perigo amigos e estranhos.

Nervosa, ela arrancou um punhado de relva. Era muito verde e cheirava tão bem.

— Eu sei, mas que escolha temos? O príncipe ainda está sendo caçado. E sei que você se preocupa com ele.

— Sim, mas eu também me preocupo com você e nosso filho. — Quando ela começou a tranquilizá-lo, Brigham agarrou-lhe as mãos. — Eu nunca esquecerei o último dia na caverna, da maneira como você foi forçada a me defender, a matar por mim e por sua família.

— Eu fiz o que precisava ser feito, o que você teria feito. Todos esses meses eu me senti inútil porque não podia fazer nada. Naquele dia, as coisas mudaram. Uma mulher pode não se juntar à rebelião num campo de batalha, mas pode proteger o que ela ama.

— Devo confessar que nunca a amei mais do que o fiz naquele dia, quando você segurou uma espada e uma pistola em suas mãos. — Ele beijou cada uma das mãos e olhou fixamente para Serena. — Consegue entender que eu queria dar-lhe uma vida bela, não uma de medo e fuga? Eu queria dar-lhe o que era meu, mas não tenho mais nada.

— Brigham…

— Não, espere. Há algo que eu preciso lhe perguntar. Você disse que iria para onde eu desejasse. Você irá?

Ela sentiu uma onda de dor atravessar seu corpo, mas concordou.

— *Aye*.

— Você deixaria a Escócia, Rena, e viajaria comigo para o Novo Mundo? Eu não posso dar-lhe tudo o que prometi antes, mas não seremos pobres. Muitas das coisas que eu queria para você foram deixadas para trás. Você será apenas a sra. Langston, e a terra e as pessoas serão estranhas para nós dois. Entendo que estou pedindo muito, mas talvez um dia possamos voltar.

— Sssssh. — Emocionada, colocou os braços ao redor dele. — Você não sabe que eu o acompanharia até o inferno, se pedisse?

— Eu não peço para que me acompanhe ao inferno, mas sei o que estou pedindo e que promessas estou quebrando.

— Você prometeu apenas me amar e voltar para mim. Você fez os dois. — Serena balançou a cabeça antes que ele pudesse falar. — Você precisa ouvir e tentar entender. As semanas que tive com você na corte foram lindas, mas apenas porque estávamos juntos. Nunca precisei de tais coisas, Brigham. O título não significa nada para mim, nem os bailes ou os vestidos. Somente você. — Com os olhos marejados, Serena se afastou. — Todos os dias, em Holyrood, eu temia cometer algum erro e envergonhá-lo. Temia que você considerasse me escolher para ser a lady Ashburn um grave erro de julgamento.

— Que bobagem é essa?

— Nunca serei uma simples aristocrata, Brigham. Eu estava com medo de que você me pedisse para ir à França, para a corte.

Os olhos dele se estreitaram.

— Sua vida seria mais fácil lá, como foi em Edimburgo.

— E eu teria que fingir ser uma dama enquanto ansiava secretamente por minha calça e um passeio de cavalo na floresta.

— Você prefere ir para a América com apenas um baú de ouro e um sonho?

Serena emoldurou o rosto dele nas mãos.

— A Inglaterra era a sua terra e a Escócia era a minha. Perdemos os dois. Juntos, vamos fazer o nosso próprio lugar.

— Eu te amo, Rena. Mais que minha vida.

— Brigham, o bebê...

— Será feliz. Eu juro.

— Mais cedo do que pensamos — explicou ela. Ao ver a expressão do marido, Serena deu mais uma risada antes de voltar a fazer uma careta. — Ah, eu acho que ele tem a minha impaciência. Eu preciso de Gwen, Brigham, e de minha mãe.

— Mas você disse que demoraria mais algumas semanas.

— Não sou eu que decido. — Serena segurou a barriga quando sentiu uma contração. — É ele.

Ela prendeu a respiração, então riu quando o marido a levantou desajeitadamente nos braços.

— Brigham, não há necessidade. Eu quebrarei suas costas.

Naquele momento, ela sentia-se leve.

— Senhora — disse ele zombeteiro —, tenha um pouco de fé.

Epílogo

Perto do último dia de junho, catorze meses depois de ter levantado seu estandarte, o príncipe Charles desembarcou perto da Casa Mugston, na Ilha de Skye. Ele estava disfarçado como a criada de Flora MacDonald, uma jovem mulher que arriscou sua vida para viajar com ele e entregá-lo em segurança.

Tinha escapado de ser preso por um triz, mas não perdera nem a ambição, nem a ânsia. Muito menos seu romantismo. Deixou Flora com uma mecha de seu cabelo e o desejo de que poderiam se encontrar novamente, no Tribunal de St. James.

Brigham o viu brevemente. Conversaram como haviam feito muitas vezes no passado, com facilidade e respeito mútuo. Embora tivesse esperanças, no entanto, Charles não pediu a Brigham para acompanhá-lo na viagem para a França.

— Você vai sentir falta dele — disse Serena quando estavam no quarto na Casa Mugston.

— Vou sentir falta dele como um homem, e vou lamentar a perda do que poderia ter sido. — Brigham a abraçou, segurando o corpo dela contra o seu. — Foi ele e sua causa que me trouxeram até você. Não vencemos, Rena, mas preciso apenas olhar para você e meu filho para saber que também não perdemos. — Com o braço em volta dela, Brigham virou-se para olhar a criança que tinham batizado de Daniel. — É como seu pai disse, amor. Não foi em vão. — Ele apertou os lábios nos dela, demorando o beijo, sentindo a paixão, o amor e a confiança. — Você está pronta?

Com um aceno de cabeça, ela pegou sua capa de viagem.

— Se apenas mamãe, Coll e Maggie fossem conosco.

— Eles precisam ficar, assim como nós precisamos ir. — Ele esperou enquanto Serena pegava a criança. — Você terá Gwen e Malcolm.

— Eu sei. Eu só queria...

— Haverá um MacGregor em Glenroe novamente, Serena. Vamos voltar.

Ela olhou para o marido enquanto o sol entrava pela janela a suas costas. Ele parecia o mesmo de quando o tinha visto pela primeira vez: moreno, incrivelmente bonito e um pouco imprudente. Isso a fez sorrir mesmo quando o bebê se agitou no seu colo.

— Haverá um Langston na Mansão Ashburn novamente. Daniel vai voltar, ou seus filhos o farão. Eles terão o seu lugar lá, e nas Terras Altas.

Brigham segurou a caixa que guardava a pastorinha de porcelana. Um dia, a daria ao filho. Inclinou-se para beijar Serena novamente quando ouviu uma batida na porta.

— Perdão, milorde.

— O que foi, Parkins?

— Vamos perder a maré.

— Muito bem. — Brigham gesticulou para as outras malas. — E Parkins, devo lembrá-lo de que você deve me chamar de sr. Langston agora?

O criado ergueu as malas com seus braços finos. Havia pedido o favor, e ele e a nova sra. Parkins também iriam para a América.

— Não, milorde — respondeu levemente, e saiu.

Com Brigham praguejando, Serena riu enquanto segurava o bebê.

— Você sempre será o lorde Ashburn, *sassenach*. Vamos. — Ela estendeu a mão para ele. — Estamos indo para casa.

Um mundo novo

Capítulo 1

Seu nome era MacGregor. Agarrou-se ao pensamento com a mesma intensidade com a qual agarrava as rédeas do cavalo. A dor era viva, latejando em seu braço como se uma dúzia de demônios estivessem dançando sobre ele. Sentia um calor infernal, apesar do vento de dezembro e da neve soprando.

Não conseguia mais guiar o cavalo, mas seguiu em frente, confiando que o animal encontraria o caminho pelas trilhas abertas por índios, veados ou homens brancos. Ele estava sozinho com o aroma de neve e pinheiro, a batida abafada dos cascos da égua e a escuridão do início do crepúsculo. Um mundo silenciado pelo mar de vento que se espalhava pelas árvores.

O instinto dizia que estava longe de Boston, das multidões, das lareiras quentes, da civilização. Seguro. Talvez seguro. A neve cobriria a trilha que sua égua deixava e os respingos do próprio sangue.

Mas estar seguro não era suficiente. Nunca tinha sido. Ele estava determinado a permanecer vivo, e por um motivo feroz. Um homem morto não podia lutar. Por tudo o que era sagrado, ele havia jurado lutar até que fosse livre.

Tremendo apesar dos pesados casacos de camurça, os dentes rangendo do frio que agora vinha tanto de dentro quanto de fora, ele se inclinou para a frente para falar com a montaria, acalmando-a em gaélico. Sua pele estava úmida com o calor da dor, mas o sangue era como o gelo que se formava nos galhos das árvores que o rodeavam. Podia ver a respiração da égua sair em fumaças brancas, enquanto ela caminhava pela neve cada vez mais profunda. Rezava de uma maneira que apenas um homem que sentia o próprio sangue derramando-se podia rezar. Pela vida.

Ainda havia uma batalha para lutar. Não se permitiria morrer antes de levantar a espada.

A égua deu um relincho solidário quando ele se abaixou contra seu pescoço, a respiração ofegante. Havia tensão no ar, assim como o cheiro de sangue. Com uma virada de cabeça, o animal entrou em uma corrente de vento, seguindo o próprio instinto de sobrevivência e indo para o oeste.

A dor era como um sonho agora, flutuando em sua mente, nadando por seu corpo. Ele pensou que, se pudesse acordar, ela desapareceria. Como nos sonhos. Ele tinha outros sonhos — violentos e vívidos. De lutar contra os britânicos por tudo o que lhe tinham roubado. De retomar seu nome e sua terra — de lutar por tudo que os MacGregor tinham mantido com orgulho, suor e sangue. Tudo o que tinham perdido.

Ele nascera na guerra. Parecia justo e certo que morresse em uma.

Mas ainda não. Fez um esforço para erguer-se. Ainda não. A luta havia apenas começado.

Forçou uma imagem em sua mente. Uma imagem grandiosa. Homens em penas e casacos de camurça, os rostos enegrecidos com cortiças queimadas, fuligem e graxa, embarcando nos navios *Dartmouth*, *Eleanor* e *Beaver*. Homens comuns, lembrou-se, comerciantes e artesãos e estudantes. Alguns alimentados pelo álcool, outros pela justiça. A destruição dos baús que continham o maldito e detestado chá. O espetáculo satisfatório das caixas quebradas caindo na água fria do porto de Boston em Griffin's Wharf. Recordou-se de como as caixas deformadas haviam se amontoado na sujeira da maré baixa como pilhas de feno.

Uma grande xícara de chá para os peixes, pensou ele. Sim, eles eram felizes, mas com um propósito. Determinados. Unidos. Precisariam ser todas aquelas coisas para lutar e vencer a guerra que muitos não entendiam que já tinha começado.

Quanto tempo se passara desde aquela gloriosa noite? Um dia? Dois? Tinha sido azarado ao encontrar dois soldados ingleses bêbados e nervosos quando estava amanhecendo. Eles o conheciam. Seu rosto, seu nome, suas políticas eram bem conhecidas em Boston. Ele não fizera nada para cair nas boas graças da milícia britânica.

Talvez tivessem apenas a intenção de assediar e intimidar um pouco. Talvez não tivessem pretendido cumprir a ameaça de prendê-lo... por acusações que não tinham esclarecido. Mas, quando um deles puxou uma espada, a arma de MacGregor praticamente saltou para a própria mão. A luta tinha sido breve... e tola, era capaz de admitir naquele momento. Ainda não tinha certeza se havia matado ou apenas ferido o impetuoso soldado, mas seu parceiro tinha um olhar assassino quando sacou a arma.

Apesar de MacGregor ter sido rápido em montar e correr, a bala de mosquete acertara violentamente seu ombro.

Podia senti-la agora, latejando contra o músculo. Embora o resto de seu corpo estivesse misericordiosamente dormente, sentia aquele pequeno e agonizante ponto crítico de calor. Então, sua mente apagou e ele não sentiu mais nada.

Ele acordou dolorosamente. Estava deitado no cobertor da neve, virado para cima, e viu vagamente o redemoinho de flocos brancos contra o céu cinzento. Havia caído de sua montaria, e não estava perto o suficiente de morrer para escapar da vergonha que sentiu. Com dificuldade, ficou de joelhos. A égua esperava pacientemente ao seu lado, observando-o com uma leve surpresa.

— Espero que não conte para ninguém, *lass*. — Foi o som fraco de sua própria voz que lhe trouxe o primeiro traço de medo. Rangendo os dentes, pegou as rédeas e içou-se bruscamente para cima. — Abrigo...

Ele balançou, quase desmaiando, e soube que nunca teria forças para montar. Segurando com força, estalou a língua para a égua e deixou-a puxar seu corpo cansado.

A cada passo, lutou contra o desejo de colapsar e deixar o frio levá-lo. Disseram que havia pouca dor em congelar até a morte. Era como dormir um sono frio e indolor.

E como raios sabiam disso, a menos que tivessem vivido para contar a história? Riu do pensamento, mas a risada virou uma tosse que o enfraqueceu.

Tempo, distância, direção estavam completamente perdidos para ele. Tentou pensar em sua família, no calor deles. Seus pais e irmãos na Escócia. Amada Escócia, onde lutavam para manter a esperança viva. Seus tios e primos em Virgínia, onde trabalhavam pelo direito a uma nova vida em uma nova terra. E ele estava em algum ponto entre os dois mundos, dividido entre o amor pelo velho e seu fascínio pelo novo.

Mas, em qualquer uma das terras, havia um inimigo comum. Sentiu-se forte com o pensamento. Os britânicos. Miseráveis! Eles proscreveram seu nome e mataram seu povo. Agora, estavam estendendo as mãos gananciosas através do oceano para que o meio-louco rei inglês pudesse impor suas malditas leis e coletar os malditos impostos.

Tropeçou, quase soltando as rédeas. Por um momento, descansou a cabeça contra o pescoço da égua, os olhos fechados. O rosto de seu pai pareceu flutuar em sua mente, os olhos ainda brilhantes de orgulho.

— Construa um lugar para si mesmo — dissera ao filho. — Nunca esqueça, você é um MacGregor.

Não, ele não esqueceria.

Com cansaço, abriu os olhos. Ele viu, através da neve rodopiante, a forma de uma construção. Cauteloso, piscou, esfregando a vista cansada com a mão livre. A forma permanecia, cinza e indistinta, mas real.

— Veja, *lass*. — Ele se inclinou pesadamente contra a égua. — Talvez este não seja o dia em que morrerei, afinal.

Passo a passo, caminhou em direção ao prédio. Era um celeiro, um grande, bem construído com troncos de pinheiro. Os dedos dormentes se atrapalharam com o trinco, os joelhos ameaçaram ceder. Então, estava dentro do celeiro, com o cheiro e o abençoado calor dos animais.

Estava escuro. Ele se moveu por instinto para um monte de feno na baia de uma vaca malhada. A senhora bovina se opôs com um mugido nervoso.

Foi o último som que ouviu.

Alanna vestiu sua capa de lã. O fogo na lareira da cozinha queimava intensamente e tinha o aroma leve e alegre de maçãs. Era uma coisa simples e normal, mas que a agradava muito. Havia acordado bem-humorada, como se estivesse esperando algo que estava prestes a chegar. Devia ser a neve, imaginou, embora seu pai tivesse levantado da cama reclamando do tempo. Ela adorava a pureza da neve, a maneira como se agarrava aos galhos das árvores que seu pai e irmãos ainda teriam de limpar.

A neve já estava diminuindo e, dentro de uma hora, o caminho para o celeiro estaria cheio de pegadas, das suas inclusive. Havia animais para cuidar, ovos para coletar, arreios para reparar e madeira para cortar. Mas, por enquanto, por um breve momento, apenas apreciou a paisagem.

Se seu pai a pegasse olhando pela janela daquele jeito, balançaria a cabeça e a chamaria de sonhadora. Isso seria dito de maneira rude — não de raiva, pensou, mas de tristeza. Sua mãe tinha sido uma sonhadora, mas morrera antes que o sonho de uma casa e uma terra abundante tivesse sido plenamente realizado.

Cyrus Murphy não era um homem duro, pensou Alanna. Nunca fora. Tinha sido a morte, as muitas mortes, que o deixara grosso e espinhoso. Dois *bairns* — duas crianças — e, mais tarde, sua amada esposa. O outro filho, o belo e jovem Rory, morto na guerra contra os franceses.

Seu próprio marido, pensou ela. O doce Michael Flynn, levado de uma forma menos dramática, mas ainda assim levado.

Nem sempre pensava em Michael. Afinal, tinha apenas três meses de casada e três anos de viúva. Mas ele fora um homem amável e bom, e ela lamentava amargamente nunca terem tido a chance de criar uma família.

Mas aquele não era um dia para dores antigas. Puxando o capuz da capa, saiu de casa. Aquele era um dia para promessas, para recomeços. O Natal estava se aproximando rápido, e ela estava determinada a fazer uma festa alegre.

Já tinha passado horas em sua roda de fiar e tear. Havia novos cachecóis, luvas e toucas para os irmãos. Azul para Johnny, e vermelho para Brian. Para o pai, pintara uma miniatura da mãe. E pagou ao ourives local muitos centavos por uma moldura.

Ela sabia que os presentes agradariam a família, assim como a refeição que planejava para a ceia de Natal. Era tudo o que importava: manter sua família unida, feliz e segura.

A porta do celeiro estava destrancada. Com um resmungo irritado, a abriu. Era bom que tivesse sido ela a descobrir isso em vez de seu pai, pensou, ou seu irmão mais novo, Brian, ficaria com as orelhas quentes de tanto levar bronca.

Entrou no celeiro, tirou o capuz e pegou automaticamente os baldes de madeira pendurados ao lado da porta. Como havia pouca luz, usou uma lamparina, acendendo-a cuidadosamente.

Quando terminasse a ordenha, Brian e Johnny viriam para alimentar os animais e limpar as baias. Então, ela coletaria os ovos e faria aos seus homens um farto café da manhã.

Alanna começou a cantarolar enquanto caminhava pelo largo corredor no centro do celeiro. Então, tomou um susto quando viu uma égua roana — e de aparência exausta — parada ao lado da baia de sua vaca malhada.

— Jesus amado!

Levou uma mão ao coração quando o animal se moveu. A égua relinchou em saudação e mexeu os cascos.

Se havia um cavalo, havia um cavaleiro. Aos 20 anos, Alanna não era jovem ou ingênua o suficiente para acreditar que todos os viajantes eram amigáveis e que não teriam más intenções para com uma mulher sozinha. Poderia ter se virado e corrido, gritado pelo pai e irmãos. Mas, apesar de ter tomado o nome de Michael Flynn, ela nascera uma Murphy. E os Murphy protegiam uns aos outros.

Com a cabeça erguida, falou alto e sem rodeios:

— Exijo saber seu nome e por que está aqui.

Apenas a égua respondeu. Quando chegou perto o suficiente do animal, tocou em seu nariz.

— Que tipo de mestre você tem, que a deixa molhada e selada? — Indignada pelo estado da égua, desceu os baldes ao chão e ergueu a voz. — Tudo bem, eu começo. Você está na terra dos Murphy.

As vacas mugiram.

Colocando a mão na cintura, olhou ao redor do celeiro.

— Ninguém está lhe negando abrigo da tempestade — continuou ela. — Ou um café da manhã decente, aliás. Mas você vai me ouvir por ter deixado sua égua nesse estado.

Quando não houve resposta, a irritação de Alanna aumentou. Praguejando, decidiu ela mesma retirar a sela do animal. E quase tropeçou sobre um par de botas.

Botas elegantes, pensou ao examiná-las. Elas saíam da baia de vaca, o couro marrom e de boa qualidade manchado com neve e lama. Alanna aproximou-se silenciosamente para vê-las presas a um par de longas e musculosas pernas cobertas por uma calça desgastada de camurça.

Havia um metro de pernas, pensou, mordiscando o lábio inferior. E uma masculinidade gloriosa. Chegando ainda mais perto, viu quadris magros, uma cintura estreita, com um cinto de couro e um tronco coberto por um gibão longo e um casaco de peles.

Nunca vira um homem tão belo antes. E, se ele escolheu o celeiro dela para dormir, Alanna achou que era seu direito observá-lo o quanto quisesse. Ele era grande, decidiu, inclinando a cabeça e segurando a lamparina mais para cima. Mais alto que qualquer um de seus irmãos. Ela se inclinou mais perto, querendo ver o resto dele.

O cabelo era escuro. Não castanho, percebeu ao estreitar os olhos, mas de um vermelho profundo, como o cavalo de Brian. Ele não usava barba, mas havia um pouco por fazer em seu queixo e em torno da boca volumosa e bonita. Sim, bonita, determinou com apreciação feminina. Um rosto forte, mas aristocrático de alguma forma, com sobrancelhas altas e feições esculpidas.

O tipo de rosto que fazia o coração de uma mulher palpitar, tinha certeza. Mas não estava interessada em palpitações ou flertes. Queria que o homem se levantasse e seguisse seu caminho para que ela pudesse ordenhar a vaca.

— Senhor?

Alanna cutucou uma das botas com o pé. Nenhuma resposta. Colocando as mãos na cintura, decidiu que o estranho estava embriagado. O que mais faria um homem dormir como se estivesse morto?

— Acorde, seu paspalho! Não consigo ordenhar o leite com você atrapalhando.

Ela chutou-o na perna, sem nenhuma delicadeza, mas só recebeu um leve gemido como resposta.

— Tudo bem, então, rapaz...

Ela inclinou-se para lhe dar uma boa sacudida. Estava preparada para sentir o cheiro de álcool, mas sentiu um cheiro metálico de sangue.

Esquecendo a raiva, ajoelhou-se para afastar cuidadosamente o casaco de pele do ombro dele. Respirou fundo quando viu a grande mancha de sangue em sua camisa. Os dedos ficaram manchados quando sentiu a pulsação dele.

— Bem, você ainda está vivo — murmurou. — Com a vontade de Deus e um pouco de sorte, poderemos mantê-lo assim.

Antes que pudesse se levantar para chamar os irmãos, uma mão apertou seu pulso. Os olhos dele estavam abertos agora. Eram verdes, levemente azulados. Como o mar. Mas havia dor. A compaixão a fez inclinar-se ainda mais para perto a fim de lhe oferecer conforto.

Então, a mão de Alanna enterrou-se no feno quando o jovem estranho tirou seu equilíbrio, de modo que ficou quase deitada sobre o homem. Teve a rápida percepção de um corpo firme e de um calor intenso. Seu som de indignação foi abafado contra os lábios dele. O beijo foi breve, mas surpreendentemente firme, antes que aquele homem deitasse a cabeça novamente. Então, ele abriu um sorriso rápido e arrogante.

— Bem, definitivamente não estou morto. Lábios como os seus não teriam lugar no inferno.

No que se referia a elogios, ela já havia recebido melhores. Antes que pudesse lhe dizer isso, o estranho desmaiou.

Capítulo 2

Ele flutuava em um mar turbulento que era dor, alívio e dor. O efeito do uísque aquecia sua barriga e lhe entorpecia os sentidos. No entanto, lembrava-se de uma agonia abrasadora, uma faca incandescente penetrando sua pele. Maldições chovendo sobre sua cabeça. Uma mão quente apertando a sua, dando-lhe conforto, contendo-o. Panos deliciosamente frescos em sua testa febril. Um líquido de gosto horrível derramado em sua garganta.

Ele gritou. Tinha gritado? Alguém viera acalmá-lo, com mãos e voz suaves e aroma de lavanda? Havia música lá, uma voz de mulher, baixa e adorável? Cantando em gaélico? Da Escócia? Ele estava na Escócia? Mas, não, quando a voz falou não possuía o familiar sotaque forte escocês, mas, sim, o sotaque sonhador da Irlanda.

O navio. Teria o navio perdido o seu rumo e o levado para o sul em vez de para casa? Lembrava-se de um navio, mas estava no porto. Homens rindo entre si, os rostos enegrecidos e pintados. Machados balançando. O chá. O maldito chá.

Ah, sim, recordava-se. Havia algum conforto nisso. Eles tinham feito seu protesto.

Ele havia sido baleado. Não naquele momento, mas depois. Ao amanhecer. Um erro, um erro tolo.

Depois, houve neve e dor. Tinha acordado para ver o rosto de uma mulher. Uma mulher linda. Um homem podia pedir pouco mais que acordar para uma mulher linda, tanto fazia se acordasse vivo ou morto. O pensamento o fez sorrir quando abriu os olhos pesados. No que dizia respeito a sonhos, aquele tinha suas virtudes.

Então, a viu sentada no tear perto de uma janela. O sol que entrava batia forte em seu cabelo, tão preto quanto a asa de um corvo. Ela usava um vestido liso de lã azul-marinho, com um avental branco por cima. Ele podia ver que a mulher era delgada e as mãos graciosas que teciam. Com um ruído rítmico, ela criava um padrão vermelho entremeado à lã verde-escura.

E cantava enquanto trabalhava, por isso ele reconheceu a voz. Era a mesma que o tinha confortado enquanto sofria com sonhos perturbados de calor e de frio. Conseguia apenas ver-lhe o perfil. A pele clara e levemente rosada, uma curva suave que levava à boca grande e generosa, com uma covinha ao lado, um nariz pequeno que parecia inclinar-se um pouco na ponta.

Pacífica. Apenas observá-la lhe dava uma sensação tão grande de paz que estava tentado a fechar os olhos e dormir de novo. Mas queria vê-la, por completo. E precisava ser informado de onde estava.

Quando ele se moveu, Alanna ergueu a cabeça e virou-se. Os olhos eram visíveis, mostrando íris de um azul tão profundo e rico quanto safiras. Enquanto a observava, lutando a fim de conseguir forças para falar, ela se levantou, alisou as saias e caminhou em sua direção.

A mão delicada era fria em sua testa, e familiar. De maneira rápida, mas com mãos infinitamente gentis, ela verificou sua atadura.

— Então você se juntou aos vivos? — perguntou a mulher enquanto se movia a uma mesa próxima e servia algo em um copo de estanho.

— Você saberia a resposta para isso melhor do que eu — disse o estranho. Rindo, Alanna levou o copo aos lábios dele. O aroma também era familiar, assim como o gosto horrível. — Que diabos é isso?

— Algo que é bom para você — respondeu ela, derramando o líquido impiedosamente em sua garganta. Quando o estranho fez uma careta, Alanna riu de novo. — Você cuspiu em mim tantas vezes que aprendi a não correr o risco.

— Quanto tempo?

— Há quanto tempo você está conosco? — Ela tocou-lhe a testa de novo. A febre tinha cedido durante a última longa noite, e seu gesto era apenas hábito. — Dois dias. Estamos em 20 de dezembro.

— Minha égua?

— Ela está bem — assentiu Alanna, feliz por ele ter pensado no animal. — Você faria bem em dormir mais um pouco, e eu preparei um caldo para fortalecê-lo. Senhor...?

— MacGregor — informou ele. — Ian MacGregor.

— Descanse então, sr. MacGregor.

Mas uma mão alcançou a dela. Uma mão tão pequena, pensou ele de forma irrelevante, mas tão competente.

— Seu nome?

— Alanna Flynn. — A mão dele era boa, refletiu ela, não tão áspera quanto a de seu pai e de seus irmãos, mas firme. — Você é bem-vindo aqui até se recuperar.

— Obrigado. — Ian continuou segurando a mão pequena e macia, brincando com os dedos de uma maneira que ela teria considerado charmosa se ele não tivesse acabado de sair de uma febre. Então, lembrou-se de que Ian a beijara quando estivera sangrando e à beira da morte em seu celeiro, e retirou a mão cuidadosamente. Ele sorriu. Não havia outra maneira de descrever o rápido curvar de lábios.

— Estou em débito com você, srta. Flynn.

— *Aye*, está. — Ela se levantou, cheia de dignidade. — E é sra. Flynn.

Ian não conseguia se lembrar de ter se sentido mais desapontado. Não que se importasse em flertar com mulheres casadas, se estivessem de acordo, mas nunca teria considerado levar o flerte para além de alguns sorrisos e palavras doces com a mulher de outro homem. Era uma pena, pensou enquanto estudava Alanna Flynn. Uma grande e maldita pena.

— Estou grato a você, sra. Flynn, e ao seu marido.

— Agradeça ao meu pai. — Ela suavizou a ordem com um sorriso que fez a covinha se aprofundar. Ele era um patife, Alanna não tinha dúvidas quanto a isso. Mas também estava fraco e, no momento, sob seus cuidados. — Esta é a casa de meu pai, que deve voltar em breve.

Com as mãos na cintura, ela o estudou. A cor do rosto estava melhor, notou, embora Deus soubesse que o homem precisava de um bom corte naquele cabelo, que mais parecia uma crina. E barbear-se não lhe faria mal. Apesar disso, era um homem de aparência admirável. E, por ser mulher o suficiente para reconhecer o brilho nos olhos que a fitavam, Alanna se manteria alerta.

— Se você não vai dormir, é melhor comer. Vou buscar o caldo.

Ela o deixou para ir até a cozinha, os calcanhares batendo levemente no chão de madeira. Sozinho, Ian ficou imóvel na cama e deixou seu olhar vagar pelo quarto. *O pai de Alanna Flynn tivera sucesso na vida*, pensou. As janelas eram envidraçadas, as paredes pintadas de branco. A cama onde se encontrava fora colocada perto da lareira acesa, cujas pedras brilhavam de tão limpas. Acima, o consolo da lareira era feito da mesma pedra nativa. Sobre ele, havia velas fixadas em um castiçal e pratos decorativos de porcelana. Na parede, estavam penduradas duas caçadeiras e também uma boa pederneira.

O tear estava do lado da janela, e no canto havia uma roda de fiar. O mobiliário não tinha um rastro de poeira e estava levemente iluminado por algumas almofadas de agulha. Havia uma essência... maçãs cozinhando, pensou, e carnes temperadas. Uma casa confortável, construída em um lugar quase selvagem. Um homem tinha que respeitar outro que fora capaz de fazer sua marca daquela forma. E um homem teria que lutar para manter o que havia construído.

Valia a pena lutar por certas coisas, e até morrer por elas. Por sua terra. Por seu nome. Por sua mulher. Sua liberdade. Ian estava mais que pronto para empunhar sua espada. Quando tentou sentar-se, o quarto aconchegante pareceu girar.

— Não é típico de um homem? — Alanna voltou com uma tigela de sopa. — Desfazendo todo o meu trabalho. Fique deitado, você está fraco como um bebê e duas vezes mais inquieto.

— Senhora Flynn…

— Coma primeiro, fale depois.

Em autodefesa, ele engoliu a primeira colher de caldo que ela colocou em sua boca.

— A sopa está saborosa, senhora, mas posso me alimentar sozinho.

— E derramar tudo sobre meus lençóis limpos? Não, obrigada. Você precisa de sua força. — Ela o aplacou como teria feito com os próprios irmãos. — Você perdeu uma grande quantidade de sangue antes de chegar até nós. Mais ainda quando a bala foi removida. — Ela falava enquanto preparava uma nova colherada de sopa. Sua mão não tremeu, mas seu coração, sim.

Ali estava o cheiro de ervas e a própria fragrância de lavanda que exalava dela. Ian começou a pensar que ser alimentado tinha suas vantagens.

— Se não estivesse tão frio, você teria sangrado mais rápido e morrido na floresta — continuou Alanna.

— Então, devo agradecer tanto à natureza quanto a você.

Ela lhe lançou um olhar calculado.

— Dizem que Deus trabalha de maneiras misteriosas. Aparentemente, Ele decidiu mantê-lo vivo depois que você fez de tudo para morrer.

— E me colocou nas mãos de um vizinho. — Ele sorriu de novo, charmosamente. — Nunca estive na Irlanda, mas me disseram que é um lindo país.

— Assim diz meu pai. Eu nasci aqui.

— Mas a Irlanda está em seu sotaque.

— E a Escócia no seu.

— Faz cinco anos desde que vi a Escócia pela última vez. — Uma sombra cruzou os olhos verde-azulados. — Passei algum tempo em Boston. Eu fui educado lá e tenho amigos.

— Educado... — Ela já havia reconhecido sua escolaridade por seu modo de falar e o invejado por isso.

— Harvard. — Ele sorriu um pouco.

— Entendo. — E Alanna o invejou ainda mais. Se sua mãe estivesse viva... Ah, mas sua mãe havia morrido, e ela nunca tinha tido mais do que um professor para aprender a ler e escrever. — Você está longe de Boston agora. Um dia de viagem. Tem família ou amigos que podem estar preocupados?

— Não. Ninguém que se preocuparia. — Queria tocá-la. Era errado, contra o seu próprio código de honra, mas queria ver se o rosto dela era tão macio quanto parecia. Se o cabelo seria tão espesso e pesado. Se a boca seria doce.

Alanna ergueu os cílios, e os olhos, claros e frios, encontraram os dele. Por um momento, Ian viu apenas o rosto dela a caminho do seu. Então, lembrou-se. Já tinha provado aqueles lábios uma vez.

Apesar de suas melhores intenções, não conseguiu evitar que os olhos se voltassem para aqueles lábios e se demorassem lá. Quando ela enrijeceu, os olhos de Ian cintilaram. Não havia um pedido de desculpas neles, mas divertimento.

— Peço perdão, sra. Flynn. Eu estava fora de mim quando você me encontrou no celeiro.

— Você voltou a si rápido o suficiente — respondeu ela, e Ian riu até estremecer com a dor.

— Então, pedirei ainda mais perdão e espero que seu marido não brigue comigo.

— Não há chances de isso acontecer. Ele morreu há três anos.

Ian levantou o olhar rapidamente, mas Alanna apenas empurrou outra colher de caldo em sua boca. Embora Deus pudesse castigá-lo, ele não poderia dizer que lamentava ouvir que Flynn tinha ido encontrar seu Criador. Afinal, ponderou, não era como se tivesse conhecido o homem. E que melhor maneira de passar um dia ou dois do que se recuperando no colo de uma jovem e linda viúva?

Alanna sentiu o cheiro do desejo da mesma forma que um cão de caça sente o cheiro de uma presa, e se levantou, ficando fora de alcance.

— Descanse agora.

— Sinto como se já tivesse descansado por semanas. — Deus, ela era adorável, cheia de curvas e cores. Ian tentou o seu sorriso mais insinuante. — Posso incomodá-la pedindo que me ajude a sentar em uma cadeira? Eu me sentiria mais eu mesmo se pudesse me sentar, talvez olhar pela janela.

Alanna hesitou, não porque estivesse com medo de não poder movê-lo. Considerava-se forte como um boi, mas não confiava no brilho que vira nos olhos de Ian.

— Tudo bem, então, mas você vai se apoiar em mim e ir devagar.

— Com prazer. — Ian pegou a mão dela e a levou aos lábios. Antes que ela pudesse recuar, ele virou-lhe a mão e roçou os lábios em sua palma, como nenhum homem jamais fizera. Alanna sentiu o coração disparar. — Você tem olhos da cor das joias que vi uma vez ao redor do pescoço da rainha da França. Safiras — murmurou ele. — Uma palavra sedutora.

Ela não se moveu. Não podia. Nunca na sua vida um homem a olhara daquela maneira. Sentiu um calor espalhando-se por seu corpo, do nó em sua barriga para os seios repentinamente enrijecidos, subindo para o pescoço, onde sua pulsação estava acelerada, e para o rosto. Então, Ian sorriu, aquele curvar rápido e charmoso de lábios. Ela puxou a mão.

— Você é um patife, sr. MacGregor.

— *Aye*, sra. Flynn. Mas isso não torna minhas palavras menos verdadeiras. Você é linda. Assim como seu nome. Alanna. — Ele se demorou em cada sílaba.

Ela era sábia o bastante para não se deixar levar por elogios. Mas o centro de sua palma ainda queimava.

— É o meu nome, e você vai esperar até que eu peça para usá-lo. — Foi com alívio que ela ouviu sons do lado de fora da casa. Sua sobrancelha ergueu um pouco quando viu que Ian os tinha ouvido também e ficara tenso. — Devem ser meu pai e meus irmãos. Se você ainda quiser se sentar junto à janela, eles irão ajudá-lo. — Então, Alanna foi em direção à porta.

Eles estariam com frio e fome, pensou, e engoliriam as tortas de carne e de maçã que ela fizera, sem pensar no tempo e no cuidado que tivera ao prepará-las. Seu pai se preocuparia mais com o que não havia sido feito do que com o que tinha. Johnny pensaria em quanto tempo poderia ir à aldeia para cortejar a jovem Mary Wyeth. Brian enfiaria o nariz em um dos livros que amava e leria ao lado da lareira até dormir.

Eles vieram trazendo frio, neve derretida e vozes masculinas fortes.

Ian relaxou quando notou que era realmente a família dela. Talvez fosse tolo pensar que os britânicos o teriam rastreado pela neve, mas não era um homem que baixava a guarda. Ele viu três homens — ou dois homens e um menino quase crescido. O homem mais velho era apenas um pouco mais alto que Alanna, com uma constituição robusta. O rosto era avermelhado e endurecido por anos de vento e clima ruim, com os olhos numa versão mais pálida dos da filha. Ele tirou o gorro, revelando um cabelo fino e arenoso.

O filho mais velho se parecia com o pai, mas era mais alto e menos robusto. Tinha feições que demonstravam calma e paciência, que faltavam no pai.

O mais novo era quase a miniatura do irmão, mas ainda possuía o orvalho da juventude na face. E tinha o mesmo tom de pele rosado da irmã.

— Nosso hóspede está acordado — anunciou Alanna, e três pares de olhos viraram-se para ele. — Ian MacGregor, este é meu pai, Cyrus Murphy, e meus irmãos, John e Brian.

— MacGregor — disse Cyrus em uma voz estrondosa. — Um nome estranho.

Apesar da dor, Ian endureceu-se e ficou o mais ereto possível.

— Um nome do qual me orgulho.

— Um homem deve se orgulhar de seu nome — afirmou Cyrus enquanto estudava Ian. — É tudo o que ele tem ao nascer. Estou feliz que você tenha decidido viver, porque o solo está congelado e não poderíamos enterrar você até a primavera.

— Também é um pouco de alívio para mim.

Satisfeito com a resposta, Cyrus assentiu.

— Vamos nos lavar para comer.

— Johnny. — Alanna parou seu irmão com uma mão em seu braço. — Você pode ajudar o sr. MacGregor a sentar-se na cadeira ao lado da janela antes de comer.

Com um sorriso rápido, Johnny olhou para Ian.

— Você é pesado como uma árvore, MacGregor. Tivemos trabalho para trazê-lo para dentro de casa. Me dê uma mão aqui, Brian.

— Obrigado. — Ian reprimiu um gemido enquanto apoiava os braços sobre os dois pares de ombros. Amaldiçoando as pernas fracas, jurou a si mesmo que no dia seguinte estaria em pé e andando sozinho. Mas estava transpirando no momento em que o acomodaram na cadeira.

— Você está indo muito bem para um homem que enganou a morte — afirmou Johnny, entendendo bem as frustrações de um homem doente.

— Sinto como se tivesse bebido uma caixa de rum e depois ido navegar sob uma tempestade.

— *Aye*. — Johnny bateu em seu bom ombro de maneira amigável. — Alanna o deixará bom. — Ele saiu para lavar-se antes de comer, já sentindo o aroma de carne temperada.

— Senhor MacGregor? — Brian parou na frente dele. Havia tanto timidez quanto intensidade em seus olhos. — Você seria muito jovem para ter lutado na guerra de 1745?

Quando a sobrancelha de Ian arqueou, o menino continuou apressadamente:

— Eu li tudo sobre a Rebelião Stuart, o Bonnie Prince e todas as batalhas. Mas você seria muito novo para ter lutado.

— Eu nasci em 1746 — disse Ian. — Durante a Batalha de Culloden. Meu pai lutou na rebelião. Meu avô morreu nela.

Os olhos azuis se arregalaram.

— Então você poderia me contar mais do que posso encontrar nos livros.

— *Aye*. — Ian sorriu um pouco. — Eu poderia lhe contar mais.

— Brian. — A voz de Alanna era incisiva. — O sr. MacGregor precisa descansar, e você precisa comer.

Brian recuou, mas continuou observando Ian.

— Podemos conversar depois da ceia, se não estiver cansado?

Ian ignorou o olhar tempestuoso de Alanna e sorriu para o menino.

— Eu gostaria disso — respondeu o garoto.

Alanna esperou até que Brian estivesse fora do alcance de sua voz. Quando falou, o tom furioso surpreendeu Ian.

— Eu não vou permitir que você encha a cabeça dele com glória de guerras, batalhas e causas.

— Ele parece ter idade o suficiente para decidir sobre o que quer conversar.

— Meu irmão ainda é um menino, e facilmente impressionável. — Com dedos tensos, ela dobrou o avental, mas os olhos azuis permaneceram nivelados e intransigentes. — Talvez eu não consiga impedi-lo de correr para a aldeia e se candidatar para lutar, mas não quero conversas sobre guerras na minha casa.

— Haverá mais do que apenas conversas, e logo — disse Ian suavemente. — É tolice para um homem, e para uma mulher, não se preparar para isso.

Alanna empalideceu, mas manteve o queixo firme.

— Não haverá guerra nesta casa — repetiu ela, e fugiu para a cozinha.

Capítulo 3

IAN ACORDOU CEDO NA MANHÃ seguinte com a luz fraca do inverno e o delicioso cheiro de pão no forno. Por um momento, ficou quieto, desfrutando os sons e aromas. Atrás dele, o fogo queimava baixo e brilhante, emanando um calor reconfortante. Da direção da cozinha, veio a voz de Alanna. Desta vez, ela cantarolava em inglês. Por alguns minutos, ficou encantado demais com o próprio som para prestar atenção à letra. Quando entendeu as palavras, seus olhos se arregalaram, primeiro com surpresa, depois com divertimento.

Era uma pequena cantiga mais adequada para marinheiros ou bêbados do que para uma jovem e distinta viúva.

Então, a adorável Alanna tinha um senso de humor irreverente. Gostou ainda mais dela por isso, embora duvidasse que ela cantaria tais palavras tão facilmente se soubesse que tinha audiência. Tentando se mover em silêncio, Ian tirou as pernas de cima da cama. Demorou para conseguir se levantar, ficando tonto, fraco e enfurecido no processo. Precisou esperar, arfando como um velho, uma mão pressionada contra a parede para apoio. Quando recuperou o fôlego, deu um passo hesitante para a frente. O quarto rodou e ele cerrou os dentes até que tudo voltasse ao normal. O braço latejava com força. Concentrando-se na dor, ele conseguiu dar mais um passo, e outro, grato por ninguém estar lá para ver seu progresso tedioso e cambaleante.

Era humilhante pensar que uma pequena esfera de aço fora capaz de derrubar um MacGregor.

O fato de que a bola tinha sido inglesa o incentivava a colocar um pé na frente do outro. As pernas estavam moles como geleia, e um suor frio molhava sua testa e nuca. Mas havia um orgulho feroz em seu coração. Se tinha sido poupado para lutar de novo, ele com certeza lutaria. Porém, não podia fazer isso até conseguir andar novamente.

Quando chegou à porta da cozinha, exausto e suado com o esforço, Alanna estava cantando uma música de Natal. Ela não parecia ter problema em cantar sobre mulheres com belos dotes em um momento e sobre anjos no seguinte.

Ian pouco se importava com o tema das canções. Enquanto ficou parado na cozinha, observando, soube, com a mesma certeza que tinha de que um MacGregor sempre viveria nas Terras Altas, que a voz de Alanna o seguiria até o túmulo. Jamais esqueceria aquela voz, os tons ricos e claros, a leve rouquidão que o fazia imaginá-la com o cabelo solto e espalhado sobre um travesseiro.

O dele, percebeu com um sobressalto. Era lá que a desejava, sem sombra de dúvida, e com tanta força que quase podia sentir as mechas macias em seus dedos.

A maior parte do cabelo preto e grosso estava presa sob uma touca branca. O acessório devia ter dado a Alanna uma aparência recatada. No entanto, algumas mechas escapavam para caírem — de maneira sedutora, pensou Ian — ao longo da nuca feminina. Podia facilmente imaginar como seria trilhar seus dedos por ali. Sentir o calor da pele macia e o corpo delicado se mover. Contra o seu.

Ela seria tão ágil na cama quanto era no fogão?

Afinal, talvez não estivesse tão fraco, refletiu Ian, se, a cada vez que via Alanna, seu sangue começava a correr e a mente a viajar por um caminho particular. Se não temesse cair de cara no chão e sentir-se mortificado, teria atravessado o cômodo para virá-la, segurá-la contra seu corpo e roubar-lhe um beijo. Ao invés disso, aguardou, esperançosamente, que as pernas recuperassem as forças.

Alanna sovava uma massa de pão enquanto outra assava no forno. Ele podia ver as mãos pequenas e competentes apertando, esticando e moldando. Com paciência. Incansavelmente. Enquanto a observava, sua mente rebelde encheu-se de pensamentos tão lascivos que Ian gemeu.

Alanna virou-se rapidamente, as mãos ainda na massa. Os primeiros pensamentos que teve a envergonharam, quando o viu preenchendo a entrada da porta, vestido com uma calça rústica e com a camisa totalmente aberta. Perguntou-se como poderia seduzi-lo para que ele beijasse sua mão novamente. Desgostosa consigo mesma, largou a massa no balcão e correu em direção ao seu paciente. O rosto de Ian estava pálido como o de um morto, e o corpo começava a balançar. Por experiência prévia, Alanna sabia que, se ele caísse no chão, teria muito trabalho para levá-lo de volta à cama.

— Agora, sr. MacGregor, apoie-se em mim. — Uma vez que a cadeira estava mais perto, e aquele homem pesava bastante, ela o conduziu até lá antes de falar novamente: — Tolo! — disse com mais prazer do que raiva. — Mas, então, descobri que quase todos os homens são. É melhor que você não tenha aberto a ferida de novo, pois acabei de limpar o chão e não quero sangue nele.

— *Aye*, senhora. — Foi uma resposta fraca, mas a melhor que Ian conseguiu dar com o aroma feminino nublando sua mente e com o rosto dela tão próximo. Quase podia contar cada um dos cílios negros e sedosos.

— Você só precisava chamar, sabia? — afirmou Alanna, tranquilizando-se um pouco quando notou que o curativo estava seco.

Como teria feito com um de seus irmãos, ela começou a abotoar-lhe a camisa, e Ian foi forçado a suprimir outro gemido.

— Eu precisava testar minhas pernas. — Seu sangue não estava apenas correndo agora, mas também fervendo. Por conta disso, sua voz saiu em um tom áspero. — Não vou me recuperar se ficar deitado na cama.

— Você vai se levantar quando eu disser, e não antes. — Com isso, Alanna se afastou e começou a misturar algo em um copo de estanho. Ian sentiu o cheiro e estremeceu.

— Eu não vou tomar mais essa coisa.

— Você vai beber e ficar agradecido... — ela bateu o copo sobre a mesa — ...se quiser algo mais em sua barriga.

Ian olhou-a de uma maneira que sabia ter feito homens adultos recuarem ou fugirem. Alanna colocou as mãos na cintura e o encarou de volta. Seus olhos se estreitaram. Os dela também.

— Você está com raiva porque conversei com o jovem Brian na noite passada.

O queixo dela subiu apenas um centímetro, mas foi o suficiente para dar a raiva feminina uma altivez elegante.

— E se estivesse descansando em vez de tagarelar sobre as glórias da guerra, não estaria tão fraco e irritante esta manhã.

— Eu não estou irritante ou fraco.

Quando ela bufou, Ian desejou ardentemente que tivesse forças para se levantar. *Aye*, então a beijaria até que Alanna desmaiasse e mostraria do que um MacGregor era feito.

— Se estou irritante — disse entre dentes, — é porque estou morrendo de fome.

Alanna sorriu com o prazer de sair vitoriosa.

— Você terá seu café da manhã após beber o que está nesse copo, e não um momento antes. — Com um farfalhar de saias, ela voltou para a massa de pão.

Enquanto Alanna estava de costas, Ian procurou um lugar acessível para despejar o líquido horrível. Não encontrando nenhum, cruzou os braços e fez uma careta. Os lábios dela se curvaram. Não tinha sido criada em uma casa cheia de homens para nada. Sabia exatamente o que estava passando pela mente de Ian. Ele era teimoso, pensou enquanto sovava a massa. Mas ela também era.

Alanna começou a cantarolar.

Ian não pensava mais em beijá-la, mas considerava seriamente estrangulá--la. Ali estava ele, com a fome de um urso e o cheiro sedutor de pão assando. E tudo o que ela lhe dera fora um copo do que poderia muito bem ser chorume.

Ainda cantarolando, Alanna colocou o pão em uma tigela para crescer e cobriu-a com um pano limpo. Ignorando Ian com facilidade, verificou o forno e decidiu que os pães estavam no ponto. Quando os colocou em uma prateleira para esfriar, o aroma inundou a cozinha.

Tinha seu orgulho, pensou Ian. Mas de que serviria o orgulho se um homem morresse de fome? Ela pagaria por aquilo, prometeu a si mesmo quando pegou o copo e bebeu tudo.

Alanna certificou-se de estar de costas para ele quando sorriu. Sem uma palavra, esquentou uma frigideira. Minutos depois, colocou um prato com ovos e grossas fatias de pão fresco diante dele. Então, trouxe um pequeno pote de manteiga e uma xícara de café quente.

Enquanto Ian comia, ela ocupou-se lavando a frigideira e o balcão, para que nenhum traço de massa ou farinha permanecesse. Alanna era uma mulher que valorizava suas manhãs sem companhia, que gostava de ter o domínio da cozinha e das centenas de tarefas que isso acarretava. No entanto, não desgostava da presença de Ian ali, embora soubesse que ele a observava com seus firmes olhos da cor do mar. Estranhamente, o fato de ele se sentar à mesa e provar sua comida parecia natural, até familiar de certa forma.

Não, Alanna não desgostava da presença dele, mas também não conseguia relaxar. O silêncio que se estendeu não parecia mais colorido pela irritação de cada um, mas continha alguma outra coisa, algo que a deixava nervosa e fazia seu coração disparar.

Precisando mudar o clima, se virou para ele. Ian estava realmente observando-a, notou. Não com raiva, mas com… interesse. Era uma palavra fraca para o que via nos olhos verde-azulados, mas uma que era boa o suficiente. Subitamente, Alanna teve a necessidade de se sentir segura.

— Um cavalheiro me agradeceria pela refeição.

Os lábios masculinos se curvaram de um jeito que a informou que Ian seria um cavalheiro somente e quando quisesse.

— Eu lhe agradeço, sra. Flynn, com toda sinceridade. Será que eu poderia implorar-lhe por mais uma xícara de café?

As palavras eram educadas o suficiente, mas Alanna não confiava na expressão em seus olhos. Ela manteve-se fora do alcance de Ian quando pegou a xícara.

— Chá seria melhor — disse, quase para si mesma. — Mas não bebemos chá nesta casa.

— Em protesto?

— *Aye.* Não beberemos o produto amaldiçoado até que o rei ouça a voz da razão. Outras pessoas fazem protestos mais tolos e perigosos.

Ian observou-a levantar a chaleira do fogão.

— Tais como?

Ela deu de ombros.

— Johnny ouviu dizer que os Filhos da Liberdade destruíram caixas de chá que estavam guardadas em três navios no porto de Boston. Eles se disfarçaram como índios e embarcaram nos navios sob as armas de apenas três homens de guerra. Antes que a noite terminasse, haviam jogado todas as propriedades da Companhia das Índias Orientais na água.

— E você acha que isso é tolice?

— Ousadia, com certeza — respondeu Alanna com um outro movimento impaciente. — Talvez até heroico, especialmente aos olhos de Brian. Mas tolice, porque só vai fazer com que o rei imponha medidas ainda mais extremas.

Colocou a nova xícara de café diante dele.

— Então você acredita que é melhor não fazer nada quando a injustiça é entregue com uma mão generosa? Devemos apenas ficar sentados como cães treinados e aceitar os chutes?

O sangue dos Murphy subiu à face dela.

— Nenhum rei vive para sempre.

— Ah, então vamos apenas esperar até que o lunático George bata as botas em vez de lutarmos agora pelo que é certo?

— Já vimos guerra e desgostos demais nesta casa.

— Haverá mais guerras, Alanna, até que tudo seja resolvido.

— Resolvido — retrucou ela enquanto Ian tomava calmamente um gole de café. — Grudar penas no cabelo e quebrar caixas de chá vai resolver alguma coisa? Resolvido como foi para as esposas e mães daqueles que caíram em Lexington? E para quê? Para sepulturas e lágrimas?

— Para a liberdade — afirmou ele. — Para a justiça.

— Palavras. — Ela meneou a cabeça. — Palavras não morrem. Homens, sim.

— Homens devem morrer, de velhice ou por uma espada. Você acredita que é melhor nos curvarmos sob as correntes dos ingleses, mais e mais até que nossas costas se quebrem? Ou que deveríamos manter nossas cabeças erguidas e lutar pelo que é nosso por direito?

Alanna sentiu um arrepio de medo quando observou o brilho nos olhos dele.

— Você fala como um rebelde, MacGregor.

— Como um americano — corrigiu ele. — Como um Filho da Liberdade.

— Eu devia ter adivinhado — murmurou ela. Pegou o prato dele, colocou-o de lado, então, incapaz de se conter, aproximou-se novamente. — O naufrágio do chá valeu sua vida?

Distraidamente, Ian tocou o ombro com a mão.

— O tiro foi um erro de cálculo — disse ele — e nada que realmente estivesse relacionado a nossa pequena festa do chá.

— Festa do chá... — Alanna olhou para o teto. — Bem característico de um homem rir da revolução.

— E bem característico de uma mulher torcer as mãos em desespero com o pensamento de uma luta.

Ela olhou-o fixamente.

— Eu não torço minhas mãos em desespero — afirmou com precisão. — E certamente não derramaria uma lágrima por tipos como você.

O tom de Ian mudou tão rapidamente que Alanna piscou.

— Ah, mas você vai sentir minha falta quando eu partir.

— O diabo que eu vou — murmurou ela, e lutou contra um sorriso. — Agora volte para a cama.

— Duvido que eu esteja forte o suficiente para fazer isso sozinho.

Alanna suspirou, mas caminhou até ele para lhe oferecer um ombro. Ian pegou-lhe o ombro e o resto do corpo. Em um movimento rápido, aquela mulher encantadora estava em seu colo. Ela praguejou com tanta habilidade que ele teve de admirá-la.

— Pare agora — disse a ela. — Diferenças políticas à parte, você é muito bonita, Alanna, e descobri que faz muito tempo desde que segurei uma mulher quente nos braços.

— Filho de sapo verruguento! — exclamou ela e tentou sair do colo de Ian.

Ele fez uma careta quando uma pontada de dor atingiu o braço ferido.

— Meu pai protestaria contra isso, querida.

— Não sou sua querida, seu fuinha presunçoso!

— Continue mexendo-se assim e você terá minha ferida aberta e sangue sobre o seu chão limpo.

— Nada me daria mais prazer!

Encantado, Ian sorriu e pegou-lhe o queixo na mão.

— Para alguém que critica tanto os males da guerra, você é uma moça sanguinária.

Alanna o xingou até perder o fôlego. Seu irmão, John, tinha dito a pura verdade quando afirmara que Ian parecia uma grande árvore. Por mais que se contorcesse, encantando-o no processo, ele continuava segurando-a com firmeza.

— Que você pegue uma doença! — praguejou ela. — Você, e todo o seu clã!

Ian tivera a intenção de fazê-la pagar por fazê-lo tomar aquele remédio horrível, e a puxara para seu colo a fim de deixá-la desconfortável. Então, enquanto Alanna se debatia, pensou que seria justo provocá-la um pouco e ceder ao próprio desejo. Com apenas um beijo. Um rápido beijo roubado. Afinal, ela já estava fumegando.

Na verdade, Ian estava rindo quando cobriu a boca de Alanna com a sua. O ato era inicialmente uma brincadeira, uma provocação para ambos. E ele queria ouvir o novo conjunto de maldições que aquela mulher geniosa jogaria sobre sua cabeça quando o beijo fosse quebrado.

Mas a risada de Ian morreu rapidamente. O corpo dela, que se contorcia, ficou imóvel como pedra.

Um beijo rápido e amigável, tentou lembrar a si mesmo, mas sua cabeça estava girando. De repente, estava tonto e fraco, como quando ficara ao levantar da cama com as pernas lânguidas mais cedo.

Isso não tinha nada a ver com uma ferida de vários dias. Ainda assim, havia uma dor, uma doce dor que se espalhou e moveu por todo o seu corpo. Perguntou-se, aturdido, se tinha sido poupado da morte não apenas para lutar novamente, mas para receber o presente de um beijo perfeito.

Alanna não lutou contra ele. Em seu coração, sabia que deveria. No entanto, o mesmo coração entendia que não podia. O corpo, rígido com o primeiro choque, amoleceu, rendendo-se e aceitando.

Ian era gentil e rude ao mesmo tempo, pensou. Os lábios eram frios e macios, enquanto o restolho de barba raspava contra sua pele. Alanna ouviu o próprio gemido quando entreabriu a boca, então provou-o. Colocou uma mão no rosto de Ian, adicionando doçura. Ele acariciou-lhe o cabelo, adicionando paixão.

Por um momento fascinante, Ian aprofundou o beijo, levando-a para além de onde ela conhecia e para onde apenas sonhara. Alanna provou o gosto rico da boca dele, sentiu a respiração ofegante que saía do peito másculo. Então, ouviu-o praguejando enquanto se afastava.

Ian podia apenas olhá-la. Irritava-o o fato de que podia fazer pouco mais que isso. Tinha tirado a touca dela, e o cabelo caía como uma chuva preta por sobre os ombros delicados. Os olhos de Alanna estavam tão grandes, tão azuis contra a pele cremosa e rosada, que ele temeu se afogar neles.

Aquela era uma mulher que poderia fazê-lo esquecer… deveres, honra, justiça. Aquela era uma mulher, percebeu, que poderia fazê-lo rastejar por uma palavra amável.

Ele era um MacGregor. Nunca poderia esquecer. Jamais poderia rastejar.

— Eu imploro seu perdão, senhora. — A voz de Ian era rigidamente educada e tão fria que Alanna sentia todo o calor esvair-se do corpo. — Isso foi imperdoável.

Cuidadosamente, ela se levantou. Com a visão turva, procurou pela touca no chão. Encontrou-a, endireitou o corpo como se fosse uma lança e olhou por sobre o ombro.

— Peço-lhe mais uma vez, MacGregor, para que volte à sua cama.

Alanna não moveu um músculo até ele partir. Então, secou uma lágrima irritante e voltou a trabalhar. Não pensaria sobre isso, prometeu a si mesma. Ela *não* pensaria nele.

E descontou suas frustrações na massa de pão recém-crescida.

Capítulo 4

O Natal sempre tinha trazido muita alegria a Alanna. As preparações lhe davam prazer — cozinhar, assar, costurar e limpar. Sempre fizera sua política perdoar ofensas, pequenas ou grandes, no espírito de generosidade. Esperava ansiosamente colocar seu melhor vestido e ir à vila para a missa.

Porém, à medida que este Natal se aproximava, sentia-se deprimida e irritada. Com frequência, pegava-se sendo grosseira com os irmãos e impaciente com o pai. Ficara à beira de lágrimas por causa de um bolo queimado e, então, saíra brava da casa quando Johnny fizera piada da situação.

Sentada em uma rocha ao lado do córrego gelado, apoiou o queixo nas mãos e refletiu.

Não era justo descontar o mau humor em sua família. Eles não tinham feito nada para merecer isso. Escolhera o caminho mais fácil, brigando com eles quando, na verdade, queria estar brigando com Ian MacGregor. Alanna chutou a neve dura.

Oh, ele vinha mantendo distância nos últimos dois dias. O covarde. Agora que conseguia andar, escondia-se no celeiro como uma fuinha assustada. O pai de Alanna estava grato pela ajuda com os animais, mas ela sabia a verdadeira razão pela qual MacGregor estava indo limpar baias e consertar arreios.

Estava com medo dela. Seus lábios se curvaram em um sorriso de satisfação. Sim, ele estava com medo que Alanna despejasse toda a ira do inferno em sua cabeça. Bem que ela deveria... Que tipo de homem beijava uma mulher até deixá-la cega e surda para tudo, exceto para ele? E que, logo em seguida, educadamente se desculpava como se tivesse sem querer pisado em seu pé?

Ele não tinha o direito de beijá-la, e menos ainda de ignorar o que tinha acontecido como estava fazendo.

Ora, tinha salvado a vida daquele ingrato, pensou. Essa era a verdade. Alanna o tinha salvado, e ele pagara o favor fazendo-a desejá-lo como nenhuma mulher virtuosa deveria desejar um homem que não fosse seu marido.

Mas Alanna o queria, e de uma maneira tão diferente do desejo calmo e reconfortante que tivera com Michael Flynn, que não poderia descrevê-la.

Era loucura, é claro. Ian era um rebelde, e sempre seria. Tais homens faziam história e deixavam as esposas viúvas. Tudo o que Alanna queria era uma vida tranquila, com filhos e uma casa para cuidar. Queria um homem que dormisse ao seu lado, noite após noite durante muitos anos. Um marido que se contentasse em sentar-se aos pés da lareira à noite e conversar sobre o dia de trabalho.

Esse homem não era Ian MacGregor. Não, ela tinha reconhecido nele o mesmo ardor que tinha visto nos olhos de Rory. Certos homens nasciam para ser guerreiros, e nada ou ninguém poderia influenciá-los. Certos homens eram destinados, antes de nascerem, a lutar por causas e morrer no campo de batalha. Rory, seu irmão mais velho e aquele que mais amava, tinha sido esse tipo de homem. E assim era Ian MacGregor, um homem que conhecera havia apenas alguns dias e nunca poderia se dar ao luxo de amar.

Enquanto estava sentada, meditando, uma sombra caiu sobre ela. Alanna ficou tensa, virou-se e, em seguida, conseguiu sorrir quando viu que era o irmão mais novo, Brian.

— É seguro o suficiente se aproximar — disse quando ele recuou um pouco. — Eu não estou mais com vontade de atirar alguém no rio.

— O bolo não está ruim depois que cortamos as bordas queimadas.

Alanna estreitou os olhos para fazê-lo rir.

— Pode ser que eu decida jogá-lo no rio, afinal.

Mas Brian a conhecia. Quando a irritação da irmã passava, raramente aparecia de novo.

— Você se sentiria culpada se eu pegasse um resfriado e caísse de cama e você tivesse que cuidar de mim. Olha, eu trouxe um presente. — Brian estendeu a coroa de azevinho que estivera escondendo às costas. — Pensei que pudesse colocar fitas e pendurá-la na porta para o Natal.

Alanna a segurou delicadamente. Era feita de modo desajeitado, o que a tornava ainda mais preciosa. Brian era melhor com a cabeça do que com as mãos.

— Tenho sido uma megera?

— *Aye*. — Ele se sentou na neve a seus pés. — Mas sei que você não pode ficar de mau humor com o Natal quase chegando.

— Não. — Ela sorriu para a coroa. — Suponho que não.

— Alanna, você acha que Ian vai ficar conosco para a ceia de Natal?

O sorriso dela transformou-se em uma careta rapidamente.

— Eu não sei dizer. Ele parece estar se recuperando muito rápido.

— Papai diz que é útil tê-lo por perto, mesmo que não seja um fazendeiro. — Distraído, Brian começou a fazer uma bola de neve. — E ele sabe tanta coisa. Imagine ir para Harvard e ler todos os livros.

— *Aye.* — A concordância de Alanna era melancólica, para si e para Brian. — Se nós tivermos uma boa colheita nos próximos anos, Brian, você vai estudar fora. Eu prometo.

Ele não falou nada. Era algo que o menino ansiava mais que tudo, e algo que já havia aceitado que não teria.

— Ter Ian aqui é quase tão bom quanto estudar fora. Ele sabe das coisas.

Alanna comprimiu os lábios.

— *Aye*, tenho certeza que ele sabe.

— Ele me deu emprestou um livro que tinha no alforje. *Henry V*, de Shakespeare. O livro conta tudo sobre o jovem rei Henry e batalhas maravilhosas.

Batalhas, pensou novamente. Parecia que os homens não pensavam em outra coisa a partir do momento em que eram desmamados. Destemido pelo silêncio da irmã, Brian continuou com entusiasmo:

— É melhor ainda ouvi-lo falar! Ele me contou sobre como sua família lutou na Escócia. Sua tia se casou com um inglês, um jacobita, e eles fugiram para a América após a rebelião ter sido derrotada. Eles têm uma plantação em Virgínia e cultivam tabaco. Ian tem outra tia e outro tio que vieram para a América, também, embora os pais ainda vivam na Escócia. Nas Terras Altas. Parece um lugar maravilhoso, Alanna, com penhascos íngremes e lagos profundos. E ele nasceu em uma casa na floresta no mesmo dia em que seu pai estava lutando contra os ingleses em Culloden.

Alanna pensou em uma mulher sofrendo com as dores do parto e decidiu que homens e mulheres lutam suas próprias batalhas. A mulher pela vida, o homem pela morte.

— Após a batalha — continuou Brian —, os ingleses massacraram os sobreviventes. — Ele estava observando o córrego estreito, repleto de gelo, e não percebeu o olhar da irmã sobre si. — Os feridos, os rendidos, mesmo as pessoas que estavam trabalhando nos campos próximos. Eles perseguiram os rebeldes, matando-os onde fossem encontrados. Alguns foram trancados em um celeiro e queimados vivos.

— Jesus amado! — Ela nunca tinha prestado atenção em conversas sobre guerra, mas aquilo a manteve atenta e horrorizada.

— A família de Ian morou em uma caverna enquanto os ingleses percorriam os morros atrás dos rebeldes. A tia de Ian, aquela que tem a plantação, matou um soldado. Atirou nele quando tentou assassinar o marido dela ferido.

Alanna engoliu em seco.

— Eu acredito que o sr. MacGregor exagera.

Brian voltou seus olhos profundos e intensos para a irmã.

— Não — disse Brian simplesmente. — Você acha que isso vai acontecer aqui, Alanna, quando a rebelião começar?

Ela apertou a coroa com tanta força que um espinho do ramo perfurou sua luva.

— Não haverá nenhuma rebelião. Com o tempo, o governo vai se tornar mais razoável. E se Ian MacGregor pensa diferente...

— Não é apenas Ian. Até Johnny diz isso, e os homens da aldeia. Ian diz que a destruição do chá em Boston é apenas o começo de uma revolução que se tornou inevitável desde o momento que George III assumiu o trono. Ian diz que é hora de nos soltarmos das correntes britânicas e nos valorizarmos pelo que somos. Homens livres.

— Ian diz... — Alanna levantou-se, as saias balançando. — Eu acho que Ian fala demais. Leve a coroa para casa, Brian. Vou pendurá-la assim que eu estiver pronta.

Brian viu a irmã partir furiosa. Aparentemente, haveria pelo menos mais uma explosão de raiva antes que o mau humor passasse.

Ian gostava de lidar com as tarefas do celeiro. Mais, ele gostava de ser capaz de trabalhar no geral. O braço e ombro ainda estavam duros, mas a dor tinha passado. E, graças a todos os santos, Alanna não tinha forçado nenhum de seus horríveis remédios sobre ele naquele dia.

Alanna.

Ele não queria pensar nela. Para aliviar a mente, deixou de lado as rédeas que estava ensaboando e pegou uma escova. Escovaria sua égua em preparação para a viagem que estava adiando havia dois dias.

Deveria ter ido embora, Ian recordou-se. Ele já estava bem o suficiente para viajar curtas distâncias. Embora pudesse ser imprudente mostrar o rosto em Boston por um tempo, poderia viajar por etapas para Virgínia e passar algumas semanas com seus tios e primos.

A carta que dera para Brian levar ao vilarejo deveria estar a caminho por navio para a Escócia e sua família. Eles saberiam que ele estava vivo e bem — e que não voltaria para o Natal.

Sabia que sua mãe choraria um pouco. Embora ela tivesse outros filhos e netos, ficaria triste que seu primogênito estivesse longe quando a família se reunisse para a ceia de Natal.

Ian podia imaginar — os fogos ardentes, as velas incandescentes. Podia sentir os ricos aromas da comida, ouvir o riso e a música. E, com uma pontada tão repentina que o deixou sem fôlego, ficou triste por perder tudo isso.

No entanto, embora amasse a família, Ian sabia que seu lugar era ali. A um mundo de distância.

Aye, havia trabalho a ser feito na América, lembrou a si mesmo enquanto acariciava a égua. Havia homens com quem tinha que entrar em contato quando soubesse que era seguro fazê-lo. Samuel Adams, John Avery, Paul Revere. E precisava de notícias do clima em Boston e em outras cidades depois do protesto.

No entanto, ele permanecera quando deveria ter ido embora. Sonhara acordado quando deveria estar planejando o próximo ataque. De forma sensata, evitara Alanna. Mas, em sua mente, ela nunca estivera mais do que a um pensamento de distância.

— Aí está você!

E ali estava ela, a respiração ofegante saindo em uma fumaça branca, as mãos na cintura. O capuz tinha caído da cabeça, e o cabelo estava solto, muito preto contra o tecido cinza de seu vestido.

— *Aye*. — Porque suas mãos tinham se apertado na escova, Ian fez um esforço para relaxar. — Aqui estou eu.

— O que pretende, enchendo a cabeça de um garoto com bobagens? Quer que ele levante um mosquete sobre o ombro e desafie o primeiro soldado britânico que aparecer pela frente?

— Percebi que você está falando de Brian — disse Ian quando ela parou para respirar. — Mas não compreendo o que está tentando dizer.

— Você nunca deveria ter vindo para cá. — Agitada, Alanna começou a andar de um lado para o outro. Os olhos estavam tão ardentes que ele imaginou se não queimariam a palha no chão. — Problemas, e nada além de problemas desde o primeiro minuto que me deparei com você, estendido meio morto no feno. Se eu soubesse naquele dia o que aconteceria, poderia ter ignorado meu dever cristão e o deixado sangrar até morrer.

Ian não conseguiu evitar um sorriso, e começou a falar até ser cortado.

— Primeiro, quase me puxou para o feno com você, beijando-me, embora estivesse com uma bala no corpo. Então, no momento em que abriu os olhos, estava beijando minha mão e dizendo que eu era linda.

— Eu deveria ser açoitado — afirmou ele com um sorriso. — Imagine, dizer que você é linda.

— O açoite é muito gentil para tipos como você — retrucou Alanna. — Então, dois dias atrás, depois de eu ter preparado o seu café da manhã, que é mais que um homem como você merece…

— De fato, é — concordou Ian.

— Fique quieto até eu terminar de falar! Depois de eu ter preparado seu café da manhã, você me puxa para seu colo como se eu fosse uma... uma...

— Perdeu a língua?

— Cortesã — disparou ela e desafiou-o a rir. — E, como o grande tolo que é, você me segurou contra a minha vontade e me beijou.

— E fui beijado de volta, querida. — Ian deu um tapinha no pescoço do cavalo. — E muito bem beijado, a propósito.

Alanna bufou de raiva e gaguejou.

— Como você se atreve?

— Isso é difícil de responder, a menos que você seja mais específica. Se você está perguntando como ousei beijá-la, devo confessar que foi mais uma questão de não ter sido capaz de me conter. Você tem uma boca que foi feita para beijar, Alanna.

Ela sentiu o corpo esquentar e começou a andar de um lado para outro novamente, agora com as pernas bambas.

— Bem, você superou o beijo bem rapidamente.

Ian ergueu uma sobrancelha. Então, ela não estava irritada por causa do beijo, mas pelo fato de que ele tinha parado. Olhando-a, na luz parca do celeiro, perguntou-se como conseguira parar. E sabia que não faria isso novamente.

— Se é a minha contenção que a perturba, querida…

— Não me chame assim. Nem agora, nem nunca!

Divertido, ele engoliu uma risada.

— Como quiser, sra. Flynn. Como eu estava dizendo…

— Eu lhe disse para ficar quieto até que eu termine de falar. — Alanna parou para recuperar o fôlego. — Onde eu estava?

— Nós estávamos falando sobre o beijo. — Com olhos brilhando, Ian deu um passo em direção a ela. — Por que eu não refresco sua memória?

— Não se aproxime de mim — alertou ela, e pegou um forcado. — Eu estava só usando isso como uma referência para os problemas que você causou. Agora, além de tudo isso, você fez os olhos de Brian brilharem com o pensamento de uma revolução. Eu não permitirei isso, MacGregor. Ele é só um menino.

— Se o garoto faz perguntas, lhe darei respostas verdadeiras.

— Fazendo-as soar românticas e heroicas. Não quero vê-lo em guerras feitas por outros e perdê-lo como perdi meu irmão Rory.

— Não será uma guerra feita por outros, Alanna. — Ele a circulou cuidadosamente, mantendo uma distância segura do forcado. — Quando chegar a hora, a guerra será feita por todos nós. E venceremos.

— Você pode poupar suas palavras.

— Ótimo. — Rápido como um raio, Ian agarrou a haste do forcado, esquivou-se dos dentes e puxou-a contra si. — Estou cansado de conversar.

Quando a beijou desta vez, Ian estava preparado para o choque. E o contato não foi menos devastador, nem menos emocionante. O rosto de Alanna estava frio, e ele usou os lábios para esquentá-lo, deslizando-os pela pele macia até que sentiu ambos começarem a tremer. Entrelaçou uma das mãos no cabelo preto e segurou-lhe a nuca. Seu outro braço a pressionava contra si.

— Pelo amor de Deus, beije-me de volta, Alanna — murmurou ele contra sua boca. Seus olhos estavam abertos e fixos nela. — Vou enlouquecer se você não me beijar, e enlouquecer se você o fizer.

— Para o inferno, então! — Ela envolveu os braços ao redor de Ian. — Vou beijá-lo.

Alanna quase o fez cair de joelhos. Não houve hesitação, não houve resistência. Os lábios dela estavam tão sedentos quanto os seus, a língua tão aventureira quanto a sua. Pressionando o corpo no dele, deleitou-se com a sensação de ouvir dois corações batendo um contra o outro.

Ela nunca esqueceria o cheiro de feno e de animais, das partículas de poeira nos finos raios da luz do sol que se infiltravam através das aberturas na madeira. Nem esqueceria a sensação daquele corpo forte e sólido contra o seu, o calor da boca de Ian, os sons de prazer que ele emitia. Lembraria desse momento de abandono porque sabia que não poderia durar.

— Solte-me — sussurrou Alanna.

Ian aninhou-se na curva do pescoço doce e perfumado.

— Duvido que eu possa.

— Você deve. Não vim aqui para isso.

Ian usou a boca para provocar-lhe a orelha e sorriu quando ela estremeceu.

— Você teria realmente me golpeado, Alanna?

— *Aye*.

Por acreditar nela, Ian sorriu novamente.

— Aqui está uma moça agradável — brincou ele, e mordiscou-lhe a orelha.

— Pare com isso. — Mas deixou a cabeça pender para trás em sinal de rendição. Que Deus a ajudasse, mas queria que ele continuasse. E continuasse e continuasse. — Isso não é certo.

Ian olhou-a, mas o sorriso havia desaparecido.

— Eu acho que é. Não sei por que ou como, mas acho que é muito certo.

Alanna queria desesperadamente inclinar-se contra ele, mas tencionou o corpo para não o fazer.

— Não pode ser. Você tem a sua guerra e eu tenho a minha família. Eu não vou dar meu coração a um guerreiro. E ponto final.

— Droga, Alanna...

— Eu gostaria de lhe pedir uma coisa. — Disse e saiu rapidamente dos braços de Ian. Mais um momento ali e teria se esquecido de tudo, da família e de todas as esperanças secretas que tinha para próprio futuro. — Considere como seu presente de Natal para mim.

Ian imaginou se Alanna sabia que, naquele momento, ele se comprometeria a lhe dar tudo que possuía, até a própria vida.

— O que você quer?

— Que fique aqui até depois do Natal. É importante para Brian. E — acrescentou, antes que ele pudesse falar — que você prometa não falar de guerras ou revoltas até o dia sagrado passar.

— É muito pouco para pedir.

— Não para mim. Isso é muito importante.

— Então, você tem a minha palavra.

Alanna deu um passo para trás, mas, arqueando a sobrancelha, Ian segurou-lhe a mão firme na sua, levou aos lábios e beijou-a.

— Obrigada. — Ela retirou a mão rapidamente e escondeu às costas. — Tenho trabalho a fazer.

A voz de Ian a deteve quando ela estava correndo em direção à porta.

— Alanna, o beijo foi certo.

Ela colocou o capuz sobre a cabeça e saiu.

Capítulo 5

A NEVE QUE CAÍA NA véspera de Natal encantou Alanna. Em seu coração, tinha a esperança de que a tempestade durasse por dias e impedisse a partida de Ian, como sabia que ele planejava fazer dali a dois dias. Sentia uma esperança egoísta e tola, mas agarrou-se a isso enquanto colocava um cachecol e uma capa para ir até o celeiro e fazer a ordenha da manhã.

Se Ian ficasse, ela sofreria. Se ele fosse embora, Alanna ficaria de coração partido. Ela se permitiu o luxo de um suspiro enquanto observava os flocos brancos girarem ao seu redor. Era melhor não gastar os pensamentos com aquele homem, mas com suas responsabilidades.

O único som no quintal vinha de seus passos conforme as botas abriam caminho na neve. Então, no silêncio absoluto, a porta rangeu quando ergueu o trinco e abriu-a.

Dentro do celeiro, estendeu a mão para os baldes e deu um primeiro passo quando sentiu uma mão em seu ombro. Com um grito, saltou, derrubando os baldes no chão.

— Perdão, sra. Flynn. — Ian sorriu enquanto Alanna segurava as duas mãos sob o coração. — Parece que a assustei.

Alanna o teria xingado se lhe restasse ar nos pulmões. Nem por um momento teria mantido a cabeça erguida se Ian soubesse que estivera suspirando por ele. Em vez disso, meneou a cabeça e respirou profundamente.

— O que você está fazendo se escondendo aqui?

— Saí da casa logo depois de você — explicou ele. Tinha decidido, após uma longa noite de reflexão, ser paciente com Alanna. — A neve deve ter mascarado a minha aproximação.

O próprio devaneio deveria tê-la impedido de ouvi-lo, pensou ela, irritada, abaixando-se para pegar os baldes, quando ele fez o mesmo. Assim que as cabeças colidiram, Alanna praguejou:

— Mas que droga! O que quer, MacGregor? Além de me matar de susto?

Seria paciente, Ian prometeu a si mesmo ao passar a mão em sua própria cabeça. Mesmo que isso o matasse.

— Quero ajudá-la com a ordenha.

Perplexa, Alanna estreitou os olhos.

— Por quê?

Ian soltou um longo suspiro. Paciência ia ser difícil, se cada palavra que fosse direcionada a ele continuasse a ser uma pergunta ou uma acusação.

— Porque, como tenho observado ao longo dos últimos dias, você faz muitas tarefas para uma mulher.

O orgulho era evidente na voz de Alanna.

— Eu posso cuidar da minha família.

— Sem dúvida. — A voz de Ian era igualmente fria.

Mais uma vez, abaixaram-se ao mesmo tempo para pegar os baldes. Ian fez uma careta. Alanna endireitou o corpo enquanto ele pegava os baldes.

— Eu aprecio sua oferta, mas…

— Eu só vou ordenhar uma maldita vaca, Alanna. — Era difícil ter paciência. — Você não pode aceitar uma ajuda dada de bom grado?

— É claro.

Arrancando um dos baldes da mão de Ian, ela girou em seus calcanhares e caminhou até a primeira baia.

Não precisava de ajuda, pensou Alanna, enquanto tirava as luvas e as colocava violentamente em seu colo. Era perfeitamente capaz de cumprir suas tarefas. A audácia dele ao dizer que ela tinha tarefas demais! Oras, na primavera havia duas vezes mais tarefas, com a plantação e a horta, com a colheita de ervas. Ela era uma mulher forte, capaz, e não uma menina fraca e chorosa.

Ian provavelmente estava acostumado com *damas,* concluiu Alanna com um sorriso de escárnio. Rostos adocicados que sorriam afetadamente atrás de leques. Bem, ela não era uma dama com vestidos de seda e sapatos finos, e não se envergonhava nem um pouco disso. Enviou um olhar na direção de Ian. E, se aquele homem achava que ela ansiava por ficar sentada em uma sala de estar, estava muito enganado.

Alanna jogou a cabeça para trás quando começou a tirar o leite da vaca malhada, esguichando-o no balde.

Garota ingrata, pensou Ian enquanto ordenhava a segunda vaca com menos facilidade e delicadeza. Queria apenas ajudar. Qualquer tolo poderia ver que Alanna trabalhava do início do dia ao fim da noite. Se não estava ordenhando, estava cozinhando. Se não estava cozinhando, estava fiando. Se não estava fiando, estava esfregando.

As mulheres de sua família nunca tinham sido "damas do lazer", mas sempre tinham filhas, irmãs ou primas para ajudar. Tudo que Alanna tinha eram três homens que, obviamente, não percebiam o fardo que caía sobre ela.

Bem, ele iria ajudá-la, mesmo que tivesse de estrangulá-la para que aceitasse.

Alanna terminou seu balde muito antes de Ian e ficou batendo o pé no chão, impaciente. Quando ele acabou, ela tentou pegar o balde, mas Ian o tirou de seu alcance.

— O que você está fazendo?

— Vou carregar o leite para você. — Ele pegou o outro balde.

— Oras, por que você faria isso?

— Porque é pesado — retrucou quase gritando.

Então, resmungando baixo sobre mulheres teimosas, de cabeça vazia, Ian marchou para a porta.

— Continue balançando os baldes assim, MacGregor, e você terá mais leite no chão do que em sua barriga. — Alanna não conseguiu ouvir o que ele murmurou, mas não foi nada cortês. Desconfiada, limpou a neve do rosto. — Já que você insiste em levar o leite, vou coletar os ovos.

Eles seguiram em diferentes direções. Quando Alanna voltou para a cozinha, Ian ainda estava lá, alimentando o fogo.

— Se você está esperando pelo café da manhã, vai ter que esperar um pouco mais.

— Eu vou ajudá-la — disse ele entre os dentes cerrados.

— Ajudar-me com o quê?

— Com o café da manhã.

Aquilo bastou. Com pouca consideração por quantos ovos rachariam, ela bateu o balde na mesa.

— Você tem algum problema com a minha comida, MacGregor?

As mãos de Ian coçaram de vontade de segurá-la pelos ombros e sacudi-la.

— Não.

— Hum. — Ela foi até o fogão para fazer café. Virando-se, quase se chocou com ele. — Se você vai ficar de pé na minha cozinha, MacGregor, então fique longe do meu caminho. Você não é tão grande para que eu não possa empurrá-lo se necessário.

— Você é sempre tão agradável na parte da manhã, sra. Flynn?

Em vez de se dignar a responder a pergunta, Alanna pegou o pedaço de presunto que tinha comprado na casa de defumados e começou a fatiá-lo. Ignorando Ian o melhor que podia, misturou os ingredientes para as panquecas, que considerava sua especialidade. Antes que terminasse, ela mostraria a Ian MacGregor uma coisa ou duas sobre cozinhar.

Ele não disse nada, mas bateu os pratos de estanho que colocava na mesa para demonstrar seu humor. Quando a família de Alanna se juntou a eles, a cozinha estava com um aroma delicioso e uma tensão grossa o suficiente para se cortar com um machado.

— Panquecas! — exclamou Johnny alegremente. — É um bom jeito de começar a véspera de Natal.

— Você parece um pouco ruborizada, garota. — Cyrus estudou a filha enquanto se sentava. — Não está ficando doente, está?

— É o calor do fogão — retrucou Alanna, então mordeu a língua quando o pai estreitou os olhos. — Fiz molho de maçã ontem, para as panquecas.

Ela colocou a tigela que estava carregando sobre a mesa e voltou para o café. Perturbada porque Ian ainda não tinha tirado os olhos dela, Alanna estendeu o braço para apanhar a chaleira sem lembrar de embrulhar um pano em torno da mão. Sentindo os dedos queimarem, soltou um grito seguido de um xingamento.

— Não adianta chamar pelo Senhor quando você for descuidada — comentou Cyrus suavemente, mas levantou-se a fim de passar manteiga fria sobre as queimaduras. — Você anda muito agitada ultimamente, Alanna.

— Não é nada. — Com a mão boa, gesticulou para que o pai voltasse à mesa. — Sente-se, todos vocês, e comam. Quero vocês fora da minha cozinha para que eu possa terminar de assar as coisas.

— Espero que tenha um bolo de passas frescas na lista. — Johnny sorriu enquanto colocava molho de maçã em seu prato. — Ninguém faz um melhor do que você, Alanna. Mesmo quando deixa o bolo queimar.

Ela conseguiu rir, e quase foi sincera, mas tinha pouco apetite para a refeição quando se juntou à mesa.

Melhor assim, decidiu algum tempo depois. Embora os homens de sua vida tivessem tagarelado durante todo o café da manhã, não deixaram nem mesmo farelo para os pássaros. Com alívio, viu-os saírem para o resto do trabalho diário. Finalmente tinha a cozinha, e o resto da casa, para si mesma. Sozinha, seria capaz de pensar sobre o que sentia por Ian MacGregor.

Mas ele tinha saído havia poucos minutos quando retornou com um balde de água.

— O que você pretende fazer agora? — perguntou Alanna, e tentou em vão enfiar algumas mechas soltas de cabelo dentro da touca.

— Água para os pratos.

Antes que pudesse fazer aquilo por si mesma, Ian derramou a água em uma panela no fogão para aquecer.

— Eu mesma poderia ter ido buscar — disse Alanna, então sentiu-se ingrata. — Mas obrigada.

— De nada.

Ian tirou o casaco e o pendurou em um gancho perto da porta.

— Você não vai trabalhar com os outros, então?

— Há três deles e só uma de você.

Ela inclinou a cabeça.

— É verdade, mas e daí?

— Daí que vou ajudá-la hoje.

Sabendo que sua paciência estava curta, Alanna esperou um momento antes de falar:

— Eu sou perfeitamente capaz...

— Mais que capaz, pelo que tenho visto. — Ian começou a empilhar os pratos que ela ia lavar. — Você trabalha como um burro de carga.

— Essa é uma descrição ridícula e muito grosseira, rapaz. — Alanna ergueu o queixo. — Agora saia da minha cozinha.

— Eu saio se você sair.

— Tenho trabalho a fazer.

— Bem. Então vamos terminá-lo.

— Você vai ficar no meu caminho.

— É só desviar de mim. — Quando ela puxou a próxima respiração, Ian segurou seu rosto entre as mãos e a beijou, longa e intensamente. — Vou ficar com você, Alanna, — disse quando ela conseguiu focá-lo novamente — e isso está decidido.

— Está? — Para a mortificação dela, sua própria voz soou fraca, quase um rangido.

— Sim.

— Bem, então. — Alanna pigarreou, deu um passo para trás e alisou as saias. — Você pode buscar maçãs da adega de armazenamento para mim. Tenho tortas para assar.

Ela usou o tempo que levou até que Ian retornasse para tentar se recompor. O que estava acontecendo que lhe fazia perder a cabeça e todas as faculdades mentais por conta de um beijo? Não era um beijo comum, não quando eram os lábios de Ian que faziam o trabalho. Algo estranho estava acontecendo. Em um momento, tinha o coração cheio de esperança de que ele ficasse por mais tempo, enquanto, no momento seguinte, ela o ressentia e desejava que ele estivesse a mil quilômetros de distância. E, um instante depois, estava permitindo que a beijasse, e esperando que fizesse isso de novo na primeira oportunidade.

Alanna tinha nascido nas Colônias, uma criança de um mundo novo. Mas seu sangue era irlandês o suficiente para que palavras como *sorte* e *destino* fossem levadas muito a sério.

Quando começou a esfregar os pratos, pensou que, se o seu destino tinha a forma de Ian MacGregor, estava em apuros.

— É muito simples descascar uma maçã — insistiu depois, irritada sobre as tentativas desajeitadas de Ian. — Você coloca a faca sob a casca.

— Eu fiz isso.

— E cortou a maior parte da fruta junto com a casca. Um pouco de tempo e cuidado fazem maravilhas.

Ian sorriu-lhe, de uma maneira muito estranha para Alanna sentir-se confortável.

— Assim acredito, sra. Flynn. Assim acredito.

— Tente de novo — ordenou Alanna quando voltou para a massa. — E você vai limpar todas as cascas que está derrubando no chão.

— *Aye*, sra. Flynn.

Erguendo o rolo para massas, ela o encarou.

— Você está tentando me tirar do sério, MacGregor?

Ele olhou para a arma que Alanna segurava.

— Não enquanto você estiver segurando isso, querida.

— Eu já lhe disse para não me chamar assim.

— De fato.

Ian viu-a voltar para a massa de torta que preparava. Era um prazer observá-la, pensou. Mãos rápidas, dedos ágeis. Mesmo quando se movia do balcão para o fogão e voltava, havia uma leveza em seus movimentos que fazia o coração dele disparar.

Quem teria pensado que Ian precisaria ser atingido por um tiro, quase sangrar até a morte e acabar inconsciente em um celeiro para se apaixonar?

Apesar das críticas de Alanna e de sua tendência de saltar sempre que ele chegava perto demais, Ian estava tendo o melhor dia de sua vida. Talvez não quisesse que o ato de descascar maçãs se tornasse um hábito, mas era uma maneira simples de estar perto dela, de absorver o aroma suave de lavanda que parecia aderir-se à pele cremosa. Mesclava-se sedutoramente com os aromas de canela, gengibre e cravo.

E, na verdade, embora se sentisse mais à vontade em reuniões políticas ou com uma espada na mão do que na cozinha, tinha desejado amenizar o que considerava um encargo excessivo de responsabilidades dela.

Alanna não parecia pensar assim, refletiu. Na verdade, ela parecia contente em trabalhar, hora após hora. Queria — precisava, admitiu — mostrar para aquela mulher que havia mais. Imaginou andar com ela através das plantações de sua tia. No verão, quando o verde rico podia lembrá-la de uma Irlanda que nunca visitara. Queria levá-la para a Escócia, para a glória das Terras Altas. Deitar-se com ela na urze roxa à beira de um lago e ouvir o vento nos pinheiros.

Queria dar-lhe um vestido de seda e joias para combinar com os olhos azuis. Eram noções românticas e sentimentais, Ian sabia. Certamente se engasgaria com as palavras se tentasse dizê-las em voz alta.

Mas queria, disso sabia. Se pudesse encontrar uma maneira de fazê-la aceitar.

Alanna sentiu o olhar de Ian em suas costas como se fossem dedos lhe fazendo cócegas. Teria preferido os dedos, pensou. Se fossem dedos, pelo menos conseguiria afastá-los. Esforçando-se para ignorá-lo, cobriu a primeira torta, canelou, enfeitou a crosta e colocou-a de lado.

— Você vai cortar um dedo se continuar olhando para mim em vez de prestar atenção no que está fazendo.

— Seu cabelo está escapando da touca novamente, sra. Flynn.

Ela empurrou as mechas com a mão, mas só conseguiu bagunçar ainda mais o cabelo.

— E acho que não gosto de seu tom quando me chama de sra. Flynn.

Sorrindo, Ian deixou de lado uma maçã descascada.

— Como devo chamá-la, então? Não gosta quando a chamo de querida, apesar de combinar tanto com você. Torce o nariz quando a chamo de Alanna, sem a sua permissão. Agora, está pronta para ficar irritada quando eu, muito respeitosamente, a chamo de sra. Flynn.

— Respeitosamente, uma ova! Você vai para o inferno por mentir, Ian MacGregor. — Ela gesticulou com o rolo quando se virou. — Não há um pingo de respeito em seu tom quando me chama assim, não com esse sorriso presunçoso e esse brilho nos olhos. Se acha que não sei o que isso significa, está enganado. Outros homens tentaram essa estratégia e receberam uma boa pancada por seus esforços.

— Gratifica-me saber disso... sra. Flynn.

Alanna emitiu um som que ele só poderia descrever como vapor quente saindo de uma chaleira.

— Não me chame de nome algum! Porquê decidi agradar a Brian e pedi a você que ficasse para o Natal sempre será um mistério para mim. O bom Deus sabe que não o quero aqui, bagunçando minha cozinha, dando-me uma outra boca para alimentar, agarrando-me e forçando sua presença indesejada perto de mim o tempo todo.

Ele apoiou-se no balcão.

— Você vai para o inferno por mentir, querida.

Foi o reflexo do momento que fez o rolo voar da mão de Alanna em direção à cabeça de Ian. Ela arrependeu-se imediatamente. Porém, arrependeu-se ainda mais quando ele agarrou a peça de madeira no ar um instante antes de atingir-lhe a testa.

Se Alanna o tivesse atingido, teria se desculpado e cuidado do ferimento. O fato de que tinha sido frustrada mudava completamente a questão.

— Seu maldito escocês! — exclamou, furiosa. — Sua cria do diabo! Rogo uma praga em você e todos os MacGregor, de agora até o Dia do Juízo Final!

Uma vez que tinha errado o alvo com o rolo de madeira, agarrou a coisa mais próxima à mão. Felizmente, a pesada assadeira de metal estava vazia. Ian conseguiu desviá-la com o rolo.

— Alanna…

— Não me chame assim! — Ela levantou um copo de estanho e tentou acertá-lo novamente. Desta vez, Ian não foi tão rápido, e o objeto bateu-lhe no peito.

— Meu amor…

O som que ela emitiu ao ouvir aquilo teria feito tremer até um escocês treinado para batalhas. O prato que Alanna arremessou atingiu a canela de Ian. Ele estava pulando em um só pé e rindo quando ela alcançou a próxima arma.

— Basta! — Gargalhando, Ian agarrou-a e girou-a duas vezes, mesmo quando ela lhe batia na cabeça com outro prato.

— Maldito escocês de cabeça dura!

— *Aye*, e agradeço a Deus por isso, ou você já teria me colocado no túmulo a essa altura. — Ele jogou-a para o alto e segurou-lhe a cintura com agilidade. — Case-se comigo, sra. Flynn, pois seu nome devia ser MacGregor.

Capítulo 6

ERA DIFÍCIL SABER QUAL DOS dois estava mais chocado. Ian não tinha se dado conta de que pretendia pedi-la em casamento. Sabia que estava apaixonado, sentindo-se impressionado e deslumbrado pela ideia. Mas, até aquele momento, seu coração não tinha comunicado ao cérebro que era casamento o que desejava. *Casar-se com Alanna*, pensou, e não conseguiu conter outra risada. Era uma bela piada, decidiu, para ambos.

As palavras de Ian ainda ecoavam na cabeça dela, saltando de um lado para o outro em seu cérebro como bolas em uma carroça. *Case-se comigo.* Certamente, não tinha ouvido errado. Era impossível, é claro. Era loucura. Conheciam-se há apenas alguns dias, mas o curto período fora o suficiente para Alanna ter certeza de que Ian MacGregor nunca seria o companheiro de vida de seus sonhos. Com ele, nunca haveria noites pacíficas ao lado de uma lareira. Haveria apenas outra luta, outra causa, outro movimento.

E, todavia... Todavia, o amava de uma maneira que nunca pensara ser capaz. Descontroladamente, de forma imprudente e perigosa. A vida com ele seria... seria... Não conseguia imaginar. Alanna colocou a mão na cabeça buscando parar os pensamentos rodopiantes. Precisava de um momento para pensar e se recompor. Afinal, quando um homem pedia uma mulher em casamento, o mínimo que podia fazer era...

Em seguida, ocorreu-lhe que Ian ainda estava segurando-a no ar e rindo como um tolo.

Rindo. Os olhos azuis de Alanna estreitaram-se. Então, aquilo era uma grande piada da qual ele ria a suas custas, jogando-a no ar como um saco de batatas e gargalhando. Casar-se com ele... até parece que se casaria. O tolo.

Alanna apoiou uma mão sobre o ombro largo para se equilibrar, fechou a outra e o atingiu em cheio no nariz.

Ian gritou e a colocou no chão tão abruptamente que ela quase caiu. Mas Alanna se recuperou rapidamente e, de pés plantados, pôs as mãos na cintura e o encarou.

Hesitante, ele tocou o nariz. Sim, estava sangrando. A mulher tinha força na mão direita. Observando-a com cautela para não ser golpeado novamente, estendeu a mão para o lenço.

— Isso é um sim?

— Fora! — A raiva de Alanna era tão profunda que sua voz tremeu mesmo enquanto gritava. — Fora da minha casa, seu filho de Satanás! — As lágrimas que brotaram de seus olhos eram de fúria justificada, assegurou a si mesma. — Se eu fosse um homem, o mataria nesse instante e dançaria sobre seu corpo ensanguentado!

— Ah. — Após assentir em compreensão com um gesto de cabeça, Ian guardou o lenço. — Você precisa de um pouco de tempo para pensar. Perfeitamente compreensível.

Sem fala, Alanna conseguiu apenas murmurar palavras incoerentes.

— Vou falar com seu pai — Ian ofereceu educadamente.

Ela gritou como uma *banshee* e pegou a faca de descascar.

— Vou matá-lo! Pela minha mãe, eu juro!

— Minha querida sra. Flynn — começou ele cautelosamente enquanto segurava-lhe o pulso —, entendo que uma mulher às vezes fica abalada com um pedido de casamento, mas isso... — Ele parou quando viu que lágrimas escorriam pelo rosto delicado. — O que é isso? — Desconfortável, passou o polegar sobre a bochecha úmida. — Alanna, meu amor, não chore. Prefiro ser apunhalado por você do que vê-la chorar. — Mas quando, galantemente, soltou-lhe a mão, ela jogou a faca de lado.

— Ah, deixe-me paz, está bem? Vá embora. Como se atreve a me insultar desse jeito? Eu amaldiçoo o dia em que salvei sua vida miserável.

Mesmo tendo sido ofendido novamente, Ian beijou-lhe a testa.

— Insultá-la? Como?

— Como? — Por trás do véu de lágrimas, os olhos azuis faiscavam. — Rindo de mim. Falando de casamento como se fosse uma grande piada. Suponho que pensa que, porque não tenho roupas finas ou chapéus extravagantes, também não tenho sentimentos.

— O que chapéus têm a ver com isso?

— Suponho que todas as damas elegantes de Boston sorriem com indulgência e batem em sua mão com leques quando você flerta com elas. Mas eu levo a conversa sobre casamento mais a sério, e não vou ficar parada enquanto você fala sobre isso e ri da minha cara.

— Ah, Deus amado. — Quem pensaria que Ian, um homem que tinha a reputação de ser gentil e inteligente com as damas, pudesse agir de modo tão errado quando realmente se importava? — Fui um tolo, Alanna. Por favor, me ouça.

— Foi e é um tolo. Agora, tire suas patas de mim.

Ian a puxou para mais perto.

— Eu só quero explicar...

Antes que ele pudesse terminar a frase, Cyrus Murphy abriu a porta da cozinha. Deu uma olhada para os destroços do local, para a filha lutando contra Ian, e calmamente alcançou a faca de caça no cinto.

— Largue minha filha, MacGregor, e prepare-se para morrer.

— Pai! — Com os olhos arregalados diante da visão do pai, pálido como gelo e com uma faca nas mãos, Alanna colocou-se na frente de Ian. — Não!

— Sai da frente, *lass*. Os Murphy protegem uns aos outros.

— Não é o que parece — começou, mas foi interrompida.

— Deixe-nos, Alanna — disse Ian calmamente. — Quero conversar com seu pai.

— O inferno que você vai! — exclamou ela.

Alanna não saiu do lugar. Talvez ela mesma devesse tê-lo feito sangrar — e o tinha feito, se o sangue do nariz contasse —, mas não deixaria o pai matá-lo depois que trabalhara dois dias e duas noites para mantê-lo vivo.

— Tivemos uma discussão, pai. Posso lidar com isso sozinha. Ele estava...

— Pedindo sua filha em casamento — completou Ian, apenas para fazer Alanna confrontá-lo novamente.

— Seu fuinha mentiroso! Você não falou sério. Estava rindo como um louco quando falou sobre casamento. Não serei insultada! Não serei menosprezada...

— Mas você vai ficar quieta! — gritou Ian para ela, e Cyrus ergueu uma sobrancelha em sinal de aprovação quando a filha realmente acatou a ordem. — Eu falei sério — continuou, a voz ainda alta. — Se eu estava rindo era de mim mesmo, por ser um grande tolo e me apaixonar por uma megera teimosa, de língua afiada, que prefere me apunhalar do que sorrir para mim.

— Megera? — A voz de Alanna era quase um guincho. — Megera?

— *Aye*, uma megera — confirmou Ian, assentindo com um aceno de cabeça. — Foi isso que falei, e é isso que você é. É uma…

— Já basta! — Cyrus balançou a cabeça para tirar a neve do cabelo. — Jesus amado, que par! — Com alguma relutância, guardou a faca. — Pegue seu casaco, MacGregor, e venha comigo. Alanna, termine de cozinhar.

— Mas, pai, eu…

— Faça o que eu disse, *lass*. — Ele gesticulou para Ian segui-lo pela porta. — Com tanto grito e choro é difícil lembrar que é véspera de Natal. — Cyrus parou do lado de fora da casa e plantou as mãos na cintura, em um gesto que a filha tinha herdado. — Eu tenho um trabalho a fazer, MacGregor. Você vai vir comigo e explicar o que aconteceu.

— *Aye*. — Ian lançou um último olhar furioso para a janela onde Alanna estava com o nariz pressionado. — Eu vou com você.

Ele andou com dificuldade pela cortina de neve que ainda estava caindo e se acumulando no chão. Não se preocupou em fechar o casaco e enfiou as mãos sem luvas nos bolsos.

— Espere aqui — ordenou Cyrus. Ele entrou em um pequeno galpão e saiu com um machado. Notando o olhar cauteloso de Ian, ergueu a ferramenta para o ombro. — Não vou usá-lo em você. Ainda. — Ele moveu-se para a floresta com Ian ao seu lado. — Alanna adora o Natal. Assim como a mãe dela adorava. — Sentiu uma pontada, como sempre sentia quando pensava na esposa. — Com certeza, ela deseja uma árvore... e tempo para se acalmar.

— Alguma vez ela já ficou calma?

Por uma questão de hábito, Cyrus estudou o chão da floresta por rastros de animais. Precisariam caçar em breve.

— Você é a pessoa que está pensando em acorrentar sua perna à dela. Por que isso?

— Se eu conseguisse pensar em uma boa razão, eu daria a você. — Ian suspirou. — Peço a mulher em casamento e ela me dá um soco no nariz. — Tocando o nariz ainda dolorido, sorriu. — Por Deus, Murphy, estou enlouquecido e apaixonado, o que é a mesma coisa. Vou me casar com ela.

Cyrus parou na frente de um pinheiro, estudou a árvore, rejeitou-a, então prosseguiu.

— Isso ainda será decidido.

— Não sou um homem pobre — começou Ian. — Os malditos ingleses não se apossaram de tudo na guerra de 1745, e ganhei o bastante com investimentos. Vou dar uma boa vida a sua filha.

— Talvez sim, talvez não. Ela aceitou Michael Flynn e ele não possuía mais que alguns acres de terra rochosa e duas vacas.

— Alanna não precisará trabalhar do raiar do sol até o anoitecer.

— Alanna não se importa de trabalhar. Ela tem orgulho disso.

Cyrus parou na frente de uma outra árvore, assentiu com a cabeça e entregou o machado a Ian.

— Esta serve. Quando um homem está frustrado, não há nada melhor do dar umas machadadas para suar e descontar a raiva.

Ian abriu as pernas, firmou os pés no chão e deu o primeiro golpe. Lascas de madeira voaram.

— Ela se importa comigo. Sei disso.

— É possível — concordou Cyrus enquanto pegava um cachimbo. — Minha filha tem o hábito de gritar com as pessoas de quem mais gosta. Assim como de estapeá-las.

— Então, ela deve me amar intensamente. — O machado bateu no tronco do pinheiro. A expressão de Ian era desgostosa. — Eu a terei, Murphy, com ou sem a sua bênção.

— Isso é evidente. — Pacientemente, Cyrus encheu o cachimbo. — Ela é uma mulher adulta e pode tomar as próprias decisões. Diga-me, MacGregor, você vai lutar contra os britânicos com a mesma paixão com a qual corteja minha filha?

Ian balançou o machado novamente. A lâmina assobiou no ar. O som de metal batendo na madeira ecoou através da floresta.

— *Aye*.

— Então, agora vou lhe dizer que pode ser difícil conseguir as duas coisas. — Satisfeito que o cachimbo estava bem completo, Cyrus acendeu um fósforo contra uma pedra. — Alanna se recusa a acreditar que haverá guerra.

Ian fez uma pausa.

— E você?

— Eu não tenho amor pelos britânicos ou pelo rei deles. — Cyrus tragou do cachimbo, enviando um fio de fumaça pela neve. — E mesmo se eu tivesse, minha visão ainda é boa o suficiente para enxergar o que está por vir. Pode demorar um ano, dois ou até mais, mas a guerra virá. E será longa e sangrenta. Quando isso acontecer, eu terei mais dois filhos para arriscar. Mais dois filhos a perder. — Deu um suspiro longo e profundo. — Não quero a sua guerra, Ian MacGregor, mas chegará um momento no qual um homem terá que defender o que é seu.

— Esse momento já chegou, Murphy, querendo ou não.

Cyrus estudou Ian enquanto a árvore caía ao chão, amortecida pela neve. Um homem forte, pensou ele, um daqueles malditos escoceses gigantes, com um rosto e corpo que certamente agradariam uma mulher. Uma boa cabeça e um bom nome. Mas era o espírito inquieto e rebelde de Ian que o preocupava.

— Vou perguntar-lhe: você vai se contentar em sentar e esperar pelo que está por vir, ou vai sair em busca dele?

— Um MacGregor não espera para apoiar o que acredita. Nem espera para lutar por isso.

Assentindo com um movimento de cabeça, Cyrus ajudou-o a erguer a árvore.

— Não vou atrapalhar seus planos no que diz respeito a minha filha. É possível que você faça isso por si mesmo...

Alanna correu para a frente da casa no momento em que ouviu a voz de Ian.

— Pai, eu quero... Ah! — Ela parou com a visão de seu pai e Ian com um enorme pinheiro entre os dois. — Você cortou uma árvore de Natal.

— Achou que eu esqueceria? — Cyrus tirou o gorro e enfiou-o no bolso. — Como poderia quando você fica pedindo isso dia e noite?

— Obrigada! — Foi com prazer e alívio que ela atravessou a sala para beijá-lo. — É lindo.

— Suponho que você vai querer pendurar fitas e só Deus sabe o que mais nela. — Cyrus apertou-lhe o braço carinhosamente enquanto falava.

— Tenho a caixa de enfeites de mamãe no meu quarto. — Por entender o pai muito bem, ela o beijou novamente. — Vou buscá-la depois do jantar.

— Tenho outras tarefas para fazer agora. Diga a MacGregor onde você quer a árvore. — Ele deu-lhe um tapinha rápido na mão antes de sair.

Alanna pigarreou.

— Perto da janela da frente, por favor.

Ian arrastou a árvore, equilibrando-a nas tábuas de madeira que Cyrus tinha martelado ao tronco. O único som no cômodo era o farfalhar dos galhos e o crepitar do fogo.

— Obrigada — disse ela de maneira educada. — Pode ir cuidar de suas coisas agora.

Antes que Alanna pudesse escapar para a cozinha novamente, ele pegou-lhe a mão.

— Seu pai me deu permissão para casar com você, Alanna.

Ela puxou a mão uma vez, então sabiamente desistiu.

— Sou dona da minha própria vida, MacGregor.

— Você será minha, sra. Flynn.

Embora fosse bem mais alto do que ela, Alanna conseguiu dar a impressão de estar olhando-o de cima.

— Prefiro me casar com um gambá raivoso.

Determinado a fazer o certo desta vez, Ian levou-lhe a mão rígida aos lábios.

— Eu te amo, Alanna.

— Não. — Ela apertou a mão livre contra o coração acelerado. — Não diga isso.

— Digo isso com cada respiração que dou. E repetirei o mesmo até não mais respirar.

Estarrecida, Alanna fitou os olhos verde-azulados que vinham assombrando suas noites. Podia resistir à arrogância, lutar contra a ousadia, mas aquilo... aquela declaração simples e quase humilde de devoção a deixou sem defesas.

— Ian, por favor...

Ele emocionou-se porque Alanna tinha, finalmente, o chamado pelo primeiro nome. E a expressão nos olhos azuis quando as palavras saíram dos seus lábios não podia ser confundida.

— Você não vai me dizer que é indiferente a mim.

Incapaz de resistir, ela tocou-lhe o rosto.

— Não, eu não direi isso. Você deve perceber como me sinto toda vez que olho para você.

— Estamos destinados a ficar juntos. — Com os olhos fixos em Alanna, beijou-lhe a palma da mão. — Senti isso desde o primeiro instante que a vi inclinada sobre mim no celeiro.

— Está tudo acontecendo tão rápido — disse ela, lutando contra o pânico e a ansiedade. — Muito rápido.

— E muito certo. Vou fazê-la feliz, Alanna. Você pode escolher a casa que quiser em Boston.

— Boston?

— Por um tempo, pelo menos, moraríamos lá. Tenho trabalho a fazer. Depois, podemos ir para a Escócia, e você poderia visitar sua terra natal.

Mas ela estava meneando a cabeça.

— Trabalho. Que trabalho é esse?

Uma sombra pareceu cair sobre os olhos de Ian.

— Eu lhe dei minha palavra de que não falaria sobre isso até depois do Natal.

— Sim. — Ela sentiu o coração acelerado parar por um segundo, como se tivesse congelado. — Você prometeu. — Após respirar profundamente, olhou para suas mãos unidas. — Tenho tortas no forno. Preciso retirá-las.

— Isso é tudo que você pode dizer?

Alanna olhou para a árvore atrás dele, ainda nua, mas contendo tantas promessas.

— Vou pedir-lhe um tempo para pensar. Amanhã, no Natal, lhe darei minha resposta.

— Só há uma que vou aceitar.

Aquilo a fez sorrir.

— Só vou dar uma.

Capítulo 7

Havia um cheiro de pinho e fumaça de madeira, o aroma persistente do grosso ensopado de carne. Em cima da grande mesa perto do fogo, Alanna tinha colocado o bem mais valioso da mãe, uma tigela de vidro para ponche. Como era hábito desde que podia se lembrar, o pai misturava o ponche natalino com uma dose generosa de uísque irlandês. Ela observou o líquido cor de âmbar refletir a luz do fogo e o brilho das velas já acesas na árvore.

Tinha prometido a si mesma que aquela noite e o dia de Natal que se seguiria seriam apenas para alegria.

Como deveria ser, disse a si mesma. O que quer que tivesse acontecido entre seu pai e Ian naquela manhã, eles pareciam mais próximos do que nunca. Ela observou-o dar um copo de ponche para Ian antes de servir-se e beber um grande gole. Antes que Alanna pudesse protestar, o jovem Brian estava provando a bebida.

Bem, todos dormiriam naquela noite, decidiu ela, e estava prestes a pegar um copo para si mesma quando ouviu o som de uma carroça.

— Aí está Johnny. — Ela soltou um suspiro de irritação. — E, pela segurança dele, é melhor que tenha uma boa desculpa para ter perdido o jantar.

— Cortejando Mary — respondeu Brian com a boca dentro do copo.

— Pode ser, mas... — Ela parou quando Johnny entrou com Mary Wyeth em seu braço. Automaticamente, Alanna olhou ao redor da sala, aliviada ao ver que tudo estava em ordem para receberem uma visita. — Mary, como é bom vê-la.

Alanna foi rapidamente beijar o rosto da jovem. Mary era mais baixa e mais rechonchuda do que ela, com cabelo loiro brilhante e bochechas rosadas. Pareciam mais rosadas do que o usual, notou Alanna — ou pelo frio devido à viagem da aldeia, ou de calor pelos cortejos de Johnny.

— Feliz Natal. — Sempre tímida, Mary corou ainda mais e uniu suas mãos. — Ah, que árvore adorável.

— Venha para perto da fogueira, você deve estar congelando. Deixe-me guardar sua capa e xale. — Ela lançou um olhar exasperado ao irmão quando ele ficou parado com um sorriso tolo no rosto. — Johnny, pegue um copo de ponche para Mary e alguns dos biscoitos que assei esta manhã.

— *Aye*. — Ele entrou em ação, derrubando um pouco de ponche nos dedos com a pressa. — Vamos fazer um brinde... — anunciou e, em seguida, passou um tempo considerável limpando a garganta. — Para minha futura esposa. — Ele apertou a mão nervosa da noiva na sua. — Mary me aceitou esta noite.

— Ah! — Alanna estendeu as mãos e, uma vez que Mary não tinha nenhuma das suas livres, agarrou a jovem pelo ombro. — Ah, bem-vinda! Embora não faço ideia de como você vai aturar meu irmão.

Cyrus, sempre desconfortável com emoções, deu um beijo rápido na bochecha de Mary e um tapa nas costas do filho.

— Então, vamos beber à minha nova filha — disse ele. — É um bom presente de Natal que você nos deu, John.

— Precisamos de música. — Alanna virou-se para Brian, que assentiu e correu para buscar sua flauta. — Uma canção animada, Brian — instruiu ela. — Os noivos devem ter a primeira dança.

Brian apoiou-se em uma cadeira e começou a tocar. Quando Ian pôs a mão em seu ombro, Alanna tocou-lhe o pulso com delicadeza.

— A ideia de um casamento lhe agrada, sra. Flynn?

— *Aye*. — Com um sorriso emocionado, viu o irmão dançando com Mary. — Ela o fará feliz. E construirão um bom lar juntos, uma boa família. É tudo que quero para ele.

Ian sorriu quando Cyrus bebeu outro copo de ponche e começou a bater palmas no ritmo da música.

— E para você?

Alanna se virou, e seus olhos se encontraram.

— É tudo que eu sempre quis.

Ian inclinou-se para mais perto dela.

— Se me der sua resposta agora, poderíamos ter uma comemoração dupla nesta véspera de Natal.

Alanna meneou a cabeça, enquanto seu coração se despedaçava um pouquinho.

— Esta noite é de Johnny.

Então, ela riu quando seu irmão a puxou para uma dança.

Uma nova neve caiu, suavemente, fora da casa. Mas, dentro, os cômodos estavam preenchidos com luzes, risos e música. Alanna pensou na mãe e no quão feliz ela teria ficado de ver a família unida e alegre na noite mais sagrada do ano. E pensou em Rory, o animado e charmoso Rory, que teria dançado melhor do que todos eles juntos e erguido a voz de tenor para cantar uma música.

— Seja feliz. — Impulsivamente, ela jogou os braços ao redor do pescoço de Johnny. — Fique bem.

— Oras, o que é isso? — Emocionado e envergonhado, ele a abraçou rapidamente e afastou-a.

— Amo você, seu idiota.

— Eu sei disso. — Johnny observou que o pai estava tentando ensinar um passo de dança para Mary. Aquilo quase o fez sorrir. — Aqui, Ian, tire essa moça das minhas mãos. Um homem precisa descansar de vez em quando.

— Ninguém pode dançar melhor que um irlandês — disse Ian a ela quando pegou sua mão. — A menos que seja um escocês.

— Ah, é mesmo? — Com um sorriso e uma inclinação de cabeça, Alanna começou a dançar para provar que ele estava errado.

Embora as velas tivessem queimado antes que os ocupantes da casa dormissem, as celebrações começaram novamente ao amanhecer. Ao redor da árvore e do fogo, eles trocaram presentes. Alanna sentiu um imenso prazer ao ver a expressão de alegria no rosto de Ian quando ele ergueu o cachecol que ela tecera. Embora tivesse passado cada minuto de seu tempo livre unindo os fios azuis e verdes no tear, o resultado valera a pena. Quando ele partisse, levaria parte dela.

O coração de Alanna balançou ainda mais quando viu que Ian tinha presentes para sua família. Um cachimbo novo para seu pai, rédeas novas para o cavalo favorito de Johnny e um livro de poesia para Brian.

Mais tarde, Ian estava ao lado dela na igreja da aldeia e, embora Alanna ouvisse a história do nascimento do Salvador com o mesmo encantamento de quando era criança, teria sido cego se não notasse as outras mulheres enviando olhares em sua direção. Olhares de inveja e curiosidade. Alanna não protestou no momento que a mão dele fechou-se sobre a sua.

— Você está linda hoje, querida.

Do lado de fora da igreja, onde as pessoas tinham parado para conversar e trocar saudações de Natal, Ian beijou-lhe a mão. Embora Alanna soubesse que as fofocas persistiram por semanas, ela lhe deu um sorriso atrevido. Era mulher suficiente para saber que estava bonita em seu melhor vestido de lã azul-escuro, com toques de rendas na gola e nos punhos.

— Você também está bonito, MacGregor.

Alanna resistiu ao impulso de tocar o colarinho engomado da camisa dele. Era a primeira vez que o via tão arrumado, com rendas brancas caindo sobre seus pulsos, botões brilhando em seu gibão e um chapéu de três pontas no cabelo ruivo. Seria outra lembrança dele para guardar com carinho.

— Claro, e é um belo dia.

Ele olhou para o céu.

— Vai nevar antes do anoitecer.

— E que melhor dia para uma tempestade de neve do que o Natal? — Então, tocou o gorro azul que Johnny lhe dera. — Mas o vento está forte. — Sorriu quando viu Johnny e Mary cercado por simpatizantes. — É melhor voltarmos. Tenho um peru para verificar.

Ele ofereceu-lhe o braço.

— Permita-me acompanhá-la até sua carruagem, sra. Flynn.

— Muita gentileza sua, sr. MacGregor.

Ele não conseguia lembrar de um dia mais perfeito. Embora ainda houvesse tarefas a serem feitas, Ian conseguiu passar cada momento livre com Alanna. Talvez parte sua desejava que a família dela estivesse a quilômetros de distância para que pudessem ficar a sós e ela lhe desse sua resposta. Mas se determinou a ser paciente, não tendo nenhuma dúvida de qual seria a resposta. Alanna não podia sorrir-lhe, olhá-lo, beijá-lo daquela forma a menos que estivesse tão apaixonada quanto ele. Ian podia ter desejado roubá-la, jogá-la sobre seu cavalo e partir, mas, pela primeira vez, queria fazer tudo corretamente.

Se fosse o desejo de Alanna, poderiam se casar na igreja onde assistiram à missa de Natal. Então alugaria — ou melhor, compraria — uma carruagem azul com detalhes em prata. Isso combinaria com ela. E viajariam para Virgínia, onde a apresentaria a seus tios e primos.

De alguma forma, Ian conseguiria uma viagem para a Escócia, onde encontraria seus pais e irmãos. Eles se casariam novamente lá, na terra onde ele tinha nascido.

Podia visualizar tudo. Eles se estabeleceriam em Boston, onde comprariam uma casa. Juntos, começariam uma família, enquanto ele lutaria, com voz ou espada, pela independência de seu país adotivo.

Durante o dia, os dois discutiriam e brigariam. À noite, se deitariam juntos em seu grande colchão de penas, os longos e esbeltos membros de Alanna entrelaçados ao seu redor.

Parecia que, depois que a conhecera, não conseguia mais imaginar sua vida sem ela.

A neve caiu, mas com suavidade. Depois que o peru com batatas, o chucrute e os biscoitos foram devorados, Ian estava meio enlouquecido de impaciência.

Em vez de se juntar aos homens perto da lareira, agarrou o casaco de Alanna e jogou-o sobre ela.

— Eu preciso de um momento com você.

— Mas eu não terminei...

— O resto pode esperar. — Até onde ele podia ver, a cozinha já estava brilhando de tão limpa. — Preciso falar com você, em particular.

Alanna não se opôs, não poderia, porque seu coração já estava saltando no peito quando ele a puxou para fora da casa. Ian mal tivera tempo de arrumar o chapéu. Quando Alanna apontou que ele não tinha abotoado o casaco contra o vento, Ian a pegou nos braços e, com passos largos, a levou para o celeiro.

— Não há necessidade de tudo isso — apontou ela. — Posso andar tão bem quanto você.

— Você vai molhar o vestido. — Ian virou a cabeça e beijou-lhe os lábios salpicados de neve. — E gosto muito de carregá-la.

Depois que ele a colocou no chão dentro do celeiro, trancou a porta e acendeu uma lamparina. Alanna cruzou os braços. Era agora, disse a si mesma com firmeza, que a celebração do Natal tinha que acabar.

— Ian...

— Não, espere. — Ele se aproximou de Alanna e colocou as mãos suavemente sobre os ombros delicados. A ternura súbita deixou-a sem fala. — Você não se perguntou por que eu não lhe dei um presente esta manhã?

— Você me deu seu presente. Nós concordamos...

— Você acha que não tenho mais nada para você? — Ian pegou-lhe as mãos, estavam geladas porque não lhe dera tempo para luvas, e aqueceu-as com as suas. — Neste nosso primeiro Natal juntos, o presente precisa ser especial.

— Não, Ian, não há necessidade.

— Há toda a necessidade. — Enfiou a mão no bolso do gibão e retirou uma pequena caixa. — Enviei um rapaz da vila até Boston para pegar isso. Estava em meus aposentos lá. — Ian colocou a caixinha na mão dela. — Abra.

A mente de Alanna queria recusar, mas seu coração… seu coração não podia. Dentro da caixa havia um anel. Prendeu a respiração ao vê-lo e comprimiu os lábios. Era de ouro, no formato de uma cabeça de leão com coroa.

— Este é o símbolo do meu clã. O avô, cujo nome eu carrego, mandou fazê-lo para sua mulher. Antes de morrer, minha avó deu isso para o meu pai, para que fosse passado para mim. Quando saí da Escócia, ele me disse que tinha a esperança de que eu encontrasse uma mulher forte, inteligente e leal para usá-lo.

O nó na garganta de Alanna estava tão apertado que as palavras doeram quando falou.

— Oh, Ian, não. Eu não poderia. Eu não...

— Nenhuma outra mulher vai usar este anel. — Ian tirou a joia da caixa e colocou-a no dedo dela. Poderia ter sido feito para Alanna, de tão perfeitamente que serviu. Naquele momento, Ian sentiu como se o mundo fosse seu. — Não vou amar nenhuma outra mulher. — Levando a mão do anel aos lábios, fitou-a. — Com isso, eu lhe prometo meu coração.

— Eu amo você — murmurou Alanna, sentindo seu mundo se partir em dois. — Sempre o amarei. — Haveria tempo para arrependimentos, dor e lágrimas, refletiu quando Ian a beijou. Mas esta noite, pelas horas que teriam, ela lhe daria mais um presente.

Gentilmente, puxou-lhe o casaco dos ombros. Com a boca movendo-se avidamente contra a dele, Alanna começou a desabotoar seu gibão.

Com as mãos trêmulas, ele a parou.

— Alanna…

Ela levou um dedo aos seus lábios.

— Eu não sou uma menina inexperiente. Já vim para você como mulher, e peço que me aceite como uma. Preciso que me ame, Ian. Hoje à noite, nesta noite de Natal, preciso disso. — Desta vez, foi ela quem lhe capturou as mãos e levou-as aos próprios lábios. Era imprudência, sabia. Mas era certo. — E preciso amar você.

Ian nunca se sentira tão desajeitado. As mãos pareciam muito grandes, muito rudes, seu desejo muito profundo e intenso. Jurou que, se não conseguisse realizar mais nada em sua vida, amaria Alanna gentilmente e lhe mostraria o que estava escrito em seu coração.

Com cuidado, deitou-a sobre o feno. Não era o colchão de penas que desejava, mas os braços delicados o envolveram de livre e espontânea vontade, e Alanna sorriu quando levou a boca até a sua. Gemendo, Ian inclinou-se sobre sua mulher.

Era mais do que ela jamais sonhara... O toque das mãos de seu amado em seu cabelo, em seu rosto. Com muita paciência, com incrível doçura, ele a beijou até que todas as dores em seu coração derretessem. Ian desabotoou o vestido e deslizou-o pelo ombro delicado para beijar a pele exposta, maravilhando-se com a maciez e murmurando coisas tão tolas que a fizeram querer sorrir e chorar ao mesmo tempo.

Ele sentiu os dedos fortes e capazes de Alanna tirarem seu gibão, abrirem sua camisa e acariciarem seu peito.

Delicadamente, ele a despiu, demorando-se em cada passo para dar e receber prazer. Com cada toque, com cada gosto, a resposta dela crescia. Ian ouviu a respiração ofegante de Alanna em seu ouvido, sentiu os dentes dela em sua pele quando se entregou aos encantos do corpo feminino.

Um aroma sutil de lavanda mesclado ao da fragrância do feno. Uma pele macia e cremosa cintilando na luz sombreada da lamparina. Suspiros graciosos misturando-se com seus próprios gemidos. O rico brilho do cabelo preto enquanto Ian pegava um punhado nas mãos.

Alanna estava tremendo, mas com paixão. Muita paixão. Tentou falar o nome dele, mas só conseguiu enterrar as unhas nos ombros largos. De onde vinha aquele ardor, aquele rio selvagem que parecia correr em seu interior? E onde terminava? Fascinada, desesperada, arqueou-se contra Ian enquanto as mãos másculas viajavam como um raio sobre pontos de prazer que não sabia que possuía.

As bocas estavam unidas, ávidas, sedentas, quando Ian a levou para o primeiro clímax e além. O gemido profundo de Alanna foi abafado contra os lábios e o próprio gemido de satisfação de Ian.

Então, ele estava em seu interior, profundamente. Com a glória daquilo, Alanna abriu os olhos. Viu o rosto de Ian sobre si, o cabelo cor de fogo brilhando à luz da lamparina.

— Agora, nós somos um. — A voz dele era baixa e rouca pela paixão. — Agora, você é minha.

E Ian abaixou a boca para a dela, enquanto presenteavam um ao outro.

Capítulo 8

Eles cochilaram, um de frente para o outro, a capa dela descuidadamente jogada sobre os corpos entrelaçados, quentes e repletos pelo ato de amor.

Ian murmurou o nome dela.

Alanna acordou.

A meia-noite tinha chegado e passado, pensou ela. E seu tempo havia terminado. Ainda assim, roubou mais alguns minutos, estudando o rosto másculo enquanto Ian dormia, memorizando cada traço, cada ângulo. Apesar de saber que o rosto dele já estava gravado em sua mente e em seu coração.

Um último beijo, disse a si mesma quando roçou os lábios nos de Ian. Um último momento.

Quando Alanna se moveu, ele murmurou e estendeu a mão para segurá-la.

— Você não vai escapar tão facilmente, sra. Flynn.

O coração de Alanna sofreu uma nova pontada com o modo perverso como ele disse seu nome.

— Está quase amanhecendo. Não podemos ficar por mais tempo.

— Muito bem, então. — Ian sentou-se quando ela começou a se vestir. — Suponho que, mesmo sob as circunstâncias, o seu pai pode me ameaçar com uma faca novamente se me encontrar nu, no feno, com a filha. — Com algum pesar, vestiu a calça. Desejou ter palavras para dizer a ela o quanto a noite anterior tinha significado. O quanto o amor dela significava para ele. Com a camisa desabotoada, levantou-se para beijar-lhe a nuca. — Você tem feno no cabelo, querida.

Alanna desviou-se e começou a tirar o feno do cabelo.

— Perdi meus grampos.

— Eu gosto de seu cabelo solto. — Ian engoliu em seco e deu um passo para a frente, segurando algumas mechas em sua mão. — Por Deus, como gosto.

Ela quase deixou-se levar antes de se conter.

— Eu preciso da minha touca.

— Se precisa... — Prestativo, Ian começou a procurar pelo objeto. — Na verdade, não lembro de um Natal melhor do que este. Pensei que tivesse atingido o auge da felicidade quando eu tinha oito anos e ganhei um cavalo. Ele era enorme e tinha o temperamento de uma mula. — Encontrou a touca sob o feno espalhado. Com um sorriso, ofereceu-a a Alanna. — Mas, embora seja uma competição difícil, você ganha sobre o cavalo.

Ela conseguiu sorrir.

— Fico lisonjeada com isso, MacGregor. Agora, tenho de preparar o café da manhã.

— Tudo bem. Podemos dizer à sua família durante a refeição que vamos nos casar.

Ela respirou fundo.

— Não.

— Não há nenhuma razão para esperar, Alanna.

— Não — repetiu ela. — Eu não vou me casar com você.

Por um momento, Ian apenas a observou. Então, caiu no riso.

— Que absurdo é esse?

— Não é um absurdo. Não vou me casar com você.

— O inferno que você não vai! — explodiu ele, agarrando-a pelos ombros. — Não aceitarei brincadeiras sobre esse assunto.

— Não é uma brincadeira, Ian. — Embora estivesse rangendo os dentes, ela falou calmamente: — Não quero me casar com você.

Se Alanna ainda tivesse a faca na mão e o apunhalasse, teria lhe causado menos dor.

— Você mente. Olha no meu rosto e mente. Você não poderia ter me amado como me amou durante a noite e não querer pertencer a mim.

Os olhos de Alanna permaneciam secos, tão secos que ardiam.

— Eu amo você, mas não vou me casar. — E meneou a cabeça antes que ele pudesse protestar. — Meus sentimentos não mudaram. Nem os seus, sei disso. Entenda-me, Ian, sou uma mulher simples, com esperanças simples. Você vai fazer a sua guerra e não se contentará até que ela termine. Vai lutar mesmo se durar um ou dez anos. E não posso perder mais uma pessoa que amo, quando já perdi tantas. Não aceitarei seu nome e lhe darei meu coração só para vê-lo morrer.

— Então você está me propondo uma barganha? — Enfurecido, Ian se afastou. — Você não vai compartilhar a minha vida a menos que eu me satisfaça em viver ignorando tudo em que acredito? Para ter você, devo virar as costas para o meu país, para minha honra e minha consciência?

— Não. — Alanna uniu as mãos com força e lutou para não torcê-las. — Não estou lhe propondo barganha nenhuma. Dou-lhe sua liberdade com o coração aberto e sem arrependimentos pelo que aconteceu entre nós. Não posso viver no mundo que você quer, Ian. E você não pode viver no meu. Tudo que peço é que me dê a mesma liberdade que estou lhe dando.

— Não darei liberdade alguma! — Ele a agarrou novamente, os dedos que tinham sido tão gentis na noite anterior agora causando hematomas. — Como você pode pensar que uma diferença na visão política poderia me impedir de levá-la comigo? Você pertence a mim, Alanna. Não existe nada além disso.

— Não é apenas uma diferença na visão política. — Sabendo que estava prestes a chorar, Alanna esforçou-se para manter a voz firme e fria. — É uma diferença nas esperanças e nos sonhos. Todos os meus e todos os seus. Não estou pedindo para sacrificar os seus, Ian. E não vou sacrificar os meus. — Ela afastou-se e ficou rígida como uma lança. — Não quero você. Não quero viver minha vida com você. E, como uma mulher livre para aceitar ou rejeitar o que quiser, não me casarei com você. Não há nada que você possa dizer ou fazer para mudar isso. Se realmente gostar de mim, não vai nem mesmo tentar.

Alanna pegou a touca e amassou-a nas mãos.

— Seus ferimentos estão curados, MacGregor. É hora de você partir. Eu não o verei novamente.

Com isso, Alanna se virou e fugiu.

Uma hora mais tarde, na segurança do quarto, ela o ouviu cavalgar. Foi só então que se permitiu deitar na cama e chorar. Apenas quando as lágrimas molharam o ouro em seu dedo foi que ela percebeu que não devolvera o anel para Ian. Nem ele pedira.

Ele levou três semanas para chegar a Virgínia e mais uma antes que pudesse trocar mais do que algumas palavras com alguém. Na biblioteca do tio, relaxou o suficiente para discutir os acontecimentos de Boston e outras partes das colônias e das reações do Parlamento. Embora Brigham Langston, o quarto conde de Ashburn, estivesse vivendo na América havia quase trinta anos, ele ainda tinha fortes e importantes conexões na Inglaterra. E, como lutara por suas crenças na Rebelião de Stuart, lutaria contra o seu país natal novamente por liberdade e justiça em sua casa.

— Certo, basta de planos e segredos por esta noite. — Nunca muito preocupada em respeitar o solo masculino santificado, Serena MacGregor Langston entrou na biblioteca. O cabelo ainda era de um ruivo impetuoso como tinha sido em sua juventude. Os poucos fios grisalhos não incomodavam uma mulher que sabia tê-los conquistado.

Apesar de Ian ter se levantado para cumprimentar a tia, o marido continuou encostado contra o consolo da lareira. Brigham estava, pensou Serena, tão bonito como sempre. Mais ainda, talvez. O cabelo estava grisalho, mas o sol do sul havia lhe bronzeado o rosto, dando-lhe uma cor que lembrava a de um carvalho. E o corpo era tão magro e musculoso quanto ela recordava ter sido trinta anos antes. Serena sorriu quando seu filho mais velho, Daniel, lhe serviu conhaque e beijou-a.

— Você sabe que sua presença encantadora é sempre bem-vinda, mamãe.

— Você fala como o seu pai. — Ela sorriu, satisfeita pelo filho ter herdado a aparência de Brigham, também. — Sabe muito bem que desejava que eu estivesse longe. Devo lembrá-lo mais uma vez que já lutei em uma rebelião. Não é mesmo, *sassenach*?

Brigham sorriu para ela. Serena o chamava pelo termo escocês ofensivo que era usado para se referir aos ingleses desde o primeiro momento em que tinham se conhecido.

— E alguma vez tentei mudar você?

— Você não é um homem que tenta quando sabe que vai fracassar. — E ela deu-lhe um beijo na boca. — Ian, você está perdendo peso. — Serena já tinha decidido que dera ao rapaz tempo suficiente para digerir qualquer coisa que o estivesse perturbando. Enquanto a mãe dele estivesse do outro lado do oceano, Serena cuidaria do sobrinho. — Não gosta da comida daqui?

— As refeições estão maravilhosas como sempre, tia Serena.

— Ah! — Ela tomou um gole de conhaque. — Sua prima Fiona me disse que você ainda não saiu para cavalgar com ela. — Serena citou a filha mais nova. — Espero que ela não tenha feito nada para irritá-lo.

— Não. — Ele se conteve para não demonstrar agitação. — Não, eu estou apenas um pouco, ah, distraído. Faço questão de sair com ela amanhã ou depois.

— Ótimo. — Serena sorriu, decidindo esperar até que eles estivessem sozinhos para descobrir o que estava acontecendo com o sobrinho. — Brig, Amanda gostaria de sua ajuda para escolher um pônei adequado para o jovem

Colin. Pensei que tivesse criado bem minha filha mais velha, mas ela aparentemente acha que você tem um olho melhor para cavalos do que eu. Ah, e Daniel, seu irmão está no estábulo. Ele me pediu para chamá-lo.

— O garoto não pensa em outra coisa senão em cavalos — comentou Brigham. — Puxou a Malcolm.

— Tenho de lembrá-lo de que meu irmão mais novo se deu muito bem com os cavalos.

Brigham ergueu o copo em direção à esposa.

— Não há necessidade de me lembrar.

— Estou indo. — Daniel pôs o copo sobre a mesa. — Se conheço Kit, ele provavelmente está planejando algum esquema louco sobre procriação novamente.

— Ah, Brig. Parkins está preocupado com alguma coisa. O estado de seu casaco de equitação, acredito. Deixei-o no quarto.

— Ele está sempre preocupado — murmurou Brigham, referindo-se ao criado de longa data. Então, viu o olhar da esposa e entendeu o recado. — Vou até lá ver se consigo acalmá-lo.

— Você não vai me deixar sozinha, vai, Ian? — Abrindo as saias rodadas, Serena sentou-se, satisfeita pela biblioteca estar vazia. — Nós não tivemos muito tempo para conversar desde que chegou. Beba mais um pouco de conhaque e faça-me companhia por um tempo. — Ela sorriu de forma charmosa. Era uma outra maneira que tinha aprendido para conseguir o que queria, sem precisar gritar e xingar. — E me conte sobre suas aventuras em Boston.

Descalça, como sempre preferia ficar, Serena cruzou as pernas sobre a cadeira, por debaixo das saias coloridas, conseguindo parecer tanto elegante quanto ridiculamente jovem. Apesar do mau humor que o perseguia, Ian encontrou-se sorrindo para ela.

— Tia Serena, você é linda.

— E você está tentando me distrair. — Ela jogou a cabeça para trás, de modo que o cabelo, sempre rebelde, caiu-lhe sobre os ombros. — Sei tudo sobre sua pequena festa do chá, *lad*. — Ela brindou-o com o copo que segurava. — E, de um MacGregor para outro, eu o saúdo. E — continuou — sei que os ingleses já estão reclamando. Poderiam engasgar com o maldito chá. — Ela ergueu uma das mãos. — Mas não me fale sobre isso. É verdade que quero ouvir o que tem a dizer sobre os sentimentos daqueles na Nova Inglaterra e em outras partes da América, mas, por agora, quero saber sobre você.

— Sobre mim? — Ele deu de ombros e rodou a bebida no copo. — Não precisa fingir que não sabe sobre todas as minhas atividades, minha aliança com Sam Adams e com os Filhos da Liberdade. Nossos planos andam lentamente, mas andam.

Serena foi distraída quase o suficiente para perguntar mais sobre o assunto, mas Brigham, e suas próprias fontes, poderiam dar-lhe todas as informações que precisava.

— Em um nível mais pessoal, Ian. — Com uma expressão séria, ela inclinou-se para tocar a mão do sobrinho. — Você é o primeiro filho de meu irmão e meu afilhado. Eu ajudei a trazê-lo a este mundo. E sei, tão verdadeiramente quanto que estou sentada aqui, que você está sofrendo por algo que não tem nada a ver com política ou revoluções.

— E tem tudo a ver com isso — murmurou ele, e bebeu mais conhaque.

— Conte-me sobre ela.

Ian enviou um olhar perspicaz à tia.

— Não mencionei a palavra "ela".

— Você a mencionou um milhão de vezes com seu silêncio. — Serena sorriu enquanto mantinha a mão do sobrinho nas suas. — Não adianta tentar esconder as coisas de mim, *lad*. Somos do mesmo sangue. Qual é o nome dela?

— Alanna — ele ouviu-se dizendo. — Que vá para o inferno!

Com uma risada vigorosa, Serena recostou-se.

— Gostei do som disso. Conte-me mais.

E ele contou. Embora não tivesse a intenção de fazer isso. Em meia hora, tinha contado tudo a Serena, desde o primeiro momento em que recuperara a consciência nebulosa no estábulo, até sua partida furiosa e frustrante.

— Ela o ama muito — afirmou Serena.

Enquanto contava a história, Ian tinha se levantado para andar pela sala, indo da lareira até a janela, e de volta à lareira. Apesar de estar vestido como um cavalheiro, movia-se como um guerreiro. Parou diante do fogo, as chamas estalando em suas costas. Serena se lembrou tanto de seu irmão Coll que uma tristeza profunda a assolou por um momento.

— Que tipo de amor é esse que afasta um homem e o deixa com apenas meio coração?

— Um amor profundo e amedrontado. — Serena levantou-se para segurar as mãos do sobrinho. — Disso eu entendo, Ian, mais do que posso dizer. — Sofrendo por ele, levou-lhe as mãos ao seu rosto.

— Eu não posso mudar o que sou.

— Não, você não pode. — Com um suspiro, ela puxou-o para sentar-se ao seu lado. — Nem eu podia. Somos filhos da Escócia, meu amor. Espíritos das Terras Altas. — Mesmo enquanto falava, a dor por sua terra natal perdida era aguda. — Nascemos e fomos criados rebeldes, guerreiros desde o início dos tempos. Entretanto, quando lutamos, lutamos apenas pelo que é nosso por direito. Nossa terra, nossas casas, nosso povo.

— Ela não entende.

— Oh, eu acredito que ela entende muito bem. Talvez, não possa aceitar. Mas por que você, um MacGregor, a deixou quando ela lhe disse isso? Por que não lutou por Alanna?

— Ela é uma megera teimosa que não ouve a voz da razão.

— Ah! — Escondendo um sorriso, Serena assentiu com a cabeça. Ela tinha sido chamada de teimosa muitas vezes em sua vida, e por um homem em particular. Fora o orgulho que fizera seu sobrinho partir para lamber as feridas na Virgínia. O orgulho era algo do qual também entendia muito bem. — E você a ama?

— Eu a esqueceria se pudesse. — Ian cerrou os dentes. — Talvez eu volte para matá-la.

— Duvido que você chegaria a esse ponto. — Levantando-se, Serena deu-lhe um tapinha nas mãos. — Fique um tempo conosco, Ian. E confie em mim, tudo ficará bem, eventualmente. Devo ir agora, resgatar seu tio de Parkins.

Serena o deixou olhando para o fogo. Mas, em vez de ir procurar o marido, foi para a sala de estar e escreveu uma carta.

— Eu não posso ir! — Com a face corada e os olhos brilhando como chamas, Alanna parou diante do pai, a carta ainda nas mãos.

— Você pode e irá — insistiu Cyrus. — Lady Langston a convidou para uma visita a fim de lhe agradecer pessoalmente por salvar a vida de seu sobrinho. — Ele firmou o cachimbo entre os dentes e rezou para que não estivesse cometendo um erro. — Sua mãe gostaria que fizesse isso.

— A viagem é muito longa — começou Alanna rapidamente. — E em um mês ou dois, será hora de fazer sabão, plantar e separar lã. Tenho muito trabalho a fazer para sair em uma viagem dessas. E... e não tenho nada adequado para vestir.

— Você irá, representando esta casa. — Cyrus endireitou a postura. — Nunca será dito que um Murphy se acovardou da ideia de aceitar o convite de pessoas de uma classe social mais elevada.

— Não estou me acovardando!

— Você está tremendo em suas botas, menina, e isso me deixa pálido de vergonha. Lady Langston quer conhecê-la. Oras, eu tenho primos que lutaram ao lado do clã dela em 1745. Um Murphy é tão bom quanto um MacGregor em qualquer dia, às vezes melhor do que um, inclusive. Eu não pude lhe proporcionar a instrução que sua mãe queria...

— Ah, papai...

Ele meneou a cabeça com veemência.

— Serei rejeitado por sua mãe quando eu me juntar a ela depois dessa vida, caso não convença você a fazer isso. Desejo que você veja mais do mundo do que essas pedras e essa floresta antes que minha vida chegue ao fim. Então, faça isso por mim e por sua mãe, se não por si mesma.

Alanna enfraqueceu, como Cyrus sabia que aconteceria.

— Mas... se Ian estiver lá...

— Lady Langston não diz que ele está, não é?

— Bem, não, mas...

— Então é provável que não esteja. Deve estar continuando sua revolução em algum lugar.

— *Aye*. — Com tristeza, Alanna olhou para a carta em sua mão. — É mais provável. — Ela começou a se perguntar como seria viajar para tão longe e conhecer a Virgínia, onde diziam que a terra era tão verde. — Mas quem vai cozinhar? Quem vai lavar e fazer a ordenha. Eu não posso...

— Não somos inúteis, menina. — Mas Cyrus já estava sentindo falta da filha. — Mary pode ajudar, agora que é casada com Johnny. E a viúva Jenkins está sempre disposta a dar uma mão.

— *Aye*, mas não podemos pagar...

— Não somos pobres, também — retrucou ele. — Vá responder a carta de lady Langston, dizendo que aceita gentilmente o convite para uma visita. A menos que esteja com medo de conhecê-la...

— Claro que não estou! — Aquilo serviu para deixá-la irritada. — Eu irei — murmurou, subindo a escada e fazendo muito barulho para encontrar pena e papel.

— *Aye* — disse Cyrus a si mesmo quando ouviu a porta bater. — Mas você vai voltar?

Capítulo 9

ALANNA TINHA CERTEZA DE QUE o coração explodiria no peito por bater tão descompassado. Nunca antes tinha andado em uma carruagem tão elegante, com um bonito par de cavalos puxando-a. E um cocheiro uniformizado. Não conseguia acreditar que os Langston haviam enviado uma carruagem de toda aquela distância, com um cocheiro, um mensageiro e uma criada para acompanhá-la durante toda a jornada.

Embora tivesse viajado por navio de Boston a Richmond, com as companhias que os Langston tinham fornecido, faria o restante do trajeto até a plantação pela estrada.

Eles chamavam a fazenda de Glenroe, em homenagem a uma floresta nas Terras Altas.

Ah, que emoção tinha sido assistir ao vento mover as velas do navio, ter a própria cabine e a criada delicada para prover suas necessidades. Até que a jovem tivesse ficado enjoada pelo balanço do navio, é claro. Então, Alanna provera as necessidades *dela*. Mas não se importou nem um pouco com isso. Enquanto a jovem agradecida dormia para se recuperar dos enjoos, Alanna tinha ficado livre para andar no convés do grande navio e observar o mar, tendo visões ocasionais da costa.

Maravilhou-se pela vastidão e beleza de um país que nunca vira de verdade.

Era bonito. Embora amasse a fazenda, a floresta e as rochas de sua Massachusetts natal, achou a terra ainda mais gloriosa em sua variedade. Quando saíra de casa, ainda havia neve no chão. Os dias mais quentes tinham deixado massas pendentes de gelo brilhando nas soleiras da casa e nos galhos das árvores.

Mas agora, no sul, via as árvores verdes e deixou o casaco aberto para desfrutar do ar através da janela da carruagem. Nos campos, havia bezerros e potros, experimentando as pernas ou mamando. Em outros, viu dezenas e dezenas de mãos ocupadas com a plantação da primavera. E estavam somente em março.

Março, pensou Alanna novamente. Apenas três meses desde que Ian partira. Em um hábito nervoso, tocou o contorno do anel que usava em um colar sob o vestido. Teria que devolvê-lo, é claro. Para a tia de Ian, pois certamente ele não estaria na plantação. Não poderia estar, pensou com uma combinação de alívio e saudade. Devolveria o anel para a tia dele com algum tipo de explicação do motivo pelo qual a joia estava em sua posse. Não a verdade completa, refletiu, pois isso seria muito humilhante e doloroso.

Não se preocuparia com isso agora, disse a si mesma, e cruzou as mãos no colo enquanto estudava as colinas já esverdeando com a primavera precoce da Virgínia. Pensaria naquela viagem, e na visita que faria, como uma aventura. Uma que ela provavelmente nunca mais teria a oportunidade de vivenciar.

E deveria lembrar de tudo para contar a Brian, aquele curioso. Recordaria de tudo, pensou com um suspiro, para si mesma. Pois aquela era a família de Ian, pessoas que o conheciam desde bebê, até que se tornara um homem.

Pelas poucas semanas que ficaria na fazenda com a família de Ian, se sentiria perto dele novamente. Pela última vez, prometeu a si mesma. Então, retornaria para casa, para sua família e seus deveres, e ficaria contente.

Não havia outra maneira. Mas, enquanto a carruagem balançava, continuou a segurar o anel nos dedos e desejou que pudesse encontrar uma.

A carruagem virou em uma entrada decorada por dois imponentes pilares de pedra com uma placa alta de ferro, na qual se lia “Glenroe”. A criada, mais cansada pela viagem do que Alanna, mexeu-se em seu assento.

— Você logo poderá ver a casa, senhorita. — Grata que a jornada estava chegando ao fim, a jovem não se conteve e colocou a cabeça para fora da janela da carruagem. — É a casa mais bela da Virgínia.

Com o coração disparado, Alanna começou a brincar com a trança preta que adornava o vestido cinza no qual tinha trabalhado por três noites. Os dedos, nervosos, tocaram as fitas de sua boina e alisaram a saia do vestido antes de voltarem ao trançado de novo.

A estrada para a casa era larga e alinhada com carvalhos, suas pequenas folhas abertas e verdes. Pelo que podia ver, o gramado era bem cuidado. Aqui e ali, via arbustos aparados já brotando. Então, erguida sobre um cume suave, estava a casa.

Alanna ficou sem palavras. Era uma estrutura imponente e branca, com diversas colunas decorando a frente como moças delgadas. Varandas que pareciam feitas de renda preta enfeitavam as janelas altas no segundo e terceiro pisos. Um terraço largo e abrangente rodeava tanto a frente quanto as laterais da casa. Havia flores, vermelhas como sangue, em urnas altas de cada lado dos degraus de pedra que levavam às brilhantes portas duplas de vidro.

Alanna apertou as mãos unidas até os nós de seus dedos ficarem brancos. Precisou de toda a sua força de vontade e de seu orgulho para não gritar, pedindo ao cocheiro que virasse a carruagem e instigasse os cavalos a galoparem o mais rápido possível.

O que estava fazendo lá, em tal lugar? O que teria a dizer para alguém que podia viver no meio de tanta riqueza? O abismo entre Alanna e Ian parecia aumentar a cada passo dos cavalos elegantes.

Antes que a carruagem parasse na curva do caminho circular, uma mulher saiu pelas portas e começou a descer os degraus da varanda. Seu vestido esvoaçante era verde-claro, adornado com renda cor de marfim. O cabelo, um tom adorável de vermelho, estava preso em um penteado simples e reluzia à luz do sol. Alanna mal tinha acabado de descer da carruagem com a ajuda de um criado uniformizado quando a mulher se aproximou, as mãos estendidas.

— Senhora Flynn. Você é tão bonita quanto imaginei. — Havia um leve sotaque escocês na voz da mulher que a lembrou de Ian. — Mas vou chamá-la de Alanna, porque sinto que já somos amigas. — Antes que Alanna pudesse decidir como responder, a mulher estava sorrindo e envolvendo-a em um abraço. — Sou a tia de Ian, Serena. Bem-vinda a Glenroe.

— Lady Langston — começou Alanna, sentindo-se empoeirada, amassada e intimidada. Mas Serena estava rindo e puxando-a em direção aos degraus.

— Ah, nós não usamos títulos aqui. A menos que possa nos servir para alguma coisa. A viagem foi boa, espero.

— *Aye.* — Ela sentiu que estava sendo carregada por um pequeno redemoinho de cabelo ruivo. — Devo agradecer à senhora pela generosidade de seu convite, por abrir sua casa para mim.

— Sou eu que estou grata. — Serena parou à soleira da porta. — Ian é tão precioso para mim quanto meus próprios filhos. Venha, vou levá-la para o seu quarto. Tenho certeza de que quer se refrescar antes de conhecer o restante da família no chá. É claro que não servimos o produto maldito — continuou Serena suavemente enquanto Alanna olhava, boquiaberta, para o hall de entrada, com o teto alto e escadas duplas em caracol.

— Não, não, claro que não — disse com fraqueza quando Serena pegou-lhe pelo braço para conduzi-la à escadaria da direita. Houve um grito, um berro e um xingamento em algum lugar dentro da casa.

— Meus dois filhos mais novos. — Despreocupada, Serena continuou a subir. — Eles brigam como dois cachorros.

Alanna pigarreou.

— Quantos filhos você tem, lady Langston?

— Seis. — Serena levou-a por um corredor com as paredes em tom pastel e tapetes grossos. — Payne e Ross são os únicos que você ouviu fazendo algazarra. Eles são gêmeos. Em um minuto estão se atacando, no outro estão jurando defender um ao outro até a morte.

Alanna ouviu distintamente o barulho de alguma coisa se quebrando, mas Serena não piscou um olho quando abriu a porta para uma suíte completa.

— Espero que você fique confortável aqui — disse ela. — Se precisar de alguma coisa, é só pedir.

Do que eu poderia precisar?, pensou Alanna, mas não disse nada. O quarto tinha pelo menos três vezes o tamanho do quarto em que dormia em sua casa. Alguém tinha colocado flores frescas e perfumadas em vasos. Cortar flores em março!

A cama, grande o suficiente para três pessoas, estava coberta com uma colcha de seda azul-claro e enfeitada com diversos travesseiros. Havia um guarda-roupa de madeira entalhada, uma cômoda elegante com um espelho ornado em prata e uma penteadeira delicada com uma cadeira brocada. As janelas altas estavam abertas para que a quente e perfumada brisa sacudisse as refinadas cortinas brancas. Antes que pudesse falar, uma criada apareceu com um jarro de água quente.

— Sua saleta de estar é por ali. — Serena moveu-se, passando por uma lareira lindamente entalhada. — Esta é Hattie. — Sorriu para a pequena criada. — Ela cuidará de suas necessidades enquanto estiver conosco. Hattie, você vai cuidar bem da sra. Flynn, não vai?

— Oh, sim, senhora. — Hattie sorriu.

— Bem, então é isso. — Serena deu um tapinha na mão de Alanna, encontrou-a fria e trêmula e sentiu uma onda de compaixão. — Há alguma coisa que eu possa fazer por você?

— Ah não. A senhora já fez mais que o suficiente.

E eu ainda nem comecei, pensou Serena, mas apenas sorriu.

— Vou deixá-la descansar. Hattie a levará para baixo quando estiver pronta.

Quando a porta se fechou atrás da indomável lady Langston, Alanna se sentou cuidadosamente na beirada da cama e se perguntou como prosseguiria com aquilo.

Estava muito nervosa para permanecer no quarto, então permitiu que Hattie a ajudasse a trocar o vestido de viagem e a colocar a sua melhor roupa. A pequena criada provou-se hábil em fazer penteados e, com dedos ágeis e uma voz melodiosa, escovou e enrolou o cabelo dela até que caíssem em cachos escuros sobre o ombro esquerdo.

Alanna estava colocando os brincos da mãe e reunindo coragem para descer quando ouviu gritos e barulhos de soco do lado de fora da porta. Intrigada, abriu uma pequena fresta, e, logo depois, abriu completamente a porta ao ver dois jovens rolando sobre o tapete do corredor.

Ela pigarreou.

— Bom dia, cavalheiros.

Os meninos, um o espelho do outro, com cabelo pretos despenteados e olhos cor de topázio, pararam de trocar socos para estudá-la. Como se por algum acordo silencioso, se separaram, levantaram e fizeram uma reverência para Alanna ao mesmo tempo.

— E quem é você? — perguntou o garoto com o lábio cortado.

— Sou Alanna Flynn. — Divertida, ela sorriu. — E vocês devem ser Payne e Ross.

— *Aye.* — A resposta veio do garoto de olho roxo. — Sou Payne, e o mais velho, portanto, dou-lhe as boas-vindas a Glenroe.

— Eu também dou as boas-vindas a ela. — Ross deu uma forte cotovelada nas costelas do irmão antes de dar um passo para a frente e estender a mão.

— Agradeço aos dois — disse na esperança de manter a paz. — Eu estava prestes a descer para me juntar à mãe de vocês. Talvez possam me escoltar?

— Ela estará na sala de visitas. É hora do chá. — Ross ofereceu o braço.

— É claro que não bebemos a coisa maldita. — Payne ofereceu o seu, também. Alanna aceitou ambos os braços. — Os ingleses poderiam forçá-lo em nossas gargantas e nós cuspiríamos de volta.

Ela reprimiu um sorriso.

— Naturalmente.

Quando o trio entrou na sala, Serena se levantou.

— Ah, Alanna, vejo que já conheceu minhas jovens feras. — Com um olhar preocupado, ela notou o olho roxo e o lábio sangrando dos filhos. — Se é bolo que vocês querem, então vão se lavar antes.

Assim que as crianças correram para fora da sala, Serena virou-se para apresentar Alanna aos outros na sala. Havia um jovem de aproximadamente 18 anos que Serena chamou de Kit, que possuía o mesmo tom de pele da mãe e um sorriso fácil. Uma garota que Alanna calculava ter aproximadamente a idade de Brian, com o cabelo mais loiro do que ruivo e lindas covinhas.

— Kit e Fiona irão arrastá-la para os estábulos em todas as oportunidades que tiverem — alertou Serena. — Minha filha Amanda virá jantar conosco esta noite, acompanhada de sua família. Eles vivem em uma plantação vizinha. — Serena serviu a primeira xícara de café e ofereceu a Alanna. — Não esperaremos por Brigham e pelos outros. Estão fora, inspecionando a plantação, e só Deus sabe quando vão chegar.

— Mamãe disse que você vive em uma fazenda em Massachusetts — começou Fiona.

— *Aye*. — Alanna sorriu e relaxou um pouco. — Havia neve no solo quando parti. Nossa temporada de plantio é muito mais curta do que a de vocês.

A conversa estava fluindo com facilidade quando os gêmeos voltaram, aparentemente unidos de novo, com o braço um no pescoço do outro. Com sorrisos idênticos, andaram até a mãe e cada um beijou-lhe uma bochecha.

— É tarde demais — Serena disse aos dois. — Eu já sei sobre o vaso. — Ela serviu duas xícaras de chocolate quente. — Ainda bem que era um dos feios. Agora, sentem-se, e tentem não derrubar isso no tapete.

Alanna estava à vontade e bebendo a segunda xícara de café quando uma gargalhada masculina veio do hall de entrada.

— Papai! — Os gêmeos gritaram e saltaram para correr em direção à porta. Serena apenas olhou para a mancha de chocolate no tapete e suspirou.

Brigham entrou, bagunçando o cabelo dos garotos, um de cada lado seu.

— Então, que estrago vocês causaram hoje?

Alanna observou o olhar de Brigham ir primeiro para a esposa. Havia divertimento neles, e algo muito mais profundo, muito mais verdadeiro, que a fez sentir uma pontada de inveja. Então, ele olhou para Alanna. Afastando-se dos gêmeos, atravessou a sala.

— Alanna — começou Serena —, este é meu marido, Brigham.

— Estou muito feliz em conhecê-la finalmente. — Brigham pegou a mão dela entre as suas. — Devemos muito a você.

Alanna corou de leve. Embora ele fosse velho o suficiente para ser seu pai, possuía um magnetismo que faria o coração de qualquer mulher palpitar.

— Devo agradecer pela sua hospitalidade, lorde Langston.

— Não, você deve apenas aproveitá-la. — Ele lançou um olhar estranho e, Alanna teve a impressão, exasperado para a esposa. — Só espero que permaneça feliz e confortável durante a sua estadia.

— Como poderia ser diferente? Vocês têm uma casa magnífica e uma família maravilhosa.

Ele ia começar a falar novamente, mas sua esposa o interrompeu:

— Café, Brig? — Ela já tinha servido e estava estendendo a xícara com uma expressão de aviso. A discussão do casal sobre a tentativa de Serena de bancar o cupido ainda teria de ser resolvida. — Você deve estar com sede depois do trabalho. E os outros?

— Estavam bem atrás de mim. Mas pararam brevemente na biblioteca.

Enquanto ele falava, dois homens entraram na sala. Alanna apenas viu vagamente o homem alto, de cabelo escuro, que era uma versão mais jovem de Brigham. Seus olhos atordoados estavam fixos em Ian. Nem mesmo notou que havia se levantado ou que a sala tinha caído no mais absoluto silêncio.

Via apenas Ian, que usava uma calça grossa e jaqueta de montaria, o cabelo desalinhado pelo vento. Ele, também, parecia ter congelado no lugar. Diversas expressões cruzaram-lhe o rosto, assim como o dela. Então, ele sorriu, mas era uma expressão tensa, revelando uma dureza que a devastou.

— Ah, sra. Flynn. Que... surpresa inesperada.

— Eu... eu... — Alanna gaguejou e olhou ao redor da sala, buscando desesperadamente por uma rota de fuga, mas Serena já tinha se levantado para segurar-lhe a mão.

Apertou os dedos dela brevemente, mas com firmeza.

— Alanna foi gentil o suficiente em aceitar o meu convite. Queríamos agradecê-la pessoalmente por ter cuidado de você e o mantido vivo para nos perturbar.

— Entendo. — Quando Ian conseguiu tirar os olhos de Alanna, enviou à tia um olhar furioso. — Você é espertinha, não é, tia Serena?

— Ah, *aye* — respondeu ela de modo complacente. — Isso eu sou.

As mãos de Ian se fecharam em punhos ao seu lado. Um nó parecia ter se formado em seu estômago.

— Bem, sra. Flynn, já que está aqui, terei de lhe dar as boas-vindas a Glenroe.

— Eu... — Ela sabia que choraria e se envergonharia. — Desculpem-me, por favor. — Contornando Ian, Alanna saiu correndo da sala.

— Quão gracioso de sua parte, Ian. — Com um olhar de reprovação, Serena foi atrás da convidada.

Encontrou Alanna no quarto, tirando as roupas do armário.

— Oras, o que é isso tudo?

— Eu preciso ir. Eu não sabia... Lady Langston, agradeço-lhe por sua hospitalidade, mas devo ir para casa imediatamente.

— Quanta bobagem! — Serena segurou-a firmemente pelos ombros e levou-a para a cama. — Agora, sente-se e recupere o fôlego. Eu sei que ver Ian foi uma surpresa, mas... — Ela parou quando Alanna cobriu o rosto com as mãos e desatou a chorar. — Ah, não, não, querida. — De modo maternal, Serena colocou os braços ao redor de Alanna e a confortou. — Ele foi tão terrível assim? Os homens são terríveis, você sabe. Isso apenas significa que devemos ser melhores do que eles.

— Não, não, foi tudo culpa minha. Fui eu quem fez tudo. — Apesar de se sentir humilhada, ela não conseguiu conter as lágrimas e encostou a cabeça no ombro de Serena.

— Se foi ou não, isso não é algo que uma mulher deve admitir. Uma vez que os homens possuem a vantagem da força física, nós devemos usar melhor o cérebro. — Sorrindo, ela acariciou o cabelo de Alanna. — Eu queria ver por mim mesmo se você o amava tanto quanto ele a ama. Agora eu sei.

— Ele me odeia agora. E quem pode culpá-lo? Mas é melhor assim — choramingou ela. — É melhor assim.

— Ele assusta você?

— *Aye*.

— E seus sentimentos por Ian a assustam?

— Ah, sim. Eu não quero sentir o que sinto, milady. Não posso sentir isso. Ele não vai mudar. Não ficará satisfeito enquanto não for morto ou enforcado por traição.

— Os MacGregor não morrem facilmente. Agora, você tem um lenço? Nunca encontro um quando preciso.

Fungando, Alanna assentiu e pegou um do bolso.

— Peço perdão, milady, por causar uma cena.

— Ah, eu gosto de cenas, e as causo sempre que possível. — Ela esperou para ter certeza que Alanna estava mais composta. — Vou lhe contar uma história de uma jovem que se apaixonou perdidamente. Amava um homem que parecia errado para ela. Amou em uma época em que havia guerra e rebeliões e morte por todos os lados. Ela o rejeitou, repetidamente. Achou que assim seria melhor.

Secando os olhos, Alanna suspirou.

— O que aconteceu com eles?

— Ah, ele era tão teimoso quanto ela, portanto se casaram e tiveram seis filhos. Dois netos. — O rosto de Serena se iluminou com um sorriso. — Eu nunca me arrependi nem por um único momento.

— Mas isso é diferente.

— O amor é sempre igual. E nunca igual. — Ela afastou o cabelo do rosto de Alanna. — Eu tinha medo.

— Você?

— *Aye*. Quanto mais eu amava Brigham, mais assustada ficava. E mais eu punia a nós dois negando meus sentimentos. Você pode me contar sobre seus sentimentos? Muitas vezes ajuda conversar com outra mulher.

Talvez ajudasse, pensou Alanna. Certamente, não podia doer mais do que já estava doendo.

— Eu perdi o meu irmão na guerra contra os franceses. Eu era apenas uma criança, mas me lembro bem dele. Era tão inteligente, tão bonito! E, como Ian, não podia pensar em outra coisa senão em defender e lutar por sua terra, por suas crenças. Então, morreu por elas. Um ano depois, minha mãe faleceu. O coração dela estava quebrado, e mamãe não conseguiu superar a dor. Vi meu pai sofrer pelos dois, ano após ano.

— Não existe perda maior do que a daqueles que você ama. Meu pai morreu em batalha 28 anos atrás, e ainda vejo o rosto dele com muita clareza. Deixei minha mãe na Escócia logo depois disso. Ela morreu antes de Amanda ter nascido, mas ainda vive em meu coração. — Ela pegou as duas mãos de Alanna, e seus olhos estavam úmidos e intensos. — Quando a rebelião foi destruída, meu irmão Coll trouxe Brigham para mim. Ele havia sido baleado e estava perto da morte. No meu ventre, eu carregava nosso primeiro filho. Nos escondemos dos ingleses em uma caverna. Ele ficou entre a vida e a morte.

Então, as histórias que Ian havia contado para Brian eram verdadeiras, pensou Alanna ao estudar a mulher pequena e esbelta ao seu lado.

— Como conseguiu suportar isso?

— Como poderia não suportar? — Serena sorriu. — Brigham sempre diz que eu o queria vivo para poder atormentá-lo. Talvez seja verdade. Mas eu conheço o medo, Alanna. Quando essa revolução chegar, meus filhos vão lutar, e meu sangue gela com o pensamento de que posso perdê-los. Mas, se eu fosse um homem, pegaria uma espada e me juntaria a eles.

— Você é mais corajosa do que eu.

— Eu acho que não. Se sua família estivesse em perigo, você se esconderia em um canto, ou enfrentaria tudo para protegê-la?

— Eu morreria para protegê-la. Mas...

— *Aye*. — O sorriso de Serena apareceu novamente, mas era um sorriso mais suave e mais sério do que antes. — Vai chegar uma hora, e será em breve, quando os homens das Colônias vão perceber que somos um só. Como um clã. E lutaremos para proteger uns aos outros. Ian sabe disso agora. Não é por isso que você o ama?

— *Aye*. — Ela olhou para as mãos unidas de ambas.

— Se negar esse amor, você será mais feliz do que se aceitá-lo e aproveitar o tempo que Deus destinou para vocês dois ficarem juntos?

— Não. — Alanna fechou os olhos e pensou nos últimos três meses de sofrimento. — Eu nunca vou ser feliz sem ele, sei disso agora. No entanto, toda a minha vida sonhei em me casar com um homem forte e calmo, que pudesse ficar contente em apenas trabalhar ao meu lado e criar uma família. Com Ian, haveria confusão, demandas e riscos. Eu nunca teria um momento de paz.

— Não — concordou Serena. — Você não teria. Alanna, olhe dentro de seu coração agora e pergunte a si mesma: se o poder estivesse em suas mãos, você o mudaria?

Ela abriu a boca preparada para gritar um "*aye!*" ressonante, mas seu coração, mais honesto do que a cabeça, tinha outra resposta.

— Não. Bom Jesus, como fui tola em não perceber que o amo pelo que ele é, não pelo que gostaria que fosse.

Satisfeita, Serena assentiu.

— A vida é cheia de riscos, Alanna. Há aqueles que se entregam a eles, de corpo e alma, e seguem em frente. E há aqueles que se escondem dos riscos e permanecem no mesmo lugar. Qual desses você é?

Por um longo tempo, Alanna ficou em silêncio.

— Eu me pergunto, milady...

— Serena.

— Eu me pergunto, Serena — disse ela, e conseguiu dar um sorriso —, se eu tivesse você para conversar antes, se teria deixado Ian partir.

Serena riu.

— Bem, isso é algo para refletir. Descanse agora, e dê tempo ao rapaz para se acalmar.

— Ele não vai querer falar comigo — murmurou Alanna, então ergueu o queixo. — Mas eu vou fazê-lo me ouvir.

— Você vai! — concordou Serena com uma risada. — *Aye*, com certeza que vai.

Capítulo 10

IAN NÃO APARECEU PARA JANTAR, nem no café da manhã do dia seguinte. Embora tal fato pudesse ter desencorajado a maioria das mulheres, para Alanna isso apresentava exatamente o tipo de desafio que precisava para superar as próprias ansiedades.

Adicionado a isso estavam os próprios Langston. Era impossível estar no meio de uma família como aquela e não ver o que podia ser feito com amor, determinação e confiança. Apesar dos riscos que haviam enfrentado, Serena e Brigham tinha construído uma vida juntos. Ambos tinham perdido suas casas, seus países e pessoas que amavam, mas reconstruíram tudo com coragem.

Como ela poderia negar-se uma chance com Ian? Ele lutaria, com certeza. Mas Alanna começava a acreditar que ele era teimoso demais para morrer. E se, de fato, viesse a perdê-lo, não valia a pena ser feliz por um ano, um mês ou um dia nos braços de seu amado?

Diria isso a Ian. Se ele aparecesse. Ela se desculparia. Até iria, e embora fosse difícil, implorar pelo seu perdão e por uma segunda chance.

Mas conforme a manhã passava, Alanna estava ficando mais irritada do que arrependida. Pediria desculpas sim, pensou, mas só depois de dar-lhe um bom chute na canela.

Foram os gêmeos que deram a Alanna a primeira pista sobre onde encontrá-lo.

— Foi você que estragou tudo — declarou Payne quando apareceram trocando socos no jardim.

— Ah! Foi você que o irritou. Se tivesse ficado de boca fechada, poderíamos ter ido com ele. Mas você tem uma maldita boca grande!

— Tudo bem, meninos. — Serena parou de cortar flores para falar com os filhos. — Lutem, se necessário, mas não aqui. Não quero meu jardim destruído por corpos lutando.

— É culpa dele — disseram em uníssono, e fizeram Alanna sorrir.

— Eu só queria ir pescar — reclamou Ross. — E Ian teria me levado junto, se *ele* não tivesse começado a tagarelar.

— Pescar... — Alanna amassou uma flor na mão antes que pudesse se controlar. — Ian foi pescar?

— Ele sempre vai para o rio quando está de mau humor. — Payne chutou uma pedrinha. — Eu o teria convencido a nos levar, também. Se Ross não tivesse começado a falar sem parar, Ian não teria montado o cavalo e partido sem nós.

— Eu não queria pescar mesmo... — Ross ergueu o queixo. — Eu quero jogar peteca.

— *Eu* quero jogar peteca — gritou Payne, e saiu correndo para chegar lá em primeiro lugar.

— Tenho uma boa égua nos estábulos. Uma castanha bonita que foi um presente do meu irmão Malcolm. Ele sabe escolher cavalos. — Serena continuou a cortar as flores. — Você gosta de cavalgar, Alanna?

— *Aye*. Mas não tenho muito tempo para isso em casa.

— Então aproveite o seu tempo aqui. — Serena deu um sorriso ensolarado à sua hóspede. — Diga a Jem, no estábulo, que pedi para que sele Prancer para você. Vai gostar de cavalgar em direção ao sul. Há um caminho através do bosque que sai bem de trás do estábulo. O rio é muito bonito nesta época do ano.

— Obrigada. — Alanna começou a sair apressada, então parou. — Eu... eu não tenho roupas de montaria.

— Hattie pode providenciar isso para você. Há uma de Amanda no meu baú. Deve lhe servir.

— Obrigada. — Alanna parou, virou-se e abraçou Serena. — Obrigada!

Dentro de trinta minutos, estava montada em um cavalo.

Ian realmente tinha uma linha dentro na água, mas isso era apenas uma desculpa para ficar sentado e sozinho. Considerara brevemente estrangular a tia pela interferência, mas, antes que tivesse a chance, ela tinha entrado em seu quarto e lhe dado uma bronca tão intensa que ele não conseguiu fazer nada além de se defender.

Aye, tinha sido rude com a convidada da tia. Essa tinha sido sua intenção.

Se não fosse parecer covardia, teria montado seu cavalo e ido para Boston. Mas não fugiria uma segunda vez. Desta vez, Alanna poderia ir, e que o diabo a carregasse.

Por que tinha de estar tão bonita, parada, com vestido azul, iluminada pela luz do sol que entrava pela janela as suas costas?

Por que me importo com a aparência dela?, pensou irritado. Não a queria mais. Não precisava de uma megera de língua afiada em sua vida. Havia muito trabalho a ser feito.

Por Deus, só faltara implorar para que ela o aceitasse. Como isso feria seu orgulho! E Alanna, a atrevida, deitara-se com ele no feno, entregando-se, fazendo-o acreditar que aquilo importava. Ian tinha sido tão gentil, tão cuidadoso. Nunca antes abrira tanto o coração para uma mulher. Apenas para que Alanna rejeitasse seu amor.

Bem, esperava que ela encontrasse algum caipira covarde e sem personalidade, em quem pudesse mandar. E, se descobrisse que Alanna tinha encontrado esse homem, alegremente o mataria com as próprias mãos.

Ian ouviu o som de um cavalo se aproximando e praguejou. Se aqueles dois pirralhos tivessem ido perturbar sua solidão, os mandaria de volta rapidamente. Puxando a linha, levantou-se, preparado para gritar com os primos e mandá-los de volta para casa.

Mas foi Alanna que veio cavalgando pelo bosque. Estava indo rápido, rápido demais para a paz mental de Ian. Sob a boina charmosa, o cabelo preto estava solto e balançando com o vento, como uma bandeira. A poucos passos de distância, ela puxou as rédeas do cavalo. Mesmo longe, Ian podia ver que os olhos azuis estavam brilhando mais do que nunca. A égua, acostumada a mulheres impulsivas, comportava-se excepcionalmente.

Assim que recuperou o fôlego, Ian lhe lançou um olhar assassino.

— Bem, você conseguiu espantar todos os peixes para bem longe. Não tem bom senso de não chegar cavalgando em terreno desconhecido nessa velocidade?

Não era a saudação que Alanna esperava.

— A égua conhecia o caminho bem o suficiente. — Ela continuou sentada, esperando que Ian a ajudasse a descer. Quando ele apenas permaneceu encarando-o, ela praguejou e desmontou sozinha. — Você mudou pouco, MacGregor. Suas maneiras continuam rudes como sempre.

— Você veio até a Virgínia para me dizer isso?

Alanna amarrou as rédeas da égua em um galho de árvore próximo antes de se virar para ele.

— Eu vim a um convite gentil de sua tia. Se eu soubesse que você estaria em qualquer lugar do território, não teria vindo. Vê-lo foi a única coisa que estragou minha viagem, pois, na verdade, nunca entenderei como um homem como você pode fazer parte de uma família tão boa. Meu maior desejo é que você... — Ela se conteve, suspirou e se esforçou para lembrar da decisão que tomara durante uma noite inteira de reflexão. — Não vim aqui para brigar.

— Que Deus me ajudasse se essa fosse sua intenção. — Ian se virou para pegar a linha. — Conseguiu descer do cavalo sozinha, sra. Flynn. Imagino que possa subir sozinha, também, e ir embora.

— Vim conversar com você — insistiu ela.

— Você já disse mais do que eu gostaria de ouvir. — Se mantivesse o olhar nela por mais um momento, iria rastejar. — Agora, vá antes que me tire do sério.

— Ian, eu só quero que...

— Vá para o inferno! — Ele jogou a linha no rio. — Que direito você tem de vir aqui? De aparecer na minha frente e me fazer sofrer? Se eu tivesse assassinado você antes de partir, eu seria um homem feliz hoje. Você me fez pensar que se importava comigo, que o que aconteceu entre nós significava algo, quando tudo o que queria era uma noite comigo.

Toda a cor esvaiu-se do rosto de Alanna, então a face ficou vermelha de novo, mas com pura fúria.

— Como ousa? Como ousa falar assim comigo? — Ela atacou-o como uma gata selvagem, com garras e dentes. — Vou matá-lo por isso, MacGregor, e Deus será minha testemunha!

Ian agarrou o que podia para se proteger, perdeu o equilíbrio e caiu para trás com ela dentro do rio.

O mergulho na água não a deteve. Alanna o golpeou, o arranhou mesmo enquanto ele escorregava para o fundo e a levava consigo.

— Pare, mulher, pelo amor de Deus. Você vai afogar a nós dois.

Ian estava engasgado, tossindo água e tentando impedir que Alanna os afundasse novamente, e não viu o soco vindo até que seu ouvido estivesse zunindo.

— Por Deus, se você fosse um homem!

— Não deixe que isso o impeça, seu maldito texugo! — Ela deu outro golpe, perdeu o equilíbrio e afundou mais uma vez.

Praguejando o tempo todo, Ian a arrastou para a margem do rio, onde ambos se deitaram encharcados e ofegantes.

— Assim que eu tiver forças para me levantar, vou matá-la — disse ele para o céu.

— Eu odeio você — retrucou Alanna depois de cuspir água do rio. — Eu amaldiçoo o dia que você nasceu. E amaldiçoo o dia em que eu deixei você colocar suas mãos sujas sobre mim. — Ela conseguiu se sentar e tirar a boina arruinada dos olhos.

Maldita por ser bonita mesmo molhada e furiosa, pensou Ian. Quando ele falou, a voz era fria. Um sinal perigoso.

— Você me pediu para colocá-las em você, se bem lembro, minha senhora.

— *Aye*, eu pedi, para meu desgosto. — Ela jogou a boina nele. — É uma pena que o que aconteceu no feno não foi mais memorável.

— É mesmo? — Alanna estava muito ocupada torcendo o cabelo para notar o brilho imprudente nos olhos dele. — Não foi memorável?

— Não, não foi. Na verdade, eu tinha esquecido tudo sobre aquela noite até você mencioná-la.

Com a dignidade que ainda lhe restava, ela começou a se levantar. Ian a deitou de costas em um instante.

— Bem, então deixe-me refrescar sua memória.

A boca máscula desceu sobre a dela com força. Alanna respondeu-lhe mordendo o lábio. Ian praguejou, agarrou-lhe o cabelo molhado e a beijou novamente.

Ela lutou contra si mesma, contra todos os sentimentos gloriosos que percorriam seu corpo. Lutou contra ele, o corpo firme e sólido que tão intimamente cobria o seu. Como crianças brigando, rolaram sobre a margem do rio coberta de grama, cegamente procurando punir por dores antigas e novas.

Então, Alanna choramingou, um som de submissão e de alegria. Seus braços estavam ao redor de Ian, a boca abrindo-se avidamente à dele. Toda a força de seu amor explodiu naquele encontro de lábios e alimentou um fogo que já estava queimando.

Dedos frenéticos abriram botões. Mãos desesperadas puxaram roupas molhadas e pesadas. Então, o sol estava aquecendo os corpos úmidos.

Ian não estava gentil agora. Alanna nem queria isso. Toda a frustração e o desejo que havia aprisionado dentro de si se libertaram em uma onda raivosa de paixão quando se amaram sob o céu azul da primavera.

Com as mãos no cabelo ruivo dele, Alanna puxou-lhe a boca para a sua, repetidas vezes, murmurando promessas e pedidos loucos. Enquanto estavam deitados no tapete de grama nova, Ian absorveu o aroma que o vinha perseguindo havia semanas. Deslizou as mãos ao longo da pele alva e macia com a qual sonhara noite após noite.

Quando Alanna arqueou-se contra ele, impiedosamente intensificando suas paixões, Ian a penetrou. O nome dela estava em seus lábios quando enterrou o rosto no cabelo escuro. O nome dele estava nos lábios de Alanna quando envolveu as pernas ao redor do corpo de Ian. Juntos, se apressaram em direção ao fim que desejavam, até que, finalmente, estavam deitados e imóveis, cada um com os próprios pensamentos.

Ele apoiou-se sobre o cotovelo e segurou-lhe o rosto com a outra mão. Enquanto o fitava, amando-o, Alanna viu a raiva retornar lentamente aos olhos verde-azulados.

— Eu não lhe dou escolha dessa vez, Alanna. Querendo ou chorando, você vai se casar comigo.

— Ian, eu vim aqui hoje para lhe dizer...

— Não me interessa o que você veio me dizer. — Os dedos apertaram-se contra o queixo delicado. Tinha lhe dado tudo, corpo e alma. Alanna o havia deixado sem nada, nem mesmo o orgulho. — Você pode me odiar e me amaldiçoar de agora até o fim dos tempos, mas você será minha. Você já é minha. E, por Deus, vai me aceitar como sou.

Ela cerrou os dentes.

— Se me deixar falar...

Mas um homem desesperado não ouvia ninguém.

— Não vou deixar você escapar de novo. Não deveria tê-lo feito antes, mas você sabe como ferir um homem. Tudo que puder fazer para torná-la feliz, farei. Exceto abandonar a minha própria consciência. Isso não posso fazer, e não farei. Nem mesmo por você.

— Eu não peço que faça isso, e nunca o faria. Eu só quero dizer a você...

— Que diabos é isso que está cavando um buraco no meu peito? — Ainda praguejando, colocou a mão entre eles. E encontrou o anel MacGregor que estava pendurado em um cordão ao redor do pescoço de Alanna. Ele brilhava à luz do sol enquanto Ian o estudava. Lentamente, fechou os dedos em torno da joia e olhou para ela. — Por que... — Ele pausou para ter certeza de que podia confiar em sua voz. — Por que você está usando isso?

— Eu estava tentando dizer a você, se me deixasse falar.

— Deixarei você falar agora.

— Eu pretendia devolvê-lo. — Alanna se moveu inquietamente embaixo dele. — Mas não fui capaz. Parecia desonesto usá-lo no meu dedo, por isso amarrei-o a um colar e usei-o perto de meu coração, onde eu guardo você também. Não, fique quieto e deixe-me terminar — ordenou quando Ian abriu a boca. — Eu acho que soube, desde que o ouvi indo embora naquela manhã, que estava errada e você certo.

O início de um sorriso apareceu nos lábios de Ian.

— Meus ouvidos estão entupidos pela água, sra. Flynn. Você poderia repetir?

— Já disse uma vez, não vou repetir. — Se ela estivesse de pé, teria erguido o queixo. — Eu não queria amá-lo, porque, quando você ama muito, sente medo. Perdi Rory na guerra, minha mãe faleceu por sofrimento e o pobre Michael Flynn de uma febre. E por mais que essas pessoas tenham significado tanto para mim, eu sabia que você significava ainda mais.

Ian a beijou, gentilmente.

— Não me deixe interrompê-la.

— Eu pensei que queria uma casa tranquila e uma família, um marido que se contentaria em trabalhar ao meu lado e sentar-se perto do fogo, noite após noite. — Alanna sorriu e tocou-lhe o cabelo. — Mas parece que o que eu desejava todo esse tempo era um homem que nunca ficaria contente, que se tornaria inquieto diante do fogo após a primeira ou segunda noite. Um marido capaz de lutar contra tudo o que está errado, ou morrer tentando. Este é um homem que eu teria orgulho de apoiar.

— Agora você está me deixando convencido — murmurou ele, e descansou a testa na dela. — Apenas diga que me ama.

— Eu te amo, Ian MacGregor. Agora e sempre.

— Eu juro que lhe darei essa casa, essa família, e sentarei diante do fogo com você sempre que puder.

— E eu prometo lutar ao seu lado, quando a necessidade surgir.

Mudando de posição, Alanna arrebentou o cordão e libertou o anel. Os olhos de Ian estavam fixos nos dela quando ele o colocou em seu dedo.

— Nunca mais o tire.

— Não irei. — Ela pegou-lhe a mão. — A partir deste momento, eu sou uma MacGregor.

Epílogo

Boston. Véspera de Natal, 1774

NENHUMA QUANTIDADE DE ARGUMENTOS PODERIA manter Ian fora do quarto onde a esposa estava dando à luz pela primeira vez. Embora vê-la em trabalho de parto congelasse seu coração de homem, manteve-se firme. Sua tia Gwen, com seu jeito calmo e persuasivo, tinha tentado de tudo para expulsá-lo do quarto, mas também fracassara.

— É meu filho também — disse ele. — E eu não vou deixar Alanna até que o bebê nasça. — Ian pegou a mão da tia e rezou para que tivesse coragem de cumprir sua palavra. — Não é que não confie em suas habilidades, tia Gwen. Afinal, eu não estaria aqui sem elas.

— Não adianta, Gwen. — Serena riu. — Ele é tão teimoso quanto qualquer MacGregor.

— Segure a mão dela, então, quando a dor estiver mais forte. Não vai demorar muito agora.

Alanna conseguiu esboçar um sorriso quando Ian chegou ao seu lado. Ela não sabia que seria necessário tanto tempo para trazer uma coisa tão pequena como uma criança ao mundo. Estava grata por Ian estar ao seu lado e pela presença reconfortante de Gwen, que tinha trazido dezenas de bebês ao mundo. O marido de Gwen, que era médico, estaria lá também, se não tivesse sido chamado para uma emergência.

— Você está negligenciando os nossos hóspedes — apontou Alanna para Ian em um dos descansos entre as contrações.

— Eles vão se entreter sozinhos — assegurou Serena.

— Não duvido. — Alanna fechou os olhos quando Gwen limpou a testa dela com um pano frio. Agradava-a muito que sua família estivesse lá para o Natal. Tanto os Murphy quanto os Langston. Alanna deveria estar fazendo suas tarefas de anfitriã neste primeiro Natal na casa que ela e Ian tinha comprado perto do rio, mas o bebê, que só deveria nascer em três semanas, tinha decido aparecer mais cedo.

Quando a próxima pontada de dor atingiu Alanna, ela apertou a mão de Ian e seu corpo ficou tenso.

— Relaxe, concentre-se na respiração — murmurou Gwen. — Aqui está uma moça forte.

As contrações estavam mais próximas uma da outra agora, e mais fortes. Um bebê de Natal, notou Alanna, esforçando-se para não pensar na dor. O bebê, o primeiro filho dos dois, seria um presente de valor inestimável para ambos no dia mais sagrado do ano.

Quando a contração passou, Alanna manteve os olhos fechados, ouvindo o som suave da voz de Ian.

Ele era um homem bom, um marido sólido. Ela sentiu os dedos fortes entrelaçando aos seus. Verdade, a vida de Alanna não era pacífica, mas agitada. Ian tinha conseguido envolvê-la em suas ambições. Ou talvez as sementes da rebelião sempre estiveram em seu interior, à espera de serem alimentadas. Alanna passara a ouvir avidamente os relatórios das reuniões que Ian participava, e a sentir orgulho quando outros pediam-lhe conselhos. Ela não podia deixar de concordar com ele que Port Bill era cruel e injusto. Como Ian, ela desprezava a ideia de pagar pelo chá que tinha sido destruído para escapar da penalidade.

Não, eles não estavam errados. Alanna aprendera que a imprudência era o caminho certo na maioria das vezes. Teve que sorrir. Era a imprudência e a coisa certa que a tinham levado para aquela cama. E agradecia a Deus por isso.

E outras cidades e províncias não haviam se unido para apoiar Boston, assim como a família dela e a de Ian se reuniram para apoiá-los no nascimento do primeiro filho do casal?

Pensou em sua lua de mel na Escócia, onde conhecera a família de Ian e caminhara nas florestas de sua infância. Um dia, voltariam e levariam essa criança, mostrando-lhe o lugar de suas raízes. E para a Irlanda, pensou quando a dor retornou, deixando-a tonta. A criança não esqueceria as pessoas que tinham vindo antes. E, enquanto lembrasse, escolheria a própria vida, a própria terra natal. Através de suas lutas, Alanna e Ian lhe dariam esse direito.

— O bebê está vindo. — Gwen deu um sorrido rápido e reconfortante para Ian. — Você vai ser um pai muito em breve.

— O nascimento do nosso filho — disse Alanna ofegante, lutando para se concentrar em Ian. — E, em breve, o nascimento de nossa nação.

Embora ele pudesse provar o gosto de seu próprio medo, por ela, riu.

— Você está tornando-se mais radical do que eu, sra. MacGregor.

— Não faço nada pela metade. Ah, Jesus amado, o bebê está lutando para viver. — Ela procurou a mão do marido. — Haverá pouca dúvida de que ele será filho de seu pai.

— Ou a filha de sua mãe — murmurou Ian, olhando desesperadamente para Gwen. — Quanto tempo mais? Alanna está sofrendo.

— Logo. — Ela deixou escapar um pequeno som de impaciência quando houve uma batida à porta.

— Não se preocupe. — Serena empurrou as mangas já dobradas até os cotovelos. — Eu os mandarei embora. — Surpreendeu-se ao encontrar o marido na soleira da porta. — Brig, o bebê está quase aqui. Não tenho tempo para você agora.

— Você terá tempo. — Ele entrou, passando um braço ao redor da esposa. — Acabei de receber uma mensagem que estava esperando, uma confirmação de Londres que desejava antes de falar com você.

— Que se explodam as mensagens de Londres — disparou Serena quando ouviu Alanna gemer.

— Tio, notícias podem esperar.

— Ian, você precisa ouvir isso também, esta noite mais que todas as outras.

— Então diga logo e vá embora. — Sua esposa virou-se para ele.

— No mês passado, uma petição foi debatida pelo Parlamento. — Brigham segurou Serena pelos ombros e a encarou. — A Lei de Proscrição foi revogada. — Passou as mãos para o rosto da esposa quando viu os olhos verdes encherem-se de lágrimas. — O nome MacGregor está livre.

As lágrimas de Serena caíram com um peso que ela tinha levado durante toda a sua vida.

— Gwen. Gwen, você ouviu?

— *Aye*, eu ouvi, e agradeço a Deus por isso, mas eu tenho minhas mãos cheias no momento.

Arrastando o marido com ela, Serena correu para a cama.

— Já que está aqui, você vai ajudar.

Em poucos minutos, os sinos da igreja anunciaram a meia-noite e o nascimento de um novo Natal. E o som do choro vigoroso de um bebê anunciando a vida.

— Um filho — Gwen segurou a criança que se contorcia em seus braços.

— Ele está bem? — Exausta, Alanna recostou-se nas mãos de Brigham. — Ele está bem?

— Ele é perfeito — garantiu Serena, enxugando as próprias lágrimas. — Você vai segurá-lo em um momento.

— Eu te amo. — Ian levou a mão de Alanna aos lábios. — E agradeço o maior presente que um homem poderia receber.

— Aqui está. — Gwen colocou a criança recém-enrolada nos braços do pai. — Segure o seu filho.

— Bom Deus. — Atordoado, Ian olhou do bebê para Alanna. Era uma imagem que ela guardaria para sempre. — Ele é tão pequeno.

— Ele vai crescer. — Serena sorriu para o marido. — Sempre crescem. — Ela colocou um braço ao redor da irmã enquanto Ian transferia o bebê para os braços de Alanna.

— Ele é tão lindo. — Estendendo uma das mãos para Ian, ela puxou-o para seu lado. — No último Natal, ganhamos um ao outro. Neste, ganhamos um filho. — Gentilmente, acariciou a cabeça do bebê, repleta de um fino cabelo preto. — Mal posso esperar para ver o que os outros anos trarão.

— Vamos deixá-los a sós e descer para contar ao restante da família. — Brigham levou a esposa e a cunhada pela mão em direção à porta do quarto.

— *Aye*, conte a eles. — Ian estava de pé, e por ter entendido, Alanna lhe deu a criança para segurar mais uma vez. — Diga-lhes que Murphy MacGregor nasceu no dia do Natal. — Depois de beijar o filho, ergueu-o para mostrar aos outros, e o bebê emitiu um gemido vigoroso. — Um MacGregor que vai dizer o seu nome com orgulho a todos que puderem ouvir. Que caminhará por uma terra livre. Diga-lhes isso.

— *Aye*, diga-lhes isso — concordou Alanna quando a mão de Ian se fechou em torno da sua. — Por nós dois.

Publisher
Omar de Souza

Gerente Editorial
Mariana Rolier

Assistente Editorial
Tábata Mendes

Copidesque
Dênis Rubra

Revisão
Anna Beatriz Seilhe

Diagramação
Carolina Araújo | Ilustrarte Design e Produção Editorial

Design de capa
Osmane Garcia Filho

Este livro foi impresso no Rio de Janeiro, em 2018,
pela Edigráfica, para a Harlequin.
A fonte usada no miolo é Adobe Caslon Pro, corpo 10,8/14.
O papel do miolo é Avena 80g/m², e o da capa é cartão 250g/m².